CUANDO SALÍ
de CUBA

Si tienes un club de lectura o quieres organizar uno, en nuestra web encontrarás guías de lectura de algunos de nuestros libros. **www.maeva.es/guias-lectura**

De la autora de
EL PRÓXIMO AÑO EN LA HABANA

Chanel Cleeton

CUANDO SALÍ
de CUBA

Traducción:
ÁLVARO ABELLA

MAEVA

Título original:
When we left Cuba

© Chanel Cleeton, 2019
    Publicado por acuerdo con Berkley, un sello editorial de Penguin Publishing Group,
    una división de Penguin Random House LLC
© de la traducción: Álvaro Abella, 2023
© MAEVA EDICIONES, 2023
    Benito Castro, 6
    28028 MADRID
    www.maeva.es

ISBN: 978-84-19638-13-7
Depósito legal: M-7063-2023

Diseño de cubierta: Nele Schütz Design / Margit Memminger sobre imagen de Nina Leen / The LIFE Picture Collection / Shutterstock / Diego Grandi
Adaptación de cubierta: Gráficas 4, S.A.
Foto de la autora: © Chris Malpass
Preimpresión: MT Color & Diseño, S. L.
Impreso por CPI Black Print (Barcelona)
Impreso en España / Printed in Spain

Por los sueños que se nos escapan entre los dedos.
Que los podamos abrazar algún día.

Prólogo

26 de noviembre de 2016

Palm Beach

Llega poco después de la medianoche, al final de la velada, esas horas mágicas y con encanto. Está envuelta y en una elegante cesta adornada con un exagerado lazo rojo. La entrega un hombre serio de traje anodino que se marcha de la dirección señorial de Palm Beach tan rápido como ha llegado, a bordo de un Rolls plateado propiedad de uno de los residentes más notorios de la isla.

La mujer recoge la cesta. Su noche estaba a punto de concluir justo antes de ponerse a desenvolver el contenido del paquete al abrigo del salón decorado con colores vivos. Cuando unas palabras familiares en francés la saludan, empieza a comprender.

Una lágrima le resbala por la mejilla.

El celofán del envoltorio le cruje en la palma de la mano; el cristal es un bálsamo refrescante contra su piel, como si lo hubieran puesto a enfriar y llevase todos esos años esperándola. Saca la botella de la cesta y se dirige con el champán al bar del salón. Los dedos repletos de joyas tiemblan sobre el precinto en busca del tapón.

El desafiante estallido del corcho rompe el silencio de la noche. A pesar de lo tarde que es, se trata de una ocasión demasiado importante como para dejarla pasar. Su paz pronto se verá interrumpida por otros sonidos: el timbre del teléfono, la conversación con amigos y familia, una especie de celebración tras una guerra interminable. Pero, de momento, está esto…

El champán le estalla en la lengua. Es el sabor de la victoria y la derrota, del amor y la pérdida, de noches de fiesta y decadencia en La Habana y días en el exilio de Palm Beach. Levanta la copa en un brindis silencioso. La visión de su mano, que ya no es la de una mujer joven, sino que está algo más curtida, sigue sorprendiéndola. Las arrugas, que no podrá borrar por muchas visitas que haga al cirujano plástico, son una sutil burla del tiempo, el ladrón más cruel de todos.

¿Cuándo se había hecho tan mayor?

La cesta no lleva ninguna nota, pero no la necesita. ¿Qué otra persona le podría enviar un regalo como ese, caro, emotivo, perfecto para ella?

Nadie más que él.

1

Enero de 1960

Palm Beach

COLECCIONAR PROPUESTAS DE matrimonio es algo así como cosechar extravagancias. Tener una es algo absolutamente indispensable para que te admiren en la alta —o no tan alta— sociedad; dos te aseguran ser la más codiciada en las fiestas; tres añaden una pizca de misterio; cuatro son un escándalo y cinco…, bueno, cinco te convierten en una leyenda.

Agacho la cabeza para mirar al hombre —¿cómo se llamaba?— que está haciendo el ridículo con la rodilla hincada ante mí en un equilibrio precario debido a un exceso de champán e insensatez. Es un primo segundo del venerable clan de los Preston, emparentado con un exvicepresidente y primo de un senador de los Estados Unidos en la legislatura actual. Su esmoquin es elegante y su fortuna quizá algo modesta, pero optimista ante la perspectiva de la generosa herencia de una tía fallecida. Tiene el mentón retraído, fruto de demasiados matrimonios entre Prestons.

Andrew. O tal vez Albert. ¿Adam?

Nos hemos visto varias veces en fiestas como esta, en Palm Beach, festejos en los que en el pasado yo era la reina de La Habana, y a los que ahora para ser admitida me veo obligada a arrastrarme y agachar la cabeza. Seguramente podría acabar con algo peor que un primo segundo de la realeza americana. A fin de cuentas, los mendigos no pueden elegir, y los exiliados, menos. Lo más prudente sería aceptar su propuesta —la quinta de mi feliz cuenta— y

9

seguir los pasos de mi hermana Elisa hacia el sacramento del sagrado matrimonio.

Pero ¿qué tiene eso de divertido?

Las murmuraciones rozan mi vestido al pasar. Mi nombre, Beatriz Pérez, en sus labios. Noto en la espalda el peso de las miradas curiosas. Las palabras se arrastran hasta mí, trepan por mi falda, me arrancan las joyas falsas del cuello y las arrojan al suelo.

«Mírala.»

«¡Arrogante! Como toda su familia. Alguien debería decirles que esto no es Cuba.»

«Esas caderas. Ese vestido.»

«¿No lo habían perdido todo? Fidel Castro nacionalizó todas las plantaciones de azúcar que tenía el padre.»

«¿Es que no tiene vergüenza?»

Mi sonrisa brilla, más reluciente que las joyas falsas del cuello e igual de sincera. Observo a la multitud y paso de Alexander, que de rodillas parece un grumete mareado; recorro con la mirada a la guardia de Palm Beach, que me lanza puñales, para terminar en mis hermanas Isabel y Elisa, en un rincón con copas de champán en la mano. Al verlas recuerdo que no debo humillarme ante nada ni nadie, y me envalentono.

Me dirijo a Alistair:

—Gracias, pero no puedo aceptar.

Uso un tono jovial, como si todo aquello no fuera más que una broma de borrachos, como deseo que sea. La gente no va por ahí enamorándose y pidiendo manos a la primera de cambio, ¿verdad? Seguro que eso es… inapropiado.

El pobre Arthur parece sorprendido por mi respuesta.

Quizá al final esto no sea una broma.

Se recupera poco a poco. La misma sonrisa relajada que tenía instantes antes de arrodillarse regresa vengativa a su rostro, que recobra lo que es probable que sea su gesto natural: el de alguien permanentemente satisfecho consigo mismo y con el mundo que habita. Toma mi mano extendida con su palma sudorosa y se incorpora con un balanceo inestable. De los labios se le escapa un gruñido.

Entorna los ojos cuando estamos a la misma altura, o casi a la misma, al menos, gracias a los centímetros de más que me proporcionan los tacones que me ha prestado mi hermana Isabel.

El brillo en los ojos de Alec me recuerda a los de un niño privado de su juguete preferido, y que te lo hará pagar más adelante con una rabieta bastante efectiva.

—Déjame adivinar. ¿Dejaste a alguien en Cuba?

Su tono es lo bastante hiriente como para desgarrarme la piel.

Recupero mi sonrisa de diamantes, pulida desde pequeñita por mi madre y muy útil en situaciones como esa, con las comisuras afiladas y crispadas para avisar al receptor de los peligros de acercarse demasiado.

Yo también muerdo.

—Algo así —miento.

Ahora que uno de los suyos vuelve a estar de pie y ya no se postra ante la intrusa a la que se han visto obligados a tolerar esa temporada social, la multitud aparta su atención de nosotros con un resoplido, un suspiro y un frenesí de vestidos hechos a medida. Poseemos justo el dinero y la influencia suficientes —el azúcar es casi tan lucrativo en América como en Cuba— para que no puedan permitirse cortar con nosotros del todo, aunque no lo bastante como para evitar que nos devoren como una elegante manada de lobos al acecho de carne roja. Fidel Castro nos ha convertido a todos en mendigos y, solo por eso, le atravesaría el corazón con un cuchillo.

De repente siento que las paredes están demasiado juntas; las luces en la sala de baile, demasiado relucientes; mi corpiño, demasiado apretado.

Hace casi un año desde que salimos de Cuba para lo que se suponía iban a ser unos meses, hasta que el mundo se diese cuenta de lo que Castro le había hecho a nuestra isla. América nos acogió con los brazos abiertos, o casi.

Estoy rodeada de gente que no me quiere aquí, aunque oculten su desprecio bajo una sonrisa cortés y una simpatía fingida. Me miran por encima del hombro, con sus narices de patricios, porque mi familia no lleva en Estados Unidos desde la fundación del país, ni llegó en barco desde Inglaterra o tonterías por el estilo. Mis rasgos son un pelín demasiado oscuros, mi acento un pelín demasiado extranjero, mi religión un pelín demasiado católica, mi apellido un pelín demasiado cubano.

De pronto una anciana que comparte el color y los rasgos de Anderson se nos acerca y me clava una mirada hiriente diseñada para bajarme los humos. Desaparece envuelta en una nube de Givenchy y vuelvo a estar a solas.

Si por mí fuera, no acudiríamos a este tipo de fiestas —a excepción de esta—, ni intentaríamos congeniar con la alta sociedad de Palm Beach. Pero lo que yo quiera no cuenta. Lo hago por mi madre y mis hermanas, y por la necesidad de mi padre de extender su imperio comercial mediante los contactos sociales. Para que nadie tenga el poder de destruirnos de nuevo.

Y, por supuesto, lo hago por Alejandro.

Recojo el borde de mi vestido con la mano, con cuidado de no rasgar la delicada tela, y me dirijo a uno de los balcones de la sala.

Atravieso las puertas abiertas y accedo a una terraza de piedra. La brisa me levanta la falda del vestido. Hace un poco de fresco, el cielo está despejado y las estrellas brillan junto a una luna llena. El mar es un leve rugido en la lejanía. Es el sonido de mi infancia y mi juventud, que me llama como un canto de sirena. Cierro los ojos, me pellizco e imagino que estoy en otro balcón, en otro país, en otra época. ¿Qué pasaría si ahora me dirigiera hacia las aguas, si abandonara la fiesta, me quitara los incómodos zapatos y removiera la arena con los dedos de los pies mientas el mar me rodea los tobillos?

Una lágrima me resbala por la mejilla. Jamás imaginé que fuera posible echar tanto de menos un lugar.

Me froto la piel húmeda con el dorso de la mano y dirijo la mirada al extremo del balcón, hacia las palmeras que se mecen a lo lejos.

Hay alguien apoyado en la balaustrada, con medio cuerpo envuelto en la oscuridad y el resto iluminado por un rayo de luz de luna.

Es alto. Pelo rubio, tirando a pelirrojo en realidad. Descansa los brazos en la barandilla. Las espaldas anchas estiran su esmoquin entallado.

Retrocedo y él se gira…

Me quedo helada.

¡Oh!

¡Oh!

Cuando la gente lleva toda la vida diciéndote que eres guapa suele suceder que, cuanto más lo escuchas, menos importancia le das. Y es que, ¿qué significa «ser guapa»? ¿Que tus rasgos presentan una forma que a alguien, en algún lugar y de modo arbitrario, se le ocurrió que resultaba agradable? «Guapa» casi nunca va acompañado de las otras cosas que podrías ser: inteligente, interesante, valiente. Pero, aun así…

Ese hombre es guapo. Escandalosamente guapo.

Parece como si lo hubieran pintado a trazos gruesos, el rostro inmortalizado por los toques y giros vigorosos del pincel del artista, como un dios bajado a la tierra para inmiscuirse en los asuntos de los simples mortales.

Irritantemente guapo.

Parece el tipo de hombre que nunca ha tenido que preocuparse por si tendrá un techo sobre la cabeza, ni temido que su padre muera en una celda junto a otros ocho presos, ni huido de la única vida que ha conocido. No, parece el tipo de hombre al que le dicen que es perfecto desde el momento en que se despierta por la mañana hasta el instante en que su cabeza se posa sobre la almohada por la noche.

Se ha fijado en mí, también.

Chico de Oro se apoya en la barandilla y cruza los fuertes brazos sobre el pecho. Su mirada arranca en la punta de mi cabeza, en ese peinado que nos ha tenido enfrascadas a Isabel y a mí durante una hora mientras maldecíamos la falta de una criada que nos ayudase. Recorre mi pelo negro, atraviesa de arriba abajo mi rostro y desciende hacia al escote que enseña el corte bajo de mi vestido, junto a las joyas falsas y chabacanas que de pronto me hacen sentir barata —como si pudiera ver que soy una impostora—, para finalizar en la cintura y las caderas.

Retrocedo otro paso.

—¿Debería llamarte prima?

Sus palabras me detienen en seco y me sostienen con la firmeza de una mano posada en la cintura, como si fuera el tipo de hombre acostumbrado a doblegar a los demás a su voluntad con poco esfuerzo, cuando no ninguno.

Detesto a esos hombres.

Como ya he aprendido, su voz suena a lo que en este país significa dinero: delicada, nítida, sin ningún atisbo de acento extranjero, o cuando menos de los malos. Un tono de voz seguro y consciente de que cada palabra será saboreada.

Arqueo las cejas.

—¿Disculpe?

Se aparta de la barandilla y sus largas piernas recorren la distancia que nos separa. Se detiene cuando está tan cerca que tengo que alzar la barbilla para mirarlo a los ojos.

Tiene los ojos azules, del color de las aguas profundas en el Malecón.

Sin romper el contacto visual, estira un brazo y su pulgar me recorre el dedo anular desnudo. El roce es electrizante y me despierta del bodrio de fiesta de la que me he cansado hace horas. Tuerce la boca con una sonrisa y se le forman unas pequeñas arrugas alrededor de los ojos. ¡Qué alegría ver que hasta los dioses tienen defectos!

—Andrew es mi primo —me ofrece a modo de explicación, con un tono algo burlón.

He comprobado que la mayoría de los ricos que todavía son ricos de verdad consiguen alcanzar ese tono, aunque añadir un pelín más de hilaridad resultaría algo demasiado torpe.

«Andrew.» La quinta propuesta de matrimonio ya tiene nombre. Y el hombre que tengo delante es probable que posea un apellido prestigioso. ¿Será un Preston o simplemente estará emparentado con alguno, como Andrew?

—Estábamos todos conteniendo la respiración a la espera de ver qué decías —comenta.

Otra vez esa leve jocosidad, una especie de arma cuando está bien afilada. Posee ese aire de superioridad que todos parecen tener aquí, pero me da la sensación de que se ríe conmigo y no de mí, lo cual es una novedad agradable.

Le honro con una sonrisa un poco limada en los bordes.

—Tu primo sabe elegir el momento oportuno y parece evidente que le gusta llamar la atención de la multitud.

—Por no mencionar su excelente gusto —replica Chico de Oro con suavidad, mucha suavidad, y responde a mi sonrisa con otra, marca de la casa, más reluciente todavía que la anterior.

Si ya era guapo, esto es sencillamente increíble.

—Cierto —acepto.

En los últimos tiempos no gasto demasiada falsa modestia. Si tú no vas a defenderte, ¿quién lo hará?

Se inclina un poco más hacia mí, como para compartir un secreto.

—No me extraña que los tengas a todos loquitos.

—¿Quién? ¿Yo?

Se ríe por lo bajo, un sonido débil, seductor, como el primer sorbo de ron enroscándose en el estómago.

—Sabes el efecto que produces. Te he visto en el salón de baile.

¿Cómo he podido no fijarme en él? No es de los que pasan desapercibidos entre el gentío.

—¿Y qué has visto? —pregunto, envalentonada por el hecho de que todavía no ha apartado la mirada.

—A ti.

Se me acelera el pulso.

—Solo a ti. —Su voz apenas es audible entre el sonido del mar y el viento.

—Pues yo no te he visto. —Mi voz suena ronca, como si perteneciese a otra persona, alguien pasmado ante esta situación.

Yo tampoco he apartado la mirada de él.

Agranda un poco los ojos y un hoyuelo le perfora la mejilla, otra imperfección que guardar, aunque añada más carácter que defecto.

—Seguro que sabes cómo hacer que un chico se sienta especial.

Cierro los puños para evitar caer en la tentación, para resistirme a estirar el brazo y posarle la mano en la mejilla.

—Sospecho que a ti mucha gente te hace sentir especial.

Esa sonrisa otra vez.

—Lo hacen —admite.

Me muevo un poco hasta colocarme a su lado, hombro con hombro, y ambos contemplamos el cielo iluminado por la luna.

Me mira de soslayo.

—Imagino que es cierto, entonces.

—¿El qué es cierto?

—Dicen que en La Habana eras como una reina.

—En La Habana no hay reinas. Solo un tirano que quiere ser rey.

—¿Debo tomármelo como que no te caen muy bien los revolucionarios?

—Depende de a qué revolucionarios te refieras. Algunos fueron útiles. Fidel y los suyos no son más que unos buitres dándose un festín con la carroña en que se ha convertido Cuba. —Avanzo un paso, apartándome de él para que la falda larga de mi vestido se roce con los pantalones de su elegante esmoquin. Lo siento a mi espalda, su aliento en mi nuca, pero no me giro para mirar—. Había que deponer al presidente Batista. En eso, tuvieron éxito. Ojalá pudiéramos librarnos ahora de los vencedores.

Me giro para mirarlo a la cara.

Su mirada se ha afilado, pasando de un brillo indolente a algo mucho más interesado.

—Y sustituirlos ¿por quién, exactamente?

—Un líder que se preocupe por los cubanos y por su futuro. Que esté dispuesto a liberar a la isla del yugo americano.

Me importa poco que él sea americano; yo no lo soy y no tengo ninguna intención de fingir serlo.

—Un líder que reduzca la influencia del azúcar —añado, unas palabras que difieren de la posición de mi familia. A pesar de la fortuna que nos ha dado, es imposible negar el efecto destructivo de la industria azucarera en la isla, por mucho que nuestro padre lo intente—. Uno que nos traiga libertad y una verdadera democracia.

Guarda silencio, su mirada de nuevo evaluadora, y no estoy segura de si es a causa del viento o de su aliento en mi cuello, pero se me pone la piel de gallina.

—Eres una mujer peligrosa, Beatriz Pérez.

Tuerzo los labios. Ladeo la cabeza para estudiarlo mientras intento desesperadamente resistir el leve cosquilleo de placer que me produce la frase «mujer peligrosa» y el hecho de que conozca mi nombre.

—Peligrosa, ¿para quién? —me burlo.

No responde, pero, una vez más, no tiene que hacerlo.

Otra sonrisa. Otro hoyuelo en las mejillas.

—Apuesto a que has dejado un reguero de corazones rotos a tu paso.

Me encojo de hombros y me doy cuenta de que su mirada se ve atraída por mi hombro desnudo.

—Tres o cuatro propuestas de matrimonio, tal vez.

—¿Vástagos del ron y barones del azúcar, o barbudos luchadores por la libertad de melena revuelta?

—Digamos que mis gustos son variados. Una vez besé al Che Guevara.

No sabría decir quién está más sorprendido por este anuncio. No sé por qué lo he dicho, por qué comparto con un completo desconocido un secreto que ni siquiera mi familia conoce. Para sorprenderlo, tal vez; estos americanos se escandalizan con mucha facilidad. Para advertirle de que no soy una tímida jovencita que se presenta en sociedad. He hecho y visto cosas que no puede imaginar. Y también, quizá, porque me siento poderosa pensando en hasta dónde fui capaz de llegar en un intento fallido de que soltaran a mi padre de aquel infierno que era La Cabaña, la cárcel de Guevara. Sirve para una buena historia, aunque por dentro me avergüenzo de aquella jovencita cuya soberbia le hizo pensar que un beso podría salvar una vida.

—¿Lo disfrutaste? —El gesto de Chico de Oro es inescrutable, se ha colocado una máscara inteligente y eficaz. No puedo decir si está escandalizado o si le doy lástima. Prefiero el escarnio de la sociedad a su compasión.

—¿El beso?

Asiente.

—Hubiera preferido cortarle el cuello.

En su favor, cabe decir que no se inmuta ante mi sanguinaria respuesta.

—Entonces, ¿por qué lo hiciste?

Me sorprendo, y tal vez a él también, al optar por la verdad en lugar del embuste.

—Porque estaba cansada de que me pasaran cosas, y quería ser yo quien hiciese que estas pasaran. Porque estaba intentando salvar la vida de alguien.

—¿Y lo conseguiste?

El sabor de la derrota me llena la boca de ceniza.

—Esa vez, sí.

La sensación de poder llega acompañada de otra emoción, el recuerdo de la otra vida que no pude salvar, el frenazo de un coche al detenerse ante el enorme portón de nuestra casa, la puerta que se abre, el cadáver todavía caliente de mi hermano gemelo que cae al suelo, la sangre que mancha las escaleras en las que jugábamos de niños, su cabeza en mi regazo mientras lloro.

—¿Las cosas están tan mal como cuenta todo el mundo? —Su tono adquiere una dulzura que casi no puedo soportar.

—Peor.

—No me lo puedo imaginar.

—No, no puedes. No tienes ni idea de lo afortunado que eres por haber nacido en esta época y en este lugar. Sin libertad, no tienes nada.

—¿Y qué le dirías a un hombre al que solo le quedan unos pocos minutos de libertad?

—Que corra —respondo con tono irónico.

El fantasma de una sonrisa le atraviesa el rostro, pero resulta evidente que no me compra lo que le cuento, y me gusta que sea así, que sea capaz de ver más allá de la fachada.

—Que saboree los últimos minutos que le quedan —corrijo mi respuesta.

Quiero preguntarle cómo se llama, pero el orgullo me hace contenerme. El orgullo, y el miedo.

En este momento, no hay cabida para ciertos lujos en mi vida.

Parpadeo, solo para que me ofrezca una palma extendida, esperando a que la mía se le una.

—¿Bailas conmigo?

Trago saliva, con la boca seca de repente. Ladeo la cabeza y lo observo mientras finjo que mi corazón no late atronador en mi pecho, que mi mano no anhela tomar la suya.

—¿Por qué suena más a reto que a una invitación?

La música es un leve murmullo de fondo en la noche, las notas se cuelan en el balcón vacío.

—¿Me concedes este baile, Beatriz Pérez, besadora de revolucionarios y ladrona de corazones?

Se pasa de zalamero, y me encanta que sea así.

Muevo la cabeza con una sonrisa juguetona en los labios.

—Yo no he dicho nada de robar corazones.

Responde a mi sonrisa con una de las suyas, espectacular, y la descarga me sacude.

—No. Lo digo yo.

¿En serio tengo alguna oportunidad?

Avanza un paso, reduciendo aún más el espacio que nos separa. Su colonia inunda mi nariz, mis ojos quedan a la altura del blanco inmaculado de la pechera de su camisa. Me posa una mano en la cintura y siento el calor de su palma a través de la fina tela del vestido. Toma mi mano con la que tiene libre y nuestros dedos se entrelazan.

El corazón me da un vuelco en el pecho mientras sigo sus pasos. Como era de esperar, es un bailarín nato y confiado.

No hablamos, pero, una vez más, teniendo en cuenta la conversación que mantienen nuestros cuerpos —el roce de la tela, el contacto de extremidades, los toques fugaces que se graban en la piel—, las palabras parecen superfluas y mucho menos íntimas.

Lo bueno de coleccionar propuestas de matrimonio es que la gente asume que eres una ligona, y puede que lo haya sido, hace mucho, pero ahora me resulta forzado el coqueteo. Estoy en algún punto entre la chica que fui y la mujer que quiero ser.

La canción termina y empieza otra demasiado rápido, nuestro baile se prolonga hacia la eternidad al mismo tiempo que termina en un abrir y cerrar de ojos. Me suelta con un sutil movimiento de hombros, el aire fresco corre entre nosotros, mis dedos echan de menos estar en contacto con los suyos, el *shock* de su ausencia es demasiado agudo.

Le miro a los ojos y me preparo para el ataque de flirteo que presumiblemente se avecina, la invitación a comer o cenar, los cumplidos sobre mi forma de bailar, el calor en su mirada. Ahora mismo no estoy para enredos románticos, aunque me imagino que me gustaría bastante enredarme con este hombre.

—Gracias por el baile —dice con una sonrisa.

Contemplo cómo se aleja, convencida de que se dará la vuelta para mirarme.

No lo hace.

La sorpresa me invade mientras él desaparece en el salón, en ese mundo al que por supuesto pertenece. Pasan unos minutos antes de que me sienta lista para volver al interior, al brillo de las lámparas de araña y al centelleo afilado en la mirada de los otros invitados.

Atravieso la puerta del balcón. Isabel está en un lateral; no se ve a Elisa por ninguna parte.

—Se ha ido a casa. No se sentía bien —responde Isabel cuando le pregunto dónde está nuestra hermana.

Un camarero se nos acerca con una bandeja de copas de champán en la mano. Más camareros por la sala ofrecen lo mismo a otros invitados, un murmullo recorre la fiesta, susurros escondidos tras manos ahuecadas, nombres que circulan en boca de todos, la calma antes de que estalle un escándalo.

Curiosa por el cotilleo que todos parecen estar compartiendo, ojeo la multitud en busca de Chico de Oro, en busca de...

Está junto a la orquesta, al fondo de la sala, con un matrimonio mayor y una mujer.

¡Oh!

¡Oh!

No sirve de nada diseccionar los defectos de la mujer, porque me temo que sería una tarea inútil que no me haría ningún favor. Está más claro que el agua que su familia llegó en un gran barco en los tiempos en que se fundó esta nación. Es despampanante, con su cabello rubio y sus rasgos delicados, complemento perfecto a su aspecto dorado. Su vestido está a la última moda, sus joyas, por supuesto, no son de imitación, sus labios forman una hermosa sonrisa.

¿Quién podría culparla por sonreír?

Me uno al resto de la sala para alzar mi copa de champán y brindar por la feliz pareja, mientras el padre de la futura novia anuncia el compromiso de su hija con un tal Nicholas Randolph Preston III. No solo es un Preston; es *el* Preston. El senador de los Estados Unidos sobre el que se rumorea que aspira a llegar algún día a la Casa Blanca.

Nuestras miradas se cruzan a través del salón de baile.

¿Cómo no he podido verlo a un kilómetro de distancia? Al final, la vida siempre es una cuestión de llegar en el momento oportuno.

Es la Nochevieja de 1958 y tu mundo son fiestas y excursiones para ir de compras; es Año Nuevo de 1959 y todo son soldados, pistolas y muerte.

Conoces a un hombre en un balcón y, por un momento, te olvidas de ti misma, solo para volver a recordar lo voluble que puede ser el destino.

Vacío la copa de champán de un trago muy poco femenino.

Y entonces lo veo a él, el motivo por el que he acudido a esta fiesta, y ya nada más importa.

Al contrario que Nicholas Preston, el hombre es bajo y rechoncho, está perdiendo pelo en la coronilla y su nariz encajaría mejor en una cara más grande. Lleva el esmoquin como si lo estuviera estrangulando. He estado investigando y he descubierto que lo invitan a estas fiestas por un motivo: su mujer es la preferida del circuito de galas benéficas, su apellido de soltera se pronuncia con reverencia por toda la sala. Él está claro que prefiere el confort de las sombras, cada centímetro de su piel confirma los datos que me han pasado. Es un hombre al que no le asusta remangarse la camisa y ensuciarse las manos, que disfruta moviendo a líderes mundiales como si fueran piezas de un tablero de ajedrez.

Su apellido es Dwyer y es el hombre de la CIA en América Latina.

Antes, cuando Nicholas Randolph Preston III, el senador de los Estados Unidos y futuro esposo, me preguntó por la libertad, mentí. Sí que la disfruté, por un momento.

Y lucharé con todo lo que tengo para asegurarme de que nunca jamás me la vuelven a arrebatar.

Por muy hermoso que sea bailar con príncipes a la luz de la luna, he venido aquí con un asunto mucho más importante entre manos. He venido para conocer al hombre que va a ayudarme a vengar la muerte de mi hermano Alejandro y que marcará mi futuro.

2

EL MISMO BALCÓN, distinto hombre. La misma mirada evaluadora, pero en esta ocasión no hay un brillo de admiración ni una chispa de atracción. Y, por supuesto, no hay baile, aunque la música suene de fondo.

—Parece ser que usted y yo tenemos un enemigo en común —dice Dwyer.

Sus rasgos ásperos forman una máscara precavida; su mirada me recorre el rostro, el cuerpo. Su escrutinio es el de un espía avezado de tomo y lomo: inquebrantable, riguroso, aprovechado.

El papel de la CIA en América Latina ha sido sangriento y brutal. Los rumores sobre su implicación en lugares como Guatemala llegan a los círculos en los que ahora me muevo gracias al legado que me pasó mi hermano con su muerte.

—Así es —reconozco.

—¿Y piensa usted que puede hacer algo al respecto?

Dwyer saca un cigarrillo fino de una pitillera dorada; la llama de un mechero repujado también dorado hace crepitar el papel. La primera bocanada de humo se abre paso en el aire. El embriagador aroma del tabaco se adueña del balcón y se mezcla con los toques de perfume que me he echado en los puntos donde se toma el pulso.

—En efecto.

Puede resultar extraño que a mis veintidós años y siendo mujer me encuentre en este balcón, en lugar de otra persona como mi padre, alguien que se haya pasado la vida acumulando poder e influencia, pero mi edad y mi género me convierten en un arma atractiva. Para que esto funcione, necesitan a alguien que pueda acercarse a Fidel, alguien a quien no vea como una amenaza y que pueda atraer su atención. A fin de cuentas, ¿a quién se descarta más rápido que a una mujer, sobre todo una jovencita, para más inri? Castro tiene muchos vicios, y es conocido que su talón de Aquiles es la belleza femenina.

—En La Habana estuvo usted implicada con los rebeldes. —La mirada de Dwyer es dura y levemente reprobadora—. La relación de la CIA con el expresidente Batista era compleja, cuando menos. Yo y otros como yo les causamos una buena cantidad de problemas a lo largo de los años.

La guerra hace extraños compañeros de cama.

—Así es.

—¿Debido a su hermano?

Tal vez su intención es pillarme fuera de juego con estos detalles de mi vida que está sacando a relucir, pero no me sorprende demasiado que conozcan la implicación de Alejandro en la Revolución y sepan cómo murió. Los americanos llevan mucho tiempo inmiscuyéndose en los asuntos de Cuba y moviendo los hilos de Batista y de otros como él con sus maquinaciones.

—Al principio —respondo, con un tono algo más frío.

Dwyer sonríe, un esfuerzo poco natural en una cara que parece dar poco uso a las agradables líneas que se deslizan por las arrugas y pliegues de su piel.

—Puedo aguantar que los mejores hombres sean enigmáticos, señorita Pérez, pero ha sido usted quien ha solicitado este encuentro, de modo que, si va a convencerme de que esto merece mi tiempo, será mejor que empiece ya.

En Cuba la gente sufre y muere mientras aquí un hombre en esmoquin trama un golpe a desgana entre caladas de cigarrillo. Y seguramente lo esté disfrutando, lo cual añade sal a la herida.

—Usted no habría aceptado verme si no estuvieran desesperados. —Mi confianza aumenta un poco con cada palabra que sale de mis labios—. No estaría aquí si no anduviera buscando formas creativas de llegar hasta Fidel —añado—, si Castro no hubiera

24

rechazado todas y cada una de las propuestas diplomáticas que ya le han ofrecido. Soy yo la que lo arriesga todo: mi reputación, mi familia, mi vida. De modo que, por favor, explíqueme cómo puede ser que yo le necesite a usted más que usted a mí. A mí no me costaría mucho encontrar a un hombre rico que me pusiera una alianza en el dedo y me comprara una gran mansión mientras el mundo arde a mi alrededor. Es usted quien tiene el aliento del comunismo en la nuca. Es su cabeza la que rodará si cae América Latina. Tiene un polvorín en potencia a ciento cuarenta y cinco kilómetros de las costas americanas. Necesita a Cuba. Y me necesita. No insultemos la inteligencia del otro fingiendo lo contrario.

Inclina la cabeza en un gesto burlón entre una nube de humo.

—Ya me dijo Eduardo que usted era algo más que una cara bonita.

Eduardo Díaz, el hijo de un amigo de mi padre, el hombre que ha orquestado este breve encuentro, uno de los muchos que han ayudado a mi familia a adaptarse a la vida de Estados Unidos.

Dwyer da otra calada a su cigarrillo.

—¿Me permite empezar de nuevo? ¿Por qué cree que puede llegar cerca de Castro?

—Porque es un hombre.

¿Hace falta decir algo más? No consigues cinco propuestas de matrimonio sin aprender un par de cosas sobre cómo manejar a los hombres.

—¿Se conocen? ¿También él la ha pedido en matrimonio?

Parece que, una vez más, mi reputación me precede.

—No, Fidel nunca ha tenido ese placer. Aunque con Guevara sí que he estado unas cuantas veces.

—¿Y Guevara confía en usted?

Me permito soltar un resoplido muy poco propio de una dama.

—No lo creo. Dudo que le importe una cosa o la otra, pero ¿no es esa la cuestión? Soy la chica a la que conocen por las páginas de sociedad. Una de las infames reinas del azúcar que tanto detestan, pero a las que no pueden resistirse. Nadie me considera una amenaza y, dado el tamaño de sus egos, su desprecio por mi familia y el caché de mi apellido, la idea de hacer caer a mi padre resultará tremendamente persuasiva. Además...

Mi voz se apaga, pero no necesito terminar la idea. Revolucionarios, tiranos, da igual. Todos son, en el fondo, hombres. Se dejan llevar por otras cosas y no por su razón.

La mirada de Dwyer recorre mi figura de nuevo, examina las curvas que se muestran, asimila las señales de que mis circunstancias han empeorado: el vestido es de un color rosáceo que ya no está de moda, los zapatos que no son de mi talla, el estridente brillo del collar que llevo al cuello.

También necesito eso para mantener mi estatus y él lo sabe.

—Entonces ¿cómo propone llegar hasta él? ¿En Cuba?

Lo suelta como quien pone un caramelo delante de un niño. ¡Qué no daría yo por volver a casa, al único lugar que he sentido mío! ¡Por regresar con mis amigos, mis parientes, mi gente y detener esta espera sin fin!

—Quizá —respondo—. O cuando él tenga que viajar a Estados Unidos en viaje diplomático.

El pasado abril, Castro había recibido una invitación de Estados Unidos, tres meses después de hacerse con el poder. En su defensa, cabe decir que el presidente Eisenhower no lo recibió, pero Castro sí se entrevistó con el vicepresidente Nixon. En vista del hombre que tengo delante, el encuentro no fue bien.

—Castro no es un hombre descuidado. No con su vida, al menos. No será fácil acercarse a él, ni siquiera con sus considerables encantos —advierte Dwyer.

—No necesito que sea fácil. Solo necesito una oportunidad.

—¿Y si no lo consigue? Si sus guardias la detienen, podrían matarla. Es probable que lo hagan. Hay algunos sitios en los que su apellido no la va a proteger. ¿Está preparada para eso?

—Si no lo consigo, entonces que me maten. Se lo aseguro, soy consciente de los riesgos. No me hubiera ofrecido para esto si no lo fuera.

—No la tenía por una idealista.

Dice «idealista» como si fuera una palabra vulgar.

—No lo soy.

—Su hermano...

—Jamás hablo de mi hermano. No lo va a conseguir.

Alejandro fue el primero en alzar la voz cuando empezó a ver las grietas en la vida que llevábamos en Cuba antes de la Revolución. Su indignación ante la riqueza y el poder de nuestra familia en contraste con el sufrimiento de los que nos rodeaban se vertía en la mesa de la cena. Terminó uniéndose a la Federación Estudiantil Universitaria, uno de los grupos estudiantiles que se estaban organizando en la Universidad de La Habana, y colaboró con la resistencia contra el presidente cubano Fulgencio Batista. Participó en un ataque al Palacio Presidencial que le valió el repudio de nuestro padre. Aunque muchos veían a Batista desde una perspectiva negativa, nuestro padre eligió su amistad como un mal necesario.

Como con todo en nuestra vida, allá adonde iba Alejandro, yo lo seguía. Su rabia se convirtió en la mía; sus sueños, en los míos; sus esperanzas, en las mías; su muerte, en mi muerte.

Mi hermano se quedó en Cuba, enterrado en un mausoleo junto a incontables miembros de la familia. Su cuerpo descansa bajo el mismo suelo que ahora controlan sus asesinos.

Respiro hondo.

—¿Está interesado en ayudarme o no?

Dwyer aplasta el cigarrillo en el suelo con la punta de su zapato de noche.

—Es posible. Estaremos en contacto.

Se despide con un leve gesto de cabeza y me deja sola en el balcón, debatiéndome entre la esperanza y la desesperación.

Ahora que Elisa se ha casado, en casa solo estamos Isabel, María y yo con nuestros padres. María se pasa el día en el colegio mientras Isabel y yo luchamos por mantenernos ocupadas. Hacemos trabajos voluntarios en obras de caridad y en la iglesia, y luego, por supuesto, tengo mis actividades extraescolares políticas. Aun así, nuestra vida sigue teniendo poco sentido. He resucitado la discusión de que nos permitan ir a la universidad, y le he pedido a mi padre que me deje ayudarlo con la azucarera que está intentando reanimar después de que estuviera a punto de morir gracias a la Revolución de Fidel.

Hace ocho meses el régimen aprobó la Ley de Reforma Agraria que limitaba la cantidad de tierras que podían estar en manos privadas para redistribuir el resto o apropiárselas para uso estatal. Con un trazo de bolígrafo, se desvaneció todo lo que mi familia y otros como nosotros llevábamos siglos construyendo. Los rumores que salían de nuestro país eran presagios de algo mucho peor: miles de conciudadanos habían sido torturados, detenidos, asesinados.

—Deberías tener cuidado.

La voz me asusta y me giro despacio, estirando un poco el momento con vanidad femenina, pero sobre todo para aclararme la cabeza.

Ahora que ya sé quién es, o ahora que sé que está oficialmente prometido, no ha dejado de ser de oro. De hecho, lo único que estropea su hermoso rostro es el ceño fruncido con el que me mira.

—Dwyer no es alguien a quien querrías caer mal —me avisa Nicholas Preston.

Dada su influencia política en el Gobierno, no me sorprende que esté familiarizado con el agente de la CIA. Por el interés que vi en su mirada, tampoco me sorprende que haya seguido mi salida del salón en medio del anuncio de su enlace.

Sin embargo, sus palabras me ofuscan por el tono de advertencia y porque implican que necesito a alguien que me vigile.

—Sé cuidar de mí misma.

—Tal vez, pero eso no significa que no debas tener más cuidado en tus relaciones personales. Dwyer no se sentirá culpable por usarte para lograr sus fines, y no se implicará demasiado con lo que te suceda en el proceso. No se anda con bromas.

—Bien, porque yo tampoco me ando con bromas.

Sus palabras me sientan igual que todas las que me decían mis padres. Las barreras y obstáculos: mi género, nuestro estatus, la necesidad de casarme con un hombre que aporte reputación a la familia, la importancia de mejorar siempre nuestra posición en el mundo.

Da un paso y ladeo la cabeza para estudiarlo.

—¿Debería estar usted aquí, senador Preston? No creo que a su prometida le haga gracia verlo tan preocupado por los asuntos de otra mujer. Sobre todo, de una como yo.

En esta apacible pequeña ciudad, en esta isla solitaria, soy un escándalo.

En su mejilla se percibe un tic al oír la palabra «prometida» salir de mis labios. Su cuerpo se sacude con la palabra «asuntos».

Sonrío, en esta ocasión enseñando todos los dientes.

—Repito, sé cuidar de mí misma.

No habla. El silencio es de plomo entre nosotros. A continuación, asiente con un movimiento rígido. La intimidad que ha existido entre nosotros momentos antes en el balcón se ha borrado.

—Claro que sabes. Discúlpame por entrometerme. —El leve tono de burla en su voz y la curva de sus labios sugieren que él también sabe morder—. Como has dicho, mi prometida me está esperando.

Resulta una frase de cierre muy efectiva, pues vuelvo a encontrarme con la visión de su espalda y la extraña sensación de ver cómo un hombre se aleja de mí.

Nunca he aceptado ninguna de las cinco propuestas de matrimonio. Nunca las he tenido en consideración porque, aunque la mayoría eran hombres bastante agradables —y otros insufribles, aunque poseían unas fortunas muy atractivas—, nunca me hicieron sentir nada.

Nunca se colaron bajo mi piel y me sacudieron.

En una noche, Nicholas Preston lo ha conseguido.

3

—¿QUÉ TAL TE fue anoche? —me pregunta Eduardo Díaz en español y en voz baja. Su mirada se mueve tensa por el atestado restaurante mientras le informo del encuentro que mantuve con Dwyer, y que él había concertado.

—No estoy segura —reconozco, pues no tiene mucho sentido mentir a un hombre al que solía chantajear para que jugara a tomar el té cuando éramos niños. Eduardo es el tipo de amigo que es casi como de la familia.

—Bueno, ¿en qué quedó la cosa?

—El señor Dwyer dijo que estaríamos en contacto. —Bajo la voz—. Me da la impresión de que la CIA no tiene un plan para llegar hasta Fidel, pero se le veía intrigado por la idea de usarme para conseguir tal proeza.

Eduardo da un sorbo de su café y frunce su hermoso rostro.

—No es suficiente.

—Puede que no, pero ¿qué se supone que podía hacer? El hombre es desconfiado. Si lo presionaba demasiado, es probable que me hubiera tomado por una agente cubana o algo así.

En los últimos tiempos el espionaje entre Washington y La Habana ha estado particularmente efervescente, y se rumorea que Fidel ha infiltrado espías en los crecientes círculos del exilio.

—Quizá.

Eduardo se reclina en el asiento y da otro sorbo al café. En cuanto lo apoya en la mesa, una camarera aparece para servirle más. Eduardo le ofrece una sonrisa, esa que le he visto usar en incontables ocasiones. Las mujeres siempre andan enamorándose de

Eduardo Díaz, lo que me temo es un terrible error. Es un cabrón egoísta, aunque adorable, y por el momento está centrado en nuestra causa y no se dejará influir por un par de ojos bonitos u otras virtudes. A pesar de lo mucho que le gustan las mujeres, Eduardo ama más a Cuba.

Las mejillas de la camarera se tintan de un tono rosado.

Cuando la taza de Eduardo vuelve a estar llena hasta al borde, la muchacha se retira.

—He oído que anoche conseguiste un nuevo admirador —dice pensativo.

—Imagino que conseguí más de uno. Estuve practicando mi mejor papel de damisela en apuros, la princesa sin trono necesitada de un valeroso caballero que mate al dragón por ella. A los hombres les gustan tonterías como esas.

—A algunos —replica con una sonrisa.

—¿Tú no matas dragones?

—Apenas. Ya sabes que detesto ensuciarme las manos.

—Bueno, se supone que algunos de esos americanos no son del mismo parecer.

Dicen que Nicholas Preston fue un héroe de guerra.

La mirada de Eduardo se torna traviesa.

—Hablando de americanos, me han contado que recibiste una propuesta de matrimonio en el baile.

Eduardo no estuvo en la fiesta, pero está claro que no soy el único par de ojos y oídos que tiene en la alta sociedad de Palm Beach.

—Podrías venir tú a esos eventos, ¿sabes? En lugar de delegar en tu pequeña red de espías para que te vayan contando chismes sobre nosotras.

—Anoche estuve jugando a las cartas. Resultó ser una empresa muy rentable.

—¿A las cartas? ¿Así es como lo llaman ahora? Estoy segura de que había otras, por así decirlo, distracciones en tu velada.

Eduardo goza de una posición en la alta sociedad que el resto de nosotros no hemos alcanzado. A pesar de que por ahora ha perdido su fortuna, lo ven como un buen partido, el tipo de «acompañante» que adoran las amas de casa aburridas y las madres ambiciosas: bien parecido, modales impecables, esmoquin hecho a medida siempre a punto.

—No puedo evitar que todo el mundo me encuentre irresistible —se burla.

—Por favor, es muy temprano para este tipo de conversación, y anoche me acosté demasiado tarde.

—De modo que no soy el único que ha tenido una noche interesante.

Consigue hacer que «interesante» suene como algo muy vulgar, la verdad.

—Dudo mucho que mi noche fuese tan interesante como la tuya, teniendo en cuenta que volví a casa con mis padres y mi hermana, y tú te irías con…, ¿quién era esta vez? ¿Una viuda solitaria o una aspirante a cantante de cabaré? ¿O tal vez una esposa incomprendida y demasiado joven?

—Vaya, pensaba que tu compañero de velada era un pelín más cautivador que la mía.

Me arden las mejillas. A pesar de que no nos unen vínculos familiares, Eduardo siempre ha tenido un modo de levantarme ampollas como solo los hermanos mayores pueden conseguir.

—Estoy bastante segura de que no sé a qué te refieres.

—Yo pienso que sí. —Su gesto se serena—. Son una familia muy poderosa en Estados Unidos, Beatriz, con influencia en la política.

—Puede que lo sean, pero no es más que un primo lejano. No creo que pueda influir en las decisiones políticas.

—No me refería al que pidió tu mano. He oído que también llamaste la atención de cierto senador.

—¿Tienes espías entre el servicio de esas fiestas? —Mi voz se torna gélida—. ¿O son invitados a los que has convertido a la causa?

—Sabes que no puedo desvelar todos mis secretos.

—Solo fue un baile.

—Claro.

—Nada más —insisto.

—Por lo que he oído, se pasó toda la noche observándote.

Esto no debería hacerme sentir cierta satisfacción, pero lo consigue.

—Se pasó casi toda la noche pidiendo la mano de su prometida.

—Los hombres prometidos siguen teniendo ojos.

—Vaya, perfecto. Justo lo que necesito, un mujeriego.

—Sí, y mejor que sea un mujeriego. Al menos para nuestros fines. Estoy seguro de que su preciosa prometida sabrá apañárselas. Llegará un día en que necesitemos su voto en el Senado, Beatriz.

Debo contenerme para no alzar la voz.

—Votos en el Senado a cambio de un baile. ¡Caramba! Apuntas alto. Pensaba que el plan era cargarse a Fidel Castro, no eliminarlo a base de leyes.

—Necesitamos mantener todas nuestras opciones sobre la mesa. Esta noche hay una fiesta a la que va a asistir el senador. Solo te sugiero que lo engatuses un poco, a ver si está interesado.

Entrecierro los ojos y mi voz se endurece como el acero.

—Puede que no te cueste encontrar subalternos que cumplan tus órdenes, pero yo no estoy en venta. Estoy aquí por Castro, no para acostarme con políticos y así ayudarte a recuperar tu fortuna.

—Pensaba que estabas aquí por Alejandro —contrataca Eduardo sin un atisbo de vergüenza en el rostro.

¿Por qué la gente suelta el nombre de mi hermano como si me fuera a plegar a su voluntad cuando me tocan la fibra sensible? Se puede querer a alguien y no perder la razón.

—Y no es solo de mi fortuna de lo que estamos hablando aquí —añade Eduardo—. ¿No quieres una vida mejor para ti, tus padres y tus hermanas?

—No voy a acostarme con el senador Preston por ti, ni por la memoria de Alejandro, ni porque mis hermanas y yo nos veamos obligadas a reutilizar los vestidos. Hay otras formas de derrotar a Fidel. Además, yo conocía a mi hermano mejor que nadie y estoy segura de que se hubiera negado a que me prostituyera para la causa.

A pesar de que Castro nos ha convertido a todos en mendigos, Eduardo posee la suficiente educación como para, por fin, parecer momentáneamente avergonzado.

—Está bien. No te acuestes con él. Pero piensa en lo que se podría conseguir si haces que siga interesado por ti. Tal vez se muestre más dispuesto a ayudarnos si le gustas.

—Se va a casar —digo por el bien de Eduardo y tal vez un poco por el mío, un recordatorio muy necesario frente al recuerdo de lo mucho que disfruté la pasada noche en el balcón. ¿De verdad se pasó toda la velada observándome?

—Y tú eres Beatriz Pérez —replica Eduardo.

—No pienso arruinar la vida de un hombre ni sus aspiraciones conyugales. No voy a hacer daño a gente inocente.

—Es un político estadounidense —replica Eduardo—, ¿cómo va a ser inocente? Los americanos tienen las manos sucias en todo esto. Esta noche hay una fiesta. Tu senador Preston estará allí. Acompáñame a la fiesta.

Titubeo.

Sonríe.

—¿Qué hay de malo en intentarlo? Como dijiste, solo fue un baile.

Eduardo lanza el guante con un brillo cómplice en sus ojos marrón oscuro —a la vez un reto y una súplica—, y, maldito sea, lo acepto porque los dos sabemos que nunca me he podido resistir a las causas perdidas ni soy de las que se echan a un lado ante un desafío.

LA CONCURRENCIA ES distinta a la de la pasada noche; no hay damas respetables ni padres de familia de cabello canoso. Estos son los juerguistas. Algunas caras me resultan conocidas, pero la mayoría no tienen nada que ver con las fiestas a las que voy con mis padres.

—Estás preciosa —susurra Eduardo mientras entramos al salón agarrados del brazo.

—Puede ser, pero resulta un poco embarazoso cuando lo dices así.

34

—Así, ¿cómo?

—Como si me estuvieras mostrando delante de ellos igual que harías con un pedazo de carne.

Eduardo contiene una carcajada y una sonrisa vaga asoma a su rostro, que atrae la mirada de la gran mayoría de las mujeres presentes. Si no me odiaban ya de antes, presentarme del brazo de uno de los solteros más guapos de la temporada no me va a hacer ningún favor.

—Te he echado mucho de menos cuando todavía estabas en Cuba —murmura Eduardo con tono cariñoso e indulgente, dando la impresión de que somos viejos amigos o amantes.

Eduardo se marchó de Cuba antes que nosotros, antes de que el presidente Batista huyera del país en Nochevieja y nos abandonara en manos de Fidel en Año Nuevo. Siempre me he preguntado si todo el dinero que Eduardo ha estado enviando a la gente a lo largo de los años le permitió saber por adelantado que las fortunas de Cuba estaban a punto de cambiar de manos.

—La mayoría de las mujeres que conozco últimamente se pasan el tiempo haciéndome cumplidos —añade con una sonrisita—. Es agotador, la verdad.

Contengo un bufido sarcástico mientras aparto la mirada de él y la dirijo a la multitud.

Se me para la respiración.

Un par de ojos azules se clavan en los míos y Eduardo cae en el olvido durante unos instantes.

Esta noche no está la prometida, o si está no son el tipo de pareja que van cogidos de la mano. Casi con toda probabilidad, ella andará en otro lugar más respetable, como la mayoría de las chicas solteras de buena familia. Así es la fiesta en la que me encuentro.

Nicholas Preston está igual de guapo que anoche, esta vez con traje en lugar de esmoquin. Su piel saludable y morena contrasta con el blanco cegador del cuello de la camisa.

La alta sociedad acude a Palm Beach durante los meses de invierno para escapar de las duras temperaturas del norte, y es fácil imaginar al senador Preston estrechando lazos con los Kennedy bajo el sol del amanecer de Florida, o caminando por la arena de la playa en las últimas horas del día. Da la impresión de que es más feliz cuando hace cosas: al timón de un velero, a los mandos de un avión, a lomos de un caballo de polo traído de alguna elegante hacienda, o con una raqueta o un palo de golf en la mano, dispuesto a machacar a su rival.

Me quedo junto a Eduardo mientras saluda a nuestro anfitrión, el heredero de un magnate de la prensa cuya familia aparece inmortalizada en el Registro Social, que actúa como la Biblia no oficial de mi madre y cuyos nombres escruta con atención en busca de un hombre adecuado con el que prometer a alguna de las hijas que le quedan por casar.

La mirada de Nicholas Preston me sigue y se detiene en la piel desnuda que muestra mi vestido, en la mano de Eduardo en mi cuerpo, en el lugar exacto en el que nuestra carne entra en contacto.

Cuando Eduardo me conduce a la pista de baile improvisada, un escalofrío me recorre la columna. El peso de los ojos de Nicholas en mí resulta incómodo, las miradas curiosas del resto de invitados son afiladas. ¿Se han dado cuenta de que estoy atrayendo la atención de Nicholas Preston desde el otro rincón de la sala? ¿O sus miradas son solo una reacción a la visión de Eduardo y yo juntos, al modo en que nuestros rasgos morenos se complementan? ¿La compenetración con la que nos movemos servirá para confirmar sus sospechas de que soy la amante de Eduardo o algo igual de sórdido?

—Te va a pedir un baile —predice Eduardo antes de soltarme para dar una media vuelta.

Lanzo una mirada a su espalda.

Nicholas Preston sigue observándome. Se me erizan los pelos del brazo y el giro hace que me maree un poco. O tal vez se deba a todo lo que me rodea esta noche: el hombre, el subterfugio, el deseo que se enrosca en mi interior.

La cosa es... que quiero que Nicholas Preston nos interrumpa. Quiero que cruce la pista y me pida un baile, y quiero fingir que solo soy una chica de veintidós años, la chica que fui.

Solo quiero bailar con él. Bueno, y tal vez flirtear un poco, también.

La canción termina sin que yo vuelva a mirar en su dirección; me supone un esfuerzo hercúleo, teniendo en cuenta que siento su atención en mí tan clara como una caricia física. Eduardo tenía razón; me observa.

Constantemente.

Eduardo me deja sola en un rincón y con un guiño me promete volver con champán. Treinta segundos después...

—¿Bailas conmigo?

Alzo una ceja ante la voz suave y el aplomo que demuestran esas palabras, mientras lucho por evitar que una sonrisa asome a mis labios rojos. Me gusta más por el hecho de que él también se toma esto como si fuera algo así como una conclusión inevitable, como si fuéramos dos imanes que se atraen. Su arrogancia se ve templada por el peso de su mirada, que no dejo de notar a lo largo de la noche.

—Tu forma de pedirlo ha perdido bastante lustre. ¿Qué era yo antes, una «ladrona de corazones», verdad?

Sonríe.

—No creo que mis encantos hayan funcionado contigo.

Me cuesta formular una respuesta a eso.

—Vamos a ser la habladuría de la gente —digo.

—Sí, lo seremos.

—Estamos en año de elecciones.

Se ríe.

—Siempre estamos en año de elecciones.

—Y eres un hombre prometido.

—Lo soy. Pero no temas, no voy a perder el corazón por un baile.

Sonrío, devolviéndole su volea verbal:

—Pero yo sí podría perderlo.

Un hoyuelo me saluda mientras me ofrece la mano. Por el momento sus dedos están libres de la carga de una gruesa alianza de oro.

—Entonces tendremos que correr el riesgo, ¿no?

Titubeo.

No solo estaba siendo remilgada. Camino en la cuerda floja en lo relativo a mi reputación.

Sin embargo, no soy capaz de reunir las fuerzas necesarias para rechazar este placer.

Poso la mano en la suya, entrelazamos los dedos y nuestras palmas conectan.

Hay murmullos y gemidos ahogados. Es irónico, la verdad, teniendo en cuenta que estamos rodeados por hombres y mujeres que bailan con parejas con las que no están legalmente unidos.

Pero si he aprendido algo este último año es que hay diferentes reglas para aquellos que han nacido en este enclave y para los advenedizos como yo. Si anoche les molestó la propuesta de matrimonio de Andrew, lo de hoy seguramente les va a provocar un derrame. En la jerarquía social de la *jet set* de Palm Beach, Nicholas Randolph Preston III es lo más alto a lo que puede apuntar una mujer soltera —o casada—. Es el modelo que todos imitan.

Y él lo sabe, también.

Parece inmune a las miradas y a las lenguas en movimiento, que no perturban su paso firme. Al mismo tiempo, resulta imposible no fijarse en cómo se le corta el aliento al posar la mano en mi cintura.

—¿Te lo estás pasando bien esta noche? —pregunta.

Ladeo la cabeza y lo estudio mientras bailamos.

—¿Ahora vamos a tener una conversación cortés?

—¿Preferirías que tuviéramos una conversación descortés?

—Quizá. ¿Qué implicaría eso?

—Imagino que empezaría y acabaría con tu vestido.

Me sonrojo bajo la mencionada tela.

—Es un vestido muy bueno.

Un vestido que la mismísima Marilyn Monroe se enorgullecería de llevar, ajustado y excesivo, perfecto para destacar las abundantes curvas que Dios me ha dado. Mi madre estuvo a punto de no darle el visto bueno; su preocupación por las habladurías se enfrentó a la necesidad de casar a sus hijas con una precisión cuasi militar. El pragmatismo venció al decoro, como suele suceder.

—¿Estás intentando robarme el corazón? —Su gesto es de alarma socarrona.

—Solo un poquito —me burlo.

Mi mirada se dirige a los otros invitados antes de regresar a mi pareja.

—Teniendo en cuenta cómo dejamos las cosas anoche, pensaba que estarías enfadado conmigo.

—No creo que nos conozcamos lo suficiente como para enfadarnos.

—Cierto —admito—. De hecho, me acabo de dar cuenta de que nunca nos han presentado como Dios manda.

—Permíteme que lo remedie de inmediato. Mis amigos me llaman Nick.

Doy vueltas al nombre en mi cabeza, saboreo su sonoridad, esa parte privada de un hombre muy público. ¿Cuántas mujeres habrán usado ese apelativo cariñoso con él? ¿Cuántas habrán conocido su lado informal?

—¿Vamos a ser amigos?

—Algo así. —Su mirada se vuelve especulativa—. Parece que tienes otros «amigos» aquí esta noche.

Resulta imposible pasar por alto la pregunta implícita en esas palabras.

—Eduardo es más como un viejo amigo de la familia. Casi como un hermano.

Casi, pero no del todo.

—Con intereses similares, supongo.

Es fácil olvidar que el hombre que tengo delante es algo más que una fachada dorada, que forma parte de comisiones importantes en el Senado. Eduardo no se equivocaba: Nick Preston puede ser un poderoso aliado.

—¿Estás intentando que desvele todos mis secretos? —pregunto.

—En absoluto. A mis treinta y siete años, he aprendido el arte de la paciencia. Tengo la sensación de que es mejor desvelar los secretos uno a uno.

—No me había fijado en que fueses tan mayor. —Olvido por un instante la etiqueta mientras asimilo ese importante dato e ignoro el inconfundible murmullo de interés que resuena de fondo a nuestra conversación. No me extraña que tenga prisa por casarse.

—¿Treinta y siete es ser mayor en estos tiempos?

—Lo es cuando tienes veintidós.

Sonríe.

—Ya veo. El primer secreto que obtengo de Beatriz.

—Mi edad no cuenta como secreto.

—Quizá, pero es algo sobre ti, una pieza más del rompecabezas. Además, tengo la sensación de que a tus veintidós estás de vuelta de muchas cosas.

—No creo que se pueda sobrevivir a una revolución y dárselas de inocente después —convengo.

—No, supongo que no. La guerra se las apaña para ir minando las virtudes de uno.

—Combatiste en Europa, ¿verdad?

Asiente, con un gesto más cauto que antes.

—Entonces, lo sabes.

—Sí —responde.

Es diferente ir a un sitio a hacer la guerra, ver a tu alrededor la destrucción que los hombres son capaces de causar para luego regresar a casa, al refugio de un país que probablemente nunca se sumergirá en esa locura. Es más duro vivirlo en tus lugares predilectos, contemplar cómo la muerte alcanza a tus amigos y a tu familia. Aun así, la guerra es la guerra y la desolación se adueña de todos, autóctonos y extranjeros por igual.

—Es duro hablar con gente que no lo ha vivido, que no ha visto las cosas que tú has visto, que no lo entienden.

Asiente.

—¿Cómo fue lo de ir a la guerra? Eras piloto, ¿verdad?

—No se parece a nada para lo que me hubiera preparado la vida. Las primeras veces que surqué los cielos fue aterrador. La primera vez que derribé un avión, supe que había matado a un hombre... —Su voz se apaga por un instante—. No creía que alguien se pudiera acostumbrar a algo así. Sin embargo, al cabo de un tiempo, te haces a ello. Cada vez que sales a volar eres consciente de que puedes morir, pero haces las paces con ello, supongo. Te adaptas a que un día puedes estar sentado ante la barra de un bar con un hombre sabiendo que es probable que no regrese al día siguiente. Y luego todo se acaba y, milagrosamente, no has muerto y vuelves a casa. Todo el mundo quiere darte las gracias por tus servicios y te llaman héroe, y te cuesta encontrar el modo de volver a encajar en este mundo.

Nuestras miradas no se apartan.

—Acudes a bailes y a fiestas, bebes champán, bailas con chicas bonitas, pero siempre hay un pedazo de ti que se quedó allí, entre las bombas, pensando en las vidas que podrías haber salvado, pero no salvaste, en los hijos, maridos y padres que deberían haber vuelto, pero no volvieron. Y empiezas a preguntarte por qué tú te salvaste y todos esos hombres buenos, no. No sabes si hay alguna razón por la que sigues vivo, algo que estás destinado a hacer para pagar la deuda. Te come por dentro, una y otra vez, y es difícil apartar esos pensamientos de la cabeza. Es difícil encontrar a gente que lo entienda.

¿Tendré yo alguna posibilidad?

Era mucho más fácil descartarlo como un guaperas más de Palm Beach, con más estilo que sustancia, más privilegios que responsabilidades, pero la realidad la tengo delante, nadando en esos ojos azules que ahora mismo es evidente que están en otra época y en otro lugar, perseguidos por imágenes que no puede borrar y sonidos que lo despiertan por la noche entre sudores fríos.

Yo todavía puedo oír los pelotones de fusilamiento en La Cabaña ejecutando a cubanos con una precisión aterradora; todavía puedo oler la peste a muerto, humedad y suciedad en aquella prisión infernal; el ruido de la multitud jaleando y vitoreando en el estadio mientras condenaban a muerte a hombres, me despierta en mitad de la noche. Es el sonido del miedo que ahora habita conmigo, el estribillo de la incertidumbre: el zumbido de un motor cuando el avión despega, el golpe de un cuerpo al caer al suelo, el chirrido de un coche al alejarse.

—Lo siento —respondo, consciente del escaso consuelo que ofrecen las palabras.

—Lo sé.

Se hace el silencio y me recorre una punzada de incomodidad, la sensación de que, en efecto, ha conseguido que desvele otro de mis secretos, uno de verdad: el dolor que se oculta tras mi sonrisa de diamante.

—Ya no nos miran —comento en un intento de llenar el silencio con algo inocuo e impersonal, algo seguro.

—¿Quién?

—El resto de la fiesta.

Otra vez esa sonrisa.

—No me había fijado.

La canción se termina y se detiene.

Pararse y apartarse de este hombre me resulta antinatural.

—Gracias por el baile —dice con tono formal, comparado con las intimidades que hemos compartido hace unos instantes. La fachada ha regresado.

¿Qué versión de él conoce y ama su prometida? ¿El hombre con fantasmas del pasado en los ojos o el hombre sobrio que tengo delante de mí ahora mismo?

Siento una leve presión en el codo y no necesito girarme para saber que tengo a Eduardo a mi lado. La evidencia está grabada en el semblante de Nick.

Inclina la cabeza sin dirigir ni una palabra a Eduardo. Ambos cruzan una mirada por encima de mi cabeza. Al verlos así, juntos, tengo la impresión de que Eduardo es un crío, mientras que Nick Preston es un hombre.

Y entonces Nick se va, se aleja de nuevo de mí, con sus espaldas anchas y su elegancia patilarga.

Eduardo me ofrece una copa de champán. Me tiemblan los dedos al agarrarla por el tallo.

—Casi me da pena el hombre —comenta.

Sigo con la mirada a Nick mientras se retira hasta que la fiesta lo engulle y desaparece por completo.

—¿Por qué?

—Al final vas a romperle el corazón —predice Eduardo.

—Lo dudo mucho.

Si me quedara un corazón que perder, me temo que sería él quien terminaría por rompérmelo a mí.

4

Se extiende el rumor de que Nick Preston ha abandonado Palm Beach rumbo a Washington para reunir capital político con el que preparar las próximas elecciones de noviembre. Pasan semanas y la temporada se vuelve insufriblemente sosa en su ausencia. Su preciosa prometida se ha quedado aquí y nuestros caminos se cruzan en la distancia en la frenética vida social, aunque no hablemos. Una horda de Prestons y Davis la llevan de acá para allá en el condado. Su prestigioso apellido es suficiente para auparla a un estrato social distinto a la esfera en la que yo habito.

Eduardo se presenta una tarde de febrero en mi puerta con unas orquídeas en la mano.

Meneo la cabeza al ver mis flores preferidas y una sonrisa asoma a mis labios. Pese a sus limitadas circunstancias económicas, Eduardo siempre ha hecho del estilo una forma de arte.

—Ven a dar una vuelta conmigo —dice tras saludarme.

Las flores seguramente sean más un soborno que un intento de ser romántico, y si piensa que me puede comprar con un par de hermosas orquídeas, está muy equivocado. Por otro lado, la posibilidad de realizar travesuras —y con Eduardo las travesuras están siempre garantizadas— resulta mucho más entretenida que mis planes para pasar el día: leer revistas de moda en el sofá junto a Isabel y escuchar a mi madre lamentarse por nuestra falta de perspectivas matrimoniales. Que no haya comentado casi nada sobre los rumores acerca de mi baile con Nick Preston dice mucho de cuánto han decaído nuestras fortunas; hasta mi madre es consciente de lo lejos de mi alcance que está ese hombre.

—¿Y adónde nos va a llevar esa vuelta? —pregunto a Eduardo.

—A visitar a un amigo que tenemos en común. Quiere volver a verte. Está interesado en tu propuesta y le interesa hablar de la logística.

Casi me había olvidado del hombre de la CIA en el mes que ha transcurrido entre nuestro primer encuentro y este momento.

—¿Quiere seguir adelante?

—Está interesado. Le he dicho que comeríamos juntos.

—¿Y has dado por hecho que yo estaría libre?

—He dado por hecho que estarías muerta de aburrimiento y con ganas de aventuras. —Eduardo me abre la puerta del coche—. ¿Vienes?

Me subo al vehículo con las flores entre los dedos.

EL VIENTO DE la carretera abierta me revuelve el pelo mientras circulamos a toda velocidad por la autopista. Hace un poco más de fresco de lo que me gustaría; aunque muchos acudan en manada a Palm Beach para escapar de las frías temperaturas del norte, esto no es nada comparado con el clima tropical de Cuba. Estoy a punto de pedirle a Eduardo que ponga la capota, pero la petición se me atraganta cuando derrapamos al tomar una curva.

Eduardo conduce con el mismo atrevimiento que adopta ante todo en la vida, y esta es su mejor y peor cualidad al mismo tiempo. Cuando estás en la misma onda, esa relajación abre todo un mundo de posibilidades. Cuando te ves atrapada en cualquier accidente que haya provocado su descuido, el fallo es tuyo.

Cuando era más joven, me gustaba un poco; de hecho, entre nuestro grupo de coetáneas, estoy casi convencida de que enamorarse de Eduardo Díaz era una especie de rito de iniciación. Los tres años que nos separan le conferían un aire de sofisticación. La cercanía entre nuestras familias era un consuelo constante. Eduardo siempre estaba en el escenario de mi vida en Cuba, forma parte de mis recuerdos tanto como el sonido de las olas en el Malecón, las risas de mis hermanas o la voz de mi hermano.

Una vez le robé un beso cuando jugábamos de niños en el patio trasero de mi mansión en Miramar y le hice jurar que lo mantendría en secreto. Si Alejandro hubiera descubierto que había besado a su mejor amigo, me lo habría reprochado sin fin. ¿Se acordará Eduardo de aquello? El recuerdo es borroso. Parece que hubiera sido hace muchísimo tiempo, como si ese momento perteneciese a una chica diferente.

—¿Dónde vamos a encontrarnos con él? —levanto la voz para que me pueda oír entre el ruido del viento y las olas junto a la carretera.

—Un pequeño restaurante en Jupiter. Nada especial. Pensó que así sería mejor —responde Eduardo a voz en grito.

—¿Cómo de bien conoces al señor Dwyer?

—No muy bien —reconoce mientras clava los dedos en el volante al tomar otra curva cerrada. Aunque me gusta la velocidad, se me revuelve el estómago con el movimiento y sopeso las posibilidades de despertarme con un terrible resfriado por la mañana. ¿Por qué las cosas que son más divertidas han de ser siempre las peores?

—Aun así, confías en él.

—No me atrevería a decir tanto, pero no tenemos muchas opciones. Probablemente nos descarte cuando ya no le resultemos útiles, pero por el momento nuestros intereses coinciden. Espero que continúen así durante el tiempo necesario para conseguir lo que queremos.

—¿Y si no conseguimos lo que queremos?

—No lo sé. Estamos trabajando en otras cosas.

—¿Como qué?

—Ya lo verás.

—¡Vaya! ¿Ahora hay secretos entre nosotros?

Me mira de soslayo.

—Tú dirás. ¿De qué estuviste hablando con el senador Preston mientras bailabais?

Aparto el rostro y dirijo la mirada al mar.

—De nada interesante.

Suelta una risa sarcástica.

—¡Vaya! ¿Por qué será que no me lo creo? Me fijé en cómo te miraba. Eso era algo más que nada.

—Hablamos del tiempo, de la fiesta, de los eventos sociales.

—Claro, claro.

Pasamos el resto del trayecto en silencio. Me dedico a mirar por la ventanilla bajada y a contemplar cómo cambia el paisaje. Cuando cruzas el puente que separa la isla de Palm Beach de tierra firme, entras en un mundo totalmente diferente. Está bien salir de la isla, conseguir un alivio temporal de las miradas entrometidas y las risitas disimuladas, por no mencionar un descanso de mi madre. Cada día que pasamos en el exilio, se vuelve más abatida, más inquieta, las paredes se le caen encima. No estoy segura de que hubiera aceptado salir de Cuba de haber sabido que pasaríamos tanto tiempo fuera. Sin embargo, tras el asesinato de Alejandro, quedarnos resultaba casi imposible. Fidel y los suyos ya habían encarcelado a mi padre y amenazado con matarlo. ¿Quién sabe qué habría sido de él y de nosotras si nos hubiéramos quedado?

Al llegar al restaurante, Eduardo se mete en el polvoriento aparcamiento y encaja su deportivo entre un Oldsmobile y un Buick. El resto del *parking* está vacío. El exterior del edificio queda a años luz de los restaurantes elegantes de la isla. La probabilidad de que nos reconozcan en este lugar es muy baja, lo que por el momento salvaguarda mi reputación.

Eduardo me conduce a la puerta de entrada. Me tropiezo con los tacones sobre la gravilla suelta y él me sujeta para evitar que me caiga. Levanto polvo a mi paso.

—Aquí es donde te dejo.

—Estás de broma.

Niega con la cabeza.

—Yo no soy más que el mensajero. Él solo quiere verte a ti. Te esperaré en el coche y, cuando terminéis, te llevo a casa.

Ya he estado a solas antes con Dwyer, por supuesto, pero en cierto modo parecía diferente en la comodidad de un balcón en un salón de baile. Este escenario es otra cosa completamente diferente, el tipo de lugar que mi madre jamás permitiría pisar a una de sus hijas. En el umbral me entran dudas. La puerta desconchada y el sórdido interior del local, visible a través del cristal, no animan demasiado.

Eduardo se inclina y me da un beso en la sien.

—Todo va a ir bien.

Me abre la puerta y atravieso el umbral. Recorro el local con la mirada mientras me seco el sudor de las palmas en la falda.

Llevo en vilo desde que la Revolución prendió en La Habana, desde la muerte de Alejandro, desde que empecé a preguntarme si algún día vendrían también a por mí. Vivimos tantos años bajo el Gobierno de Batista en un permanente estado de conflicto que resultaba sencillo fingir que, mientras mostráramos un mínimo de sentido, mientras no fuéramos muy osados y nuestro padre conservara la influencia suficiente para mantenernos a salvo del verdadero peligro, estaríamos a salvo. Alejandro siempre me dejaba un paso fuera del movimiento rebelde para protegerme de la ira de Batista. Pero luego llegó Fidel y todo cambió, nuestro apellido bastaba para meternos en un lío gordo, para amenazarnos a todos. La muerte de mi hermano remodeló el modo en que veo el mundo. Ahora, cuando entro en una habitación, lo primero que hago es buscar dónde está el peligro.

El restaurante se encuentra casi vacío. En una mesa hay dos ancianos, periódico en mano y tazas de café delante. En la otra punta del local, oculto en un reservado, está sentado el señor Dwyer, la mano negra de la CIA.

Dwyer no levanta la vista del periódico ni de la taza de café mientras me acerco a él. Me cuelo en el reservado con ese encanto de las Pérez que tanto me ha funcionado hasta ahora. Cuando todo lo demás falla, finge que no te sudan las manos y que las rodillas no te tiemblan bajo la falda.

—Señor Dwyer.

Levanta la mirada de su taza. No tengo dudas de que era consciente de mi presencia desde el momento en que puse el pie en el restaurante.

—Señorita Pérez.

La camarera se acerca a anotar mi comanda y me trae café.

—¿Por qué me ha citado aquí? —le pregunto cuando la mujer se aleja.

—Porque he hablado con algunas personas de su propuesta. —Da un sorbo al café—. Les ha parecido interesante.

Me echo hacia delante y bajo la voz. Es mi momento de obtener información.

—¿Cómo están las cosas con Castro?

Resulta duro no estar en La Habana y tener que confiar en la palabra de otros para saber cómo va tu país y qué se dice en la calle.

—Nada bien —reconoce Dwyer tras una pausa—. Hemos intentado abrir una línea de comunicación segura entre Washington y La Habana. No ha aceptado.

El temor a que Estados Unidos legitime el régimen y deje que los cubanos nos las apañemos solos es como un espectro que se cierne amenazador sobre nuestros planes desde hace ya bastante tiempo. Por el momento cualquier intento de desalojar del poder a Castro depende del apoyo americano, o al menos de la posibilidad de que los americanos no acudan al rescate de Fidel. Aprendimos a las duras con Batista que Estados Unidos es un formidable aliado con una cartera de recursos en apariencia inagotable.

—No, era de esperar —comento—. Fidel no es de los que aceptan que alguien interfiera en sus asuntos.

—En este caso, no tiene elección.

—Meterlo en cintura no va a ser sencillo —aviso.

Ha habido algunos entre nosotros que creyeron que sería útil permitir que Fidel derrocase a Batista para luego echarlo a él del poder. Muchos de mis compañeros y compañeras de armas creyeron que Fidel podría traer el cambio que anhelábamos. Cuando no fue así, derrocarlo se convirtió en una necesidad. Por desgracia ha demostrado ser mucho más resiliente de lo que nadie hubiera imaginado. Que los americanos aprendan la lección ahora, mejor que más tarde.

—Es un hombre arrogante —añado—. Son todos unos arrogantes. Hincar la rodilla no va con la naturaleza de Castro, y tampoco es un hombre nacido para transigir. No puede permitirse quedar mal con Cuba y convertirse en una marioneta del régimen americano como lo fue Batista. No creo que el pueblo lo aceptara.

—Su arrogancia es precisamente por lo que la necesitamos a usted.

—De modo que me necesitan.

—Eso parece.

—¿Por qué ahora? No intervinieron el pasado enero cuando estaban masacrando a cubanos en La Habana. ¿Qué interés tiene usted en todo esto? ¿Qué ha hecho Fidel para llevarlos a esta encrucijada?

—El azúcar —responde Dwyer.

La Ley de Reforma Agraria. Debería haberlo imaginado. La tierra te da y Castro te lo quita. Esa ley ha sido el tiro de gracia para mi padre. Despotrica de ella en cenas y cócteles. Su injusticia es una derrota aplastante para todos. Mediante la Ley de Reforma Agraria promulgada el verano de 1959, el Gobierno ha nacionalizado haciendas y empresas, restringido la propiedad de tierras a gran escala y prohibido a los extranjeros ser propietarios. Aunque algunas tierras han sido repartidas entre el pueblo cubano, corre el rumor de que el Gobierno se queda con la mayoría de ellas.

—Esperábamos que compensase a las empresas estadounidenses que ha nacionalizado —añade Dwyer—. Creíamos que estaría abierto a negociar, pero no se puede razonar con él. Y ahora, con estos rumores de la expansión del comunismo y los coqueteos de Fidel con la Unión Soviética, bueno, no podemos seguir esperando. Se ha convertido en un incordio y debemos echarlo del poder. Y cuando los medios limpios nos fallan, bueno, no somos reacios a usar medios sucios. —Sonríe—. Me refiero a los métodos, no a la herramienta.

—Por supuesto. —Guardo silencio—. Esto no es solo por el azúcar, ¿verdad?

Se han hecho guerras por mucho menos, pero por alguna razón no termino de ver al poderoso Gobierno estadounidense tan preocupado por la reforma agraria de Cuba, por mucho que afecte a las fortunas de algunas empresas americanas. Tampoco termino de verlos demasiado preocupados por el bienestar de los cubanos.

—Es complejo —responde—. Castro ha estado viéndose con líderes extranjeros y ha expresado su interés en ayudarlos a crear conflictos similares en sus países.

No me sorprende.

—Debemos ser cautos —continúa Dwyer—. Fidel es popular en Cuba. Tiene usted razón, no podemos crear la impresión de que los males del régimen de Batista se repiten si volvemos e inmiscuirnos en cuestiones de soberanía cubana.

No se me escapa su intención, como tampoco la ironía de que me he convertido en una participante voluntaria en un complot como el que he estado denunciando durante gran parte de mi vida adulta. Cuando los americanos apoyaron a Batista, los veía como villanos. Ahora voy a unir fuerzas con ellos para derrocar a Fidel.

Regresa a mi mente la mención que ha hecho antes Eduardo a esas otras actividades secretas que está llevando a cabo junto a la CIA.

—Tienen algo más planeado, ¿verdad? Más allá de mi papel en todo esto.

—Una acción diplomática efectiva debe tener previstas varias contingencias. De modo que sí, hemos considerado muchas otras opciones por si fracasa esta misión.

Corren rumores, poco más que vagos suspiros en realidad, de que están planeando algún tipo de ataque, un intento de arrebatar el control a Castro.

—Los soviéticos se están convirtiendo en un problema. Tras este acuerdo comercial, parece que Moscú y La Habana van a hacer buenas migas. Si Fidel consigue hacerse con unas cuantas armas de Jrushchov, todo cambiará. —Dwyer pide con un gesto la cuenta de los dos cafés—. Ahora mismo estamos trabajando en los detalles. Debo volver a Washington, de modo que es probable que no nos volvamos a ver en un tiempo. Nos pondremos en contacto cuando tengamos algo para usted. Eduardo hará de intermediario entre nosotros.

—Y si hago esto, ¿qué recibo a cambio?

—Creía que hacía esto por amor a su país, señorita Pérez.

—Entonces se equivocaba. No hago nada de forma altruista solo por mi buen corazón. Si voy a poner en riesgo mi vida, me merezco una buena recompensa, y no soy barata.

He aprendido un par de cosas de mi padre sobre cómo negociar.

El señor Dwyer suelta un gruñido que suena a aprobación.

—¿Cuáles son sus demandas? —Saca un brillante bolígrafo negro del bolsillo de la chaqueta y lo desliza sobre la mesa de formica. Me lanza una servilleta de papel con el nombre del restaurante impreso.

Me tiemblan los dedos mientras escribo mi petición. Llevo pensando en esto desde la noche que nos conocimos en Palm Beach, intentando imaginar cuánto sería necesario para restaurar la posición de mi familia. No se puede poner precio a la venganza de la muerte de mi hermano, pero a lo demás…

«Cien mil dólares y que se nos devuelvan las propiedades familiares en Cuba.»

Tapo el bolígrafo, lo poso sobre la mesa y deslizo la servilleta hacia él.

—¿Trato hecho?

Lanza una mirada rápida a la servilleta antes de volver a mirarme y sonreír.

—Trato hecho.

—¿CÓMO HA IDO? —me pregunta Eduardo cuando regreso al coche.

—Bien, creo. Quiere seguir adelante.

¿Debería haberle planteado más demandas? ¿Le habré pedido demasiado? ¿O muy poco?

Siempre he dicho con orgullo que se me da bastante bien leer a las personas. Es difícil sobrevivir a mi frenética vida social sin esa habilidad en particular, pero el hombre de la CIA es inescrutable. Tras sus palabras de despedida, cogió la servilleta, se la guardó hecha una bola en el bolsillo de la chaqueta, pagó la cuenta y salió por la puerta.

Grosero, la verdad.

—No me cae bien ese hombre.

—No creo que caiga bien a nadie, Beatriz.

—Entonces quizá deba explicarme mejor: no me fío de él.

—¿Te fías de mí?

—A ratos.

Eduardo pone una sonrisita.

—Haces bien. —Su gesto se pone serio—. Cuando te involucraste en las actividades de Alejandro en La Habana, le hice una promesa a tu hermano. Le dije que, si alguna vez le pasaba algo, cuidaría de ti como si fueses mi hermana. Era mi mejor amigo. No permitiré que te ocurra nada.

Las lágrimas inundan mis ojos ante la mención de mi hermano. ¡Cuánto lo echo de menos!

—Lo sé.

Eduardo me coge del mentón.

—Todo va a salir bien, te lo prometo. En un año estaremos sentados a una mesa del Club Náutico brindando por tu éxito. Bailaremos en el Tropicana. Serás una heroína en La Habana.

—No quiero ser una heroína. Solo quiero volver a casa.

—Volveremos —promete Eduardo.

—¿Alguna vez has tenido la sensación de que la olvidas?

—¿A Cuba? —pregunta.

Asiento.

—A veces —responde tras una pausa.

—A mí me sucede lo mismo. Cada día que paso aquí me parece un poco más lejana.

Me resulta más fácil hacerle estas confesiones a Eduardo que a mi familia. Cuba es un tema complicado para todos nosotros, y evitamos cualquier mención a la muerte de Alejandro. Para mis padres está la complicación añadida de que, antes de su muerte, cortaron todos los lazos con él debido a sus actividades contra Batista.

—Me preocupa estar olvidándome de Alejandro —reconozco—. La otra noche me desperté de un sueño y no podía recordar el sonido de su voz ni su risa. Todas nuestras fotografías se quedaron en La Habana. ¿Terminaré olvidándome de cómo era?

Eduardo me aprieta la mano con cariño.

—Es normal sentir eso. Y resulta más duro cuando estamos lejos de casa, de los lugares que él recorrió y las cosas que le gustaban.

—Eso también.

Pero al mismo tiempo, aunque odio reconocerlo, quizá esto también haga las cosas un poco más llevaderas. Al menos el fantasma de mi hermano no nos persigue en cada habitación de la casa, en cada esquina de la calle.

—¿Te acuerdas de él? —pregunto.

Una sonrisa triste cruza el hermoso rostro de Eduardo.

—Sí. Recuerdo cuando éramos niños y hacíamos locuras por Miramar. Recuerdo aquella vez que nos enamoramos los dos de la misma bailarina del Tropicana. Hice todo lo que pude para ganármela, pero, claro, no tenía ninguna posibilidad. Tal vez porque él era un Pérez, pero seguramente se debiera a ese maldito atractivo que tenía.

Sonrío.

—Lo tenía. Aunque perdió un poco. Después del ataque al Palacio Presidencial, era una persona muy diferente. Nunca volvió a reírse como antes.

Mi hermano había matado a gente en su lucha por el futuro de Cuba, y aunque sentía devoción por la causa, en el fondo era un hombre de buen corazón. No iba con él arrebatarle la vida a alguien y no verse sacudido por las repercusiones de ese acto.

—Tú nunca lo sentiste como él, ¿verdad? —pregunto.

—¿A qué te refieres? —Eduardo me coloca un mechón de pelo tras la oreja.

—Participaste en esa lucha por sacar a Batista del poder. Ahora haces lo mismo con Fidel. Pero tú nunca pasaste por el… —busco las palabras adecuadas— autodesprecio que experimentó Alejandro. ¿Cómo puedes creer en el movimiento, en la democracia para Cuba, y no odiar a la sociedad privilegiada que es la causante de todo, esa sociedad de la que formamos parte?

—¿Cómo lo haces tú? —replica.

Yo nunca he sido tan idealista como lo fue mi hermano. Por mucho que me opusiese a Batista, nunca denuncié a mi familia como lo hacía Alejandro. No nos absolvía como si fuéramos del todo inocentes, pero al mismo tiempo tampoco era capaz de asignarnos el papel de malos.

—Supongo que será por mi pragmatismo —respondo.

—Tú eres una superviviente. Por ti, por tu familia, por tu país. Así es como lo hago yo: me imagino que arrancar a Fidel del poder va a requerir todas mis energías. Ya me encargaré del resto después.

—Al final todo esto nos pasará factura, ¿verdad?

Eduardo sonríe con pena.

—Siempre es así. El truco es hacer que otro pague esa factura por ti.

5

Mi AGENDA SOCIAL está saturada la semana posterior a mi encuentro con Dwyer. Las dos caras de mi vida son muy distintas: en público, soy la despreocupada jovencita; en los pocos momentos de privacidad que se me permiten, aguardo inquieta por mi acuerdo con Dwyer. Mi madre me mantiene ocupada con su interminable misión de encontrarnos marido a Isabel y a mí. Debido a ello, está obsesionada con el día de San Valentín.

Todo aquel que se considere alguien en Palm Beach celebra San Valentín de un modo singular: la Gala del Corazón de Palm Beach, un evento caritativo para recaudar fondos para la Asociación Americana del Corazón, que ha presidido los años anteriores la mismísima Mamie Eisenhower. Teniendo en cuenta que la lista de invitados de la última edición incluía a miembros de la ilustre familia Kennedy, presentadores como Ed Sullivan y estrellas del deporte del tipo Joe DiMaggio, mi madre no podía pedir una mejor ocasión para que sus hijas «vieran y se dejarán ver», y para recaudar dinero con fines caritativos, por supuesto. La presidenta de este año, la esposa de un rico industrial habitual de la escena social de Palm Beach, se ha superado y mi madre se juega mucho esta noche. Con ojos muy abiertos ha hecho cálculos, como si tuviera el valor neto de cada invitado a la fiesta guardado en algún recoveco de la mente y su estado civil anotado junto a la extraordinaria suma. En Cuba ya era tenaz, pero en Palm Beach buscarnos un buen partido se ha convertido en su vocación.

Entramos al salón como una fila de reinas del azúcar, ordenadas por edad, lo que por fortuna coincide con la velocidad con la que nuestra madre espera vernos casadas. Isabel es la primera de la fila; lleva un vestido de Dior que solo hemos reutilizado una vez, todo un logro dada nuestra situación financiera actual. En teoría, todavía está prometida. Su novio, Roberto, sigue en Cuba, pero no fue la primera elección de nuestra madre dados sus modestos orígenes, y ahora me imagino que estará preparada para descartarlo, lo quiera Isabel o no.

Yo soy la siguiente, con un vestido rojo en un guiño a la fiesta y a mi incapacidad para encajar con la multitud. A la caza de marido o no, no tiene nada de malo causar impresión. Y si a un apuesto senador le diera por celebrar esta fiesta como nosotras, bueno, no tiene nada de malo estar guapa.

Elisa corre detrás de mí, cogida del brazo de su marido.

María está en casa, seguramente maldiciendo su corta edad y las reglas de nuestra madre.

Nuestros padres cierran la comitiva y nos contemplan con gesto de orgullo. La boda de Elisa nos ha ayudado a conseguir una entrada útil en la alta sociedad, y sin duda tienen las miras más altas puestas en Isabel y en mí.

Analizo la fiesta como siempre hago, como quien entra en territorio hostil y necesita identificar todas y cada una de las amenazas. Me decepciona no ver la cabeza rubia de Nick Preston asomar por encima de la gente a su alrededor. No se irá a perder esta velada, ¿verdad? Echo un segundo vistazo y no encuentro rastro de la prometida.

Corro hacia Isabel y de repente un hormigueo desciende por mi espina dorsal, acompañado de una toma de conciencia, un rumor en mis venas.

Está aquí.

Me giro poco a poco hasta que lo veo.

Sea donde sea que haya estado de campaña, Nick no ha perdido su bronceado ni la sonrisa relajada en el rostro, que aumenta sus encantos.

Es más que guapo.

Nick se detiene en medio de la conversación e inclina la cabeza por un momento hasta que su mirada se posa en mí. La curvatura de sus labios aumenta, un brillo asoma por un instante en sus ojos antes de desaparecer. Se pone de perfil y su atención retorna al grupo que lo rodea, prendado de cada una de sus palabras.

Un fogonazo de calor me asciende por la piel.

No puedo apartar la mirada.

Porque, aunque no me está mirando directamente, aunque no hay nada en su conducta que sugiera que solo está siendo correcto y atento con su interlocutor, sé que la sonrisa de su cara —más comedida que hace unos segundos— es por mí. Estoy agradecidísima por haber elegido el vestido rojo para esta velada.

Elisa se me acerca con disimulo y me dice al oído:

—Ten cuidado con ese.

En el año que ha pasado desde que salimos de La Habana, mi hermanita se ha convertido en esposa y madre. Sus advertencias sobre actuar con cautela ya sonaban con un leve tono de reproche en Cuba, pero ahora hay una sagacidad en sus palabras que hace que parezca que sea ella la mayor.

—Lo tendré —miento mientras Nick Preston se separa del grupo y camina hacia mí.

Me aparto un paso de Elisa. Luego, otro.

En las cinco semanas que ha estado fuera, me he dedicado a pensar en este momento, dándole vueltas y vueltas en mi cabeza, preguntándome si él habrá pensado en mí en su Connecticut natal, o mientras trabajaba en Washington o donde lo hayan llevado sus viajes.

Cada vez que he cruzado el umbral de uno de estos eventos, en cada partido de polo, cada merienda benéfica, cada actuación, lo he buscado.

Y ahora lo tengo aquí.

Soy vagamente consciente del resto de personas en la sala, de que mi familia se encuentra en algún punto detrás de mí, pero en este momento son poco más que un murmullo de fondo. Nick Preston tiene una forma de llenar el espacio que supongo le resultará muy útil en su vida política y personal.

—Estás muy bonita esta noche —dice a modo de saludo.

Sonrío y cualquier esperanza de resultar sofisticada se ve eliminada por completo ante el aturdimiento que me provoca su cumplido.

—Gracias.

Temo que mi enamoramiento ha aumentado desde la última vez que lo vi.

—Feliz día de San Valentín.

—Feliz día de San Valentín —repito.

Ninguno de los dos dice nada más, y estoy convencida de que ambos lucimos la misma sonrisa embarazosa.

Alguien pronuncia mi nombre con tono apremiante a mi espalda, y me giro a tiempo de ver a Isabel lanzándome una de esas miradas que hemos aprendido a usar para transmitir algo que necesitamos decir, pero sin abrir la boca. Intuición sororal y todo eso. Le lanzo una sonrisa insulsa para sugerir que todo va bien, como si alguien que me conoce a la perfección no pudiera leer el deseo que transpiran mis ojos.

Me doy la vuelta para mirar a Nick.

Se acerca a mí y su constitución alta me protege del resto de la sala.

—Llevo toda la noche mirando hacia la puerta —murmura—, preguntándome cuándo llegarías. —Su voz es una caricia de seda—. Ahora ya sabes uno de mis secretos.

Bajo la cabeza con las mejillas encendidas.

—Todo el mundo nos está mirando.

Quizá nos perdonen esta noche cuando salte el siguiente escándalo, o si se deja ver bastante a menudo del brazo de su prometida. Quizá nos perdonen con el tiempo, pero su reputación saldrá mucho mejor parada que la mía, aunque el que esté prometido sea él.

¿Amará a su prometida? ¿Lo amará ella?

—¿Te molesta? —pregunta como si acabara de darse cuenta de que llamamos la atención.

—¿Causar una antipatía tan vehemente en la gente? No en especial. Si solo fuera a sitios donde me quieren, casi no saldría de casa.

—Entonces eres más valiente de lo que pensaba —responde con voz dulce, muy dulce.

—No sientas pena por mí.

—No la siento. Ni siquiera un poquito.

—Mentiroso.

Sonríe.

—Si te sirve de consuelo, no creo que se deba a que te odien tanto como a que te teman.

—Pues soy lo menos temible que puedo imaginar —me burlo.

—Entonces supongo que es una cuestión de perspectiva, porque no estoy de acuerdo.

Me invaden a partes iguales las ganas de reír y la necesidad de llorar.

—Tú has estado en la guerra.

—Cierto.

—No me digas que soy más aterradora que un bombardeo.

Una sonrisa se forma en las comisuras de sus labios.

—Quizá no más aterradora. Pero tienes una manera de hacer que un hombre dude de sí mismo que nunca sentí cuando estaba en el cielo.

—¿Y eso da miedo?

—Es aterrador.

Los dos lo sabemos, ¿cómo no saberlo? Esto es un hola y un adiós envueltos en uno.

Mis hermanas y mis padres se han alejado, pero es probable que más tarde me echen una buena bronca por este encuentro.

—¿Qué hacemos? —le pregunto.

—¿Ahora mismo?

—Sí.

—¡Qué diablos sé yo!

—Seguramente deberíamos parar.

—Seguramente —conviene.

—Tengo hermanas, y tienen una reputación que proteger. Y en este momento todo el mundo está torciendo el cuello para escuchar nuestra conversación.

El arrepentimiento le brilla en los ojos.

—Lo siento.

—Lo sé.

—¿Qué fue lo que dijiste el otro día sobre saborear los últimos minutos de libertad? —pregunta—. ¿Me concedes este baile?

Me río a pesar de la melancolía que me inunda.

—Parece que lo único que hacemos es bailar.

—Puede que sea la actividad más segura que podemos practicar. Pero quizá no la más divertida —corrige mientras se le forma un hoyuelo.

Titubeo.

—Un baile. Y nada más.

—Un baile —acepta.

Y de pronto ahí está su mano, estirada entre nosotros, y me resulta lo más natural del mundo colocar mi palma contra la suya para que sus dedos se cierren sobre los míos.

Nick me saca a la pista de baile cuando comienza una nueva canción.

Eduardo está bailando con una pelirroja preciosa y una sonrisa en el rostro mientras nos apunta a Nick y a mí con la mirada. Eduardo inclina la cabeza en mi dirección con un saludo burlón.

Debo decirle a Eduardo que esta parte de su plan queda descartada; no pienso usar la atracción que siento por Nick para avanzar en nuestros intereses en Cuba.

Nick sigue mi mirada hasta que la suya se posa también en Eduardo.

—Los dos llevamos vidas complejas, ¿verdad?

—¿Hay algo que no sea complejo en este ambiente?

—Cierto. Pero no todo el mundo lo entiende. —Dirige una mirada hacia la sala y su atención se aparta de Eduardo—. Algunas personas se contentan con acudir a fiestas como esta y fingir que todo el mundo tiene la suerte de poder vivir así.

—En Cuba cometimos ese error. Durante un tiempo, al menos. Y aprendimos la lección del peor modo posible.

—¿Qué harías si las cosas fueran distintas? ¿Si Castro no estuviera?

—Volvería a casa —respondo sin dudarlo—. Este no es mi sitio. Mi sitio está en La Habana, con mis viejos amigos y la familia que se quedó allí. Con nuestra niñera, Magda. Esto, Palm Beach, es una vida temporal, una especie de purgatorio.

—Nunca he estado en Cuba, aunque siempre he querido ir. Me han dicho que es bonita.

—Lo es. Las playas, el campo, las montañas, la ciudad, todos esos viejos edificios de estilo español. —En mi recuerdo, veo la isla tal y como era, con el sol saliendo por el Malecón—. Es lo más parecido al paraíso. En apariencia, al menos —me corrijo—. Tenemos mucho trabajo que hacer.

—¿Y quieres ser parte de ese trabajo?

—Sí. ¿Tú no lo harías? Es mi hogar.

—Entonces sientes una responsabilidad.

—Y un deseo. He tenido el privilegio de recibir una educación, aunque no fuera justo como yo la imaginaba y aunque mis aspiraciones académicas se frustrasen debido a la creencia de mi madre en las obligaciones femeninas. Debo hacer algo con esa educación, ¿no?

—Por supuesto.

La sinceridad en su voz me sorprende. No me ha pasado inadvertido que muchas mujeres en Estados Unidos viven, en muchos sentidos, casi tan reprimidas como la mayoría de las mujeres cubanas.

—Quizá te visite en Cuba algún día. Puedes enseñarme la isla.

Intento imitar su sonrisa al imaginar una cita que nunca tendremos.

—Quizá.

Los últimos acordes de la canción recorren la sala y la música se acaba. Entonces me suelta.

Titubea, como si él también fuera reacio a alejarse.

—Gracias por el baile.

Su sonrisa ya se ha borrado. La mía, también.

—Ha sido un placer —respondo.

—Suerte con todo. Espero que puedas regresar a tu país como deseas.

Nick vuelve a sostener mi mano, sus labios rozan mis nudillos y luego se va.

Regreso junto a mis hermanas. Las miradas dirigidas hacia mí son ineludibles, los murmullos suenan mucho más alto de lo que dictan las normas de la educación. Pero al final desaparecerán y esta indiscreción será olvidada.

Yo lo olvidaré.

6

Un ruido sordo me despierta del duermevela. El sonido me sobresalta y por un momento me olvido de dónde estoy. La oscuridad de la habitación se suma a mi confusión.

Otros tres golpes siguen al primero. Luego el viento me trae un susurro que suena muy parecido a mi nombre.

—Beatriz.

Ahí está otra vez.

El sonido me resulta familiar, y la confusión retorna para catapultarme a mi antiguo dormitorio en la casa familiar de Miramar, a los días posteriores a que mis padres renegaran de Alejandro, a cuando me escapaba para verlo y llevarle comida y dinero, para explorar la ciudad y participar en las actividades revolucionarias junto a él y a Eduardo.

Retiro las sábanas y recojo la bata de los pies de la cama. Me la pongo con dificultad tras pelearme con el nudo en la cintura.

Otro golpe. Más fuerte.

—¡Beatriz!

Me acerco a la ventana y abro las cortinas.

Eduardo está bajo la ventana de mi habitación. Se ha quitado la pajarita y la chaqueta del esmoquin que llevaba en la Gala del Corazón y se ha remangado hasta los codos la camisa de un blanco inmaculado. Levanta el brazo para lanzar otra piedra.

Abro la ventana.

—¿Qué pasa? —exclamo entre dientes.

Mi cuarto da a la fachada de la casa. El de mis padres, a la parte trasera, pero estoy rodeada por Isabel y María, y lo último

64

que necesito es que cuenten algo sobre esta visita nocturna de Eduardo.

—¿Estabas dormida? —responde con un susurro tras acercarse más a la ventana. Su mirada me recorre y sin duda se fija en el camisón y la bata, el pelo revuelto y los restos de maquillaje que me olvidé de retirar antes de acostarme.

—Son casi las dos de la madrugada.

—¿Y eso es tarde? —Se ríe—. Te estás haciendo mayor. Hubo un tiempo en que a las dos de la madrugada estabas bailando por ahí.

—No has venido aquí para llevarme a bailar.

—No. Necesito recoger un envío. ¿Te importa acompañarme?

—¿Un envío? ¿A las dos de la madrugada?

—Es un envío muy discreto, relacionado con nuestros intereses... Con los intereses de Cuba.

Lo prudente sería decir que no y volver a la cama. Pero esta noche ya he sido prudente una vez al poner distancia entre Nick Preston y yo, y la decisión todavía me escuece.

Las pequeñas rebeliones son las más difíciles de resistir.

—Dame un minuto.

QUINCE MINUTOS DESPUÉS circulamos a toda pastilla por la autopista rumbo al sur.

—¿De qué es el envío? —le pregunto a Eduardo.

—No lo sé. No me lo dicen de antemano. Lo traen en barco y cada vez lo entregan unos muchachos distintos. Quedo con ellos en el muelle y ambas partes confirmamos que somos quienes decimos ser. Luego ellos meten la carga en mi coche y nos marchamos en direcciones diferentes.

—¿Ya lo has hecho antes?

—Un par de veces.

—¿Alguna vez has comprobado en qué consiste el envío?

—Por supuesto.

—¿Y qué era?

El silencio es la única respuesta.

—¿Qué haces con ello? —pregunto en un intento de cambiar de táctica.

—No puedo decírtelo.

—¿Para qué se usa?

—Eso tampoco puedo decírtelo.

—Entonces ¿qué puedes contarme?

—¿Dónde está tu pasión por la aventura? Decías que querías colaborar en mis otras actividades. Esta es una de las diferentes vías en las que estamos trabajando.

—¿Con la CIA?

—No exactamente.

—¿Te parece buena idea hacerse enemigo de ellos?

—No hago nada que comprometa nuestros planes con la CIA. Pero nuestros intereses no siempre coinciden con los suyos, y viceversa. Siempre debes de tener un plan de contingencia, Beatriz. Y vigilar en quién confías.

—¿Me estás diciendo que tenga cuidado contigo?

Eduardo sonríe.

—Eso jamás.

—Entonces ¿qué hago aquí? No me has sacado de casa en mitad de la noche solo para divertirte.

—No. La última vez que hice uno de estos encargos, me paró un policía local. No pasó nada, pero me hicieron demasiadas preguntas. Si vuelve a suceder, tengo la excusa perfecta: nos verán juntos y pensarán que estoy por ahí con una mujer. Nadie que te vea podrá sospechar nada.

Observo mi atuendo: unos pantalones sencillos, el jersey de tono claro que me he puesto por encima y un par de prácticas zapatillas planas.

Veo a lo que se refiere.

—Iremos a la cita, recogeremos el cargamento, lo dejaremos donde nos han dicho y te dejaré en casa al amanecer. Cuando tus padres te pregunten por qué duermes hasta tan tarde podrás alegar las secuelas de la fiesta y el exceso de champán de anoche.

—No creo que se den cuenta.

—Entonces ¿qué te preocupa?

—Todo.

Eduardo acerca un brazo y me coge de la mano.

—Confía en mí.

EL ENTORNO SE vuelve más sórdido. El contraste se ve intensificado por las calles en silencio y la noche oscura. Conducimos durante casi una hora hasta que Eduardo realiza unos cuantos giros antes de aparcar frente a lo que parece un puerto deportivo abandonado.

—Espera aquí —susurra—. Y deja las puertas cerradas.

—Pensaba que habías dicho que esto no era peligroso.

—No lo es. Pero no puedo decir lo mismo del barrio.

Estira el brazo por delante de mí y saca algo de la guantera que me deposita en la mano.

Cierro los dedos en torno al frío metal.

—¿Una pistola?

—Como te dije, hay que tener mucho cuidado en este barrio. Si ves algo sospechoso, cualquier cosa que no sea yo —aclara con una sonrisa—, dispara.

Estoy empezando a preguntarme si no me habrá traído no solo para hacer de tapadera, sino también como refuerzo, lo cual es una idea preocupante.

En cuanto se baja del coche, cierro bien las puertas y escudriño la oscuridad en busca de la silueta de Eduardo. La veo por un momento, visible bajo el débil brillo de una luz en el muelle. Luego desaparece y me quedo sola.

El sonido lejano de un coche, en algún punto distante en la autopista, llena la noche. El ruido del agua al golpear el muelle es apenas un murmullo de fondo.

Hay demasiado silencio. Demasiada oscuridad. Demasiadas probabilidades de que algo vaya mal.

¿En qué andará metido Eduardo? Si no trabaja para la CIA, ¿para quién entonces? ¿Está solo en esto o hay una red más amplia de exiliados con él?

El tiempo pasa muy despacio y el peso de la pistola en la mano hace que me sude la palma. La sola idea de que llegue a utilizarla me parece absurda, aunque resulta evidente que a Eduardo le ha parecido necesario.

Me pongo tensa en el asiento al oír un ruido de neumáticos sobre la gravilla. Mi palma se cierra con fuerza alrededor del arma. Miro por la ventanilla e intento distinguir a los recién llegados.

La luz del muelle está muy lejos para poder ser útil, y percibo, sin verlo muy bien, la presencia de un vehículo que se detiene junto al pequeño descapotable de Eduardo.

Me agacho y aferro con más fuerza la pistola. Maldigo a Eduardo por meterme en lo que sea esto. Una cosa es poner tu vida en riesgo por algo importante como acabar con Fidel, pero ni siquiera sé de qué va lo de esta noche. ¿Tiene que ver con Cuba? ¿O este encuentro es consecuencia del estilo de vida de Eduardo? ¿Una deuda de juego que debe pagar? ¿Un marido furioso? Dijo que tenía que ver con la isla, pero Eduardo tampoco tiene ningún problema a la hora de manipular la verdad para salirse con la suya.

Tendría que haberle preguntado más sobre este asunto.

El sonido de dos puertas de coche que se abren, seguido del crujido de pasos sobre la gravilla, se adueña de la noche.

¿Son amigos o enemigos?

El corazón me late acelerado, el arma se me vuelve resbaladiza en la palma de la mano mientras espero que los recién llegados intercepten el coche de Eduardo y me vean. Pero el sonido de sus pasos se va apagando hasta que todo queda en silencio. Las siluetas de los dos hombres resultan visibles cuando cruzan delante de la luz cerca del muelle.

En dirección a Eduardo.

Busco en la guantera el lugar donde Eduardo guardaba la pistola y mis dedos tocan una linterna.

Antes de poder reflexionar sobre mis actos, tengo una mano en la manecilla de la puerta, mientras la otra sostiene la pistola.

Salgo a la oscuridad de la noche.

Cierro la puerta del coche con suavidad y me agacho entre los dos vehículos. Hago un esfuerzo por captar cualquier sonido.

La pistola resulta sorprendentemente pesada para ser algo tan pequeño, y me tiembla la mano al rozar el gatillo con el dedo.

¿Y si disparo a alguien por accidente? ¿Y si me disparo a mí misma?

El coche aparcado junto al de Eduardo es un sedán de cuatro puertas, un modelo americano por su aspecto. Me acerco más al vehículo y me agazapo junto al maletero.

Enciendo la linterna y la dirijo hacia el coche.

Matrícula de Florida.

El silencio reina en la noche.

¿Cómo no voy a mirar?

Me acerco al costado del conductor.

—¿En qué me has metido? —murmuro por lo bajo.

La ventanilla está bajada e introduzco la mano en el coche para soltar el cierre y abrir la puerta.

A pesar de la ventanilla abierta, el coche huele a humo de cigarro y a sudor, y se percibe un leve aroma a perfume barato.

Se me acelera el corazón. ¿De verdad estoy haciendo esto?

Uso la linterna para guiarme y tiro de la palanca, que abre el maletero desde dentro del coche.

Linterna en mano, salgo del vehículo y cierro la puerta con cuidado. Rodeo el auto hasta el maletero y levanto el portón por encima de la cabeza.

Unas cajas me contemplan.

Me detengo por un momento y escucho si se oyen pasos o voces.

El silencio me saluda. La curiosidad me puede.

Levanto la tapa de una de las cajas. Ilumino con la linterna.

Me cuesta un momento ubicar la imagen de los tubos rojos apilados y que mi cerebro les ponga un nombre. Cuando lo hace, una parte de mí desearía no haberlo hecho.

La caja está llena de cartuchos de dinamita.

Estoy a medio camino del muelle, linterna y pistola en mano, cuando oigo la voz de Eduardo a lo lejos.

Seguida por su risa.

Doy un giro de ciento ochenta grados, apago la linterna y me guío con la luz de la luna para volver.

Me dijo que me quedara en el coche, pero ahora que sé que hay explosivos de por medio, no me apetece verme aún más implicada en toda esta trama de lo que ya estoy.

No debería haber venido.

Aprieto el paso para llegar al coche de Eduardo, estoy a punto de quedarme sin aliento cuando me deslizo en el asiento y cierro la puerta, con el corazón latiendo como loco.

Un minuto después, sus voces resuenan más audibles y las pisadas más fuertes.

Eduardo camina junto a los dos hombres que llegaron un rato antes en dirección a su coche aparcado.

Aplasto el cuerpo contra el asiento del coche, giro la cabeza a un lado con cuidado de que mi rostro quede a cubierto.

Abren el maletero, seguido de un golpe, y el coche se hunde un poco cuando cargan las cajas. Cierran el maletero y unos instantes después Eduardo se monta en el asiento del conductor.

—¿Me has echado de menos? —se burla.

¿Echarlo de menos? Ahora mismo podría matarlo sin remordimientos.

El otro coche se marcha.

—¿Para qué es la dinamita? —pregunto.

—¡Jesús, Beatriz! —Sacude la cabeza—. Sabía que no debía de haberte traído.

—Pues sí, no deberías haberlo hecho. ¿Para qué es la dinamita?

—Uno de esos otros planes de los que te hablé.

—Uno de esos planes sobre los que la CIA no sabe nada.

Asiente mientras gira la llave y arranca el motor.

—¿Para qué necesitas tanta dinamita?

Suelta una risita.

—¿Tú qué crees?

En Cuba no nos daba miedo usar la violencia para lograr nuestros fines. Queríamos llevar a cabo una revolución y estábamos

70

dispuestos a emplear todos los medios para conseguirlo. Pero esto no es Cuba. Y si Eduardo tiene intención de usar los explosivos en Estados Unidos o tramar algo aquí sin que la CIA esté al corriente... Bueno, no parece algo muy inteligente.

—No se te ocurrirá usar esto aquí.

—Yo no voy a hacer nada. Solo soy un facilitador. Por un precio adecuado.

—Pero esto es por Cuba, ¿verdad?

—Hay otros modos de atraer la atención de los americanos, como llevar la lucha a su propio país.

—No nos podemos permitir enemistarnos con los americanos —le advierto.

—Deja que me preocupe yo de ellos. Tú haz tu parte y encárgate de captar y retener la atención de Fidel.

ME BAJO DEL coche cuando llegamos a casa, ansiosa por volver a la cama y molesta con Eduardo y conmigo misma por seguirlo. En Cuba era un imprudente, y está claro que no ha aprendido la lección.

Y yo ya no tengo ganas de correr riesgos innecesarios.

—Beatriz.

Doy un traspié al oír mi nombre y ver a mi padre. Nuestras miradas se cruzan en la entrada a casa. Va vestido con uno de sus elegantes trajes y está en la puerta con las llaves del coche en la mano.

¿Va a la oficina? Deben de ser las cinco de la mañana. El resto de la familia seguro que está durmiendo, siendo las horas que son.

—¿Dónde estabas?

La dureza en la voz de mi padre es lo que más me sorprende. Siempre ha sido un progenitor firme, y he oído ese tono dirigido a mi hermano en el pasado, pero a sus hijas las trata con un toque más suave, sobre todo a mí.

—Pues...

No se me ocurre ninguna excusa.

—¿Has salido con un chico?

Es la explicación más fácil —y la más segura— que puedo ofrecerle.

No debería sorprenderme ver a mi padre a esta hora tan tardía —o tan temprana—, aunque no estuviese preparada para dar explicaciones. Sé que suele ir al despacho antes de que salga el sol y se queda en el trabajo hasta la noche, pero es distinto oír que mi padre está trabajando más duro que nunca a verlo con mis propios ojos.

Ya tiene sesenta años. En Cuba, hablaba de jubilarse y pasar el negocio a Alejandro. Ahora ha empezado de nuevo, décadas de trabajo y sacrificio borradas por culpa de Fidel.

—Estaba con Eduardo. Había una fiesta —miento—. Ya sabes cómo es.

—Lo sé. Y eso es lo que me preocupa. —Mi padre guarda silencio por un momento—. Esto no es Cuba, Beatriz. Aquí no puedo protegerte. Como tampoco pude…

Mi hermano ya no está físicamente entre nosotros, pero su presencia consume a la familia. ¿La motivación de mi padre —su obsesión por acumular más riqueza y poder— es su forma de intentar reparar el hecho de que sus esfuerzos en Cuba no fueron suficientes para salvar a su primogénito?

—Lo sé —respondo. Doy un paso y lo rodeo con un brazo, como si hubiéramos intercambiado los papeles y yo fuera el progenitor que consuela al niño—. Tengo cuidado —añado, aunque los dos sabemos que es mentira.

No creo que haya tenido cuidado ni un solo día de mi vida.

—Es peligroso, Beatriz.

—Lo sé.

—Después de lo de Alejandro, no dejes que tu madre te vea escaparte de casa por las noches. Ya hemos tenido bastantes problemas en esta familia.

—No lo haré.

Mi padre suspira.

—Siempre me ha caído bien Eduardo. Procede de una buena familia. Pero ya aprenderás que la gente tiene muchas ganas de

72

aprovecharse de lo que puedes hacer por ellos, de lo que puedes ofrecerles. Sobre todo cuando están desesperados.

—¿Piensas que Eduardo está desesperado?

Mi padre me ofrece una sonrisa triste.

—¿Acaso no lo estamos todos?

7

La temporada invernal avanza inexorablemente, febrero da paso a marzo, y la escena social está en pleno auge. Nunca se nos invita a los actos privados, los que organizan familias que llevan décadas pasando el invierno juntas. Nunca nos admiten en los círculos más selectos que habita gente como Nick Preston. No sé si todavía se encuentra en Palm Beach, o si se ha marchado al norte para preparar las próximas elecciones. De cualquier modo, nuestros caminos no vuelven a cruzarse.

Después de Semana Santa muchos se dirigirán al siguiente epicentro social, otro conjunto de fiestas y galas benéficas en climas norteños donde la temperatura es más soportable mientras la ola de calor del verano hace de Florida un destino menos agradable. Se cerrarán las rutilantes mansiones, que quedarán al cuidado de los conserjes. Los caros muebles se cubrirán con onduladas sábanas blancas hasta que el próximo invierno vuelvan a desempolvarlos para el inicio de la nueva temporada social. Algunas familias se quedarán, pues Palm Beach es su hogar durante todo el año, pero el tráfico en Worth Avenue se ralentizará notablemente y las miradas se apartarán de este escenario que durante los pasados meses ha sido analizado con lupa. Los periódicos seguirán llenos de información sobre las mismas chicas y las mismas familias, pero en diferentes marcos y con nuevos escándalos.

El disgusto de mi madre por el hecho de que nos tengamos que quedar en Palm Beach mucho más de lo que dictan las modas se infiltra en las paredes de la casa; sus protestas llenan el espacio; su ira hacia Castro se dirige en ocasiones contra nuestro padre por insistir en que no podemos permitirnos otra casa ni tampoco trasladarnos al norte para competir con las familias venerables, porque su negocio nos mantiene aquí y Cuba ya es un recuerdo marchito ante la nueva fortuna que pretende construir.

El estatus de nuestra familia es la religión de mi madre, el capital social que acumula, pero no con tanta pericia como mi padre reconstruye su imperio. Su mundo está regido por el azúcar y la tierra, por el dinero que atesora en Suiza y otros lugares. Su desconfianza hacia el gobierno ha crecido ante la osadía de los actos de Fidel. El mesiánico fervor de mis padres me produce arcadas. En nuestro hogar la tensión alcanza niveles intolerables debido a la creciente incertidumbre de mi madre sobre nuestra posición mermada en la sociedad y a la necesidad de nuestro padre de ganar más.

Y entonces, con los chaparrones de finales de abril, todo se termina tan rápido como empezó; el mundo al que mi madre anhela poder acceder con desesperación se ha ido sin nosotras, sus hijas casaderas siguen sin estar prometidas y Palm Beach se convierte en una auténtica ciudad fantasma comparada con los meses dorados del invierno.

Cuando María vuelve del colegio, las tres hermanas nos pasamos las tardes en el salón, hojeando revistas y leyendo libros mientras nuestra madre da sorbos a su cóctel vespertino y decide nuestro futuro. Llevamos nueve días de lluvia, demasiadas horas recluidas en casa. La espera nos desgasta, se manifiesta en nuestro tono cortante, en las miradas de hermana que cruzamos y en la gruesa capa de escarcha que cubre la fachada del matrimonio de mis padres.

—Tengo una prima en España —anuncia mi madre una tarde desde el sillón—. Tal vez podríais visitarla. Su marido es diplomático. Seguro que podéis acudir a algunas fiestas de la embajada. También está la hermana de vuestro padre, claro. Mirta nos ha ofrecido su ayuda. Su marido es bastante rico, ¿sabéis?

Frunce el ceño, como si se acabara de percatar del fallo en ese plan en concreto.

Nuestra tía Mirta, la hermana menor de mi padre, viajó a Cuba para visitarnos unas cuantas veces, pero siempre me fijé en que mi madre no aprobaba a su marido. A pesar de todo su dinero, aquel americano carecía del pedigrí necesario para satisfacer a mi madre. No, no habrá visitas a nuestra tía para que nos busque un marido.

—Yo no quiero ir a ningún sitio —interrumpe María.

—No te preocupes, nadie te va a mandar fuera. Te quedan siglos antes de que te consideren una solterona —me burlo—. Disfrútalo.

—Yo en tu lugar no me reiría —replica mi madre—. A tu edad, yo ya estaba casada. Y tenía un hijo.

Isabel guarda silencio durante toda la conversación, como si no hablar la hiciera invisible y alejara de ella la atención de nuestra madre.

Mi madre traga saliva.

—Y con otros dos en camino.

La sorpresa se adueña de mí. Esto es lo más cerca que ha estado mi madre de mencionar a Alejandro desde su muerte.

—La próxima temporada serás más mayor —añade para apartar el recuerdo, y me lanza una mirada de preocupación, como si los veintitrés fueran acompañados de una ola de arrugas y pelo gris que vayan a dejarme oficialmente para vestir santos—. A los hombres les gustan las chicas jóvenes. Antes de que se les pase el arroz.

Mi madre tenía apenas dieciocho cuando se casó con mi padre.

María se ríe ante el comentario. Me alegro de que esto sea una broma para ella y que no tenga que afrontar todavía la realidad de nuestra situación: que nuestros padres consideran el matrimonio como nuestro objetivo final en la vida y que nuestro éxito va ligado a los hombres que podamos cazar en lugar de a nuestros propios méritos. Llegará el día en que se dé cuenta, por supuesto, seguramente cuando esté lista para continuar con sus estudios y sueñe con ir a la universidad y estudiar Derecho, como soñaba yo.

Nuestra criada a tiempo parcial, Alice, entra en la habitación antes de que mi madre pueda seguir diciéndome que se me han pasado los días dorados.

—Discúlpenme. Señorita Beatriz, el señor Díaz ha venido a verla. Está esperando fuera.

Salvada por Eduardo.

No hemos pasado mucho tiempo juntos desde la noche de la dinamita. Eduardo ha estado «de viaje» y su paradero ha sido un misterio, pero por el momento prefiero sus intrigas políticas a las maquinaciones maritales de mi madre.

Me obligo a sonreír y me levanto del sillón tras dejar la revista en la mesita auxiliar.

—No debería hacer esperar a Eduardo. A fin de cuentas, el tiempo no está muy de mi parte, ¿verdad? —digo tras lanzar una mirada punzante a mi madre.

Desde el sofá, a Isabel se le escapa una risita contenida.

—Me has salvado —le digo a Eduardo más tarde mientras paseamos por la playa.

—¿En serio? Me gusta cómo suena eso. ¿Entonces se podría decir que soy tu héroe?

Me río.

—Yo no diría tanto.

—¡Vaya! ¿Y de qué te he salvado?

—De mi madre. Estaba expresando su disgusto porque la alta sociedad se haya marchado y nosotras sigamos aquí, en Palm Beach. —Le lanzo una mirada de soslayo, sandalias en mano y con la falda del vestido recogida mientras la arena se me cuela entre los dedos de los pies—. Me sorprende que no te hayas marchado tú también.

—¿Adónde voy a ir? —Eduardo contempla el mar mientras se aparta un mechón de pelo oscuro de la frente. Lo tiene más largo desde que terminó la temporada y las puntas se le rizan.

—A Nueva York, quizá.

Sus labios adoptan un gesto de desaprobación. Conoce el juego tan bien como yo.

—¿Estás intentando casarme?

—¿Te casarías? Tendrás que hacerlo algún día, ¿no?

Tiene tres años más que yo, no es tan mayor como para que su condición de soltero resulte extraña, pero tampoco es tan joven, sobre todo en estos tiempos inciertos. Por supuesto, para los hombres es distinto, su soltería es tolerada mucho más que nuestra amenazadora condición de solteronas. Sin embargo, al fin y al cabo, todos nos acabaremos casando, teniendo hijos y llevando la misma vida que han llevado nuestros padres.

—¿Casarme por amor? —pregunta.

—Por amor, por estatus, por seguridad.

Eduardo se pone tenso y siento una puñalada de culpa. No hablamos de nuestras mermadas circunstancias económicas, nuestro orgullo nos lo impide. Para un hombre como Eduardo, es un golpe duro. En Cuba, en su familia vivían como reyes, una riqueza basada en las tierras que poseían, en los negocios de caballos, un imperio levantado y mantenido durante siglos. Circulan rumores de que su padre sacó dinero del país en los últimos días de la presidencia de Batista, antes de la entrada de Fidel en La Habana, pero el grueso de su fortuna está ahora en manos de este último.

—No pretendía…

—¿Tú lo harías? —replica.

—¿Venderme al mejor postor?

—Sí.

—A veces me parece que las cosas serían más fáciles si lo hiciera —reconozco—. Al menos para mi familia. Seguro que contentaría a mis padres.

—Seguro.

—¿Qué harás cuando volvamos a Cuba? —le pregunto para cambiar de tema.

Este es uno de mis juegos preferidos.

Eduardo sonríe.

—Sentarme en el patio de nuestra casa de Varadero y contemplar el agua con un puro en la mano. Respirar. Disfrutar de las piernas de las bailarinas en el Tropicana. Casarme con alguna chica que me soporte. Tener hijos. Verlos jugar en el agua y saber que no conocerán el miedo que hemos vivido nosotros, que crecerán en un mundo en el que podrán echar raíces y aferrarse a algo sin el temor a que se lo arranquen de las manos.

—¿Quieres formar una familia?

—Sí.

—Nunca lo hubiera dicho.

Cada vez que doy algo por sentado con Eduardo, siempre termina sorprendiéndome de algún modo.

—¿Por qué?

—No te tenía por alguien dispuesto al compromiso, pensaba que veías la familia como una carga más que otra cosa.

Estoy casi convencida de que es así como mi padre nos ve a mi madre, a mis hermanas y a mí; nos quiere, pero somos otro asunto del que encargarse y cuidar, sobre el que preocuparse.

—Supongo que dependerá de por qué me case —responde Eduardo—. Si elijo una esposa para que me saque de este embrollo y me caso con una chica americana con el apellido adecuado y los contactos que me aseguren una vida que vaya viento en popa, es probable que me resulte una carga más que una diversión. No me malinterpretes, el dinero lo hace todo más fácil. No creas que no he considerado tirar por el camino fácil, pero…

—Eres un romántico.

La idea me sorprende.

Pone una sonrisita azorada.

—¿Acaso no va de eso? ¿Por qué hacemos todo esto si no es por el romanticismo?

—Supongo que pensaba que era por reclamar las cosas que hemos perdido —reconozco, avergonzada por un instante ante la posibilidad de haberlo malinterpretado. Todo este tiempo he atribuido su motivación a sus propios intereses; quizá haya algo más y sus intenciones tal vez sean más altruistas.

—Cierto, pero esas cosas no son solo las que se pueden comprar. Hay otras que hemos perdido, también. Cosas a las que no puedes poner un precio o sustituir.

—Por mucho que se esfuerce mi padre —mascullo entre dientes.

—Yo no sería tan dura con él —dice Eduardo, lo cual me vuelve a sorprender—. Tiene mucha responsabilidad en sus manos. Sin Alejandro… —Su voz se apaga—. Tu padre ya no es joven, y ahora debe asegurarse de que cuando muera, tus hermanas, tu madre y tú os podáis mantener. Es probable que haya perdido la mayoría de los ahorros que guardó para vosotras en Cuba. Eso debe preocuparlo.

Y ahí lo tenemos: quizá más que cualquiera de nosotros, Eduardo es la conjunción perfecta del pragmático y el soñador.

—Estás enfadada —añade, volviéndome a sorprender. Es capaz de ver mucho más allá de lo que yo pensaba.

No sirve de nada negarlo. La ira es mi fiel compañera.

—Pensaba que colaborar con la CIA te ayudaría —dice—. Que haría un poco más llevadera la ira. Al menos así ha sido en mi caso.

Siempre supuse que Eduardo me había metido en esto porque sabía que estaría dispuesta y porque mi belleza y mala fama constituían un arma que podía usar contra Fidel. Jamás se me pasó por la cabeza que también pudiera estar ayudándome.

¿Por eso fue por lo que me llevó con él la noche que recogió la dinamita? ¿Se había fijado en lo perdida que me sentía en aquella fiesta después de terminar mi baile con Nick? ¿O en realidad solo me usó como una diversión y para sus propios intereses?

—Ha ayudado un poco, supongo —respondo—. ¿Has tenido noticias del señor Dwyer? ¿Algo sobre Cuba?

—Corren rumores —responde Eduardo tras un instante—. Pero en estos tiempos es difícil saber qué creer. Tras la explosión del *La Coubre*, dicen que Fidel se está volviendo más paranoico. Está convencido de que la CIA va a por él.

A principios de marzo el buque *La Coubre*, un carguero francés que transportaba armas para Fidel, explotó en el puerto de La Habana. Hubo varios muertos y muchos heridos. Castro lo considera un acto de sabotaje de los americanos, una queja más que añadir a una larga lista de agravios.

—¿La explosión fue cosa suya?

Parece del todo plausible que sea así, pero al mismo tiempo estoy predispuesta a no creer ninguna palabra que salga de los labios de Fidel.

Eduardo se encoge de hombros.

—Mis contactos dicen que no, pero con la CIA, ¿quién sabe? No estoy al tanto de todas sus maquinaciones. Soy útil para ellos a mi manera, pero por desgracia no tengo tanto poder como para que me traten de igual a igual.

—¡Qué amigos más buenos nos hemos echado!

—Por el momento, son los únicos amigos que nos aceptan.

—Quizá estamos siendo tontos al depositar toda nuestra fe en los americanos. Tiene que haber otros.

—¿Qué otros? La situación se complica cada día que pasa. Ahora se ha metido la Unión Soviética por medio y están más cerca de Fidel; nos encontramos atrapados entre dos gigantes. Hay una creciente preocupación por las consecuencias que una intervención en Cuba pudiera tener en las tensiones entre estadounidenses y soviéticos. Es un lío.

Y, sobre todo, para los cubanos es una fuente de frustración y dolor. Nuestra historia siempre la han decidido imperios de un signo u otro: primero los españoles, luego los americanos, y ahora Cuba se encuentra en mitad de la balanza de una guerra de poder entre dos potencias.

—¿Crees que este plan terminará fructificando, que podré serles útil?

—¿A la CIA?

Asiento.

—Sí. Posiblemente sea una cuestión de encontrar el momento adecuado, que te puedan concertar un encuentro con Fidel, colarte en el país y luego sacarte. Sé que los americanos no son los mejores aliados, pero no van a poner en peligro tu seguridad de forma innecesaria, pues se arriesgarán a dañar su reputación. Dadas las relaciones actuales entre los dos países, deben actuar con cautela.

Teniendo en cuenta mi pasado y la muerte de mi hermano, para ellos será más fácil fingir que yo actuaba por iniciativa propia, que mis motivos eran la ira y la venganza en lugar de las maquinaciones políticas.

—¿Estás nerviosa? —me pregunta Eduardo.

—Un poco. Quiero saber si tendré o no mi oportunidad.

—A veces no sé qué es peor: sentir que no hiciste nada o fallar en el intento —reconoce.

Recorro con la mirada a los bañistas diseminados por el horizonte. Me fijo en una madre con sus hijos que juegan en la arena. Apenas es un poco mayor que yo.

¿Cómo de distinta hubiera sido mi vida de haber nacido en este país, en lugar de haber llegado al mundo en una isla fracturada y dividida, atrapada en un caos interminable? ¿Tendría el mismo gesto de satisfacción en el rostro que esa mujer? ¿O hay algo más bajo el bronceado de la playa, el relucir de los dientes blancos, la pareja de hijos a juego? ¿Todos tenemos secretos ocultos bajo la piel, batallas privadas que libramos? Al mirarnos a Eduardo y a mí pasear por la playa, ¿esa mujer verá a una pareja de jóvenes enamorados, envidiará al hombre atractivo y la libertad que me concede mi condición de mujer sin hijos?

—Estamos trabajando en unas cosillas… —dice Eduardo para arrancar mi atención de la mujer y sus hijos.

—Cosillas de las que no vas a hablar.

Como la dinamita que recogimos.

—Es complicado, Beatriz. Hay algunas cosas en las que es mejor que no te metas.

—¿Porque soy mujer?

—No. Porque cuanta menos gente conozca nuestros planes, mejor. Los espías de Castro están por todas partes.

—Yo nunca…

—Ya sé que no lo harías, pero tenemos que ser precavidos. Estoy intentando mantenerte al margen de esto en la medida de lo posible para que estés a salvo. Alejandro siempre buscaba protegerte todo lo que podía.

—Y sin embargo me animas a participar. Me llevaste contigo a recoger esas cajas. Orquestaste mi encuentro con la CIA.

—Porque sé cuánto significa esto para ti, cuánto querías a tu hermano, lo duro que combatiste contra Batista. Crees en Cuba y los sueños que tienes para su futuro. Además, eres Beatriz Pérez. ¿Alguna vez has querido algo y no te has salido con la tuya?

—No sabría decir si eres el único que me conoce y cree en mí de verdad, o si se trata solo de que tú nunca has querido algo o no te has salido con la tuya, y yo soy la ruta más sencilla para llegar de un punto a otro.

Eduardo se ríe.

—Igual eres tú la única que me conoce de verdad.

Me pasa un brazo por encima del hombro y me acerca a su cuerpo musculoso, pegándose a mí. Esta vez no son imaginaciones mías. La joven madre me lanza una mirada de envidia.

—Tal vez sea un poco de las dos cosas —admite mientras sus labios rozan mi coronilla. El tono afectuoso de su voz contradice la verdad sin adornos en sus palabras.

Eso es lo que tiene Eduardo. Somos semejantes en muchos aspectos, a veces es como mirarme en un espejo, y no siempre estoy preparada para enfrentarme a la imagen que me devuelve.

8

AHORA QUE LA temporada de fiestas y eventos ha concluido, nuestros días están estancados y el calor y la humedad aumentan el tedio que sentimos. Prácticamente vivimos en la playa, el verano va pasando entre los pícnics y los castillos de arena que levanto con mi sobrino. Se acabaron los bailes y las fiestas elegantes, y a pesar de la propensión de Eduardo a dejarse caer con sus noticias entre misteriosos viajes a lugares que no revela, nuestros días son insufriblemente sosos.

—Estamos pensando en mudarnos a Miami —anuncia mi hermana Elisa un día de julio que nos encontramos sentadas en una gran manta de cuadros mientras observamos cómo juega Miguel en la arena bajo la atenta mirada de su niñera.

En los últimos meses la personalidad de mi sobrino se ha transformado y ha pasado de ser un bebé dormilón a un niño activo con cara de pícaro y una terquedad que refleja a las claras su herencia Pérez. Tiene encandilada a toda la familia y ofrece un poco de consuelo y esperanza raro en estos tiempos duros.

—¿Mudaros? ¿Por qué? Miami no está lejos, pero me he acostumbrado a que estemos cerca. Siempre nos he imaginado viviendo juntas, que nuestras casas estén a un paso para poder acercarnos a charlar por las tardes con comodidad.

—Es más barato y a Juan le han ofrecido una buena propiedad de un amigo. Significaría tener una casa más grande, más espacio para Miguel, y estaríamos más cerca del trabajo de Juan.

Mi hermanita ahora está casada y es madre, y tiene que pensar en algo más que en la familia en la que nació. Es el orden natural de las cosas, por supuesto, pero aun así…

Intento sonreír.

—Os vamos a echar de menos.

Me coge la mano.

—Yo también os echaré de menos. No está lejos, de verdad.

—Pero se siente lejos.

No se trata solo de la distancia. Mi hermana está construyendo una vida aquí, echando raíces que la atarán para siempre a América. Me alegro por ella, pero al mismo tiempo está cambiando; a pesar de la diferencia de edad entre nosotras, siento que en cierto modo me ha adelantado en la vida.

—¿Cómo estás? —me pregunta Elisa con una mirada de complicidad.

—Estoy bien.

—Vale. Ahora dime la verdad, no lo que le cuentas a los demás. ¿Cómo estás? En serio.

Suspiro.

—Triste, principalmente.

El viento levanta arena cerca de Miguel, que aúlla mientras la niñera lo protege entre sus brazos. Elisa frunce el ceño antes de volver a dirigirme su atención, aunque se nota que una parte de ella está centrada en su hijo.

Siempre me ha fascinado cuánto mima al pequeño, la naturalidad con la que parece haberse adaptado a este cambio de circunstancias, sobre todo teniendo en cuenta lo rápido que pasó de esposa a madre. Resulta más impresionante todavía si pienso en nuestro ejemplo materno. Nuestra niñera, Magda, era la que nos curaba las heridas de las rodillas, la que nos secaba las lágrimas. En nuestra infancia, nuestra madre siempre estaba en un segundo plano. Aparecía en la habitación con un bonito vestido y el aroma a perfume permanecía en el ambiente después de que se hubiera marchado a alguna fiesta nocturna.

—No eres feliz aquí, ¿verdad? —pregunta Elisa.

—No lo soy.

—¿Crees que lo serás algún día?

—¿En Palm Beach? ¿Para siempre? ¿Cómo voy a serlo? Yo no elegí esto. No quería esto. No es mi hogar. Se suponía que iba a ser algo temporal, ¿te acuerdas? Padre dijo que las cosas tardarían un tiempo en arreglarse. Meses, a lo sumo. Pero ahora parece que todo el mundo lo ha olvidado. Tú ya tienes una familia. Nuestros padres están muy centrados en acumular más dinero, en levantar la empresa, en nuestro apellido, pero ¿qué hay de las cosas que no podemos recuperar con dinero? Echo de menos a Magda. Echo de menos a mis amigos que siguen en La Habana, echo de menos nuestra vieja casa. —Aparto las lágrimas que me obstruyen la garganta—. Quiero visitar la tumba de Alejandro. Quiero recuperar mi vida. Quiero volver a casa.

—Ya no es la casa que tú recuerdas. —Me habla con un tono dulce, similar al que la oigo emplear con el pequeño. En su voz hay conformidad, como si hubiera llegado a una conclusión que soy incapaz de afrontar.

—Lo sé. Y eso me enfada, también. Parece como si Fidel hubiera ganado.

—No todo tiene que ser una lucha, Beatriz. Podrías tratar de ser feliz.

—Lo dices como si la felicidad fuera la cosa más fácil del mundo.

—No he dicho que lo sea, solo que no deberías descartarla tan a la ligera. No hay nada malo en ser feliz. Alejandro no hubiera querido que sufrieses así, no hubiera querido que te castigases por él.

¿Eso es lo que cree que hago? ¿Hacerme la mártir porque mi hermano ha sido asesinado? Elisa fue la primera en encontrarme el día que descubrí el cadáver de nuestro hermano. Debería comprender mis motivos mejor que nadie.

—¿Te acuerdas de aquel día? ¿Te acuerdas de lo que te dije? —pregunto.

—Me acuerdo.

—Fidel tiene que pagar por lo que ha hecho. ¿Dónde está la justicia? No puedo vivir en un mundo en el que ese hombre gobierna en Cuba después de asesinar a tantos cubanos.

—¡Beatriz! —me reprende Elisa con un bufido y mira a su alrededor hasta que, con los ojos como platos, se da cuenta de que ya no estamos en La Habana y no es necesario censurar cada palabra por temor a las represalias.

A pesar de lo mucho que protesto por estar aquí, me he acostumbrado a la libertad de decir lo que pienso.

—¿Cómo puede ser que ya no te enfurezca? ¿Cómo puedes haberlo olvidado?

—No lo he olvidado —replica Elisa—. Nunca lo olvidaré. No puedo hacerlo. Pero tampoco me puedo permitir el lujo de recrearme en el dolor ni dejar que la ira me consuma. Ahora tengo un hijo que me necesita. Esta revolución ya le ha robado bastante.

—Lo siento, no debería haber...

—No serías tú si no lo hicieras. Sé cómo te sientes, lo que siempre has sentido por Cuba. Pero me preocupas. No puedes dejar de vivir solo porque no estemos en nuestro país. ¿Quién sabe cuánto vamos a estar fuera? Podemos tener esperanzas, rezar por volver algún día, aunque por el momento eso es lo único que podemos hacer. Sé que es duro que nuestros padres no nos permitan ir a la universidad; debe de ser difícil pasar los días así, pero este no es el modo de hacerlo. Odiar a Fidel no es un modo de vida.

—Entonces ¿qué quieres que haga? No soy como tú. No sé si quiero casarme y tener hijos. Toda la vida me han dicho que solo se me da bien una cosa, que mi papel es ser guapa y encantadora, pero no tener ideas en la cabeza ni, Dios me libre, expresar una opinión controvertida. Y ya estoy harta. No quiero terminar casada con un hombre que quiera más de lo mismo. Sé que tú eres feliz con tu vida, pero la idea de la felicidad doméstica no me genera paz. Me aterra.

—Haces que el matrimonio suene como una cárcel.

Nuestros padres fueron duros con todas nosotras, tenían expectativas muy altas de que encontrásemos unos excelentes partidos, pero conmigo fue diferente. De forma merecida o no, siempre se me ha promocionado como la guapa de la familia, y aunque ese honor debería de haber sido una bendición, nunca ha dejado de parecerme una maldición. Hasta ahora. Ahora se me ofrece una oportunidad de usar mi belleza consumada para algo que realmente importa.

—Puede que no una prisión, pero tampoco algo a lo que aspirar.

—¿Eduardo sabe que piensas así?

—¿Eduardo? —me río—. Dudo mucho que a Eduardo le importe lo que yo piense sobre el matrimonio.

—Estáis siempre juntos.

—Somos amigos a nuestra manera. En la medida en que Eduardo demuestra interés en tener amigos.

—Pues te mira como si hubiera algo más.

Ahí está otra vez, ese tono en su voz que sugiere que me he perdido algo importante, que me falta la madurez que ella ha adquirido con el tiempo.

—Te mira como si te deseara —añade Elisa, con la voz baja y un rubor en las mejillas.

—Muchos hombres me miran así. No significa nada. Si Eduardo me mira en ocasiones con algo cercano al interés, se debe a que es un hombre, no a que tenga sentimientos ocultos hacia mí. Dudo que sea capaz de perder el corazón por alguien. ¿Te acuerdas de cómo era en La Habana? ¿Las bailarinas del Tropicana? ¿Los rumores sobre mujeres casadas?

—Si tú lo dices… —Elisa frunce el ceño—. Entonces, si no es el romance lo que os hace pasar tanto tiempo juntos, ¿qué es?

—Somos amigos.

—¿Eso es todo?

—Eso es todo.

—¿Por qué será que no te creo? Nunca vas a renunciar a esto, ¿verdad? Todo lo que te acabo de decir te entra por un oído y te sale por el otro, ¿me equivoco?

—No quiero que te preocupes por mí.

—Pase lo que pase, eres mi hermana. Siempre voy a preocuparme por ti.

Le ofrezco una sonrisa irónica.

—Últimamente parece que la hermana pequeña sea yo.

—A veces resulta raro —reconoce—. Es lo que tiene pasarte los días detrás de un niño, diciéndole que no se meta cosas en la boca, quitándole trozos de comida del pelo, ser siempre responsable del bienestar de otro ser humano, de que esté a salvo.

Sí, parece que Elisa ha adoptado un nuevo modo de maternidad distinto al ejemplo que nosotras recibimos.

Me río.

—No estás tentándome para abrazar la vida hogareña, si te soy sincera.

—También tiene sus momentos.

—¿Quieres a Juan? —Parece una pregunta tonta, pero me doy cuenta de que es una cosa que no sé de mi hermana.

Sonríe.

—¿Acaso no aman todas las mujeres a sus maridos?

—Eso estaría bien si fuera verdad.

Pero las dos conocemos la realidad.

—Parece un buen hombre —digo con cautela.

—Lo es.

Con la mirada fija en el mar, recoge un puñado de arena y los granitos se le escurren entre los dedos. Creo que está en otro lugar, y entonces parpadea como para recuperarse de su estupor, y vuelve a estar conmigo.

—Lo amo.

Hay sorpresa y seguridad en su voz, como si fuera un concepto nuevo al que no se hubiera acostumbrado del todo. Y al mismo tiempo, la creo. Parece feliz. Más feliz de lo que ha sido en mucho tiempo, como si el matrimonio y su hijo hubieran borrado parte de la oscuridad que lleva tanto tiempo persiguiéndonos.

—Bien. Me alegro por ti. Te mereces ser feliz y tener paz.

—Y tú también.

—Me temo que no soy una persona de paz por naturaleza.

Elisa se ríe.

—Cierto. —Su gesto se torna serio—. Pero no es bueno estar siempre en guerra, siempre luchando.

—Intentaré tenerlo en cuenta.

—Por favor, Beatriz. —Me coge de la mano—. Hagas lo que hagas, prométeme que no correrás peligro. No puedo perder a otro ser querido por esta locura.

Sus palabras son un eco tan exacto de las que me dijo mi padre la noche que me pilló volviendo a casa, que se me hace un nudo en la garganta. El impacto de Fidel en todos los miembros de mi familia es imborrable.

—Te lo prometo.

REGRESAMOS DE LA playa. Miguel parlotea emocionado entre nosotras, con la niñera a remolque. En el cruce entre nuestros dos hogares, nos separamos. Elisa se encamina rumbo a su casa, a unos minutos de la nuestra. La voy a echar muchísimo de menos cuando se mude a Miami.

Giro a la derecha en lugar de a la izquierda y dejo atrás viviendas más modestas que las que flanqueaban nuestra mansión en La Habana. Conocíamos a todos nuestros vecinos en Miramar; la mejor amiga de Elisa, Ana, vivía en la casa de al lado. Aquí todos somos desconocidos. Algunas de las viviendas pertenecen a residentes estacionales, otras están habitadas por gente que apenas nos saluda cuando nos cruzamos.

Hemos intentado encajar en varios niveles —si bien es cierto que mi empeño ha sido, con toda probabilidad, el menos entusiasta—, pero las diferencias entre nosotros y los estadounidenses que nos rodean no son de las que puedes superar con un vestido a la moda o iniciando los temas de conversación adecuados. He visto cosas que estas chicas no conocen, he vivido una revolución y, por mucho que lo intente, no puedo imitar la actitud despreocupada que ellas adoptan con aplomo; carezco de la inocencia que aseguran tener. Quizá por eso sus madres las protegen y por eso nos hemos convertido en una especie de parias. Temen que vayamos a manchar la prístina sociedad que se han creado aquí, alejada de los problemas del mundo exterior, sin las trabas de la pobreza, el miedo, la violencia y la muerte.

Cuando éramos más pequeñas, nuestra madre siempre nos enseñó a tener una sonrisa en la cara cuando nos mostrábamos en sociedad, a ser amables, a reír las bromas de los hombres y halagar su vanidad. Me educó para ser dúctil y maleable en un tiempo en que pensaba que así podría conseguir un marido. Ahora soy cortante y de acero, y no me imagino que uno de estos americanos me quiera como esposa. No se me ocurre por qué alguien iba a querer acarrear con todas las cargas que me abruman, a no ser que la nuestra fuese una relación totalmente superficial. Al final terminaríamos dándonos cuenta de que no tenemos nada en común, de que no somos más que unos extraños. No, la verdad, no se puede decir que esté muy interesada en el sacramento del santo matrimonio.

Me tropiezo con una piedrecita bajo el zapato, con la mirada fija en un punto en la distancia.

Hay un coche aparcado cerca de nuestra casa. Un coche negro anodino.

Hay un hombre apoyado en él, vestido con un traje negro igual de anodino y un sombrerito elegante.

Se me acelera el pulso.

Se gira hacia mí como si hubiera estado esperándome y un escalofrío me recorre la columna. ¿Cuánto lleva esperando? ¿Me habrá visto en la playa con mi hermana? ¿Nos habrá estado observando mientras jugábamos con Miguel? Quedar con él en restaurantes con Eduardo ejerciendo de mediador es una cosa, pero esto, tenerlo frente a la casa de mi familia, me enerva. Resulta fácil olvidar que el señor Dwyer es un hombre con ojos y oídos en todas partes, es fácil quedarse con su aspecto benévolo, esa forma que tiene de pasar desapercibido, y subestimarlo.

Dwyer me saluda con una sonrisa falsa —simpática y casual— como si fuéramos vecinos que se encuentran en un bonito día de verano.

No hay preliminares ni preguntas desinteresadas sobre cómo estoy, va directo al grano:

—Castro va a viajar a Nueva York para hablar ante la Asamblea General de las Naciones Unidas.

Se me acelera el corazón.

—Queremos que vaya a Nueva York y lo conozca. Organizaremos un encuentro para que coincida con él en el mismo lugar: una fiesta o un restaurante, tal vez. El Departamento de Estado se encargará de que haya un buen contingente de miembros de la seguridad estadounidense detrás de él, de modo que podremos monitorizar bastante bien sus movimientos. ¿Qué le parece?

Puede que Castro no apretara el gatillo que asesinó a mi hermano, pero seguramente lo ordenó. Alejandro —inteligente, educado, bien relacionado, carismático, apasionado por el futuro de Cuba— era una amenaza para el régimen de Fidel y para su capacidad de consolidarse en el poder y unir a las diferentes facciones en Cuba. La muerte de mi hermano sirvió de aviso para cualquiera que se atreviese a cuestionar el control del dictador sobre la isla.

¿Seré capaz de mirar cara a cara al asesino de mi hermano, sonreír y flirtear para intentar robarle el corazón?

Solo si consigo ver cómo la vida abandona sus ojos igual que tuve que hacer con Alejandro.

—¿Quieren que lo mate en Nueva York? —pregunto.

—No, ya hemos hablado de eso. Las relaciones con Cuba son demasiado precarias por el momento como para que la gente no sospeche de nuestra implicación si su muerte tiene lugar en suelo estadounidense. No necesitamos que esto se convierta en un incidente internacional que tenga consecuencias negativas para nuestros intereses en América Latina.

—Entonces ¿qué espera de ese encuentro?

—Queremos que atraiga su atención. Como Fidel, usted y su hermano fueron críticos con Batista y sus políticas. Queremos que despierte su curiosidad, que lo convenza de que está abierta al futuro que él concibe para Cuba. Entre su pasado y sus nada desdeñables encantos, esperamos que sea suficiente para que se interese por usted. A fin de cuentas, a Fidel le gustan las mujeres. Una vez que haya llevado a cabo el contacto inicial, la siguiente fase consistirá en enviarla a Cuba en el momento oportuno y organizar un encuentro allí con él. Cuando se haya ganado su confianza, bueno, puede eliminarlo de la ecuación.

Suena simple, pero muy ambicioso. El plan de la CIA depende de miles de factores, todos supeditados a mi capacidad para hacer de actriz consumada.

—¿Y cómo voy a convencerlo de que no albergo rencor por la muerte de mi hermano? ¿De que confío en él? Puede que se me dé bien vender muchas cosas, pero nadie en Cuba se va a creer que quiero ser íntima del asesino de mi hermano.

—No hay ninguna prueba que vincule a Fidel con la muerte de Alejandro. ¿Quién le dice que no fue obra de alguno de los partidarios de Batista que se quedaron en el país tras la huida del presidente? ¿Quién le dice que el asesinato de su hermano no fue un intento de devolver el golpe a los revolucionarios? Su hermano no pertenecía al Movimiento 26 de Julio, pero había muchos grupos de jóvenes desafectos. En medio del caos, ¿quizá su hermano se convirtió en un blanco por error?

Dwyer me sonríe y el efecto es en cierto modo gélido.

—Podemos hacer de la verdad lo que necesitamos que sea, hacer que Fidel crea lo que necesitamos que crea. En realidad, es muy sencillo.

—Cuando llegue el momento de… —Trago saliva. Las palabras se me atascan en la garganta.

—¿De asesinarlo? —termina la frase Dwyer.

—Sí. ¿Me ayudarán? No sé cómo…

Parece una tontería expresarlo en voz alta, pero es evidente que no sé cómo matar a un hombre.

—Sí, desde luego. Es necesario hacerlo con cuidado. La guiaremos. —Ladea la cabeza y vuelve a evaluarme—. Aquí lo tiene, señorita Pérez, la oportunidad que buscaba para recuperar su país y vengar a su hermano. ¿Trato hecho?

Estrecho la mano que me ofrece.

—Trato hecho.

9

Descarto mis vestidos de verano y los estampados florales, esos conjuntos informales que he empezado a llevar como una concesión al calor de Palm Beach, con la vista puesta en mi viaje a Nueva York. Asalto mi armario —y los de mi madre y hermanas— en busca de las prendas más elegantes que pueda encontrar. Tengo hasta un vestido de una costurera que descubrí en una de mis excursiones de compras a tierra firme. Es ajustado y sexi. Si algo puede llamar la atención de Fidel, será esto.

El señor Dwyer ha conseguido que una de las múltiples familias prestigiosas con las que se relaciona su esposa me invite a visitarlos en el distrito de los Hamptons, lo cual me servirá de tapadera para el fin de semana. Mi madre está encantada ante la idea de que me mueva por esos círculos tan elevados; mi padre, demasiado ocupado para interesarse, y mis hermanas, perplejas ante la invitación sorpresa y las amistades de las que no he hablado en toda la temporada, aunque también se encuentran demasiado atrapadas en su propia vida como para preocuparse por mis planes.

Elisa está ocupada con su inminente mudanza a Miami, Isabel sale con un empresario local, María tiene mucho lío entre sus clases y sus amigas. Me viene genial que estén distraídas, y ellas están encantadas de ayudarme con las compras y las maletas de mi viaje. Y yo de que nada haga sonar las alarmas.

El vuelo a Nueva York resulta bastante agradable. Aterrizo en el aeropuerto de Idlewild y tomo un taxi hasta el hotel que me ha reservado el señor Dwyer en la zona de Midtown. Se trata de una elegante construcción un poco apartada del rincón de moda del barrio. Es poco probable que me cruce con algún conocido, pero debo preservar mi reputación por si alguien se entera de que estoy sola en la ciudad.

Tras registrarme en recepción y dejar la maleta, me dirijo a la planta baja, donde Dwyer me espera en el punto de encuentro que habíamos fijado.

El bar del hotel es un lugar un poco deprimente, lleno de viajeros de negocios agotados y hombres con ganas de divertirse. En un rincón hay un músico sentado al piano que toca con poco entusiasmo. El hotel no tiene nada de peligroso, solo tiene ese aire decadente, y, aunque valoro el anonimato que me proporciona, una parte de mí anhela irse al Plaza, en el que estuve alojada hace muchos años una vez que mis padres nos subvencionaron un viaje a la ciudad para ir de compras. Malditos sean el anonimato y el presupuesto.

Me hundo en el asiento vacío frente al señor Dwyer.

Él, bolígrafo negro en mano, no levanta la vista del periódico, doblado por la sección de crucigramas. Lenta y meticulosamente rellena una fila de casillas con letras mayúsculas. Su letra es pulcra y un poco grande. Cuando termina, posa el bolígrafo en la mesa y me mira.

—¿Ha tenido un vuelo agradable?

—Sí.

—Bien. Está en Harlem. —Dwyer frunce el ceño—. En un lugar llamado hotel Theresa. Estaba alojado en el Shelburne, a unas manzanas de aquí, pero se marchó hecho una furia con su séquito detrás.

—¿Qué pasó?

—Algo que ver con una fianza por daños. La prensa dice que es porque los cubanos tenían pollos vivos en las habitaciones. ¿Quién sabe? Es probable que Fidel solo busque hacernos un feo a todos. Dice que lo estamos acosando. Incluso ha presentado una queja ante las Naciones Unidas.

Mascula un improperio sobre Fidel que no puedo desaprobar.

—Va a quedar como un héroe del pueblo —reflexiono—. Deja la comodidad y la elegancia del Shelburne por Harlem.

—Somos conscientes. Hemos intentado reubicarlo en el Commodore, pero no estaba dispuesto. El tío ha estado pavoneándose por todo Nueva York y la gente lo adulaba como si fuera un maldito famoso. Ha recibido a líderes mundiales en la habitación de su hotel: Jrushchov, Nasser, Nehru.

Casi siento lástima por los americanos.

—A Fidel le gusta causar problemas. Los de su calaña disfrutan con el caos, el desorden y actuando fuera del sistema. No lo subestime —prevengo.

Dwyer me lanza una mirada sucinta que transmite la clara impresión de que por el momento no tiene mucha simpatía o tolerancia por mí ni por mis compatriotas.

—Deje los aspectos políticos de esta visita para mí. Usted preocúpese solo de captar su atención.

—¿Cuándo?

—Mañana por la noche. Va a organizar un sarao en el hotel Theresa en un intento de devolvérnosla por no haberlo invitado a la cumbre latinoamericana. Habrá mujeres, y haremos que uno de los nuestros incluya su nombre en la lista de invitados.

—¿Está seguro de que quiere que me presente con mi nombre real?

—Será parte del cebo para Castro —responde Dwyer—. Además, si finge usted ser alguien que no es, hay un riesgo muy grande de que cualquier persona de su entorno, cuando no el propio Fidel, la reconozca. Resulta bastante difícil ganarse su confianza. Empezar con una mentira podría dar al traste con la operación antes incluso de empezar.

La camarera se acerca con otra bebida para el señor Dwyer y me pregunta qué quiero tomar. Pido un Sidecar mientras la muchacha posa un Old Fashioned junto al periódico doblado. La condensación de la copa empapa el periódico y emborrona las letras del dos horizontal. Dwyer frunce el ceño al ver la tinta corrida.

—¿Alguna duda? —pregunta cuando la camarera nos vuelve a dejar solos.

Tengo alrededor de mil dudas.

—¿Qué pasa después?

—Hable con él. Coquetee. Impresiónelo. Y luego váyase a casa. Cuéntele a su familia que se lo ha pasado genial en los Hamptons. Encontrará el dinero que acordamos pagarle por esta pequeña excursión en la cuenta que hemos abierto en Palm Beach.

Habíamos quedado en cinco mil dólares más todos los gastos del viaje, depositados en una cuenta bancaria secreta que la CIA me ha ayudado a abrir.

—Más adelante buscaremos otras ocasiones para que se cruce en el camino de Fidel —continúa—. Es poco probable que vuelva a los Estados Unidos, así que tendrá que ser en La Habana. Pero ese segundo intento será mucho más fructífero si ya han entablado relaciones antes. Nos pondremos en contacto con usted en cuanto tengamos más información.

El señor Dwyer se lleva la mano al bolsillo y saca una billetera pequeña de la que extrae algunos billetes. Lanza el dinero —suficiente para pagar las dos consumiciones— sobre la mesa, retira la silla y se levanta. Recoge el periódico y se lo guarda bajo el brazo.

—Es «no se aventuran».

Se detiene.

—¿Disculpe?

—Cuarenta y siete horizontal. La respuesta que está buscando es «no se aventuran».

Algo que podría parecerse a una sonrisa asoma a su rostro.

—Cierto, «donde los ángeles no se aventuran». ¡Quién lo hubiera dicho!

Guiña un ojo y se despide con un rápido «adiós, señorita Pérez».

Vacío mi copa y resisto las ganas de pedir otra. Mi madre nos ha taladrado a todas sobre los riesgos de abusar. Pero, una vez más, «de perdidos al río», como se suele decir.

La misma camarera de antes regresa a la mesa a recoger la copa de Dwyer.

—No va a dejar a su mujer —me dice.

—¿Perdón?

Se inclina para acercarse a mí y se entretiene limpiando la mesa.

—Con su permiso, pero una chica joven y hermosa como usted se merece algo mejor que un hombre como ese. Los veo entrar y salir de aquí a montones. Todos tienen una historia, ya sabe: sus mujeres no los comprenden; solo están juntos por los hijos; se está muy solo viajando tanto, pero alguien tiene que llevar dinero a casa... —Hace un ruido de disgusto—. Asquerosos, si quiere mi opinión.

—Yo no... Ese hombre no es mi amante ni nada de eso. Solo es un viejo amigo de la familia.

—Eso dicen, también, al principio. Dirán cualquier cosa solo para estar cerca de usted. —Entorna los ojos—. No es usted de por aquí, ¿verdad?

—No.

—Pues tenga cuidado. Esta ciudad puede engullirla antes de que se dé cuenta. Muchas chicas bonitas como usted llegan buscando aventuras y acaban encontrando el desamor.

Hay algo en la actitud de la camarera, en su preocupación maternal, que me recuerda a mi niñera Magda. Mi padre nos dijo a mis hermanas y a mí que Magda se marchó de La Habana y se fue al campo para quedarse con su familia. Aunque comprendo su negativa a abandonar Cuba y a su familia, no me parece bien que no esté a nuestro lado en Estados Unidos.

—Gracias, se lo agradezco.

—¿Quiere otra copa? —pregunta.

Pido una más. La ocasión lo merece.

LA NOCHE SIGUIENTE, contemplo Harlem desde la comodidad de un taxi. El exterior del hotel Theresa aparece ante mí. Me he pasado el día explorando el barrio que rodea mi hotel, y ahora, cuanto más nos alejamos, más cambia el entorno. Esta zona dista mucho de ser como la mía, los negocios que lo rodean son de todo menos estilosos. Pero el hotel solo es una parte de la instantánea y, por el momento, no es ni de lejos la más dramática.

Hasta ahora no me había fijado en que América es como un refugio; cuánto disfruto de poder vivir sin tener que escuchar los discursos de Fidel, de la ausencia del yugo del temor bajo el que vivimos las últimas semanas antes de salir de la isla. La presencia de Castro es un recuerdo constante de todo lo que hemos perdido, de todo lo que nos ha robado, y ahora está aquí. De nuevo nos arrebata algo, pues también está invadiendo nuestro refugio.

Masas de gente con pancartas rodean la entrada del hotel. Se han levantado barricadas policiales para dar la apariencia de control de la muchedumbre, pero esto no tiene ninguna pinta de estar bajo control. Es un caos, y ver a toda esta gente me devuelve a las calles de La Habana en los días que siguieron a la Revolución, después de que el presidente Batista tomara un avión rumbo a República Dominicana en mitad de la noche y nos dejara en manos de Castro y sus seguidores.

Aquí la energía es palpable, la emoción y la esperanza son similares a la recepción mesiánica que tuvo Fidel cuando entró en La Habana. Para esta gente es un héroe, un Robin Hood que asalta a los ricos para repartir el botín entre los pobres. Seguramente no hace daño que resulte atractivo con sus maneras rudas, con su traje militar que lo muestra como un soldado y esa barba tan exótica para algunos, una imagen que ha cuidado con esmero, diseñada para atraer a los que se rebelan contra la vieja guardia.

Ver el fervor de la gente me da náuseas.

Esta gente no tiene que vivir bajo su régimen. Aquí son libres, pueden protestar contra su Gobierno, y vitorean a aquel que nos ha arrebatado esas libertades.

—Dicen que Jrushchov ha venido a visitarlo —comenta el taxista con cierto asombro en la voz—. ¿Se lo puede creer?

Emito un sonido evasivo con la atención fija en la escena que tengo delante.

Alguien ha izado una bandera cubana y la ha colgado de la fachada del hotel, un símbolo desafiante en territorio extranjero.

Hay algunos opositores intercalados entre el gentío con pancartas que denuncian las injusticias del régimen de Fidel en Cuba. Sin embargo, muchos, muchísimos americanos lo alientan. Su ignorancia y júbilo me sientan como una bofetada. ¿Qué hay que hacer para que comprendan, para que nos escuchen?

Los artistas acuden a él en manada, los líderes mundiales lo alaban, la intelectualidad lo adula, escritores y poetas comen en su mesa, pero, a pesar de su «progresismo», no se preocupan en mirar más allá de la fachada verde oliva. ¿Su uniforme seguiría pareciendo tan romántico si supieran que ha sido lo último que han visto tantos hombres condenados a muerte sin rastro alguno de justicia? ¿Seguirían admirándolo si hubieran escuchado los disparos de los pelotones de fusilamiento y los gritos de los asesinados, si hubieran olido la sangre de sus compatriotas? Escribid un poema sobre eso, nuestra muerte lenta y sin fin.

—¿Dónde quiere que la deje? —me pregunta el taxista.

—Ahí delante está bien.

—¿Está segura? La gente está cada vez más alborotada.

—No pasa nada.

Se detiene a una manzana del Theresa. Pago la carrera y me bajo del vehículo. Me envuelvo bien en el abrigo, en parte para protegerme del fresco de finales de septiembre al que el resto de la ciudad parece inmune, y en parte para ocultar mi vestido.

Llevo muchísimo tiempo sintiendo que me asomo al precipicio existente entre ser una muchacha y ser una mujer. Mi madre espera que me case —mi hermanita ya es esposa y madre— y la sociedad me ha empujado a una condición de adulta para la que no estoy nada preparada. Es como si al cumplir los dieciocho hubiera cruzado milagrosamente un umbral imaginario que me ha dejado lista para salir de la casa de mis padres hacia la de mi marido.

He estado rondando por esta tierra de nadie, he contemplado mi reflejo en el espejo y me he sentido ligeramente traicionada por este cuerpo que en algún momento ha decidido tener curvas y pechos y me ha lanzado al escenario de la vida, estuviera o no preparada para ello.

Por supuesto, alardeé de mi recién adquirida feminidad en cuanto llegó, porque me confería poder. Pero, a pesar de ello, siempre me he sentido incómoda, como si mi cuerpo perteneciera a otra persona y no a mí, como si fuera un producto que comprar y vender en mi nombre.

Pero no esta noche.

Esta noche me he contemplado en el espejo y me he dado cuenta de que quizá el paso para ser adulta no llegará con un vestido blanco y un velo impuestos contra mi voluntad, sino con este momento, con esta decisión de reclamar mi feminidad y de usarla para conseguir lo que quiero en lugar de lo que los demás quieren para mí.

Esta noche me siento poderosa.

Mis tacones resuenan sobre la acera y las cabezas se giran a mirarme a cada paso que doy. La muchedumbre parece más grande de cerca; un grupo de manifestantes gritan ante un par de turistas con cámaras. En mis años jóvenes me habría unido a ellos con una pancarta denunciando a Fidel como un villano para sacar a la luz las violaciones de los derechos humanos que comete, para que lo viese todo el mundo. Lanzo una sonrisa rápida y cómplice a los manifestantes. Desearía poder felicitarlos por el sentido que han insuflado a esta farsa y la valentía que demuestran al defender sus convicciones.

Un agente se lanza hacia los manifestantes y les chilla. Aparto la cara cuando un periodista levanta la cámara para sacar una instantánea de la refriega. En La Habana, mis hermanas y yo siempre aparecíamos en las páginas de sociedad, nuestros rostros son bastante conocidos como para que la prudencia resulte necesaria.

Hay personal de seguridad en la puerta del Theresa, hombres cuyos cómodos trajes negros dicen a gritos: «Gobierno de los Estados Unidos». Otros tipos de peor fama andan mezclados con ellos: barbudos con uniformes verdes que deben de ser parte del destacamento de seguridad personal de Fidel. Recorro a toda prisa cada uno de los rostros, pero ninguno me resulta familiar.

Una vez dentro me quito el abrigo y uno de los hombres de seguridad me conduce por el hotel. A medida que avanzo, la gente se vuelve a mirar y a mis oídos llegan cuchicheos en inglés y español. Oigo de fondo unas carcajadas masculinas y un comentario sobre mi cuerpo hace que me ardan las mejillas.

Seguimos al gentío, cada vez mayor, y pasamos del recibidor a otra sala. El pulso se me acelera a cada momento que pasa. Un cosquilleo me recorre la columna.

Hay más hombres vestidos con traje militar, otro terrible recordatorio del aspecto que tienen las calles de La Habana como resultado del golpe de Fidel. La atmósfera es jovial, hay mucho humo en el ambiente y manos que sostienen gruesos puros cubanos. Es el olor de mi infancia; mi padre fumando en el porche de nuestra mansión en Miramar mientras María jugaba en el patio de atrás, el cocinero preparaba arroz al estilo cubano en la cocina e Isabel se equivocaba con las notas al piano. Están a punto de saltárseme las lágrimas, y no solo por el humo.

Y entonces el gentío se aparta. Cuando mis ojos se acostumbran a la luz tenue y la humareda, avanzo.

Llevo mucho tiempo imaginando cómo sería este encuentro, reuniendo fuerzas para el momento de enfrentarme cara a cara con el asesino de mi hermano, el azote de Cuba. Y ahora lo tengo delante, el villano de mis días y mis noches repantingado en un sillón, con su omnipresente uniforme verde arrugado y mugriento, la barba desaliñada y rodeado por una nube de humo de puro. Lo más chocante no es el acceso de ira que esperaba sentir o la ola de pena que imaginaba que me arrastraría, sino la simple banalidad de todo esto.

No siento nada. Podría tratarse de un desconocido cualquiera. Y de golpe soy consciente de la realidad: a lo largo del camino he ido construyendo su imagen en mi mente hasta convertirlo en una caricatura de sí mismo, probablemente más malévola, inteligente y formidable de lo que es en realidad. Era el fantasma de debajo de mi cama, el ogro escondido en mi armario, el monstruo proverbial con el que se asusta a los niños para que se porten bien. Y la realidad no está a la altura de los caprichos de mi imaginación.

Al fin y al cabo, solo es un hombre. Con sus puntos débiles, algo peligroso, pero un hombre a pesar de todo. Orgulloso, arrogante y propenso a perderse detrás de un par de ojos bonitos y unas curvas.

Fidel departe sentado ante una mesa grande contra la pared, flanqueado por dos compinches y con platos de comida delante. La audiencia es abrumadoramente masculina, a excepción de unas pocas mujeres que llevan vestidos como el mío. La que está más cerca de él —una morena preciosa con melena hasta la barbilla— me evalúa con el mismo detenimiento que las chicas de las fiestas.

Fidel está contando una historia. Su éxodo del hotel Shelburne, supongo, basándome en las palabras que logro captar. Gesticula emocionado con una sonrisa petulante en el rostro y un puro colgando de los dedos antes de aplastarlo sobre un cenicero de cerámica barato.

Me pongo tiesa, relajo el cuerpo, suelto las caderas y afilo la mirada.

Esta noche estoy segura de mí misma.

Esta noche Fidel es mío.

10

ME LANZA UNA mirada mientras me aproximo a la mesa.

Se detiene a media frase.

No me permito parpadear; le sostengo la mirada y respondo a su atento escrutinio con uno propio. Hay un destello de interés en los ojos de Fidel que no resulta del todo sorprendente. Un brillo, por así decirlo.

A sus treinta y cuatro años, resulta sorprendentemente joven para un hombre que ha provocado tantos estragos. Comparado con personalidades como el presidente estadounidense Eisenhower o el primer secretario soviético, Fidel representa todo un cambio, igual que su atuendo informal. La ironía, por supuesto, reside en que pese a sus pretensiones de ser parte del pueblo, un soldado más en uniforme, proviene de una familia similar a la mía.

Una sonrisa asoma a sus labios.

Cualquier saludo que pudiera ofrecerle se me atraganta. Interrumpo el contacto visual y ojeo a la multitud en busca de un rostro familiar. Gracias a la actitud protectora de mi hermano, mis vínculos con los grupos rebeldes en La Habana han sido más bien escasos. He tenido un par de encuentros con el Che, pero por fortuna no lo acompaña en este viaje.

Fidel murmura algo en voz baja al hombre que tiene al lado y los dos sueltan una risita mientras repasan con la mirada mi vestido, mis curvas, la piel que asoma al atrevido corte de la tela.

—Señorita…

Deja la frase sin terminar, como un señor feudal tentando a un campesino con una dádiva.

Dejo que el momento se prolongue un poco mientras templo los nervios y le muestro que no tengo problemas en hacerlo esperar.

—Beatriz Pérez.

Pronuncio el nombre con orgullo. Mi familia no es ni de lejos perfecta, pero provengo de un largo linaje de gente que ha luchado por lo que creía, y por el momento me aferro a ello.

No me reconoce al instante, pero veo en su gesto el intento de ubicarme. El apellido le suena familiar. Resulta extraño darte cuenta de que para alguien que es tu archienemigo tú no eres más que un leve murmullo de fondo en su vida.

Aunque es probable que para él yo sea insignificante, mi apellido le trae imágenes de mi padre, de su influencia y su riqueza. ¿Se acordará Fidel de mi hermano o Alejandro también era insignificante?

—¿Y qué hace usted en Nueva York? —me pregunta.

Si algo me debe reconfortar, es el hecho de que llevo un vestido nuevo, de que el sastre que he descubierto en Miami posee un don con su máquina de coser y luzco como la reina que fui en La Habana. Que nos vea prosperar a pesar de sus intentos de destruirnos.

—Visitar a amigos, ir de compras. —Finjo un amaneramiento que me hubiera resultado natural hace unos años, cuando no era más que una muchachita frívola de la alta sociedad—. ¿A qué otra cosa se viene a Nueva York, si no?

Alza una ceja y el tono burlón en su voz suena un poco más alto esta vez:

—¿Y ha venido a Harlem para buscar vestidos nuevos? —pregunta mientras su mirada se posa en el escote bajo de mi vestido—. Ya me habían dicho que las cosas no le iban muy bien a Emilio Pérez.

Suelta una risita, satisfecho con su chiste. Los hombres que lo rodean repiten como loros su carcajada.

—He venido a Harlem porque sentía curiosidad —respondo con un gran esfuerzo por mantener la voz alta y alejar el temblor de mi garganta.

—¿Y a qué se debe su curiosidad?

—Porque es usted cubano —respondo—. Y porque en una ocasión nuestros intereses fueron los mismos.

Mi participación en los grupos de universitarios que se organizaron contra el expresidente cubano no fue tan flagrante como la de mi hermano, pero esas ideas eran bastante comunes entre los hijos de los ricos en Cuba.

—¿En serio? ¿Y ahora? ¿Nuestros intereses siguen coincidiendo?

—No lo sé —miento.

—Dudo mucho que su padre piense así.

—Mi padre y yo tenemos visiones diferentes sobre el futuro de Cuba. Él desea vivir en el pasado y yo entiendo que no podemos seguir así, que debemos avanzar y dejar atrás el dominio que el azúcar y los de su clase han ejercido durante tanto tiempo sobre nuestro país.

Abre los ojos con interés. Nadie que nos escuche podría dudar de la sinceridad de mis palabras. Lo cierto es que en esto compartimos un vínculo, por mucho que me duela reconocerlo. Son sus métodos los que me resultan aborrecibles, aunque en privado coincida con él en que Cuba necesita un cambio.

Pero no de este modo.

—Mi hermano luchó por la libertad de la isla —añado—. Murió por la causa.

La pasión que enciende mis palabras silencia la estancia. Dejémosle pensar que soy una chica atontada motivada por mi búsqueda de venganza, por mi ira hacia Batista y sus seguidores; dejemos que Fidel crea que estoy atrapada en un mundo que no entiendo.

—Siento oír eso. Perdimos a muchos hombres buenos en la Revolución.

Alza su copa para brindar por los caídos, y algo brillante y afilado arde en mi interior. Un día, en un futuro no muy lejano, brindaré por su muerte con el mejor champán que se pueda comprar con dinero, y lo disfrutaré.

Alguien me pasa una copa por orden de Fidel, e ingiero la bebida barata de un trago poco elegante, con la esperanza de que el ardor del alcohol me quite de la boca el sabor amargo de la muerte.

—Únase a nosotros. —Fidel señala una silla que uno de sus lacayos deja libre de inmediato.

La morena de la mesa está a varios asientos de Fidel, pero tuerce el gesto cuando me siento en la silla vacía. ¿Será una de sus amantes? Dwyer no mencionó que fuera a tener competencia por los afectos de Fidel.

Este regresa a la anécdota que estaba contando antes de que yo lo interrumpiera. Su panza asoma con cada risotada que le provocan sus propios chistes. Se mesa la barba con la mano y me dirige miradas de un modo intermitente.

Tengo la espalda tiesa como una escoba. En mi cabeza resuena la voz de mi madre: cuando me río, procuro no ser muy estridente; cuando sonrío, mantengo cierto gesto de reserva, como si estuviera intentando tomarle la medida, igual que él hace conmigo. Ser aduladora con Fidel no me servirá de mucho; si quiero dejar huella en él y llamar su atención, debo tratarlo como si fuera un hombre cualquiera. Necesito pinchar su vanidad hasta que se le desinfle el ego, hacer que se pregunte qué me pasa, por qué no me convierto en su esclava.

Los hombres siempre quieren conseguir lo que no pueden —o no deben— tener.

Hablo con mis vecinos de mesa, entablo breves conversaciones sobre la actualidad internacional y escucho mientras Fidel condena la guerra que se está librando en el Congo. Clama contra los imperialistas belgas, y la conversación se va haciendo cada vez más difícil de seguir. Confieso que mi interés por la política internacional se limita básicamente a Cuba y sus asuntos; mi conocimiento acerca de los enfrentamientos sobre los que hablan es mucho más limitado. ¿Considerará Fidel que el conflicto en Cuba está resuelto y prefiere dirigir su atención a otros países con la esperanza de replicar su revolución por todo el mundo?

Apenas contribuyo a la conversación; por otra parte, es evidente que no se espera eso de mí. Estoy aquí para lucir mis encantos y fijarme en cada palabra de Fidel.

En el lugar que me he sentado hay un juego completo de cubiertos, y los cuchillos me tientan. El cuchillo de carne está a escasos centímetros de mis dedos. ¿Y si lo agarro, cruzo la mesa y se lo clavo? ¿Seré capaz de hacerlo lo bastante rápido como para que su personal de seguridad no me detenga? ¿Tendría la oportunidad?

Acerco la mano al cuchillo.

La morena me vuelve a mirar, de nuevo con el ceño fruncido, como si intentara descifrar algo en su cabeza.

Me obligo a devolver la mano a mi regazo.

A medida que avanza la velada la multitud disminuye, la conversación cambia y hombres y mujeres se van acercando unos a otros. La mirada de Fidel se vuelve más atrevida con cada copa de Chivas Regal.

¿Querrá lograr la hazaña de acostarse con una de las hijas de Emilio Pérez?

Yo...

Me lo pienso.

¿Cómo no?

Dwyer nunca especificó hasta qué punto tenía que intimar con Fidel en este encuentro. ¿Era esa su intención desde el principio? Acostarme con él sería una forma de ganar su atención, pero considerando mi falta de experiencia en ese campo en particular, temo que se quede en una aventura de una noche, y si no puedo matarlo en suelo estadounidense...

¿Seré capaz de acostarme con él?

—Deberías volver a casa, jovencita —dice la morena, que está sentada en la silla de al lado con una copa de *whisky* en la mano.

—¿Perdón?

Sonríe y sus labios rojos se curvan. Al acercarse más, el aroma de su colonia me llena la nariz.

—Puede que seas una estrella de la alta sociedad, pero ¿en serio crees que puedes llamar la atención de un hombre como Fidel durante mucho tiempo? Esto es demasiado para ti.

Y de repente, sentada junto a esa mujer, mientras observo sus movimientos, sus maneras, el aplomo y la sensualidad que aparentemente le rebosa por los poros, me doy cuenta de que tiene razón. Siento que no estamos en el mismo nivel.

Se acerca más y siento su aliento cálido en mi cuello.

—Vete por donde has venido, Beatriz Pérez. Antes de que hagas algo que puedas lamentar.

Se levanta de la silla y me ofrece una sonrisa cortés e impersonal antes de regresar a su sitio y centrar su atención en el hombre que tiene al lado. Este la agarra de la cintura, se la sube al regazo y le posa los labios en el cuello.

Aparto la mirada con las mejillas ardiendo.

El tono de la velada cambia poco a poco. Los hombres están más cariñosos y las mujeres atienden sus demandas, o al menos fingen hacerlo. No puedo sonreír a Fidel, no puedo aceptar la invitación que esconde su mirada. Ahora que el momento ha llegado, ahora que puedo elegir, no soy capaz de soportar la idea de pasar el resto de la noche entre sus brazos, en su cama.

Está acostumbrado a salirse con la suya. Espero haber hecho lo suficiente esta noche para dejarlo intrigado. Espero que lo mejor para nuestro plan sea tenerlo pendiente del anzuelo.

No puedo darle más.

Abandono la fiesta sin volverme a mirarlo. Siento el peso de los ojos de la morena clavados en mí mientras hago mi típica salida de Cenicienta, pero sin perder un zapatito. Si Cenicienta hubiera tenido que pagar lo que yo por estos zapatos, también se habría asegurado de irse con el par completo.

El taxi me lleva desde Harlem a mi hotel en Midtown. La silueta de Nueva York desfila ante mí. Me queda un día en la ciudad, mañana por la tarde sale el vuelo que me llevará de vuelta a Palm Beach, donde se espera que entretenga a mi familia con historias de mi fin de semana en los Hamptons en un torbellino de mentiras sin control.

¿Qué haré si a mis padres les llegan noticias de mi aparición en el hotel Theresa? Mi padre renegó de Alejandro por participar en el ataque al Palacio Presidencial cuando Batista estaba en el poder. ¿Qué me haría a mí por juntarme con Fidel? Doy por sentado que soy su favorita, pero hasta el amor de mi padre tiene sus límites.

Llegamos al hotel y pago al taxista. Pienso en subir a mi habitación, pero el espacio estrecho, las paredes austeras y la colcha horrorosa no resultan demasiado atractivas. En su lugar, me dirijo al bar del hotel. He tenido la precaución de no beber demasiado en presencia de Fidel por temor a que el alcohol me soltara la lengua y deshiciese el férreo control que tenía sobre mis emociones, pero ahora necesito una copa para levantar mi ánimo, que flaquea. El bajón de la adrenalina está siendo fuerte.

Echo un vistazo al local en busca de la amable camarera de esta tarde. En realidad, quizá haya acudido aquí por eso, en busca de la simple compañía de alguien que me mime un poco.

No la veo.

Por la noche está mucho más alborotado que de día, aunque después de la sala atestada de Harlem ocupada por revolucionarios y un tirano, no me asusta un viajante de comercio charlatán. Aun así, las miradas que me dirigen —curiosas, interesadas, hambrientas— me resultan inquietantes.

Me siento en la barra y espero a que el camarero, un chico joven y apuesto, unos pocos años mayor que yo, se acerque a preguntarme qué deseo tomar.

Charla conmigo mientras me prepara la bebida. Posa la copa en la barra delante de mí con un guiño y una sonrisa.

El primer sorbo de alcohol me sienta como una patada. Lo sucedido esta noche regresa a mí en forma de pequeñas ráfagas mientras intento recordar lo que he dicho, lo que he escuchado.

Tengo la sensación de que Dwyer querrá un informe exhaustivo. Los intereses de Fidel en el Congo seguramente resultarán de interés para los americanos, igual que su aparente deseo de que su «éxito» en Cuba se propague por el resto del mundo, aunque sus métodos para conseguirlo estén mucho menos claros.

El alcohol se desliza por mi garganta. El hielo tintinea contra el grueso cristal de la copa cuando doy otro trago, y luego otro. Mi madre estaría horrorizada si me viera ahora mismo. La espalda encorvada echando a perder la perfecta postura que me ha enseñado a mantener, mi cuerpo apartado en un rincón de este bar ordinario. Me seco los ojos con la servilleta barata que el camarero ha puesto bajo mi copa, con el nombre del hotel impreso en el cuadradito blanco.

Quizá debería haber subido con Fidel a su habitación. Podría haberlo matado cuando hubiera surgido la ocasión.

Y, de repente, me siento insoportablemente sola aquí, en esta gran ciudad, lejos de las comodidades familiares que me dan fuerzas: el olor del arroz con pollo que se cuece en la cocina, el sonido de las risas de mis hermanas, la sensación de la arena entre los dedos de mis pies, la visión de la sonrisa angelical de mi sobrino. Nunca debería haber venido aquí, no debería haber intentado esto. Quiero irme a casa y, por el momento, mi casa no se parece a La Habana, sino más bien a Palm Beach.

Un hombre que luce un llamativo traje naranja y un reloj hortera me da en el codo. Vuelve a tropezar conmigo, sin disculparse, mientras gesticula alocado y el líquido de su copa se derrama sobre la madera. Aprieto el cuerpo contra la pared y deseo volverme invisible en esta esquinita del local en la que he logrado hacerme un hueco.

Finalmente, el hombre se marcha dejándome con mi soledad.

El taburete que tengo al lado suelta un chirrido cuando alguien lo mueve, y me giro enseguida para darle la espalda al intruso.

Una lágrima me desciende por la mejilla.

Un cuadrado de tela blanca se desliza sobre la barra delante de mí y entra en mi campo visual. Tras el trozo de tela veo el brillo de una muñeca bronceada, unos leves pelillos dispersos, una camisa blanca almidonada, el guiño de unos gemelos, el olor a sándalo y naranja. Acerco la mano y con dedos temblorosos recorro las iniciales bordadas en el cuadro de tela. Palpo las elegantes espirales de esas iniciales y se me pone la piel de gallina cuando la palma de una mano se posa en la parte baja de mi espalda.

N. H. R. P.

Me vuelvo. Su constitución alta hace de pantalla ante el resto de la gente y crea una alcoba privada en una sala llena de extraños. El anonimato me vuelve atrevida, los meses que han pasado desde la

111

última vez que nos vimos eclipsan cualquier vergüenza que pueda sentir por el hecho de que probablemente no luzca mi mejor aspecto.

Sonrío.

—Hola, Nick.

11

¿HABÍA FANTASEADO CON encontrarme a Nick Preston en la ciudad, aunque en un entorno mucho más glamuroso que este?

Es posible.

Por supuesto que sí.

Parece cansado, mucho más que el hombre que conocí en Palm Beach, como si la campaña, las sonrisas y los apretones de manos le hubieran pasado factura. A pesar de todo, sigue tan guapo como lo recordaba.

—¿Qué significa la H? —pregunto mientras paso los dedos sobre la inicial en el pañuelo.

—Henry.

—Bonito nombre.

—Es por mi abuelo.

—¿Cómo me has encontrado?

¿Sabrá por qué he venido a Nueva York?

—Tengo un par de contactos que a veces resultan de utilidad —responde Nick—. Pregunté en recepción y me dijeron que no estabas en tu habitación. Pensé en dejarte una nota, pero entonces oí a alguien decir que había una preciosidad en el bar, así que, bueno... —Sonríe—. ¿Has comido?

Niego con la cabeza mientras me paso el pañuelo por el párpado inferior y me asusto bastante al ver que sale manchado con el kohl negro de mi lápiz de ojos.

Me ofrece la mano.

—Entonces vamos a comer algo.

Le tomo de la mano, todavía un poco aturdida por su aparición, y salimos del hotel para introducirnos de lleno en una ajetreada calle de Nueva York. No me he acostumbrado al ritmo de aquí, a las prisas con las que camina todo el mundo, a la energía que desprende todo. La palma de Nick permanece solícita en mi espalda para evitar que me choque con el tráfico peatonal, su estatura destaca por encima de mí.

Le miro por el rabillo del ojo y admiro el modo en que el traje envuelve su cuerpo, el abrigo en la mano. Aparte de aquella primera vez, cuando nos conocimos en el balcón, esta es la ocasión que más tiempo hemos pasado juntos, la mayor intimidad que hemos logrado, y no puedo resistir la oportunidad de dejarme llevar por la libertad de la noche.

Después de unos minutos de caminar en silencio, Nick se detiene delante de un anodino restaurante encajado entre una floristería y una pastelería.

—No parece gran cosa, pero preparan unos de los mejores filetes de la ciudad. ¿Te apetece?

Tampoco me pasa desapercibido que, al igual que el bar del hotel, no es el tipo de lugar en el que es probable que lo reconozcan.

—Es perfecto —respondo.

Paso delante de Nick y espero mientras habla con el *maître*. Tras un apretón de manos que incluye un billete verde, nos conducen a un reservado al fondo con iluminación tenue y un sillón rojo de cuero con forma de concha. Una vela achaparrada en un vaso de cristal parpadea y chisporrotea sobre el mantel color crema.

Me quito el abrigo por primera vez desde que me he encontrado con Nick y se lo entrego al camarero, que nos espera a poca distancia.

La mirada de Nick me recorre de pies a cabeza.

Me siento en el reservado y los nervios vuelven a invadirme.

En cuanto Nick se sienta a mi lado, el espacio parece mucho más pequeño.

El camarero nos entrega dos cartas con cubierta de cuero.

—Bueno, ¿cómo estás? —me pregunta después de que hayamos leído con atención el menú y de que el camarero nos haya tomado nota. Este se retira con habilidad a uno de los rincones oscuros del restaurante y reaparece por un breve instante para dejarnos las bebidas antes de marcharse—. ¿Estás disfrutando de tu viaje a Nueva York?

—No estoy segura de que «disfrutar» sea la palabra indicada. Con suerte, está siendo productivo, aunque es probable que todavía sea pronto para decirlo. —Titubeo—. ¿Cuánto sabes?

—Lo suficiente.

Entre su papel en el Senado y los contactos de su familia, no me sorprende del todo, pero resulta un poco inesperado. En esta partida hay jugadores que no conozco. ¿Tendré un nombre clave en los cuarteles de la CIA? ¿Habrá hombres trajeados hablando de mí, de mi familia, de mi posible relación con Fidel, de mis motivos para hacer esto?

—Tengo el don de meterme en líos —reconozco.

Nick guarda silencio mientras da un sorbo a su *whisky* con la mirada fija en mis ojos.

No lleva alianza. ¿Estará ya casado o seguirá prometido?

—Beatriz… —La voz de Nick se interrumpe y traga saliva. Su nuez sube y baja.

—Creo que no soy la única que siente inclinación por meterse en líos —digo, en clara alusión a lo inapropiado que resulta que estemos los dos aquí juntos.

—*Touché.* —Alza su vaso y lo choca contra mi copa de champán—. Por los líos.

—Por los líos —repito y doy un sorbo a mi bebida. Le observo desde el borde de mi copa—. Pensaba que los senadores debían evitar exponer sus enredos en público.

—Eso es lo que me suelen decir.

El camarero nos interrumpe para traer los aperitivos y se marcha sin pronunciar palabra.

—Antes, en el bar del hotel, parecías molesta —comenta Nick.

—Esto… es un asunto complejo.

—Estás metida en problemas.

—No es nada que no me haya buscado yo, y no es nada que no sepa resolver.

—Sé que has vivido muchas cosas en Cuba. No me puedo imaginar cómo debe de haber sido para vosotros vivir tan de cerca la Revolución. Los informes que recibimos sobre la situación dibujan una imagen nefasta. Pero ten cuidado. Esos hombres con los que te juntas no siempre son lo que tú piensas, y sus objetivos no siempre son lo que parecen.

—No te preocupes. Por el momento este asunto me conviene, tengo los ojos bien abiertos.

Por un instante parece dispuesto a rebatir mi argumento, pero antes de que lo haga no puedo resistir la tentación de hacerle la pregunta que lleva meses rondándome la cabeza.

—¿Te has casado ya?

No lleva alianza en el dedo, pero no todos los hombres se la ponen. Una boda como la suya seguramente causaría un gran impacto en el mundo de la alta sociedad, pero cuando vives al margen de esas cosas te pierdes muchas noticias.

Parpadea como si mi pregunta lo hubiera cogido desprevenido.

—No, no me he casado.

El alivio me colma por completo.

—Pero ¿lo harás pronto?

—Todavía no hemos fijado la fecha. —Me lanza una mirada irónica—. Puedes preguntar, ¿sabes? Los amigos se preguntan por su vida.

—¿Ahora somos amigos?

—Algo así.

—Entonces, amigo mío, ¿por qué tanto retraso?

—Ella quiere un noviazgo largo, darse un tiempo antes de asumir las responsabilidades que conlleva el matrimonio. No puedo culparla. Sin embargo, hay bastante presión por parte de ambas familias. En cierto sentido esto es tan complejo como una fusión entre dos empresas.

El matrimonio de mis padres se planificó del mismo modo. Cuando posees una cantidad considerable de dinero, hay muchas más cosas en juego que los sentimientos.

—Mi familia quería que pidiera su mano para que pudiéramos casarnos antes de las elecciones —añade—. Los votantes tienden a considerar mejor a los políticos casados, y todavía más a los que tienen una familia.

«No lo hagas. No vayas por ese camino. Estás por encima de todo eso.»

—¿Y por qué no pediste antes su mano?

—Resulta que siento un rechazo inherente a que me manipulen para hacer algo que no quiero.

Me río.

—Ya veo.

Tuerce el gesto.

—Me costaría bastante imaginar a alguien manipulándote para que hagas algo que no quieres.

—Y, aun así, lo siguen intentando.

—¿Por eso no te has casado? ¿Es esa la razón de que todas las propuestas de matrimonio nunca hayan acabado bien? —me pregunta Nick.

—¿Cuánto has estado investigando sobre mí?

—No lo suficiente. Pensaba que la paciencia era una de mis virtudes, pero he descubierto que soy incapaz de esperar para obtener respuestas sobre ti.

—¿Por qué?

Da otro trago a la bebida sin apartar los ojos de mí.

—Porque quería saber si estabas con alguien. Aunque no tenga derecho, he descubierto que me pondría bastante celoso del hombre que hubiera obtenido tu amor.

Abro la boca para hablar, pero la cierro de inmediato; no tengo palabras para este tipo de conversaciones, me falta experiencia para soltar una respuesta ingeniosa. Una cosa es tontear, pero esto es muy distinto, y no hay una pizca de humor en su expresión, nada que sugiera que la seriedad en su voz y en su mirada no sea la verdad.

Niega con la cabeza.

—No debería decir estas cosas. Lo siento, yo...

—No, seguramente no deberías. —Respiro hondo—. Yo también he pensado en ti. Sin parar.

Su mano se detiene en el aire, la copa a medio camino de los labios.

—Beatriz.

Ahí está de nuevo, un sinfín de emociones contenidas en mi nombre. La verdad es que suena muy bonito cuando lo pronuncia de esa manera.

Antes de que pueda responder, el camarero regresa junto a otro miembro del servicio. Se llevan los aperitivos y traen el segundo plato, unos filetes jugosos y gruesos.

—Esto es un lío —dice Nick cuando volvemos a estar solos. Su voz no suena arrepentida en absoluto.

—Lo es —convengo.

En este momento, junto a él, yo tampoco me arrepiento.

—Por lo general, soy bastante aburrido.

Sonrío.

—Me cuesta bastante creerlo. Y, si fuera cierto, sería algo bastante triste. ¿Ni un ápice de rebeldía?

Se ríe.

—No, por desgracia. Mis hermanos son los salvajes. Yo soy el mayor, el cabeza de familia ahora que mi padre nos ha dejado. Ellos siempre andan metiéndose en líos.

—¿Y tú corres detrás de ellos para solucionar sus problemas?

—Constantemente. —Se lleva un trozo de filete a la boca y cuando termina de masticar su mirada vuelve a mí—. ¿Y tú? ¿Eres la problemática de tus hermanas o la que cuida de todas las demás?

—¿En serio necesitas preguntarlo?

Vuelve a reírse.

—Deberías ser un poco rebelde de vez en cuando —añado—. No está tan mal.

—Supongo que debo fiarme de tu palabra.

Y como quiero que me conozca, como detesto la idea de que me vea solo como la chica frívola que muchos piensan que soy, despreocupada, alocada y peligrosa, digo:

—Yo cuidaba de mi hermano. Éramos gemelos —añado, sin estar segura de cuánto sabe acerca de mi vida.

Ha quedado claro que está al corriente de la mayor parte, pero, al mismo tiempo, mi hermano es el único tema del que nunca se habla en mi familia.

Nick no intenta llenar el silencio con preguntas exploratorias o tópicos sin sentido, y quizá sea su silencio, firme y tranquilizador, lo que me infunde los ánimos que necesito para continuar:

—Alejandro murió asesinado en La Habana después de la Revolución. Lo mataron porque constituía una amenaza para las intenciones de Fidel de consolidarse en el poder. Mi familia era muy influyente en Cuba por aquel entonces. Alejandro era conocido y popular, activo en uno de los muchos grupos que se oponían al expresidente Batista. Constituía un riesgo y Fidel es un paranoico.

—¿Por eso colaboras con la CIA?

—Sí. —Respiro hondo—. Yo encontré a mi hermano. Le habíamos perdido la pista durante las primeras semanas de la Revolución. En aquel momento todo era un caos y mis padres lo habían repudiado un par de años atrás por participar en un complot para atentar contra el Palacio Presidencial cuando Batista estaba en el poder. Vi el coche detenerse en la acera, los vi… Arrojaron su cadáver frente a la puerta de nuestra mansión en Miramar como si fuera basura. —Todavía puedo oír el horrible golpe del cuerpo muerto de mi hermano al chocar contra el suelo, todavía recuerdo la sensación de la gravilla clavándoseme en la piel mientras lo abrazaba, mis manos manchadas con su sangre—. Juré que Castro pagaría por ello, por lo que le hizo a Cuba, por lo que le hizo a mi familia: por meter a mi padre en la cárcel y hacernos temer que lo habíamos perdido. Por el papel que tuvo en la muerte de mi hermano. Hubo días, demasiados, en que ese juramento era lo único que me animaba a seguir.

Nick acerca la mano y nuestros dedos se entrelazan.

Se me seca la boca.

Me da un reconfortante apretón antes de soltarme.

—¿Y la CIA va a ayudarte a acabar con Fidel? —pregunta en voz baja.

—Sí, o al menos eso espero.

—Digan lo que digan, al final sus intereses siempre van a ser prioritarios. Para ellos eres prescindible, y no dudarán en usarte para su propio beneficio.

—Igual soy yo la que los uso a ellos.

—Esto no es un juego.

Suelto una risa desprovista de humor.

—¿Crees que no lo sé? Vengo de un país en el que se ejecuta a la gente sin pruebas, en unas farsas de juicios sin ningún respeto por sus derechos, simplemente porque a Fidel le apetece. ¿Y antes de eso? Batista no era mejor. ¿Y antes de eso? En nuestro pasado hay una larga lista de dictadores. Confía en mí, vuestra CIA puede ser mala, aunque tengo serias dudas de que se acerque a las cosas que he tenido que ver.

—¿Y aun así quieres volver a Cuba?

—Cuba es mi hogar. Siempre lo será. Siempre desearé que mejore, que se parezca a lo que yo creo que debería ser. Pero sí, siempre estará en mi corazón.

—Admiro tu lealtad...

—¿Pero?

—En serio, lo entiendo. Mi familia quería que me metiera en política, pero, al mismo tiempo, yo también quería hacerlo por mis propios motivos. Era joven cuando me fui a combatir. Resultaba emocionante visto desde la distancia, y parecía el tipo de cosas que uno debía hacer. Pero cuando vi lo que era la guerra, más allá de los libros que había leído o las historias que me habían contado, comprendí lo importante que es la política y la diplomacia. La lucha tiene que ser siempre el último recurso. Entiendo ese deseo de mejorar que comentas, y espero poder aportar mi granito de arena con mi labor en el Senado. Pero al mismo tiempo...

—¿Qué? ¿No debería arriesgar mi vida? Tú arriesgaste la tuya porque creías en aquello por lo que luchabas, ¿no?

—Sí.

—Entonces no hay mucha diferencia, ¿verdad? ¿O es porque soy mujer?

Quizá sea mejor ser mujer en estos tiempos que cuando mi madre tenía mi edad, aunque, por muchos avances que se hayan conseguido, todavía no parecen suficientes, y he descubierto que incluso en América, donde se predica la democracia y la libertad con fervor religioso, hay distintas definiciones para la palabra «libre». Las mujeres en Cuba y en Estados Unidos siguen siendo vistas como prolongaciones de otras personas —padres, maridos...—, en lugar de como entes independientes con méritos propios.

—No, supongo que no hay mucha diferencia —responde Nick.

El camarero recoge los platos interrumpiendo el momento que compartimos.

Ojeamos la carta de postres como si ambos deseásemos que la velada continuara. Nos extendemos en la selección de bebidas y al final decidimos pedir un postre.

Nick me habla sobre su trabajo en el Senado, su deseo de implementar una política fiscal sólida y de equilibrar el presupuesto. Habla de su preocupación por que el gobierno no haga lo suficiente para ayudar a la gente cuando más lo necesitan, de sus esperanzas de encontrar una solución para que la Seguridad Social ofrezca asistencia médica a los más mayores.

Resulta extraño escucharlo hablar de esas políticas con tanto fervor y pasión. Estoy más acostumbrada a la retórica exaltada que a la política seria, y equilibrar el presupuesto es un tema poco emocionante. Sin embargo, está claro que el tema le inspira, que cree que normalmente los pequeños cambios son lo más idóneo que se puede hacer para mejorar la vida de la gente. Estoy tan acostumbrada a estar rodeada por hombres dispuestos a destruir y a hacer la revolución que resulta original escuchar a un hombre emocionarse con construir algo, aunque sea de forma gradual.

Lo admiro enormemente.

Yo le hablo de mis hermanas y de la vida en Cuba con el sabor a piña en mi lengua y un Brandy Alexander nublándome la cabeza. O tal vez sea él el responsable de lo que siento por dentro, esta deliciosa sensación de mareo.

Cuando hemos agotado todo el tiempo posible en el restaurante, las mesas ya están recogidas y es bien entrada la noche, Nick me acompaña al hotel.

Parece que nos cuesta mucho menos tiempo volver de lo que nos costó llegar al restaurante, y, a pesar de lo tarde que es, me gustaría deambular por otras calles, prolongar el tiempo en su compañía.

Nuestra conversación se va agotando a medida que nos acercamos al hotel. El edificio aparece ante nosotros.

¿Estará casado la próxima vez que nos veamos?

Nick me sigue al interior del vestíbulo con la mano en mi cintura. Espero que me suelte y que la velada llegue a su final natural: yo arropada bajo el edredón de la cama de mi habitación y él por ahí, en algún lugar de la ciudad.

¿Tendrá un piso aquí? ¿Estará en un hotel elegante o se alojará en casa de su familia cuando visita la ciudad?

Un grupo de hombres de negocios sale del bar del hotel. Sus risas escandalosas inundan el vestíbulo casi desierto.

—Te acompaño a tu habitación —se ofrece Nick lanzando una mirada a los hombres y apretando con más fuerza la mano en mi cintura.

Los hombres nos observan mientras recorremos el vestíbulo y a mis oídos llegan comentarios sobre la suerte que tiene el hombre que me acompaña.

Nick se pone tenso a mi lado.

—Déjalo estar —susurro. Lo último que necesitamos ambos es una escena.

Asiente de modo sucinto y aprieta el paso hasta que llegamos al área de ascensores.

El ascensorista nos saluda y le indico el número de mi planta. Nick me suelta y deja caer el brazo a un costado. Tomamos el ascensor hasta mi habitación en silencio. Por fortuna, no hay más huéspedes en la cabina. Contemplo cómo se van encendiendo los botones mientras ascendemos para distraer los nervios que se despiertan en mi estómago.

El ascensor se detiene y la puerta se abre. Mantengo la vista fija en la moqueta mientras salgo al pasillo, con Nick siguiéndome los pasos.

El ascensor suelta un zumbido y continúa su trayecto. A lo lejos, el llanto de un niño brota en una de las habitaciones y se mezcla con el ruido de una televisión más al fondo.

A tientas, busco la llave en mi bolso y la saco con dedos temblorosos.

Me gustaría haberlo conocido hace un año, antes de que estuviera prometido, cuando acababa de llegar a Palm Beach. Y, por supuesto, antes de meterme en este lío con la CIA. Me gustaría no haberlo conocido nunca, así no sabría lo que me estoy perdiendo.

—Gracias por la cena.

—Ha sido un placer —responde Nick.

Ojalá pudiera descifrar su estado de ánimo, pero mantiene sus emociones ocultas. El silencio se prolonga demasiado y reúno el coraje para hacer la pregunta que lleva toda la noche rondando en mi mente:

—¿Por qué viniste a buscarme?

Guarda silencio durante tanto tiempo que casi creo que no va a responder.

—Porque quería verte.

Lo dice como un hombre que se libera del peso de un enorme y terrible secreto.

Que Dios me ayude. Hago lo que todo el mundo dice que no puedo evitar. Insisto.

—¿Por qué?

—Porque pienso en ti constantemente. Porque me pregunto cómo será besarte y que seas mía, aunque solo sea por un momento —se le rasga la voz—. ¿Y tú?

El corazón atruena en mi pecho con tanta fuerza que me imagino que él puede oírlo también, que el sonido electrizante y desbocado inunda el pasillo vacío del hotel y se une al llanto del niño, el ruido de la televisión y el zumbido del ascensor.

Asiento, y después —porque quiero ofrecerle la respuesta, porque me parece correcto corresponder a su valentía y sinceridad a partes iguales— digo:

—También. —Trago saliva, la llave me quema en la mano cuando cierro el puño con cuidado de evitar estirar el brazo para tocarlo—. Continuamente.

El ascensor vuelve a ponerse en marcha, esta vez en dirección al *hall* del hotel. Cualquiera podría vernos así. Podría abrirse la puerta del ascensor y alguien podría salir en cualquier momento.

—Será mejor que me vaya a mi habitación.

—Será mejor que te vayas a tu habitación —conviene, bajando la cabeza al acercarse más a mí, acorralándome con su cuerpo inclinado sobre el mío.

Respiró hondo un par de veces para calmarme.

Con la mano que tengo libre, recorro con un dedo el puño de su elegante gabardina Burberry. Lo cuelo por debajo de la manga y rozo la tela del traje, acariciando la piel suave de su muñeca.

Se estremece.

Me tiemblan los dedos mientras poso la llave de la habitación en su palma.

Camino hacia la habitación del hotel sola, dejando a Nick de pie en el pasillo a mi espalda.

Mi mirada se posa en la puerta de madera. Las piernas me tiemblan bajo el vestido, el sonido de sus pasos llena mis oídos, el ascensor pasa zumbando entre las plantas.

Cierro los ojos ante su mano posada en mi cintura, el olor a naranja y sándalo, su respiración en mi cuello. Al abrirlos veo cómo sus dedos bronceados y sin alianza colocan la llave en la cerradura de la puerta de mi habitación de hotel.

12

CERRAMOS LA PUERTA de la habitación del hotel a nuestra espalda.

Lo miro a la cara.

—Deberíamos hablar de esto —dice Nick tras posar la llave en la mesita de noche.

—No quiero hablar.

—Entonces ¿qué quieres? —pregunta.

—A ti.

—Soy un político. Estoy sometido al escrutinio de la opinión pública…

—Estoy acostumbrada a que se fijen en mí. No me importa.

—Esto es diferente —me avisa—. No quiero hacerte daño.

No me apetece escuchar todas las razones por las cuales esto es una idea horrible. Sé que es probable, casi seguro, de hecho, que lo sea, que mi proceder de esta noche ha sido extremadamente descarado, que estoy a punto de cruzar una línea invisible que no tendrá vuelta atrás, pero no quiero que la realidad me estropee este momento.

Suspiro.

—Crees que soy demasiado joven para ti.

Nick avanza un paso y posa los labios en mi coronilla. Sus dedos se aferran a mi cintura y aprietan la tela de mi abrigo, indecisos entre atraerme hacia su cuerpo o alejarme de él.

—Eres demasiado de todo para mí. Tu juventud puede que sea lo que menos me preocupa.

Mi mano encuentra la suya, y Nick suelta la tela para entrelazar de nuevo sus dedos con los míos.

—Esto es una mala idea —susurro mientras me acurruco en la curva de su cuerpo.

—La peor —conviene Nick, que dirige las manos hacia mi nuca y posa los dedos en el cierre de mi collar. Sus yemas me rozan la piel al quitarme la joya del cuello. La posa en la mesilla antes de repetir el gesto con mis pendientes. Sus nudillos me acarician el lóbulo.

Se agacha y sus labios me hacen cosquillas en la oreja.

Siento un escalofrío y se me pone la piel de gallina.

Alzo la cabeza, incapaz de aguardar a que tome la iniciativa de besarme. En realidad, llevo fantaseando con este beso en mi cabeza desde el momento en que lo conocí.

Y no me defrauda.

Hay besos y luego hay *besos*, y este se encuentra claramente en el segundo grupo.

—Pensaba que no creías en los actos de rebeldía —susurro tras apartar mi boca de la suya, mientras con los dedos le suelto a toda prisa la corbata y él se sacude de encima el abrigo.

Ahora que siento su sabor en mi boca y la sensación de su cuerpo contra el mío, tengo ganas de más.

Nick gime y me abraza con más fuerza.

—Quizá era porque no había encontrado uno que mereciera la pena.

Me acaricia la nuca y sus dedos se desplazan a los botones de la espalda de mi vestido. Sus nudillos se elevan sobre la piel desnuda que queda al descubierto.

Jugueteo con los botones delanteros de su camisa blanca y le quito la corbata. El corazón me late alocado con cada temblor, con cada caricia.

Cuando eres una joven de buena familia que se sienta al lado de sus padres todos los domingos en el banco de la iglesia durante la misa y que habita en una sociedad que busca motivos para plantarte una proverbial letra escarlata en el pecho, se te enseña a proteger tu virtud frente a la tentación de la carne. Nadie te cuenta que con el hombre adecuado aquello puede ser como estar en el cielo;

en el momento adecuado, puede hacerte sentir más poderosa de lo que serías capaz de imaginar.

Nadie te cuenta lo verdaderamente delicioso que puede llegar a ser.

Creía que sabía lo que era desear, pero ahora, con su cuerpo encima del mío, bueno, ahora sé lo que solo pude intuir con todos los hombres que ha habido antes que él. Los besos robados por chicos ansiosos palidecen en comparación con la pasión que encuentro entre sus brazos.

¿Esto es amor?

¿Quién tiene tiempo para preocuparse por esas cosas?

En este momento, esto lo es todo, y eso es lo único que importa.

—Estás muy callada —dice Nick.

Aplasta la colilla en el cenicero de la mesita de noche. Tiene el otro brazo por encima de mi hombro mientras descanso la cabeza en su pecho desnudo.

Cuando recuerde este momento en el futuro, lo que acudirá a mi mente será el olor de sus cigarrillos, el calor de su piel contra la mía, la aspereza de las sábanas, la tenue luz de la lámpara que no nos dio tiempo a apagar. Esos serán los colores, los sonidos y los olores que darán forma al recuerdo, pero lo que lo llenará, lo que me llena ahora mismo, es lo feliz que me siento, aunque sé que más adelante me espera un desengaño, que soy la mala de esta historia por acostarme con un hombre prometido y que, como una vez previne a Eduardo, al final siempre llega la hora de pagar la factura.

A pesar de todo, no me arrepiento ni de un solo instante de los que hemos compartido.

—Estoy feliz —respondo.

—Lo dices como si te sorprendiera esa emoción —medita.

—Supongo que me cuesta confiar en la felicidad.

—Lo entiendo.

A pesar del tiempo que pasó en la guerra, me cuesta imaginar que sea capaz de entenderlo. Además, hay algunas cosas que no sé cómo explicar y que no quiero que interrumpan este momento.

Compartir con él mi cuerpo me ha resultado sencillo, pero compartir el resto es más difícil. Resulta irónico, la verdad, pensar cuánto se han preocupado mi madre y Magda por mi virtud, cómo velaban por mi virginidad como si fuera la parte más valiosa de mí. Mi corazón les preocupaba mucho menos.

—Sigues asustada —dice, con un tono lleno de sorpresa.

—Sí.

—Creo que...

—¿Que si Fidel y sus hombres me dan miedo debería mantenerme lejos de ellos?

—Sí.

—La única manera de dejar de tener miedo a algo es enfrentarte a ello. Arrebatarle el control que ejerce sobre ti.

—Pero ya no ejerce ningún poder sobre ti, Beatriz. Ahora estás a salvo.

La seriedad en su voz casi me hace reír y, por primera vez en toda la velada, me siento la mayor, la más sabia.

—Ya ni siquiera sé lo que significa «estar a salvo». Vivía tan abstraída en nuestra burbuja que no fui consciente de lo tumultuoso que se volvía el resto del mundo, de las ganas que tenía la gente de derribar todo lo que habíamos construido. Nada era real, todo era una mera ilusión en la que creíamos como unos tontos. No volveré a cometer ese error.

—Entonces ¿ya no crees en nada?

—Creo en mí.

—¿Por eso no dejas que nadie se te acerque? ¿Por eso rechazaste todas esas propuestas de matrimonio?

Me encojo de hombros como única respuesta y Nick añade:

—No hagas eso. No me rechaces a mí también. Déjame entrar.

—¿Acaso tengo elección? ¿Qué es lo nuestro si no una quimera? ¿De qué nos sirve fingir que es otra cosa?

—No tiene que ser una quimera —responde—. Podría ser algo más, algo real.

Es un buen hombre. En estos tiempos, es una cualidad rara. Es un buen hombre y algún día hará grandes cosas.

Y yo, también.

Me giro y descanso la barbilla en su pecho. Recorro con un dedo su mandíbula.

—Los dos somos lo que la ambición ha hecho de nosotros. No finjamos lo contrario. Tenemos nuestros objetivos en la vida y nuestros caminos están marcados. Esto es un momento. Nada más.

—Tú no quieres que sea más.

—No se trata de lo que yo o tú queramos. Ninguno de los dos se alegraría si nuestros planes descarrilaran, y no encajamos muy bien en los proyectos del otro, que se diga. Tú tienes una prometida. —Se estremece—. No puedes permitirte un escándalo, no ahora. Las elecciones son, ¿cuándo? ¿En menos de dos meses? Lo único que puedo ser para ti es un escándalo.

—No tienes que serlo, y lo sabes. No es tarde para retirarse de ese trato descabellado que tienes con la CIA.

—No entra en mi naturaleza retirarme.

—A veces se me olvida lo joven que eres.

Me incorporo y las sábanas me caen hasta la cintura.

—No hagas eso. No me menosprecies por mi edad. Estoy muy cansada de que la gente me diga que no entiendo el mundo que me rodea porque soy mujer o porque soy joven.

—No tiene que ver con tu edad o tu género. Es solo que no consigo cuadrar tu versión inteligente y lógica con esta persona que parece estar deseando ponerse en una situación increíblemente temeraria y arriesgada.

—Eso es porque no tienes ni idea de lo que supone ver cómo tu país se derrumba delante de tus ojos mientras tú te sientes impotente e incapaz de hacer cualquier cosa para evitarlo.

Quiero que comprenda esta parte de mí, la más importante, tal vez. Quiero que valore las decisiones que he tomado como yo las valoro. Quiero su respeto.

—Tienes razón, no tengo ni idea —responde—. No puedo imaginarme lo que viviste en Cuba. Pero no entiendo por qué sientes la necesidad de arreglarlo todo tú sola. Hay otras personas que pueden hacerlo, Beatriz. No tienes por qué arriesgar tu vida. Si mi hermano me dijera que está haciendo tratos con la CIA, le aconsejaría que lo dejara. Dwyer tiene mala fama.

—Yo también. No es la primera vez que participo en este tipo de actividades, y dudo que sea la última.

—¿Y tu familia? ¿Qué opinan de tu colaboración con la CIA?

—No saben nada de esto.

—Pero no les agradaría, ¿verdad?

—Probablemente, no. No estaban muy contentos cuando me metí en el movimiento revolucionario en Cuba. Si solo hiciera lo que mi familia quiere para mí, no me divertiría mucho. Y seguro que no estaría aquí contigo.

Tiene la decencia de sonrojarse un poco.

—No soy tan rara, ¿sabes? —añado—. En Cuba hay muchas mujeres que se han unido a los revolucionarios, que luchan por aquello en lo que creen. Soy capaz de admirar su convicción, aunque nuestros ideales no sean los mismos.

—Y yo soy capaz de preocuparme por ti, aunque te moleste. No puedo evitarlo, Beatriz.

Me giro y capturo su boca con otro beso.

—No hablemos de esas cosas. No quiero política entre nosotros. Ahora no.

—Entonces, ¿qué quieres de mí? —pregunta

Hay indecisión en su tono de voz. Supongo que es el tipo de hombre del que muchísima gente quiere muchísimas cosas.

—Esto.

—Y ¿qué es «esto», exactamente?

—Te quiero a ti. Solo a ti. Sin dinero en la mesilla de noche. Sin mentiras entre nosotros. Sin promesas que no tengamos intención de cumplir.

—Las jovencitas casaderas de la alta sociedad ya no sois como antes, ¿cierto?

Entorno los ojos.

—¿Preferirías que te dejara llevar la iniciativa?

Se ríe.

—Me las apañaría, pero gracias. Entonces asumo, aunque no he planteado la oferta, que no tienes interés en ser mi amante.

—No es algo personal. No quiero ser la amante de nadie.

—Vaya, ¿no era ese el plan con Fidel?

—Mejor no quieras saber cuál es el plan.

—Pronto volverá a La Habana. ¿Tú vas a quedarte aquí?

—Me iré a Palm Beach.

—Quiero volver a verte. —Titubea—. ¿Puedo volver a verte?

—Mi vuelo no sale hasta mañana por la noche. ¿Quieres quedarte conmigo hasta entonces?

—Sí.

Y así, sin más, dejamos de hablar de política.

La segunda vez es diferente. Hay una confianza entre nosotros que ha surgido en un tiempo extraordinariamente corto, el tipo de conocimiento mutuo que solo te proporciona la intimidad.

Antes de quedarnos dormidos, vuelve el rostro hacia mí, con la cabeza sobre la almohada.

—¿Por qué esta noche? ¿Por qué yo?

—Porque quería que fuese contigo. —Respiro hondo, con la mirada fija en el techo. Las luces de la calle parpadean a través de una rendija entre las cortinas—. ¿Por qué esto? ¿Por qué yo?

—Porque quería que fuese contigo.

—¿Desde aquel día en el balcón?

—Antes.

—¿Cuándo? —pregunto, ansiosa y un poco achispada por la botella de champán que hemos pedido en el bar y compartido antes.

—Desde que te vi en el salón de baile. Andrew estaba de rodillas, poniéndose en ridículo, y ahí estabas tú. Pude verte allí, pero supe que en el fondo querías estar en otra parte, y me entraron ganas de acompañarte allá donde fueses.

—Estamos en año electoral.

No es tiempo de imprudencias.

—Lo estamos.

—Y tú vas a casarte.

Nick suspira.

—Sí.

Cambia de postura y acerca mi espalda a su cuerpo. Rodea mi cintura con un brazo. Cierro los ojos mientras escucho el sonido de su respiración y siento al latido de su corazón pegado a mí.

13

El sueño comienza como siempre: conmigo saliendo a hurtadillas de nuestra casa en La Habana, el dinero que robé de la caja fuerte de mi padre para entregárselo a mi hermano guardado en el bolsito que llevo colgado de la muñeca. Tengo prisa, estoy preocupada por Alejandro, por ver si está a salvo, si está bien.

Me encuentro a un jardinero en un costado de la casa y nuestras miradas se cruzan. Siento una punzada de terror. ¿Se lo contará a mis padres? ¿Será leal a mi familia o al nuevo régimen?

El jardinero es el primero en apartar la mirada y volver a sus tareas, como si fuera consciente de la estela de problemas que suelo dejar a mi paso y no quisiera formar parte de ellos.

Ya casi estoy en el portón de entrada a nuestra propiedad.

Un coche dobla la esquina a una velocidad excesiva para nuestra calle, si se tiene en cuenta la cantidad de niños que habitan en las casas que nos rodean.

Los neumáticos derrapan. Se abre una puerta. Un cuerpo golpea el suelo al caer.

Corro, abandono el bolso sobre la gravilla del camino de acceso a nuestra mansión, las piernas aceleradas, el corazón desbocado.

Chillo.

Cuando era más pequeña, un día me metí en el mar detrás de Alejandro y una ola me derribó. El agua me inundó los pulmones y el pánico se adueñó de mi cuerpo mientras intentaba salir a flote.

Así es como me siento en el sueño. Como si me estuviera hundiendo y no pudiera salvarme. No soy capaz de apartar la mirada.

El rostro sin vida de mi hermano me contempla.

Me despierto sobresaltada, los brazos pesados como el plomo, el pecho jadeante, respiro con ásperos resuellos.

—Tranquila, solo ha sido un sueño.

Me giro en la cama y mis ojos se acostumbran a la penumbra. Me siento desorientada y sorprendida de ver a Nick, que me mira con un gesto de preocupación en el rostro.

Me acaricia la espalda mientras respiro hondo en un intento de retomar el control de mi ritmo cardíaco.

—¿Te traigo algo? —pregunta. La ternura en su voz me provoca un nudo en la garganta.

Respondo que no con la cabeza.

—¿Quieres hablar de ello?

—No —bramo.

Se incorpora en la cama y deja un espacio para que me acurruque contra su cuerpo. Siento un vuelco en mi corazón.

Me resulta de lo más natural reposar la cabeza en su pecho desnudo, que su brazo me rodee la cintura y me abrace con fuerza.

—Cuando volví de Europa solía tener ese tipo de pesadillas… —Se estremece—. A veces todavía las tengo.

—¿Y la cosa mejora alguna vez? —pregunto.

Se agacha y sus labios me rozan la coronilla.

—Sí, con el tiempo. —Me abraza más fuerte—. Sin embargo, nunca terminan de irse.

—Ya imagino que no.

No nos separamos durante el resto de la noche.

PASAMOS MI ÚLTIMO día en Nueva York desnudos en la cama. Bebemos champán y cenamos ensalada de langosta y un grueso *filet mignon*. No hablamos de política, ni de su prometida, ni de Fidel, ni del futuro, pero consigo respuestas a algunas de las preguntas sobre él que me rondaban en la mente, y él también descubre algunos secretos de Beatriz.

—Háblame de tu familia —dice.

—¿Mi familia?

—Siento curiosidad.

—No es tan interesante, la verdad.

—¿Por qué será que me cuesta creerlo? He visto a tus hermanas en acción.

Me río.

—¿Cómo era tu hermano? —pregunta con un tono más dulce.

—Era divertido. Cuando éramos pequeños, siempre se sacaba un plan entretenido de la manga, siempre quería salir en busca de aventuras. Era adorable. Y atento. Entre todas lo teníamos malcriado, por supuesto; era el único chico con cuatro hermanas. Le encantaba.

—Es bonito llevarte bien con tus hermanos. Tienes suerte. No siempre es así.

—Mis hermanas siempre han sido mis amigas. Y Alejandro era mi mejor amigo. No sé cómo describirlo, pero nos entendíamos como nadie en la familia. Quizá, al ser gemelos...

—Debes echarlo muchísimo de menos.

—Siempre. Me hace sentir mal seguir con mi vida sabiendo que él no tendrá la oportunidad de hacerlo.

Nick me limpia una lágrima que se me escapa por la mejilla.

—Lo siento.

—Háblame de tu familia —digo.

Nick se reclina en el cabecero de la cama.

—Mi familia es grande e intensa, siempre con expectativas y planes.

—¿El Senado era uno de sus planes?

—Resultaría más fácil poder decir que así era, ¿verdad? Pero no, eso fue cosa mía. A veces me maldigo por ello, pero por lo general estoy agradecido. Trabajar en el Senado me ha salvado.

—¿Cómo es eso?

—Cuando regresé de Europa me encontraba perdido. Durante la guerra viví rodeado de hombres que luchaban por los mismos objetivos que yo. Había una cierta sensación de fraternidad que desapareció cuando volví a casa.

—¿Y el Senado te la devolvió?

—Supongo que sí.

—Nunca pensé que los senadores fueran tan fraternales.

—Lo somos y no lo somos, pero al menos trabajamos por una causa común. Echaba de menos tener esa razón de ser cuando volví.

—¿Por qué la política?

—Estoy en una posición privilegiada. Nací en una familia que no ha tenido que luchar para cubrir las necesidades básicas por las que otras personas en este país deben pelear. Gracias a mi apellido, dispongo de una plataforma y mi voz se escucha, y quiero aprovecharlo para hacer algo bueno por este mundo. Cuando combatí en Europa vi de primera mano lo que sucede si no se defiende aquello en lo que crees, lo que el silencio le puede hacer a un hombre, y me gustaría dejar un mundo mejor que el que me encontré.

—¿Es verdad lo que se comenta sobre que sueñas con llegar a ser presidente?

Me lanza una sonrisa sarcástica.

—Puestos a marcarse un objetivo, ¿por qué no apuntar alto? Por el momento, sin embargo, solo aspiro a la reelección. Todavía no es el momento de presentarme a la presidencia, y además el partido está en buenas manos.

—Eres amigo de Kennedy, ¿no?

—Así que has estado indagando sobre mí.

Me río.

—Dejémoslo en que es difícil no oír el nombre «Nicholas Preston» en los labios de todo el mundo durante la temporada social. Dicen que Kennedy y tú tenéis una buena relación.

—Es un gran hombre. Será un buen presidente y dirigirá a esta nación en la dirección que necesitamos.

—¿Y después?

Nick sonríe.

—Tal vez un día llegue mi turno.

—Entonces deberías tener cuidado. Los futuros presidentes no pueden permitirse escándalos.

—No, no pueden.

—Necesitarás una esposa adecuada, una familia adecuada, una imagen adecuada.

—Sí. Lo necesitaré. Lo necesito.

Trago saliva.

—¿Hay otras? ¿Otras mujeres como yo?

Aunque temo su respuesta, me obligo a preguntárselo porque no me metería en esto sin tener los ojos bien abiertos. No va a ser el primer hombre que tiene a una mujer en público y muchas en privado.

—¿Si ha habido otras mujeres? Sí.

No me sorprende, pero aprecio la sinceridad que hay entre nosotros.

—Pero ahora no hay más mujeres. Hace mucho tiempo que no las ha habido. —Suspira—. Ojalá te hubiera conocido hace un año. Ojalá te hubiera conocido antes de hacer promesas.

—No deberíamos volver a hacer esto.

—No, seguramente no.

14

Nos decimos adiós en mi habitación de hotel. Un último beso, los brazos de Nick en torno a mi cintura, el cuerpo que he llegado a conocer a fondo pegado al mío, en mi mano la tarjeta de visita en la que ha garabateado su número privado. Cuando se va, bajo a toda prisa al bar del hotel donde hemos quedado el señor Dwyer y yo para hablar sobre mi encuentro con Fidel.

—Me han dicho que le fue bien anoche con Castro —comenta Dwyer a modo de saludo cuando me siento frente a él.

—Eso creo.

—La encontró atractiva.

Frunzo el ceño.

—Si tenía espías allí, ¿para qué me necesita?

—Tengo espías en todas partes, y todavía no he decidido si la necesito.

—¿Qué es lo siguiente? ¿Qué más tengo que hacer?

—Ha causado una buena impresión. Mis fuentes me han dicho que a Fidel le molestó que se marchase tan pronto y no poder disfrutar de un tiempo a solas con usted.

Un calor me asciende por la nuca.

—Pensaba…

—Lo hizo usted bien. Si se hubiera mostrado demasiado ansiosa, habría levantado sospechas. Si a Castro le hubiera resultado demasiado fácil conquistarla, habría acabado por perder el deseo. No fue impulsiva ni echó a perder su tapadera. Lo hizo mejor de lo que esperaba.

—Entonces, ¿qué pasa ahora?

—Esperaremos el momento oportuno para que pueda actuar contra él. Mientras tanto, tengo otra oferta para usted. Remunerada.

—¿De qué se trata?

—El aparato de espionaje cubano ha demostrado ser más temible de lo que habíamos previsto. Para decirlo claro, Fidel tiene espías en todas partes. Quiero que se infiltre entre ellos.

—No soy una espía.

—Lo que hace que me resulte usted más provechosa. Se mueve en los círculos adecuados, habla varios idiomas, sabe cómo mezclarse con la gente si es necesario. Nadie sospechará que sea usted una espía, y podrá introducirse en lugares a los que no pueden llegar mis hombres. Queremos que se infiltre en uno de los grupos castristas que operan en el sur de Florida. Alguien ha estado pasando información a Fidel sobre nuestros planes para derribar su régimen y ha traicionado a esos exiliados a los que usted considera amigos. Quiero saber quién ha sido.

—¿Y por qué piensa que soy capaz de conseguir esa información? ¿No tienen a gente infiltrada en esos grupos?

—Los tengo. El problema con los agentes dobles es que resulta difícil saber en quién confiar. Con usted no tengo esa preocupación.

—¿Por qué?

—Porque, si acepta, será usted una jugadora nueva en la partida. Y porque en mi trabajo se aprende a ser desconfiado, pero apostaría todo lo que tengo a que sería capaz de prender fuego al mundo con tal de vengar a su hermano. Me gusta la gente que es predecible.

—¿Y yo soy predecible?

—La venganza es el móvil más antiguo del mundo.

Seguro que esto me ayuda a sobrellevar la espera, y si puedo recabar información para Dwyer que sirva para echar a Fidel del poder...

—¿Cuánto?

—Dependerá de la información que nos proporcione, pero le merecerá la pena. ¿Acaso este viaje no le ha servido como muestra de nuestra buena fe?

Es cierto que me han pagado bien. Como mi padre, he empezado a apreciar las virtudes de ser independiente económicamente.

—Iremos organizando esto a medida que se produzcan avances —añade Dwyer—. Comprendo que va a necesitar discreción, dado el renombre de su familia y lo que sienten hacia Fidel. Su aparente implicación con partidarios del régimen será un secreto bien guardado. Haremos todo lo que esté en nuestras manos para protegerla.

—¿Y nuestro plan original?

—Como le he dicho, llevará tiempo, pero tenga por seguro que sigue siendo de una importancia vital para nosotros. Además, cuanto más se infiltre entre los partidarios de Castro, más confiará él en usted. —Tras una pausa, añade—: Será peligroso. El espionaje es harina de otro costal. Le obligará a jugársela durante una buena temporada, a mentir a las personas que ama, a sus seres más cercanos. ¿Será capaz de hacerlo?

—Eso no será un problema.

Fidel se marcha de Nueva York unos días después de mi regreso a Palm Beach, tras rematar su viaje a Estados Unidos con el discurso más largo en la historia de las Naciones Unidas: cuatro horas y media de denuncia del imperialismo americano, al que acusa de conspirar para derribar su régimen. Ha alabado a los soviéticos y sus palabras han sido recibidas con aplausos entusiastas por parte de Jrushchov, que le ofreció a Fidel regresar a casa en la aerolínea soviética después de que las autoridades estadounidenses requisasen el avión de Castro en el aeropuerto de Idlewild debido a unas deudas impagadas a acreedores americanos.

Cada vez está más claro por dónde sopla el viento en Cuba, y espero recibir pronto más instrucciones del señor Dwyer.

Cuando las instrucciones llegan, lo hacen en forma de una dirección garabateada en un papelito que un hombre de aspecto anodino deslizó en mi bolsillo un día en que mis hermanas y yo nos encontrábamos de compras en el Royal Poinciana Plaza.

El primer encargo de espionaje de Dwyer consiste en asistir a una reunión de presuntos comunistas. Acudo con una dirección, un nombre que me garantizará el acceso y mi ingenio como única guía.

La reunión de comunistas se celebra en una casa de color verde brillante en una tranquila calle residencial de Hialeah. El césped crece hasta los bordes del paseo que conduce a las escaleras de entrada. Hay tres coches aparcados frente a la vivienda.

Respiro hondo y levanto el puño para llamar a la puerta.

A lo lejos, un perro ladra.

La puerta se abre y un joven no mucho más mayor que yo me observa desde el umbral.

Me esperaba encontrar a un compatriota, pero en su lugar me recibe un americano de barba pelirroja y desaliñada, piel pálida con pecas, vestido con vaqueros y una camiseta de algodón desgastada y fina como el papel.

—¿Puedo ayudarla en algo? —me pregunta.

Elegí a propósito las prendas más sencillas de mi armario: unos pantalones oscuros y una blusa de algodón blanca, además de un par de zapatillas planas bastante prácticas. Con todo, su aspecto deja claro que he errado el tiro.

—Vengo de parte de Claudia —respondo, siguiendo las instrucciones apuntadas en la nota, debajo de la dirección, aunque no tengo ni idea de quién es Claudia y albergo la inquietante sospecha de que ella tampoco me conoce a mí.

¿Dwyer tendrá a otros espías infiltrados en esta reunión? Si la cosa se pone fea, ¿vendrá alguien a ayudarme o aquí estoy totalmente sola?

El hombre asiente y se aparta para dejarme pasar al interior.

Lo sigo por un pasillo que atraviesa la cocina hasta una sala en la que hay otras cuatro personas.

—Viene de parte de Claudia —dice, señalándome con el dedo índice.

Me siento en un sillón en un rincón y escucho mientras el hombre que me ha abierto la puerta, que se llama Jimmy, inicia la reunión. Por las conversaciones que tienen lugar a mi alrededor, deduzco que estudia en una universidad de la ciudad; las dos mujeres de la sala, Sandra y Nancy, son sus compañeras de clase.

Igual que el Che, son comunistas, pero no cubanos, y sea cual sea su lealtad a Fidel, es resultado de la ideología, no de la nacionalidad. Cuando el señor Dwyer me ofreció este encargo, me imaginé a peligrosos revolucionarios planificando ataques violentos, no a intelectuales —o pseudointelectuales— dando la tabarra con su aburrida retórica. ¿En serio esto es lo que asusta a la CIA? ¿O se trata de una simple prueba para ver si les resulto útil?

Los otros dos hombres, Javier y Sergio, son hermanos y, por sus presentaciones, deduzco que abandonaron Cuba hace unos años, cuando Batista tomó medidas contra los grupos estudiantiles que se estaban organizando contra él en la Universidad de La Habana. De todos los miembros del grupo, los hermanos son los que más parecen tener información útil sobre Fidel. Sonrío a Javier y lanzo unas cuantas miradas a Sergio durante mi intervención.

Les doy mi nombre real, hablo sobre mis actividades en La Habana antes de que Castro tomara el poder, expongo mi antipatía hacia Batista y mi deseo de que Cuba se libere de la influencia americana. Los ojos de los estadounidenses se abren como platos cuando menciono que mi hermano participó en la organización del ataque al Palacio Presidencial. Dudo mucho que hayan conocido algo cercano a la violencia que vivimos durante la Revolución.

Sin embargo, los dos hermanos intercambian una mirada de comprensión, como si conocieran de primera mano el infierno marca de la casa de Batista. Que el expresidente esté viviendo sus días en un exilio de lujo en Portugal sin responder por sus crímenes, por los hombres que mató y por el papel que desempeñó al traernos a Fidel, es otra injusticia más que nos vemos obligados a soportar.

Cuando se terminan las presentaciones y estoy más o menos segura de que Claudia no va a aparecer de repente y denunciarme como impostora y espía, la conversación gira hacia otros temas. En concreto, hacia el nuevo embargo comercial impuesto a Cuba.

El presidente Eisenhower ha restringido todas las exportaciones estadounidenses a la isla, a excepción de unos pocos artículos humanitarios imprescindibles como medicamentos y determinados alimentos. En un país que depende tanto de los bienes extranjeros que llegan de Estados Unidos, esto será un golpe duro para Fidel. Pero ¿bastará para desestabilizarlo?

El grupo de Hialeah despotrica contra el embargo durante casi una hora, pero ofrecen muy pocas soluciones o propuestas destacadas. Sigo sin ver el peligro que mencionó Dwyer. Los hermanos cubanos guardan silencio durante esta discusión y yo los imito, aportando muy poco y aprovechando el tiempo para tantear el terreno en un intento de comprender el funcionamiento interno del grupo.

Acordamos volver a encontrarnos dentro de un mes y me dirijo de regreso a Palm Beach.

CUANDO LLEGO A casa de mis padres, veo a Eduardo apoyado en su elegante descapotable rojo, aparcado delante de la puerta.

—¿Llevas mucho esperando? —pregunto cuando me bajo de mi coche.

—No demasiado —responde.

Eduardo me da un beso en la mejilla y repasa mi aspecto con la mirada y una leve sonrisa en los labios.

—¿Qué te hace tanta gracia?

—Solo estoy atónito, nada más. Creo que nunca te había visto vestida tan... ¿austera?

—Muy gracioso.

No se equivoca, pero hasta con mi conjunto más sencillo me he sentido fuera de lugar en esa reunión de comunistas.

Eduardo pasa un dedo por la manga de mi blusa.

—¿Puedo preguntar, o hay algunas cosas que es mejor que no sepa?

A pesar de que fue él quien me puso en contacto con la CIA, Dwyer recalcó el secretismo de mi actividad de espionaje, y si él no le ha contado nada de esto a Eduardo, me da la impresión de que yo tampoco debería hacerlo.

—Mejor que no lo sepas —respondo—. Déjame adivinar. ¿Has venido para llevarme a conseguir más explosivos?

No he sabido nada de la dinamita que recogimos aquella noche meses atrás, del uso que planea darle, o si ha dado resultado.

—Qué divertida eres. En realidad, quería hablar contigo.

—¿Te apetece dar un paseo por la playa?

Se ha convertido en algo así como nuestra rutina cuando viene a Palm Beach, y cuando no está, echo de menos el tiempo que pasamos juntos.

—Por supuesto.

Lo sigo por el camino mientras hablamos de cosas fútiles.

Cuando llegamos a la playa nos quitamos los zapatos y caminamos descalzos sobre la arena.

—¿Qué tal en Nueva York? —pregunta.

—Ha sido complicado.

—¿Te resultó duro ver a Fidel?

—Más duro de lo que había imaginado. Al principio me pareció muy normal, ahí sentado con el resto de la gente. Supongo que bajé un poco la guardia. Entonces me vino todo de golpe: la muerte de Alejandro, la violencia en Cuba, el miedo que pasamos todos, La Cabaña, todo. Era como un grito que se iba formando en mi interior mientras permanecía allí sentada con la mirada fija en su cara engreída y sonriente. Llegó un momento en que no pude soportarlo más y tuve que irme.

—Pues he oído que te fue muy bien. Que se mostró atraído por ti.

—Espero que esté interesado. Era difícil de adivinar.

—Me costaría creer que no lo esté. Eres preciosa, Beatriz.

—Estaba interesado como cualquier otro hombre, pero ¿eso será suficiente para que me permita acercarme a él en una futura cita? No lo sé.

Estoy cansada de esperar, de ir avanzando poco a poco, de acudir a lugares como la reunión de Hialeah mientras el mundo a nuestro alrededor cambia y Cuba cada vez va más a la deriva.

—Con suerte, no tendrás que fingir durante mucho tiempo más —dice Eduardo.

—¿Dwyer te ha contado algo sobre sus planes de enviarme a La Habana?

—No. Por el momento la CIA está ocupada con otros asuntos, por no hablar de las elecciones presidenciales.

—¿Y tú? Has estado desaparecido últimamente. ¿Qué te tiene ocupado? ¿Una mujer?

Se ríe.

—En absoluto. —Acerca un brazo y me tira del pelo con cariño—. ¿No sabes que eres la única mujer en mi vida?

Suelto una risa sarcástica.

—Eso es poco probable.

—Entonces ¿me creerás si te digo que te he echado de menos?

Sonrío.

—Eso tal vez.

—He venido a verte para ver cómo te va. Estaba preocupado después de lo de Nueva York. —Deja de caminar y se gira para mirarme a la cara con un gesto que de repente se ha tornado demasiado serio—. Me han llegado otros rumores sobre lo que hiciste allí. —Entrecierra ligeramente los ojos—. ¿Estuviste cenando con él?

Me esfuerzo por mantener un gesto neutro.

—¿Con quién?

¿Cómo se ha enterado de eso? ¿La CIA me ha estado espiando durante mi estancia en Nueva York? Debo admitir que ni siquiera se me había ocurrido. Suponía que yo no les interesaba lo más mínimo y que no iban a malgastar sus recursos en alguien como yo. ¿Me vieron con Nick?

—Me han dicho que estabas muy guapa. Que él no podía apartar los ojos de ti.

¿Ya está? ¿He arruinado mi reputación sin remedio? ¿La gente sabe que Nick Preston y yo pasamos la noche juntos en mi habitación de hotel?

—No sé de qué estás hablando —miento.

—De modo que, después de todos los secretos que hemos compartido, ¿así es como van a ser las cosas entre nosotros?

La decepción en sus ojos toca una fibra en mi interior. Por otro lado, no solo se trata de proteger mi reputación, sino también la de Nick.

—No significó nada —vuelvo a mentir.

—Ten cuidado. Es un hombre poderoso.

—¿En serio tú vas a darme lecciones sobre tener cuidado? —le pregunto—. ¿Adónde vas cuando te marchas de Palm Beach? ¿Qué hiciste con la dinamita que recogimos aquella noche? ¿Con quién trabajas? ¿Qué plan oculto estás tramando?

Suspira.

—¿Lo amas? —dice Eduardo, ignorando mis preguntas.

Bajo la mirada a la arena.

—¿A Fidel?

—¡Beatriz!

—No seas ridículo. Pues claro que no lo amo.

Todo el mundo sabe que una aventura es algo temporal; sería una tonta si arriesgara mi corazón, dadas las circunstancias. Ya me he comprometido con una causa perdida. Hacerlo con dos resultaría extremadamente temerario.

15

Octubre da paso a noviembre y sigo sin noticias de la cia. Voy guardando las notas que tomo de las reuniones del grupo de Hialeah en una caja escondida detrás del armario de mi cuarto. La información que he recopilado hasta el momento apenas tiene interés, pero tal vez el señor Dwyer pueda verla con una óptica diferente debido a su experiencia.

Eduardo tampoco da noticias, así que estoy sola con mis asuntos: preguntarme dónde estará Nick, ayudar a mi hermana Elisa a instalarse en su nueva y amplia casa en Coral Gables, preocuparme por si Isabel será la siguiente en casarse, ya que su romance con el empresario americano va tomando velocidad. Nuestra madre no podría estar más contenta. Se jacta del futuro éxito matrimonial de Isabel al mismo tiempo que se prepara para la nueva temporada y los planes maritales que me tiene reservados.

—Beatriz, ¿te ha hablado Thomas de su primo? —me pregunta mi madre desde su rincón habitual en el salón.

Thomas es el novio de Isabel, que está levantando él solito la industria floral de Palm Beach con su cortejo a mi hermana. No recuerdo haber conocido nunca a un hombre tan soso. Con eso basta para saber que no tengo muchas esperanzas puestas en el primo.

—Su primo tiene una empresa propia. De contabilidad, creo —añade.

Hago un ruidito evasivo con la atención fija en la televisión. Nuestro padre está de viaje de negocios, pero Isabel, María, nuestra madre y yo nos encontramos reunidas frente al televisor a última hora del ocho de noviembre, a la espera de que anuncien los resultados de las elecciones presidenciales de Estados Unidos.

Resulta extraño vivir en un lugar donde los resultados electorales no se conocen de antemano, escuchar la emoción en las voces de los estadounidenses mientras esperan para saber quién será su próximo presidente. Antes de la Revolución, mi infancia estuvo dominada por la presidencia de Batista y, un poco antes de que abandonara el país, tuvimos nuestras ansiadas elecciones que, a pesar de nuestras esperanzas de cambio, estuvieron dominadas por rumores de votos amañados y la certeza de que Batista se había asegurado de que uno de sus compinches ocupase su lugar.

De todas nosotras, María es la que más emocionada está con todo esto. Aguarda sentada en el sofá, libreta y lápiz en mano, ansiosa por apuntar los resultados preliminares. En el instituto han estado estudiando Ciudadanía, y cada día vuelve a casa con un dato nuevo que ha aprendido sobre el sistema político estadounidense. A decir verdad, su entusiasmo y pasión por el tema nos ha pillado a todas un poco desprevenidas. Es la que mejor se ha aclimatado a nuestra vida aquí, tal vez debido a su juventud, y eso que todos estábamos preocupados por que el cambio le pasase factura. Intento acordarme de cómo era yo a los quince; ¿tenía esa misma resiliencia, o ese modo de afrontar la vida es una faceta propia de la personalidad de mi hermana?

El resto de nosotras observa las elecciones en la pantalla con diferentes niveles de interés mientras Chet Huntley y David Brinkley leen los resultados preliminares. A mi madre no le interesa la política, y nuestro padre no ha dicho ni mu sobre el tema. No me sorprendería que haya intentado apostar sobre seguro haciendo todo lo posible por forjar amistades en los dos partidos. De nuestra experiencia en Cuba he aprendido que para mi padre los negocios están por encima de la ideología.

Si tenemos que creer la información que dan los medios, esta pugna entre Kennedy y Nixon va a estar muy reñida, y las elecciones se alargarán hasta primera hora de la mañana del miércoles. Mi interés por los resultados es de corto alcance. ¿El señor Dwyer no ha contactado conmigo debido a las elecciones? ¿Estará la CIA dejando pasar el tiempo hasta ver cómo cambia de manos la Administración? En ese caso, ¿el resultado de las elecciones podrá afectar a nuestros planes para Castro y Cuba?

La postura de Nixon es calcada a la del presidente Eisenhower: la Administración ha ayudado al pueblo cubano a alcanzar sus objetivos de progreso mediante la libertad. Kennedy se opone a dicha postura, tacha al régimen de Castro de comunista y condena la inacción de Eisenhower —y de Nixon— para evitar que Cuba se incline hacia los soviéticos. Debo admitir que siento una leve esperanza cuando escucho las opiniones de Kennedy sobre Cuba. Resulta un consuelo el hecho de que alguien reconozca la situación política de mi país como la farsa que realmente es. Si Kennedy sale elegido, ¿se desmarcará de los planes de la CIA? ¿Emprenderá acciones militares contra Fidel? Esa esperanza me basta para apoyarlo a él y a sus demócratas. Además, también influye el hecho de que Nick y él pertenezcan al mismo partido.

Llevo un mes y medio sin ver a Nick, su tarjeta de visita está guardada en un cajón y no he marcado el número. ¿Qué voy a decirle? Esta aventura no tiene futuro, y no mentía cuando le dije que no era mi intención ser una amante, y mucho menos esposa.

—Kennedy ha ganado Connecticut —anuncia triunfante María mientras anota el resultado en su libreta—. También lidera el voto popular.

No puedo evitar sonreír ante su entusiasmo, aunque a la vez sienta una punzada de pena.

¿Cómo se sentirá cuando volvamos a La Habana? Incluso en el mejor de los escenarios, resulta difícil imaginar que nuestro país no atraviese un período de grandes transformaciones. ¿Será capaz de vivir el mismo nivel de libertad que disfrutan los estadounidenses en su país? ¿Algún día su voto importará en el nuestro?

El cambio está a nuestro alrededor, tanto en Cuba como aquí, y aunque en el pasado he luchado y lo he dado todo por el cambio, ahora debo reconocer que me da un poco de miedo. El cambio es bueno por principio, pero nunca tienes garantías de que todo acabe bien, y la experiencia que vivimos con Fidel no se la deseo ni a mi peor enemigo.

Esta noche la tendencia parece ser un movimiento cada vez más claro hacia una nueva guardia que reemplaza a la vieja; una lista de hombres guapos, jóvenes y privilegiados con un heroico pasado militar subidos a la ola del entusiasmo y el éxito de Kennedy. A Nick le irá bien en ese ambiente, y me pregunto qué será de él esta noche, si estará sentado junto a su amigo Jack Kennedy en Hyannis Port a la espera de los resultados, o si se encontrará en su casa de Connecticut rodeado de su familia y su prometida.

—El resultado será muy reñido —declara María, con el lápiz entre los dientes.

—Me voy a dormir —anuncia nuestra madre y abandona la habitación en medio de una nube de Chanel tras dar una palmadita en la cabeza de María y despedirse con un gesto de Isabel y de mí. Al contrario que a mis hermanas, a mí me dedica un ceño fruncido debido a nuestra conversación unidireccional sobre mis perspectivas maritales.

—El senador Kennedy sigue con ventaja —dice Isabel después de que nuestra madre se haya marchado—. ¿Y los resultados del Senado?

Me sonrojo y bajo la vista al sillón de seda para evitar las miradas fisgonas de mi hermana. Me dedico a recorrer el estampado floral con los dedos.

—Imagino que los darán más tarde —respondo.

—Las cosas probablemente serían más fáciles si él no gana —susurra Isabel.

—No estoy muy segura de saber a qué te refieres.

—¡Silencio! —nos regaña María—. No oigo. El vicepresidente Nixon va a hablar.

Isabel la ignora.

—Beatriz.

—Isabel —imito su tono como hacía cuando éramos más pequeñas, solo para molestarla.

—¿Sabes lo que estás haciendo? —me pregunta.

—¿Ahora mismo? Estoy viendo la cobertura de las elecciones con mis hermanas.

—¡Y no vais a seguir viéndola conmigo por mucho tiempo si no os calláis las dos! —brama María entre dientes.

—No seas obtusa —suelta Isabel ignorándola una vez más.

De todos mis hermanos, Isabel y yo siempre hemos sido las más propensas a chocar; nuestras personalidades son las más diferentes. Elisa es más relajada, María es muy joven y mi hermano era mi otra mitad. Pero Isabel es demasiado testaruda y desconfiada, y siempre hemos sido como el agua y el aceite.

—No supongas que conoces todas mis historias.

—Silencio —vuelve a interrumpirnos María.

—Te he visto con él en bastantes fiestas —replica Isabel con un tono de rechazo en la voz.

—Eso fue hace meses. ¿Piensas que voy a colarme por un hombre al que he visto un par de veces en un salón de baile lleno de gente?

—¿Y el mes que viene, cuando todos vuelvan a Palm Beach?

¿He pensado en cómo será volver a ver a Nick? Por supuesto. ¿Me he preguntado si él piensa en mí, si se arrepiente de los días que pasamos juntos? ¿Si tiene otra chica, otra amante?

Por supuesto.

—No sé de qué estás hablando, la verdad. Estás haciendo una montaña de un flirteo casual.

—Tus flirteos siempre terminan causándonos problemas a las demás.

—De modo que es eso, ¿verdad? No estás preocupada por mí, sino por tu reputación.

—¿Y qué si es así?

—Déjame adivinar… Tu precioso novio no quiere que se le relacione con un escándalo.

—Es un senador, Beatriz. ¿Qué crees que pasaría? Su prometida es una joven de la alta sociedad. Haz lo que quieras, pero estás muy equivocada si piensas que puedes tener una aventura con un político norteamericano y librarte de las repercusiones que eso conlleva. Tu comportamiento nos afecta a todas.

—¿Y el tuyo es absolutamente intachable? ¿Tu novio sabe lo del prometido que dejaste en Cuba? ¿Con cuántos hombres tienes pensado prometerte?

Isabel se pone colorada.

—¿Os queréis callar las dos? —grita María—. Intento ver las elecciones.

—Oh, ¿a quién le importan las elecciones? —replica Isabel y se levanta del sillón ofendida. He cruzado una barrera invisible al mencionar al prometido que dejó en la isla. Nuestra familia está llena de secretos y mentiras, realidades que no queremos afrontar y de las que no somos capaces de hablar.

Mi hermana abandona la habitación sin mirar atrás, y por un instante pienso en salir tras ella, pero el gesto en el rostro de María me detiene.

—Odio estas peleas —dice.

Algo me oprime el pecho.

—Lo sé, pero a veces con quien más peleas es a quien más quieres. No significa que no nos queramos, solo que no siempre estamos de acuerdo.

—Sería más sencillo si todas pudiéramos estarlo, aunque fuera de vez en cuando.

Me río.

—Pero mucho más aburrido. No pasa nada por tener opiniones diferentes siempre que al final nos acordemos de que estamos en el mismo bando. Somos Pérez, antes que ninguna otra cosa.

—¿Crees que Isabel se casará y se irá como Elisa? —pregunta María con el mismo temor e incertidumbre en la voz que a mí me avergüenza afrontar.

—Tal vez.

—¿Tú también te casarás y te irás como Elisa?

—Nunca.

Me despierto en el horrible sillón de estampado floral del salón cuando María me sacude. Observo sus ojos emocionados con la cabeza nublada por el sueño. Parpadeo mientras mi mirada se acostumbra a la poca luz de la estancia e intento adivinar qué hora del día es.

—Se acabó.

¡Las elecciones!

Se me acelera el corazón.

—¿Quién ha ganado?

—Kennedy —anuncia triunfante.

De modo que el amigo de Nick va a ser el trigésimo quinto presidente de esta nación y el pueblo estadounidense va a realizar la transición de un liderazgo republicano a otro demócrata.

—Eso es bueno —murmuro. Los párpados me pesan.

—Él también ha ganado —susurra María.

Dos pensamientos me pasan por la mente antes de que el sueño vuelva a llamarme.

Uno: hasta mi hermana pequeña se ha enterado de los rumores sobre Nick Preston y yo. Y dos: aunque Isabel tenga razón y cualquier esperanza de recuperar las cosas con Nick resulte mucho más complicada ahora que lo han reelegido, estoy enormemente feliz por el hecho de que lo haya conseguido.

16

AHORA QUE LAS elecciones han acabado, todo el mundo dirige la mirada hacia Palm Beach y lo que la prensa califica como la Casa Blanca de Invierno. Todos quieren tener la ocasión de codearse con un Kennedy, de regalarle el oído al presidente electo.

Un nuevo caché rodea el venerable complejo vacacional de los Kennedy; hay un cierto orgullo en el modo en que los residentes hablan de la familia. Los Kennedy llevan décadas siendo unos visitantes fijos en Palm Beach, y ahora es oficial: son la realeza americana, y Palm Beach aguarda con impaciencia para celebrar su coronación. Una multitud se congregó en el aeropuerto de West Palm para recibir al presidente cuando llegó a la ciudad el mes pasado, justo después de las elecciones. Las imágenes mostraban a la gente peleando por estrecharle la mano, por ver al hombre que ha traído tanta esperanza al país.

María suplicó a nuestros padres que nos dejaran ir, pero después de la Revolución mi madre no se fía de las multitudes. Quizá veamos al nuevo presidente electo de cerca en una de las muchas fiestas del invierno, aunque los círculos que él y su familia frecuentan sean un poco más refinados que los nuestros. Allá donde va, hay gente deseosa de conocerlo, y si anda buscando algo de tranquilidad en la arena y el sol, me temo que no va a encontrar un respiro. Se dice que esta será la mejor temporada social de la última década.

Por las mañanas me levanto temprano y paseo por la playa. Ahora que Elisa se ha mudado a Miami, paso más tiempo sola. María está en el instituto, Isabel anda por ahí haciendo sus cosas, y

Eduardo ha vuelto a salir en viaje de «negocios». Nuestra amistad no consiste en estar pendiente de dónde anda el otro, pero le echo de menos cada vez más a medida que pasan los días. No he hecho ninguna amiga de verdad aquí en Palm Beach, más que nada tengo conocidos sociales. Extraño la compañía de estar rodeada de aquellos con la que podía ser yo misma.

Sigo asistiendo a las reuniones del grupo de Hialeah, pero he llegado a la conclusión de que no son más que un club social que se dedica a idealizar a hombres como Castro y Jrushchov. Se entretienen leyendo obras de Lenin y Marx y echando pestes contra el presidente de Estados Unidos y el capitalismo. Por otra parte, con ellos puedo tener los debates que anhelaba cuando discutía con mis padres para que me permitieran ir a la universidad, pero a costa de no poder expresar mis verdaderas opiniones, de no poder ceder al deseo aplastante de disentir cuando citan la retórica comunista como si fuera el Evangelio.

Sigo sintiendo curiosidad por los hermanos cubanos y el papel que desempeñan en todo esto. Como yo, participan en las conversaciones, pero con mucho menos entusiasmo que los estadounidenses. Parece que su familia posee algún tipo de negocio en Hialeah, pero se muestran bastante reservados cuando se les pregunta por cualquier asunto personal, y he renunciado a mis intentos de hacerlo por temor a despertar sospechas.

Claudia todavía no ha aparecido; no se ha vuelto a pronunciar su nombre desde mi llegada al grupo.

Sus miembros se refieren a los cubanos que han salido del país en los últimos meses como traidores, gusanos, y eso me llena de rabia. Muchos amigos nuestros han huido de Cuba como resultado de los crecientes recortes de libertades impuestos por Castro; algunos han viajado al sur de Florida, otros más lejos, incluso al otro lado del océano. ¿Qué pensará Fidel del éxodo? ¿Se regodeará cada vez que una eminente familia cubana abandona La Habana?

Encuentro un tramo de playa vacío y me dejo caer sobre la arena con la mirada fija en el mar mientras escucho cómo rompen las olas en la orilla. Es bastante temprano, por lo que hace viento y algo de fresco; el sol está lejos de su punto álgido. A mi lado pasa una pareja, ambos sumidos en una conversación con la cabeza agachada. La evidente intimidad de los años juntos marca su lenguaje corporal.

Recojo las rodillas contra el pecho mientras las espaldas de la pareja se van convirtiendo en un punto en la distancia.

Un hombre pasea a unos treinta metros detrás de la pareja, vestido con unos pantalones de lino color claro y una camisa blanca, los zapatos en la mano. Lo observo con atención y luego vuelvo a dirigir la vista al mar. Las ganas de refrescar los pies en el agua me vencen. Empiezo a incorporarme con la intención de hacerlo cuando…

El hombre ha dejado de caminar y me está mirando, y de golpe me doy cuenta, como piezas de puzle que encajan: el corte de su camisa, la espalda ancha, la piel bronceada, los ojos azules y serios, ese cuerpo que conozco tan bien.

Pestañeo.

Sigue allí.

Recorre la distancia que nos separa con varias zancadas. Me incorporo y, con las piernas temblorosas, me limpio la arena de la ropa.

—Hola —dice.

Me preguntaba cuándo regresaría a Palm Beach, preocupada por que no volviera esta temporada, pero ahora lo tengo aquí, a escasos centímetros de mí.

—Hola —respondo.

Una ráfaga de viento nos azota y Nick avanza un paso.

Sus labios me rozan la mejilla por un instante antes de retirarse.

El corazón me late atronador en el pecho.

—¿Cómo has sabido dónde encontrarme?

—He ido a tu casa. Ha sido una locura, lo sé. Tu hermana Isabel me ha dicho que te gustaba pasear por la playa.

—¿Has visto a mi madre?

Por favor, dime que no has visto a mi madre.

Nick sacude la cabeza.

Eso es una bendición, al menos. No puedo imaginar el revuelo que armaría mi madre si un senador rico se presentara en casa preguntando por mí.

—No quería esperar a verte por primera vez en una fiesta donde todo el mundo nos esté mirando, cuchicheando y haciéndose preguntas. No tenía claro los planes que tenías, si te ibas a quedar en la ciudad para la temporada invernal, si habrías vuelto a Cuba, si te habrías mudado a otro sitio o...

—Me alegro de volver a verte —lo interrumpo.

—Yo también me alegro de verte. ¿Te apetece dar un paseo? —pregunta.

Todavía es pronto, la temporada no ha empezado oficialmente. Claro, ¿qué daño puede hacer un paseo inocente?

Asiento.

Nos dirigimos hacia el este por la playa. Nick adapta sus zancadas a mi paso.

Lo observo de reojo.

—Felicidades por las elecciones.

—Gracias.

—Debe de haber sido un alivio.

¿Hay algo más incómodo que la típica conversación de cortesía cuando hay otras cosas que te gustaría decir?

Nick sonríe como si me hubiera leído el pensamiento.

—Pues sí.

—Y debes de estar contento con los resultados de las elecciones presidenciales.

Su sonrisa se ensancha.

—Lo estoy. —Guarda silencio por un momento—. ¿Vamos a hablar de temas triviales como la política o el tiempo?

—¿La política es un tema trivial? Pensaba que estaba muy arriba en la lista, junto a hablar de religión.

—Cierto. El tiempo, entonces. Hace un día muy agradable, ¿verdad?

—Vale, no quiero hablar del estúpido tiempo.

—Entonces, ¿de qué te gustaría hablar?

De cómo dejamos las cosas, de lo que ha estado haciendo desde la última vez que nos vimos, de si ama a su prometida, si han fijado una fecha para la boda, si ha habido más mujeres en su cama desde que nos separamos.

—No es justo, ¿sabes? —digo—. Hoy has venido a buscarme y no me esperaba verte, no en este momento, no así. Dame un poco de tiempo para acostumbrarme.

Suelta una carcajada.

—Acabas de describir cómo me he sentido desde que te vi en aquel salón de baile. Lo siento, pero si buscas comprensión, no cuentes conmigo. Llevo intentando acostumbrarme casi un año.

Me llena de alivio.

—Entonces, ¿me has echado de menos?

—No te haces una idea de cuánto.

—Pero no has intentado ponerte en contacto conmigo.

—No sabía si querías que lo hiciera. No me has llamado en todo este tiempo.

—Me parecía imprudente. Y no sabía qué decir.

—Creía que no te preocupaban ese tipo de cosas.

—Quizá estoy intentando ser más considerada.

—¿Te preocupa mi reputación? —Su tono denota bastante incredulidad.

Me encojo de hombros.

—Tú eres el que tiene algo que perder.

—¿Y qué hay de tu reputación?

—Ya te lo he dicho, no tengo planes de casarme. Mientras mi reputación no afecte demasiado a mi familia, no me importa lo que la gente diga de mí en este lugar.

—Porque esto es solo temporal y sigues pensando en volver a Cuba.

—Sí.

—Estoy intentando hacer lo correcto. No he sido un monje, pero nunca he tenido una relación con alguien tan...

—¿Joven? —termino su frase.

—Eso es una parte, pero no todo.

158

—¿Inocente? —Me cuesta horrores pronunciar la palabra con la cara seria. A pesar de mi falta de experiencia sexual, resulta difícil creer que alguien pudiera definirme de esa manera.

—No, supongo que en realidad no quiero complicarte la vida.

—No te preocupes por eso. Fidel ya me la ha complicado bastante.

—Tampoco quiero ser algo que utilices para olvidar, para mitigar el dolor.

—No lo eres.

—Entonces, ¿dónde nos coloca eso? —pregunta.

—¿Por qué tenemos que preocuparnos por eso? ¿No podemos dejar que esto sea algo privado, entre nosotros?

—Vaya, ¿ahora hay un nosotros?

—Dímelo tú. Yo no soy la que tiene un prometido. No me gustaría hacerle daño a ella, aunque supongo que ya está hecho.

—Lo sé. No es así. Sé cómo suena eso, lo sórdido que parece todo. Pero no lo es, no lo somos. Ella no me quiere. Yo no la quiero. No se trata de eso. Yo tampoco quiero hacerle daño, no quiero provocar rumores que la sitúen en una situación comprometida, ni a ella, ni a mi familia, ni a ti.

—Entonces no deberíamos estar juntos en la playa. Llévame a algún sitio —digo con mucha temeridad.

Nick me conduce playa abajo. Pasamos frente a mansiones cerradas a la espera de que regresen sus ocupantes. Nos detenemos delante de una casa vacía en una franja de playa cerca del hotel Breakers.

Mi familia y yo vivimos en una zona mucho menos elegante de la isla, aunque en realidad aquí no hay barrios malos. Una vez que cruzas el puente, te encuentras al momento en un enclave de riqueza y clase alta.

—¿De quién es esta casa? —pregunto.

Un amplio porche y una piscina delimitada por setos con vistas al mar. La vivienda se encuentra un poco más atrás. Toda la parte trasera de la vivienda es una pared de enormes cristaleras. Debe de ser increíble contemplar la puesta y la salida de sol desde un lugar tan privilegiado.

—Es mía —responde con un tono de orgullo en la voz—. Lo compré hace un par de meses. Encargué a mi abogado que hiciera una oferta cuando salió a la venta en octubre.

—Es preciosa.

—Fueron las vistas lo que me convencieron. Me imaginaba ahí fuera, escuchando las olas. Estaba inmerso en plena campaña y la idea de encontrar algo de paz y tranquilidad aquí me resultó tremendamente persuasiva. Mi familia tiene una casa en la isla, pero allí puedo encontrar poco descanso. Los parientes más cercanos entran y salen todo el tiempo, las habitaciones están llenas de invitados y fisgones. Supuse que había llegado el momento de tener un sitio para mí.

—Puedo imaginármelo. A veces deseo escapar un poco de mi casa. Mis paseos matutinos me dan la oportunidad de aclararme las ideas. Estar rodeado de la familia puede ser una bendición, pero también una pesadilla. Todo depende del momento.

—Sí, eso es. ¿Quieres que te la enseñe?

—Me encantaría —respondo, aunque me pregunto si ver todo esto no lo empeorará. ¿Empezaré a imaginarlo a partir de ahora aquí con su prometida?

—El padre de Katherine quiere regalarnos una casa cuando nos casemos —añade como si pudiera leer los pensamientos que circulan por mi cabeza.

—¿Y esta casa?

No parece un nidito de amor, con sus techos abovedados y la elegante decoración, pero ¿será eso? ¿Una mansión cara en la que colocar a una amante?

—Una inversión. Un capricho. Cuando me case, quizá la venda o la alquile para la gente que acude a este lugar a pasar la temporada de invierno. —Su gesto se torna serio—. No es lo que piensas. Conocía a la familia que la tenía antes, y siempre me encantó esta casa. Cuando salió a la venta, un amigo me la mencionó de pasada, y la idea de tener un sitio para mí, de poder relajarme, me resultó demasiado atractiva. Y sí, quizá te imaginé a mi lado en el porche. Esperaba que cuando volviéramos a vernos, tuviéramos la ocasión de hacerlo. He pensado en ti cada día desde que nos separamos en Nueva York.

Acabo de ser la receptora de un cumplido realmente maravilloso, pero lo que más me conmueve es la sinceridad en sus palabras. Después de estar rodeada de apariencias, su honestidad es un cambio grato, aunque la propia naturaleza de nuestra relación exija secretismo y discreción.

Tomo su mano.

—Enséñame el resto de la casa.

Lo sigo de habitación en habitación con los dedos entrelazados. Siento el frío del suelo de mármol en mis pies descalzos. El mobiliario está cubierto por sábanas de un blanco inmaculado.

—El servicio todavía no la ha puesto a punto. De momento, me estoy quedando en el Breakers. Era más fácil que intentar que la amueblaran desde Washington. Además, me moría de ganas por bajar aquí. —Me rodea la cintura con el brazo y sus labios rozan mi sien—. Estaba desesperado por verte.

—Ten cuidado —me burlo, aunque la emoción me embarga—. Estás empezando a sonar como un hombre propenso a pequeñas rebeliones.

Se ríe.

—Tal vez lo sea.

Terminamos en el dormitorio principal como si hubiera sido nuestro destino desde el principio. Es una gran habitación que ofrece unas vistas impresionantes al mar. El sonido de las olas se filtra por los enormes ventanales que dominan una de las paredes. La cama está levantada sobre un estrado, el tipo de mueble que parece sacado de una casa señorial europea. El colchón solo está cubierto por una única sábana blanca.

Si tengo que arrepentirme de algo en esta vida, prefiero que sea de los riesgos que corrí y no de las oportunidades que dejé pasar.

Suelto su mano y me siento en el borde de la cama. Lo miro mientras me recuesto con los codos apoyados en el colchón.

Estiro un brazo y cierro los dedos en torno a su brazo para atraerlo hacia mí. Su boca atrapa la mía en un beso que llevaba meses esperando.

Todo es como lo recordaba y, de nuevo, somos un tren a punto de descarrilar, pero del que no me quiero bajar.

Cuando doy mis paseos matutinos en los días siguientes, tengo un destino en mente. La soledad ya no me resulta molesta cuando me dirijo hacia él. Nick deja libres esas horas en su agenda, el servicio se encuentra convenientemente ausente —limitado a unas horas programadas unos pocos días a la semana—, y las sábanas ya no cubren los muebles. Nunca ha sido mi intención ser la amante, y, por mucho que evitemos ese título, actuamos como si fuera la querida a la que han puesto un piso, como si fuera nuestra casa. Ahora tengo llave y a veces, cuando él no está, leo un libro y me siento hecha un ovillo en uno de los sillones para escuchar el mar y disfrutar de las vistas y de estar lejos de mi familia. Otros días me siento a esperar a que vuelva de las distintas reuniones que tiene.

Nick se marchó temprano esta mañana para estrechar lazos con Kennedy y algunos amigos en el club de campo de Palm Beach. El sonido de la puerta principal al cerrarse y de pasos sobre el mármol me saca bruscamente de la lectura. Dejo el libro y me levanto del sillón justo a tiempo de verlo entrar en el salón.

—Hola, cariño, ya estoy en casa —bromea Nick tras acercarse para besarme.

—Te he preparado una copa —le entrego su Old Fashioned.

—Qué hogareño.

Me río.

—No te emociones demasiado. Puede que sepa apañármelas con el bar, pero la cocina es un misterio que es mejor dejar a unas manos más hábiles que las mías.

—Pues resulta que me gustan tus manos, y creo que son muy hábiles, gracias.

Sonrío y vuelvo a sentarme en el sofá con las piernas dobladas.

—¿Cómo ha ido el golf?

—Nunca había visto algo así. —Nick da un trago a su bebida—. Ha salido una multitud de gente solo para verlo e intentar darle la mano. Era una muchedumbre. No sé cómo puede salir por ahí así, no me quiero imaginar lo que sucederá cuando intente salir con Jackie y los niños.

—Lo adoran.

—Muchos sí. —La boca de Nick se estira hasta formar una delgada línea—. Pero eso hace que la tarea de los servicios secretos sea más dura. Con toda esa gente dándose empujones para llegar a él, las masas... Bueno, lo ponen en riesgo.

A Kennedy y a cualquiera que esté con él.

Hace unos días detuvieron a un hombre, un trabajador de correos jubilado convertido en un asesino en potencia. En respuesta a un chivatazo, la policía le dio el alto en la carretera y encontró en su coche la dinamita que tenía planeada usar contra el presidente electo. Fue un serio aviso de que la seguridad de Kennedy no es infalible, que hombres como Nick están en peligro a causa de su cercanía con el presidente.

—¿Estás preocupado? —le pregunto.

—Por fortuna, él se lo toma en serio. Y también los servicios secretos. Aun así, no hay una solución perfecta. Jack quiere ser un presidente del pueblo, quiere que la gente se sienta unida a él y a su familia. Pero cuanto más te abres, más peligros dejas entrar.

—¿Te preocupa tu propia seguridad?

—¿Yo? —Niega con la cabeza—. Solo soy un modesto senador de Connecticut. Mi oficina alguna vez recibe amenazas, pero dudo mucho que alguien las lleve a la práctica algún día. Sin embargo, el presidente es otra cosa.

Lo rodeo entre mis brazos.

—Aun así, me preocupas.

—No me va a pasar nada. —Posa su copa en la mesa que tengo al lado y me estrecha entre sus brazos—. No te vas a deshacer de mí tan fácilmente.

CELEBRAMOS LA NAVIDAD en privado el 26 de diciembre, una vez concluidas las celebraciones familiares. Palm Beach rebosa espíritu festivo. Los bancos de la iglesia católica de San Eduardo están abarrotados el día de Navidad, todo el mundo está deseoso de ver al presidente electo.

Nick me regala una carísima pulsera de diamantes que de algún modo tendré que hacer pasar por falsa delante de mi familia. Yo le había comprado un reloj que había visto días atrás en una tienda de Worth Avenue con parte de mi dinero de la CIA. Disfruté de la libertad de no tener que depender de la asignación de mis padres.

Me invento un cuento para mi madre y mi padre sobre quedarme en casa de una amiga imaginaria, y Nick y yo disfrutamos del placer único de pasar la noche juntos, de salir a última hora de la tarde cuando la playa está vacía para nadar en el océano, de despertarnos uno al lado del otro con caricias remolonas y un desayuno en la cama.

No le pregunto por cómo ha pasado la Navidad, y él tampoco me cuenta nada, pero me han llegado rumores de que su prometida ha vuelto a la ciudad, y Nick y yo tenemos que hacer intrincados malabarismos para evitar cruzarnos durante nuestra actividad social.

Paso la Nochevieja en casa. Después de la última fiesta de Fin de Año a la que asistí, aquella en la que nos enteramos de que el presidente Batista había huido dejándonos en manos de Fidel, no tengo muchas ganas de entrar en el año nuevo con fanfarria y champán. Es una celebración que tengo marcada con seriedad más que con regocijo.

A la mañana siguiente leo en el periódico que Nick ha pasado la Nochevieja de fiesta en el Coconuts, el evento privado más antiguo y prestigioso de Palm Beach. Se cuenta que un comité secreto organiza la fiesta y que cada miembro invita a un conjunto selecto de invitados. Mi madre pasó días lamentando que no nos hubieran invitado. Me puedo imaginar el golpe que se llevaría si descubriera que he estado compartiendo una mansión en la playa con uno de los Coconuts y no lo he usado en mi beneficio social.

Poco después de Año Nuevo, Nick regresa a Washington entre semana y viene a pasar los fines de semana a Palm Beach. Yo sigo con mis paseos matutinos y paso las horas sola. Establecemos tiempos para que Nick llame a la casa a diario, y la distancia que antes existía entre nosotros se ve reemplazada por la libertad que nos ofrece la vivienda. En el pasado renegué de la existencia de un «nidito de amor» para nosotros, pero ahora aprecio lo conveniente que resulta y eso eclipsa mi orgullo. Aun así, las paredes de la mansión son incapaces de mantener a raya al resto del mundo y sus problemas.

NICK LLAMA UN martes por la tarde, distraído, con tono preocupado.

—¿Qué pasa? —pregunto.

—Hemos abandonado nuestra embajada en La Habana. El personal se ha montado en un barco y se ha marchado. El presidente en funciones Eisenhower ha tomado la decisión de cortar las relaciones diplomáticas y consulares con Cuba. —Guarda silencio, como si sopesase las ventajas de confiar en mí. La línea que separa al político y al amante es fina como un susurro—. Corren rumores de que están formando a pilotos en Miami que aterrizan por la noche en la isla con las luces apagadas. La operación se está llevando en secreto.

Se me acelera el corazón.

—¿Están planeando una invasión?

¿Era esto lo que ha tenido a Eduardo tan ocupado y fuera de Palm Beach?

He acudido a otras dos reuniones con los comunistas en Miami, y esto es lo primero que oigo sobre un plan estadounidense para invadir Cuba. ¿Se debe a que no se fían de mí, o es solo que no poseen los contactos suficientes como para tener espías entre los exiliados?

—No lo sé —responde Nick.

—Podrías averiguarlo.

Guarda silencio.

—¿Piensas que habrá una guerra? —pregunto.

—No lo sé. Todo es más complejo desde que Fidel ha hecho migas con los soviéticos. Ahora es más que un peligro para nosotros, pero a la vez alguien a quien no podemos permitirnos tratar con demasiada dureza.

—¿Una guerra sería algo malo?

—Nunca desees una guerra, Beatriz. La guerra es algo terrible, horroroso, y podría no gustarte lo que te toque cuando se acabe.

—Me temo que no puedo permitirme ese lujo. Ahora la violencia será necesaria para apartar a Fidel del poder.

Con voz lúgubre, Nick dice:

—Eso es lo que me da miedo.

17

Un viernes de enero frío y despejado, con nieve en las calles, John Fitzgerald Kennedy es investido como trigésimo quinto presidente de Estados Unidos entre el júbilo de la nación. Desde la investidura, Nick pasa más tiempo en Washington. Ha cambiado la arena por la nieve. Aprovechamos el poco tiempo que consigue robarle a su trabajo y obligaciones sociales. No puedo evitar preguntarme cuánto tiempo seré capaz de llevar esta vida secreta.

Cuando Nick no está puedo hacer lo que me apetece. En mi tiempo libre prefiero estar sola en la casa de Palm Beach para escapar de las festividades nupciales que se han adueñado del hogar de mis padres.

El novio empresario de Isabel ha pedido su mano hace una semana, y mi madre y mi hermana se encuentran ya planeando la boda con la eficacia y la determinación de unos generales que dirigen a sus hombres a la batalla. Observo a mi madre mientras repasa al milímetro la lista de invitados y me muerdo la lengua cada vez que añade un nuevo apellido ilustre de una familia que seguramente torcerá el gesto cuando vea su apellido en la tarjeta de color marfil e ignorará sin más la invitación.

No hablamos de ello, pero a pesar de toda su riqueza, el futuro esposo de Isabel hizo su fortuna como dueño de una cadena de heladerías, una profesión que en el pasado mi madre habría desdeñado por mucho que ahora vea este matrimonio como un triunfo. El diamante hortera que lleva mi hermana en la mano es algo de lo que mi madre puede presumir en su pequeño círculo de amistades.

Pronto solo quedaremos María y yo en la casa, y las indirectas nada sutiles de mi madre sobre emparejarme con el primo del prometido de Isabel aumentan cada día que pasa. Ahora pregunta por mi paradero con más frecuencia de lo habitual y se toma un interés excesivo por mis actividades cotidianas que nunca antes había manifestado.

Hoy, mientras termino de vestirme para acudir a una cita con el señor Dwyer, mi madre entra en mi cuarto sin llamar.

Dirijo una mirada rápida al reloj. Debo salir en quince minutos si quiero llegar a tiempo. Tengo la impresión de que al señor Dwyer es mejor no hacerle esperar.

—¿Adónde vas? —me pregunta tras echarme un vistazo y fijarse en mi falda hasta la rodilla, la blusa color marfil y los considerables tacones.

No es mi atuendo habitual.

—A comer con unas amigas —respondo.

—¿Las conozco?

—No creo.

Me pongo unas gotitas de perfume tras las orejas y en las muñecas.

—Thomas va a venir a casa —comenta, refiriéndose al prometido de Isabel—. Van a repasar el programa de la boda. Me gustaría que estuvieras aquí.

—Dudo que quieran mi opinión, teniendo en cuenta que Isabel y yo no compartimos precisamente los mismos gustos.

El armario de mi hermana es de un beis demasiado insulso.

—No quiero que des tu opinión. Quiero que causes una buena impresión a Thomas.

—¿Por qué? ¿Qué importa lo que piense de mí? No se va a casar conmigo, se casa con Isabel.

—Estamos casi en febrero, Beatriz.

—Cierto.

—La temporada social habrá terminado antes de que te des cuenta y ¿dónde vas a estar? Otro año perdido, un año más mayor, otro año soltera. El primo de Thomas sería un buen partido para ti.

—¿Por qué? ¿Porque tiene dinero? ¿Porque necesito un marido? Ni siquiera nos conocemos. No sabes nada de él.

—Sé que con él podrías tener una oportunidad. Si continúas así, ningún hombre querrá tenerte.

—¿Qué se supone que significa eso?

—¿Crees que no me he fijado en la cantidad de paseos que das últimamente? ¿La cantidad de veces que desapareces durante horas?

¿Sospechará de mi actividad política o de mi relación con Nick?

—Debería hablar de ello con tu padre. Te da demasiada libertad.

Nunca hemos estado muy unidos. Mis padres delegaron la educación de sus hijos en otras personas, pero la ira que denotan su voz y todo su rostro me pilla por sorpresa.

—Sea lo que sea en lo que andes metida, tienes que ponerle fin. No voy a permitir que arruines a esta familia, nuestra reputación y la buena consideración que tenemos.

Suelto una risa carente de alegría.

—Esto no es Cuba, ya no somos la familia que fuimos. ¿Es que no ves que estamos arruinados?

Sus mejillas se sonrojan de la rabia.

—Ten cuidado con lo que dices.

—Tengo que irme. Voy a llegar tarde.

Sin darle ocasión de responder, salgo por la puerta rumbo a mi cita con el señor Dwyer.

—Cuénteme sus impresiones sobre el grupo de Hialeah —me ordena Dwyer cuando estamos sentados uno enfrente del otro en la que se está convirtiendo nuestra mesa de siempre.

Nos encontramos en el restaurante en el que nos conocimos el año pasado. He venido en mi propio coche porque Eduardo, una vez más, está sospechosamente desaparecido.

Doy un sorbo a mi café, todavía alterada por la pelea de antes con mi madre.

—Son niños jugando a hacer política.

—Eso mismo dijimos de Fidel y sus amigos en su momento —advierte Dwyer.

—Podría ser, pero eso no cambia el hecho de que estos muchachos se dedican a hablar de cosas que no entienden. Su retórica es grandilocuente e hiperbólica, pero carente de cualquier consideración práctica. Son unos niñatos con poco conocimiento del mundo que hay más allá de los libros que leen.

—No son mucho más jóvenes que usted, señorita Pérez.

—¿Por qué quiere que los vigile? ¿Esto es otra prueba?

—Para nada. Ese grupo es una amenaza muy real, su apoyo a Fidel es inquebrantable. ¿No ha sentido el fervor que desprenden?

—Pero, al final, ¿qué van a conseguir? Dos universitarias estadounidenses, un chico…

—¿Qué hay de los dos hermanos?

—Los hermanos son más interesantes —reconozco.

—Lo son. ¿Qué ha descubierto de ellos?

—No mucho.

—Vamos, señorita Pérez. Es usted una mujer hermosa. Seguro que han manifestado interés por usted.

—En absoluto.

—Tal vez no les haya proporcionado los incentivos suficientes.

—Tengo mucha experiencia en saber cuándo un hombre está interesado en mí. Ellos no lo están. De hecho, no sabría decir por qué se encuentran en ese grupo, más allá del odio que sienten hacia Batista. Hablan poco y no parece que tengan relación con los otros miembros. Son…

—A los que usted debe vigilar.

—¿Por qué?

—¿Qué sabe del padre de Fidel Castro?

—¿Siempre va usted a contestar a mis preguntas con otra pregunta, o alguna vez me va a dar una explicación inmediata?

Sonríe.

—Este es su entrenamiento, señorita Pérez. Está preparándose para cosas más importantes y mejores. Ahora dígame, ¿qué sabe sobre el padre de Fidel Castro?

—Nada mucho más allá de cuatro datos básicos. Al igual que mi padre, hizo fortuna con las tierras y el azúcar.

—En efecto. El padre de esos chicos, Javier y Sergio, trabajaba para el padre de Fidel. Por supuesto, Fidel es mayor que ellos, pero lo conocieron cuando eran niños. Lo admiraban. Creo que le son leales.

—Nunca han mencionado que conociesen a Fidel, ni una sola vez. El resto del grupo habla de él como si se tratara de una figura mesiánica, pero los hermanos nunca han compartido que tengan una conexión personal con él.

Dwyer sonríe.

—Curioso, ¿verdad? Sería lógico pensar que esa infame conexión fuera algo que los hermanos querrían compartir con sus nuevos amigos. Sin embargo, guardan silencio.

—¿Por qué cree que actúan así?

—Creo que trabajan para Castro. Ahora están en el grupo de Hialeah, pero han aparecido en otros sitios antes. Fidel quiere expandir el comunismo por el mundo. ¿Qué mejor lugar para hacerlo brotar que en Estados Unidos y así infectar nuestro país?

—Si trabajan para él, entonces lo hacen de un modo muy curioso. No son dados a discursos floridos ni a propuestas carismáticas. No poseen las herramientas que Fidel usó con tanto éxito para atraer a la gente a su causa.

—Cierto, pero ¿qué aportan al grupo? Un buen espía lo ve todo, es capaz de pelar las capas para descifrar las motivaciones de una persona y saber así cómo lograr sus objetivos.

Reflexiono sobre eso y comento:

—Los hermanos cuentan historias sobre la crueldad de Batista, dan una imagen de cómo era Cuba antes. Hacen que parezca que las cosas eran horribles cuando Batista era presidente.

—¿Y esta imagen es auténtica?

—Usted sabe que sí. Pero al mismo tiempo Fidel no es el salvador que ellos pintan. Su forma de hacer política no es mucho mejor.

—Entonces, ¿qué aportan al grupo?

—Autenticidad —respondo, pensando en el entusiasmo juvenil de los otros.

—Exacto. Son el grito de guerra. El peligro aquí no es que tengan una conexión secreta con Fidel. Ya vio lo que sucedió con nuestro presidente y aquel demente al que detuvieron en Palm Beach preparado para intentar asesinarlo. Solo hace falta un hombre, nada más. Están intentando sembrar discordia en este país y radicalizar a los comunistas estadounidenses. Y no solo esos dos hermanos. Hay otros, ya sabe.

—¿La misteriosa Claudia?

Sonríe.

—¡Ay, Claudia! No, Claudia es algo completamente diferente.

—¿Su espía?

—Algo así.

—Entonces, ¿qué quiere que haga con los hermanos?

—Por el momento no lo he decidido. En sí mismos no son más que dos instigadores cubanos. Quiero saber si forman parte de una red más grande, si hay intentos de ampliar el grupo de Hialeah, si están maquinando algo que debamos parar. Quiero que usted sea mis ojos y mis oídos. Quiero aprovechar su papel en el grupo de Hialeah para algo más importante. ¿Confían en usted?

—No creo. Me aceptan porque soy cubana y parece que me creen cuando hablo de mi odio hacia Batista. Al menos eso es real.

—Pero no se fían de usted.

—No soy comunista.

—No, no lo es. Le voy a dar un consejo, señorita Pérez. Los mejores espías son los que encuentran un granito de verdad al que aferrarse, alrededor del cual pueden construir sus identidades falsas. Cuando sus tapaderas se ven amenazadas y se pone en cuestión su identidad, ese granito es a lo que pueden agarrarse para salir airosos. El suyo es su hermano. Consiga que confíen en usted.

—¿Y si no lo hacen?

—Entonces me habré equivocado con usted. Un buen espía debe estar dispuesto a hacer lo que haga falta por la misión. Voy a serle sincero: hemos intentando acercarnos a Fidel antes sin éxito. He aprendido de esos errores. No voy a enviar a alguien que eche a perder todo ese trabajo. ¿Quiere tener su oportunidad para acabar con él? Primero tendrá que demostrar su valía.

18

NICK Y YO celebramos el día de San Valentín en la intimidad. Evito a propósito las páginas de sociedad, consciente de que si las miro veré una foto de él con su prometida en la Gala del Corazón. Me inventé un resfriado para excusarme ante mi familia y no asistir al evento. Pensaba que mi madre insistiría en que acudiera, pero el temor a que apareciese en público sin lucir mi mejor aspecto hizo que ese problema desapareciera.

En su lugar, Nick y yo pasamos el fin de semana juntos y celebramos la ocasión con mi champán favorito y baños a la luz de la luna cuando la playa estaba vacía.

Me gustaría poder decir que es una ocasión completamente feliz, pero a medida que avanza el fin de semana, a medida que la tarde del domingo se acerca amenazante, noto un cambio en Nick; está callado cuando lo normal sería que estuviera juguetón y cariñoso. Su gesto es serio. Su humor resulta contagioso y una sensación de melancolía se adueña de nosotros. Me paso la semana esperando a que llegue el fin de semana y su regreso, pero, cuando volvemos a estar juntos, no puedo evitar sentir la angustia de que el tiempo que pasamos juntos es demasiado corto y se termina muy rápido.

—¿Qué haces cuando no estoy? —me pregunta mientras recorre con los dedos mi espalda desnuda. Me encuentro a su lado, tumbada bocabajo en la cama la tarde del domingo.

—¿A qué te refieres?

—Cuando estoy en Washington. ¿A qué dedicas los días?

La naturaleza de nuestro romance no se presta que digamos a preguntas muy íntimas sobre lo que hace el otro. ¿Está celoso o es una pregunta inocente, un intento de imaginar mi rutina cuando estamos separados?

—¿Qué me estás preguntando exactamente?

—Nada, solo es curiosidad.

—¿Te gustaría que te preguntase lo mismo? ¿Qué haces cuando no estamos juntos? ¿Cómo te lo pasaste en la Gala del Corazón, por ejemplo?

—Sabes que tenía que ir con ella.

—Lo sé, y no te hice preguntas ni te lo eché en cara.

—Podrías haberlo hecho.

Busco su gesto e intento descifrar qué ha provocado esto. A pesar de lo que dice, en el tono de su voz hay algo más que simple curiosidad.

—¿Tienes celos? —pregunto, remitiéndome a mi suposición original—. ¿Es eso? ¿Te preocupa que esté con otro hombre?

—No, no me preocupa que haya otro hombre.

—Entonces, ¿qué te preocupa?

Deja de acariciarme la espalda.

—¿Por qué vas a una casa en Hialeah conocida por ser el punto de encuentro de comunistas partidarios de Fidel Castro?

Me da un vuelco el estómago.

—No sé de qué estás hablando —balbuceo.

—¿No lo sabes? Pensaba que no había mentiras entre nosotros. Pensaba que, al menos, éramos sinceros el uno con el otro.

—Lo somos.

—Pues ahora me estás mintiendo.

Cierto, pero él no entiende lo peligroso que es todo esto, que intento protegerlo de un escándalo político, que intento protegerme a mí misma.

—Es cosa de Dwyer, ¿verdad? Otra intriga en la que te has metido con la CIA. ¿Qué planes tienen esta vez para ti?

—No es nada.

—Entonces, ¿por qué lo haces? ¿Por tu buen corazón? Por favor, dime que al menos sacas algo de esto, que no eres tan estúpida como para correr riesgos solo por conseguir el visto bueno de Dwyer.

Me enfurezco ante la palabra «estúpida».

—Me pagan.

—¿Cuánto?

—Lo suficiente.

Los ingresos se realizan cada mes en la cuenta que me ha abierto la CIA y mis ganancias se están convirtiendo en una suma bastante agradable. Ni siquiera tengo muy claro para qué ahorro, pero la Revolución me ha enseñado la importancia de tener un colchón financiero.

—¿Por qué te preocupa tanto ese tema? —pregunta.

—Eso lo dice alguien que nunca ha tenido que preocuparse por la falta de dinero.

Su familia hizo una fortuna con el acero y las vías de tren hace mucho tiempo y, según se cuenta, Nick Preston podría no trabajar ni un solo día en su vida y aun así seguiría siendo rico.

—¿Y si alguien te pagase más para que dejaras de hacer esas cosas?

Me tambaleo como si me hubiera dado una bofetada.

—No hagas eso.

—Que no haga, ¿el qué? ¿Preocuparme por ti?

—Hay una diferencia entre preocuparte por mí y tratarme como si estuviera en venta.

—Todos estamos en venta, Beatriz. Es solo cuestión de encontrar el precio adecuado.

—¿Y cuál es tu precio?

—¿Todavía no lo has descubierto?

—La ambición política.

Casi parece decepcionado por mi respuesta. Por mí.

—En absoluto.

—Bueno, no puedes permitirte pagar mi precio.

—¿Y Dwyer sí?

—Por el momento Dwyer y yo estamos en el mismo bando.

—Por el momento. Pero parece que te olvidas de que tú y yo también estamos en el mismo bando.

—¿Lo estamos? No lo parece.

—Intento ponerme de tu parte. Intento comprender. Pero no es fácil. Eres agotadora. Actúas como si tu indignación te hiciera superior al resto de nosotros, como si pudieras mirarnos a todos por encima del hombro por el hecho de no ser cubanos, por no correr los riesgos que tú corres. No todos podemos permitirnos el lujo de prender fuego al mundo solo porque estemos enfadados; debemos trabajar dentro de los márgenes del sistema, debemos cambiar las cosas hasta el punto en que podamos cambiarlas.

—Hay vidas en juego. No puedo quedarme parada y contemplar lo que está sucediendo allí. Eso me está matando día a día. Es hora de responder.

—Pero ¿no es ese el problema? Queríais una revolución y la tuvisteis. Ahora no estás contenta con lo que ha conllevado la Revolución.

—Yo no quería a Fidel.

—Pero es lo que tenéis ahora. Pongamos que os libráis de él. Y después, ¿qué?

—Tendremos una oportunidad.

—¿De verdad piensas que eso es por lo que lucha la CIA? ¿Para dar una oportunidad a los cubanos? ¿Piensas que van a derrocarlo de forma gratuita? Eres inteligente, Beatriz. ¿Cómo no eres capaz de ver el trato que has hecho? Quieren borrar a Fidel del mapa porque ha nacionalizado sus empresas azucareras y amenaza sus negocios. Quieren eliminarlo porque no les sigue el juego como Batista; porque no quieren que los soviéticos tengan un aliado en su patio trasero; porque no quieren que el comunismo se extienda por el resto de América Latina y el mundo. Esto no es algo altruista y no tiene nada que ver con Cuba. A nadie le importa Cuba, en realidad. Lo que de verdad les importa es la posición de Estados Unidos en el mundo, y están dispuestos a sacrificarte para conseguir sus objetivos. Vas a conseguir que te maten, y todo porque tu ira no te deja ver más allá. Todo porque corres riesgos que nadie con dos dedos de frente aceptaría correr.

—Si soy tan temeraria, ¿por qué estás aquí conmigo? ¿Por qué no te vas? ¿Por qué no vuelves con tu prometida y tu vida cómoda?

—¿No crees que mi vida sería un millón de veces más sencilla si no estuviera contigo aquí ahora mismo? ¿Si me quedara en Washington haciendo el trabajo que se supone debo hacer, la tarea para la que fui elegido, en lugar de estar aquí peleándome contigo? ¿Crees que estoy orgulloso del hombre en que me he convertido? ¿Que no me doy asco cada vez que me miro en el espejo? He roto mis votos antes incluso de pronunciarlos.

—Entonces vete.

—No puedo.

—¿Por qué?

—Porque quiero estar aquí, contigo. Quero estar aquí contigo más que cualquier otra cosa. Y al mismo tiempo tú nunca vas a dejar de negarte a entregarte a mí, ¿verdad? No vas a darnos una oportunidad de verdad. Solo estás esperando el momento de poder volver a Cuba. Yo, ¿qué soy para ti, un entretenimiento fácil?

—Pues claro que no. Y no creo que haya estado negándome a entregarme a ti.

—No hablo de tu cuerpo, Beatriz. —Hay una gravedad en su tono que no estoy acostumbrada a escuchar cuando se dirige a mí—. Te hablo de todo lo demás. Los secretos que tienes. La doble vida que llevas.

—Tú tienes todo lo demás.

—No lo tengo. —Su boca se estira formando una línea fina—. ¿Hasta dónde piensas llegar con esto? ¿Estás implicada en los planes de invasión de los que habla todo el mundo?

—No —titubeo—. Eduardo me ha tenido al margen de casi todo eso.

—Sin embargo, Eduardo fue quien te metió en este lío con la CIA, ¿verdad?

—Es complicado.

—¿Lo es?

—¿Otra vez volvemos a los celos?

—Otra vez volvemos a mi preocupación por tu trabajo con la CIA. Tienes que dejar de ir a las reuniones de Hialeah. Tienes que dejar de confiar en Dwyer.

—¿No lo entiendes? Esto es todo lo que conozco. En Cuba, éramos mi hermano, Eduardo y yo los que íbamos a reuniones y nos organizábamos para combatir a Batista. Así era mi vida antes de Castro. Este es mi futuro. Mi hermano ya no está para seguir con el trabajo que empezamos. Ahora mi tarea es continuar con la lucha.

—Beatriz.

—Será mejor que me vaya. No puedo compartimentar estas partes diferentes de mi vida. No quiero mentirte, pero al igual que ciertas cosas, como por ejemplo tu prometida o tu trabajo, están fuera de mi alcance, esto está fuera del tuyo.

Me levanto con la intención de irme, pero me sujeta y eso basta para hacerme dudar.

—Lo siento. Sé lo importante que es esto para ti. Pero me preocupas. No me fio de la CIA.

—Entiendo que estés preocupado, pero sé lo que hago. Tengo los ojos bien abiertos, te lo prometo.

Me vuelvo a tumbar en la cama a su lado y miro al techo mientras la rabia se va diluyendo en mi interior.

Poso la cabeza en su pecho y aspiro su aroma con la esperanza de que algo cambie.

Mi boca se une a la suya en un beso feroz y nuestros miembros se entrelazan.

El sexo es fácil. Es todo lo demás lo que resulta demasiado complicado.

19

Después de San Valentín nos vemos menos. Las visitas a Palm Beach de Nick los fines de semana son cada vez más escasas y espaciadas. Se pasa todo el tiempo en Washington, trabajando en el Senado y ocupado con la agenda política del presidente Kennedy.

La boda de Isabel sigue centrando la atención de nuestra madre, que me lanza continuas indirectas sutiles sobre empezar a relacionarme con el primo de Thomas. Paso todo el tiempo que puedo fuera de casa, mi jornada se divide entre las reuniones comunistas en Hialeah y el trabajo de voluntaria en los campos que ha montado la diócesis de Miami para albergar al creciente número de niños cuyas familias están sacando de Cuba para protegerlos de las políticas de Fidel.

Al recorrer uno de los campos, me impacta ver tantos rostros jóvenes. Me veo a mí misma, y a María, Isabel y Elisa, en los ojos de todos ellos. Hacemos lo que podemos para que esta situación resulte lo más llevadera posible para los pequeños, pero debido a su propia naturaleza, nada de lo que está ocurriendo es llevadero.

Cuando escucho en las reuniones de Hialeah a los comunistas con sus peroratas ideológicas, pienso en las caras de los niños. Me entran ganas de chillar a esos universitarios mimados cuya noción de la guerra está sacada de algo que han leído en algún libro. Quiero decirles que la guerra es esto: no unas palabras redactadas por Marx, sino los ojos asustados de miles de niños que han cruzado solos el mar y que ahora se apiñan en campos a la espera de reunirse con sus familias, a la espera de volver a casa, a la espera de que termine la Revolución.

Esto es lo que Nick no entiende cuando discutimos de política. Para él, la política es una realidad externa. Es su trabajo, pero no define quién es él. Para mí, nada de esto es solo política. Es personal.

A FINALES DE marzo, acompaño a mis padres y a Isabel a una fiesta organizada por un socio de negocios de mi padre. Tengo ganas de que termine la temporada social de este año, de que todos se vayan al norte y nos dejen en paz. He asistido a menos eventos de lo habitual, pero aun así crecen los rumores sobre lo mío con Nick y me apetece dejar de ser el centro de todas las miradas.

Él se ha quedado en Washington este fin de semana para preparar una votación que se va a celebrar en el Senado.

—Qué pulsera más bonita —comenta Isabel tras echar un vistazo a mi atuendo mientras el coche nos lleva a la gala benéfica.

Quizá haya sido una locura ponerme la pulsera que me regaló Nick por Navidad, intentar hacerla pasar por una pieza de bisutería corriente y nada más, pero no me he podido resistir. Lo echo de menos ahora que pasa tanto tiempo en Washington, y solo las llamadas telefónicas alivian un poco la distancia que nos separa. Tal vez Nick tenga razón. Tal vez los secretos que guardamos están creando una brecha entre nosotros que no somos capaces de superar.

—¿Es nueva? —pregunta Isabel levantando lo suficiente la voz como para que exista la amenaza de que nuestros padres la oigan. Es un truco que perfeccionamos cuando éramos pequeñas y queríamos meter en líos a una hermana para que se plegara a nuestra voluntad.

Le lanzo una mirada cortante, mostrándole los dientes.

—¿Saliste anoche, Isabel? Juraría que escuché pasos fuera de tu cuarto.

Isabel está siendo cada vez menos discreta. Se escapa de casa a todas horas, una habilidad que nunca ha dominado como el resto de nosotras.

Me devuelve la mirada asesina, pero no hace más comentarios sobre la pulsera y el resto del trayecto transcurre en silencio, a excepción de los monólogos ocasionales de nuestra madre sobre la fiesta de esta noche. Nuestro padre guarda silencio a su lado. Su presencia en la familia es distante. Cuando mi hermano estaba vivo, nuestro padre participaba más, pero ahora se encuentra rodeado de mujeres y, a pesar de lo mucho que sé que nos quiere a todas, nos trata como si habitáramos un mundo misterioso y lo mejor fuese dejarnos con nuestras cosas.

Llegamos con el retraso que exigen los cánones, aunque en realidad no sea así, ya que todo el mundo aplica esa regla no escrita y llega tarde. De este modo, todos entramos a la sala a la vez y se reduce el impacto que causamos al resto de invitados.

—Estás preciosa esta noche.

Me giro al escuchar una voz familiar a mi espalda y mi sonrisa impostada se convierte en real al ver a Eduardo vestido de esmoquin.

—No sabía que ibas a venir —digo mientras intercambiamos los habituales besos al aire.

—No pensaba hacerlo, pero he cambiado mis planes.

—Llevo meses sin verte.

—¿Me has echado de menos? —pregunta con una sonrisa.

—Quizá un poco —me burlo—. ¿Va todo bien? —Me acerco un poco más a él y bajo la voz para evitar que nos puedan oír.

La multitud ha engullido a mi familia y nos han dejado solos, pero juraría que puedo sentir la mirada de mi madre fija en mí siguiendo todos mis movimientos.

Eduardo asiente.

—¿Dónde has estado?

—En Miami —responde dubitativo.

Las palabras que dijo Nick regresan a mí.

«Corren rumores de que están formando a pilotos en Miami.»

—Vas a ir a Cuba —susurro.

Eduardo no me responde. Su mirada se posa en la pulsera de diamantes que llevo en el brazo.

Ha sido una tontería ponérmela esta noche. Una tontería haberme dejado llevar por mis emociones, por la nostalgia de Nick y la necesidad de sentirme conectada a él. Debería haber dejado la pulsera en el joyero, a salvo de miradas indiscretas.

Retrocedo y dejo caer el brazo a un costado.

Eduardo avanza un paso hacia mí. Me agarra de la muñeca y palpa los diamantes con las yemas de los dedos.

—Eres la habladuría de todo el mundo —murmura.

Aparto la mirada de él y echo un vistazo a la sala. En efecto, hay unos cuantos ojos clavados en nuestra dirección. ¿Será por la proximidad de nuestros cuerpos? ¿Pensarán que somos amantes? ¿Y qué más les da? A pesar de la popularidad de Eduardo, ninguno de nosotros destaca demasiado en estos círculos. Además, hay otros escándalos mucho más interesantes de los que hablar.

—¿Qué estás…?

Se me apaga la voz.

La gente no solo nos mira a Eduardo y a mí. Nos miran, pero su atención también se dirige a una pareja medio oculta en la esquina opuesta de la sala, y luego vuelve a nosotros, como si estuvieran viendo un punto de partido especialmente disputado.

No puedo evitar mirar yo también: una hermosa jovencita rubia de la alta sociedad y su apuesto prometido.

La mirada de Nick se cruza con la mía desde el otro extremo de la sala, y una decena de emociones le recorren el rostro —culpa, confusión, ira— cuando su mirada se posa donde mi brazo se une al de Eduardo.

Necesito hasta el último gramo de autocontrol mezclado con una buena dosis del entrenamiento que he recibido del señor Dwyer para apartar mi mirada de la de Nick. Agarro el brazo de Eduardo con una sonrisa falsa en los labios, y con la cabeza alta lo acompaño hacia el balcón para tomar el aire.

Eduardo no se equivocaba, todo el mundo nos observa mientras avanzamos. No importa el concepto que tengan de mi reputación, queda claro que está hecha jirones.

Nick me ha mentido.

Me dijo que iba a quedarse en Washington. Me dijo que no podía venir a Palm Beach este fin de semana.

«Me ha mentido.»

—Beatriz. —Hay lástima en la voz de Eduardo cuando pronuncia mi nombre. Lástima y preocupación—. ¿Te encuentras bien?

—Estoy bien.

Estaré bien.

Sabía que esto terminaría por pasar algún día, que él no era para mí. Lo sabía, pero, aun así, duele.

—La gente no para de cotillear —me apremia.

—Ya lo veo.

Ni siquiera estoy enfadada con Nick; estoy enfadada conmigo misma. Debería haber sido más lista. Soy más lista. Estaba tan ocupada jugando a ser la señora del hogar… Escondí la cabeza bajo la arena cuando tendría que haber sido más precavida.

—¿Los rumores son ciertos? —pregunta Eduardo.

—¿Qué haces en Miami? —replico.

—Beatriz.

—¿Quieres que sigamos así? Te puedo contar mi historia con Castro, pero no el resto.

—Pensaba que éramos amigos —replica Eduardo—. Me preocupas.

—Somos amigos. Y, si eres mi amigo, no me preguntes por esto.

—No quiero que te hagan daño.

—Estoy bien. ¿Qué está pasando en Miami?

—Eres increíblemente testaruda.

—Antes te parecía que era uno de mis mejores encantos.

—Antes pensaba muchas cosas.

—¿Miami?

No hay sitio para corazones rotos en todo esto.

—Ya tienes una idea de lo que se trata, ¿verdad? —Su tono tiene un cierto tono sarcástico—. ¿De dónde la has sacado? ¿Conversaciones en la cama?

—Están entrenando a pilotos para invadir Cuba.

—Sí.

—¿Eres tú uno de esos pilotos?

—¡No, por Dios! —Se ríe—. Demasiada responsabilidad.

—Pero estás en el ajo.

—Sí, igual que tu señor Dwyer.

—¿Y el presidente Kennedy? Supongo que os habéis asegurado su aval.

El índice de apoyo al presidente es alto, su popularidad es enorme. A la gente le gusta la imagen que ofrece: el joven y guapo idealista con una esposa hermosa y capaz, y dos adorables niños. Me cae bien el presidente. En principio, tengo mis reservas ante los idealistas, pero hay un hilo de pragmatismo en las políticas de Kennedy que me da esperanza. Además, al fin y al cabo, no es más que un hombre. Los fondos de la maquinaria política estadounidense están de parte de gente como el señor Dwyer, que se burlan de los ideales y no tienen reparo en remangarse la camisa y ponerse manos a la obra. Si al presidente le faltan agallas para hacer lo que es necesario para derrotar a Fidel, alguno de sus consejeros se encargará de ello, sin ninguna duda.

—En teoría, Kennedy lo apoya —responde Eduardo—. Sin embargo, imagino que tu senador conocerá mejor las intenciones del presidente.

—No es mi senador.

—No es eso lo que he oído.

—Bueno, pues no lo es.

—¿Problemas en el paraíso? —La mirada de Eduardo vuelve a dirigirse a mi muñeca—. Esa pulsera es bastante cara.

—¿Para quién? ¿Para una querida?

—No digas eso de ti misma.

—Es lo que dice todo el mundo, ¿no es así?

—¿Y qué esperabas, Beatriz? Está aquí con su prometida.

—No me digas que tu moralidad latente se ha visto ultrajada por una aventura. La mitad de las personas en esta fiesta se acuestan con gente con la que no están casados, y todo el mundo lo sabe. Tú mismo no tendrías escrúpulos en hacer lo mismo.

—No se trata de mi moralidad. Se trata de tu orgullo.

Me río, como si mi aludido orgullo no estuviera en este momento deshonrado y tirado en el suelo.

—¿Crees que me estoy acomodando?

—¿No lo estás?

—¿Por qué todo el mundo piensa que quiero casarme, que, si no soy la esposa de alguien, no valgo nada?

—No se trata de casarse. No deberías ser el segundo plato de nadie. ¿No te gustaría ser la primera elección de alguien?

—No quiero ser la elección de nadie. Quiero elegir yo.

—¿Y lo eliges a él? —La incredulidad asoma a su voz.

—Me elijo a mí misma. Y ahora mismo elijo a Cuba. —Retrocedo un paso—. Debería volver a la fiesta antes de que la gente hable todavía más.

Sobre todo esto ha intentado prevenirme Isabel antes en el coche. ¿Habrán llegado los rumores a oídos de mis padres?

—Antes de que él se enfade demasiado, querrás decir. Me he fijado en cómo nos miraba. Tiene celos. —El tono engreído en la voz de Eduardo me descoloca—. No va a reclamarte, pero tampoco quiere que nadie más te tenga.

Me río, enfadada.

—Y, si eso es cierto, ¿qué lo hace diferente al resto de vosotros?

Estoy dolida, y la imagen de Eduardo ante mí en su elegante esmoquin con un gesto de arrogancia en el rostro provoca que me entren ganas de hacerle daño a él.

—De modo que se trata de eso —me burlo al empezar a entender—. ¿Quieres estar conmigo porque piensas que soy suya?

Eduardo avanza un paso hacia mí y su mano se posa en mi brazo desnudo.

—No tienes ni idea de lo que quiero.

¿Por qué eso me suena a desafío?

Me suelta tan abruptamente como me ha tocado y anuncia:

—No vas a verme en una temporada. Me marcho de Palm Beach.

—¿Adónde vas?

—No puedo decírtelo.

—¿Adónde vas? —repito. Nuestras miradas se encuentran—. Yo elijo Cuba. Siempre. ¿Adónde vas?

—A Guatemala —susurra tras una pausa.

—¿Y luego?

—No puedo hablar de esto, Beatriz.

Así que se va a Cuba. Las historias en los periódicos son ciertas, los rumores que he oído sobre el golpe que se avecina. Soy consciente de que debería sentir emoción, pero me sorprende una puñalada profunda de preocupación.

—¿Estás seguro de que es una buena idea?

¿Qué sabe él de luchar? Las cosas que hacían en Cuba contra Batista no tienen nada que ver con ir a la guerra, y no puedo mirar a Eduardo, con su traje elegante, y ver a un soldado. Y los demás, los hombres que van a luchar por recuperar nuestra isla, ¿los ha entrenado la CIA? ¿O simplemente les han dado armas y les han dicho que tengan confianza?

—Estás preocupada.

—Tú no eres un soldado.

Una leve nota de regocijo se desprende de su voz.

—Ten cuidado con mi ego, Beatriz.

—Ya sabes a qué me refiero.

Puedo apostar a que Eduardo no se toma esto en serio.

Toma mi cara entre sus manos e inclina mi barbilla para que nuestros ojos estén casi a la misma altura.

—Se acabaron los días en que dejábamos que otros pelearan nuestras batallas. Si no combato, si no me uno a mis compatriotas cubanos, lo lamentaré durante el resto de mi vida.

—¿Y si mueres? ¿De qué te servirán los lamentos entonces?

—Si muero, entonces será por algo en lo que creo. —Roza con los dedos mi mejilla—. ¿Te pondrías triste si me muero? ¿Llorarías por mí?

Lo dice a la ligera, con un tono igual de burlón que el que he usado yo poco antes. Está jugando conmigo igual que he hecho yo con él. Nos parecemos tanto… demasiado. Diría que todo esto es un juego para él, pero…

Hay algo en sus ojos que sugiere lo contrario.

—Pues claro que lloraría.

—Porque somos amigos. —Eduardo recorre con el pulgar la curva de mi labio inferior y me seca una lágrima en la comisura de la boca. Esta vez he jugado demasiado al límite. Acabo de perder cualquier relación pasajera que hubiera podido tener con Nick. Elisa se ha ido a Miami, Isabel se va a casar, Nick nunca ha sido mío y ahora Eduardo se va a la guerra y yo me quedo sola de verdad, por completo.

Siento un escalofrío.

—Sientes lástima de ti misma —dice con una sonrisa cariñosa.

—Sí.

—Nunca te gustó quedarte fuera de las cosas. Siempre nos convencías a Alejandro y a mí para que te llevásemos con nosotros cuando salíamos a correr aventuras, aunque fuese a sitios a los que tu madre jamás permitiría ir a sus hijas, aunque fuese la actividad menos apropiada para una señorita.

—Nunca me ha interesado demasiado ser una señorita.

Sonríe.

—No, la verdad. Pero intenta no meterte en muchos líos cuando yo no esté. No quiero tener que estar preocupado.

—Ten cuidado —le pido.

—Lo tendré.

Ninguno de los dos se mueve. Su pulgar se mantiene en mi labio inferior.

—Pronto estaremos en La Habana —me promete.

—Bailaremos en el Tropicana.

Cierro los ojos y dejo que la imaginación me lleve hasta allí. Me recreo en la absurda esperanza de que podamos dar marcha atrás al reloj y todo vuelva a ser más sencillo otra vez. Cuando abro los ojos, Eduardo está mirándome con insistencia, y ahora que soy más mayor y tengo más experiencia, comprendo qué significa esa mirada.

—¿Alguna vez te has preguntado…?

Deja las palabras suspendidas entre ambos, con todo lo que podrían implicar.

«¿Te has preguntado alguna vez cómo sería estar juntos?»

«Quizá.»

—Nunca hemos…

—Una vez —le corrijo. El recuerdo se mantiene sorprendentemente vivo en mi mente a pesar de los años que han transcurrido: la imagen de dos niños jugando a ser adultos y el beso que le robé hace tantos años.

En una vida distinta.

Una sonrisa se dibuja en los labios de Eduardo al recordar aquel día lluvioso, cuando el mundo era un lugar completamente diferente.

—Una vez —coincide.

Vuelve a recorrerme el labio inferior con el pulgar y lo deja ahí.

—¿No te has preguntado por todas las cosas que he aprendido desde entonces?

Su voz desprende una pizca de jocosidad, como si todo esto fuera un juego semejante a los que jugábamos cuando éramos pequeños, pero hay una sinceridad que contradice el tono informal de su voz, la sonrisa pícara en su boca.

No puedo obligarme a decir las palabras, siento como si hubiera salido de mi cuerpo y estuviera observando esta escena. Al final, solo consigo asentir temblorosa antes de que sus ojos se nublen, su boca cubra la mía, sus brazos envuelvan mi cintura y me atraiga hacia su cuerpo.

Besa como un hombre al que le queda poco tiempo, como si la guerra que se avecina fuese a robarle los días que le quedan y fuera consciente de ello. Besa sin remordimiento ni reservas, los rumores que he escuchado en los cuartos de baño de las damas sobre sus legendarias habilidades no exageraban ni un pelo. Resulta divertido besarlo. La energía crece en mi interior como una carcajada espumosa, y cuando revienta la burbuja y mi cuerpo regresa a la vida, llevándose esa diversión, la intensidad de su beso ahoga todo lo demás.

Tan rápido como me ha abrazado, me suelta, y cuando esperaba encontrar en sus ojos la misma confusión que reina en mi interior, solo advierto la inevitabilidad, mientras me doy cuenta al instante de que lleva deseándome mucho más de lo que me imaginaba.

En otra vida hubiéramos formado una pareja magnífica.

Una sonrisa juega en la boca de Eduardo, hay satisfacción en su mirada.

—No estabas prestando atención.

Tomo aire con dificultad, vuelvo a hacerlo e intento recuperarme, aclararme la cabeza tras su beso embriagador.

—Eres tan bueno como dicen.

Me ofrece una sonrisa indulgente.

—Y tú tan buena como sabía que serías.

De modo que no ha sido algo impulsivo.

—No, para nada —respondo y me doy cuenta de que he verbalizado en voz alta mi pensamiento—. No te…. Yo no….

«No te veo así. No quiero complicarme más la vida.»

Ambas cosas habrían sido ciertas hace unos minutos, pero luego me ha besado y me he dado cuenta de que lo he infravalorado todo este tiempo. Estaba tan concentrada en Cuba y en Nick que no veía a Eduardo más que como un amigo, un contacto con la CIA, cuando la realidad es que podría ser mucho más que eso.

Él también lo sabe, su mirada se aguza, veo satisfacción en sus ojos y restos de mi pintalabios en su boca.

—Algo en lo que pensar, para cuando vuelva.

Se marcha sin mirar atrás y me deja sola en el balcón. Me rodeo el cuerpo con los brazos, con los labios inflamados por su beso y el corazón apenado por la mentira de Nick. Soy consciente de que, si Nick estaba observando desde la entrada del balcón, habrá visto salir a Eduardo con una mancha de mi característico pintalabios rojo en la comisura de los labios.

ME REFUGIO EN el aseo de damas del salón de baile y me encierro en uno de los retretes para intentar recuperar el aliento.

Reprimo las ganas de llorar.

No puedo quedarme aquí el resto de la velada, no puedo correr el riesgo de volver a cruzarme con Nick, de tener que soportar un cara a cara con su prometida. Seguro que puedo convencer a mis padres de que debemos irnos. Debería haberme marchado con Eduardo.

Decir que esta noche ha sido un desastre sería quedarse corta.

Al otro lado de la puerta, las mujeres entran y salen, pero ninguna habla de mí o del numerito de antes.

Cuando cesa el sonido del agua en los grifos, termina la cháchara y el cuarto de baño queda felizmente en silencio, respiro hondo, enderezo la espalda, abro la puerta y…

Me quedo helada. La puerta del retrete se cierra con un golpe brusco.

La prometida de Nick está sentada en una silla en la zona de espera con la mirada fija en mí.

Echo un vistazo rápido a la estancia en busca de un aliado, alguna de mis hermanas, una distracción, algo, pero el resto del aseo está vacío.

—Hace tiempo que tenía ganas de conocerte —dice a modo de saludo. En su voz suena un tono distinguido. Su gesto es inescrutable—. Debo admitir cierta curiosidad, supongo. Nick no tenía planeado venir esta noche, pero cuando me enteré de que ibas a estar aquí, bueno, organicé este pequeño encuentro. Aunque, para ser justos, las cosas no han salido como las había planeado. Nick no debería manifestar de una forma tan clara sus sentimientos.

Parece de mi edad, o tal vez un poco más joven. Su piel es lozana y fresca, su pelo como oro hilado, recogido con un peinado elegante, perfecto para complementar los pendientes de esmeraldas y diamantes a juego con sus ojos verdes, que resaltan por el vestido de seda del mismo color.

Contemplo mi reflejo en uno de los espejos del lavabo.

El pelo revuelto por las manos de Eduardo, los labios hinchados por sus besos, los ojos rojos por el desengaño con Nick Preston, el pánico grabado en mi rostro.

Se levanta de la silla.

—Soy Katherine Davies, la prometida de Nick. Está bastante colado por ti, ¿verdad? He oído los rumores, por supuesto. Los hombres nunca son tan discretos como les gustaría. Compró la casa de la playa para ti.

—Yo...

Quizá por primera vez en mi vida estoy sin palabras.

—No tienes por qué sentirte incómoda. No es el primer político que tiene una querida, y estoy segura de que no será el último.

Percibo una insinuación en su voz: «Estoy segura de que no serás la última».

—No soy su querida.

—Bueno, no eres su prometida, de modo que por el momento «querida» es el término más apropiado que podemos encontrar, ¿no?

Su tono afilado me escuece, la vergüenza se apodera de mí. Es incuestionable que soy la mala de la historia.

—Lo siento. No era mi intención hacerte daño.

—Oh, por favor, no vayamos por ahí. Significaría tener que rebajarnos. No me has hecho daño, aunque debo confesar que la escenita de esta noche ha resultado embarazosa. Deberías disfrutar de tu notoriedad en Palm Beach, algunas hemos trabajado duro para salvaguardar nuestra reputación. Algún día él será un hombre importante. No puede permitirse escándalos.

—Lo sé.

Sonríe.

—¿Lo ves? Estamos en el mismo bando. Comprendo que los hombres tienen sus necesidades, que con las mujeres como tú hacen cosas que no harían con sus esposas. Despiertas sus instintos más bajos y eso me parece perfecto, pero no voy a convertirme en el hazmerreír de esta ciudad. Dejad vuestra relación confinada al dormitorio y no habrá ningún problema. Volved a dejaros ver en público y descubrirás la clase de enemigo que puede ser mi familia. Que tengas una buena noche.

Se marcha sin mirar atrás.

20

No voy a la casa de Palm Beach.

Nuestra casa.

No puedo.

La ira por la traición de Nick me quema viva y con fuerza durante una semana. Mi propia confusión y arrepentimiento por haberme besado con Eduardo es un nudo en mi pecho; la vergüenza de enfrentarme cara a cara con la prometida de Nick es innegable. Finalmente, justo dos semanas después de la fiesta, uso mi llave para abrir la casa de Palm Beach, a sabiendas de que él está en Washington debido a una votación en el Senado. Dejo la pulsera de diamantes y la llave sobre la cama, que tiene aspecto de no haber sido usada en semanas.

No le dejo ninguna nota.

¿Qué voy a decir? Estábamos condenados desde el mismo momento en que nos conocimos, minutos antes de que él anunciara formalmente su compromiso nupcial.

No estaba hecha para ser una amante; incluso mi osadía tiene sus límites. Parece del todo estúpido entregarle el corazón a un hombre que jamás podrá ser mío.

Abandono la casa por una de las puertas laterales y me encamino hacia la playa. La brisa salada se mezcla con las lágrimas en mi rostro. Es lo mejor que podía hacer. La temporada está acabando y Nick se habrá quedado sin excusas para su continua presencia en Palm Beach. Es probable que tenga que fijar pronto una fecha para la boda. A los hombres se les permiten estos caprichos cuando su vida está libre de la carga de una esposa e hijos, pero una vez que tienen una familia todo cambia, y no puedo imaginarme encajando en esa situación.

Nuestra aventura ha seguido su curso natural.

Regreso a mi casa y me encuentro a mis padres sentados en el salón con Isabel a su lado. María está en casa, cuando lo normal sería que estuviera en el instituto.

—¿Dónde estabas? —pregunta mi madre en cuanto entro en la sala.

—En la playa. He salido a dar un paseo. —Me froto la cara por encima con la esperanza de que se hayan secado las lágrimas y de que atribuyan mi aspecto desangelado a los elementos.

—¿Por qué no estás en clase? —le pregunto a María.

—Silencio —me interrumpe Isabel, que señala hacia la televisión.

Sigo sus miradas. María se levanta del sillón y sube el volumen del receptor.

Se me corta la respiración.

Los rumores son ciertos; han invadido Cuba.

Lo QUE TIENE la esperanza es que cuando se adueña de ti, cuando la tienes en la palma de la mano, lo que te promete lo es todo. Puedes pasar días, semanas, meses y años aferrada a ella, repitiéndote que al final todo va a salir bien, que obtendrás lo que estabas esperando, que el presente solo es un revés temporal en tu vida y que podrás superarlo. A fin de cuentas, si la historia no tiene un final feliz, ¿qué sentido tiene?

La esperanza es una hermosa mentira.

Las informaciones iniciales son escasas; las noticias, funestas. La invasión de Playa Girón —Bahía de Cochinos, como la llaman los americanos— ha sido un miserable fracaso. Más de cien muertos, más de mil hombres capturados. Desde hace tiempo me queda poco espacio en mi corazón roto, y me paso los días recopilando todas las noticias que puedo sobre la situación en Cuba mientras mi padre llama a amigos y socios para intentar descubrir qué le ha sucedido a nuestra isla, y mi madre y mis hermanas rezan en los bancos de la iglesia de San Eduardo.

¿Se encontrará el cadáver de Eduardo tirado en la orilla de Playa Girón o estará en una celda de Fidel?

Pensar en que haya muerto o esté herido me rompe el corazón.

Esperamos las noticias que salen de Cuba con cuentagotas.

Unos días después del intento fallido de invasión, el presidente Kennedy se dirige a la nación.

Nos reunimos en el mismo salón en el que seguimos la noche electoral con emoción. En esta ocasión María está callada y hundida. Nuestro padre está con el gesto serio, inmutable ante otra decepción política. Y yo...

Me arrepiento de cómo quedaron las cosas con Eduardo. Pero por encima de todo vuelvo a estar llena de ira. Las esperanzas que tenía depositadas en Kennedy se han evaporado. ¿Confié demasiado en él porque es amigo de Nick? ¿O simplemente es que estamos predispuestos por naturaleza a la esperanza?

¿Hemos perdido Cuba para siempre?

Kennedy ofrece palabras, pero no son palabras lo que necesitamos en este momento. Necesitamos armas: aviones y tanques. Necesitamos hombres dispuestos a combatir. Hombres entrenados en el arte de la guerra, que estén bien preparados, no hombres enviados para que sean asesinados y capturados, inferiores en número y en armamento, abandonados a su suerte por los americanos.

Necesitamos que Estados Unidos emprenda acciones militares.

—No vamos a volver nunca, ¿verdad? —pregunta María mientras se prepara para ir a la cama.

En mi debilidad, en mi dolor, admito la verdad que lleva todo el tiempo asolándome:

—No lo sé.

TRANSCURREN LOS DÍAS y yo me paso las noches tirada en la cama, dando vueltas, preocupada por Eduardo y por Cuba. He visto de primera mano cómo son esas cárceles. Seguro que ahora Dwyer y sus colegas adelantan el plan de asesinato. Tienen que hacerlo. ¿Qué más queda? ¿Dejar Cuba en manos de Fidel?

Las noticias que llegan sobre el intento fallido de invasión sugieren que Castro sabía de nuestra llegada. Me acuerdo de lo preocupado que estaba Dwyer porque este tuviera ojos y oídos dentro de Estados Unidos que le pasaban información.

¿Hemos sido traicionados por uno de los nuestros?

Esta semana hay una reunión del grupo de Hialeah; tal vez tengan información que compartir.

Al principio dudaba del valor de estas tareas de espionaje, pero los acontecimientos recientes en Cuba han provocado que, cuando menos, valore el papel de la CIA en todo esto. Y, si tengo la posibilidad de hacer algo, ¿cómo voy a resistirme a ayudar? Hay compatriotas caídos en una playa de Cuba o pudriéndose en las cárceles de Fidel. No puedo quedarme cruzada de brazos.

La costa suele estar vacía a esta hora temprana. La temporada ha terminado y la *jet set* se ha trasladado a Newport, a Nueva York o a cualquier otro lugar. Paseo hasta mi rincón habitual y me detengo en seco al ver a un hombre cerca de la palmera en la que me suelo sentar.

El impulso de darme la vuelta es irresistible. La ira y los nervios se adueñan de mí. A pesar de todos mis fallos, nunca he sido una cobarde, de modo que en lugar de salir corriendo, camino hacia él y me detengo cuando estamos tan cerca que podría tocarme si estirara el brazo.

Tiene un aspecto horrible.

Está más delgado de lo que recordaba, tiene manchas oscuras bajo los ojos y una o dos arrugas en la camisa, por lo general impecablemente planchada.

Ninguno habla mientras nos miramos, y tengo la impresión de que está repasando mi aspecto tanto como yo el suyo en busca de indicios. ¿De qué? Ni siquiera yo lo sé. Han pasado ya más de dos semanas desde aquella terrible noche en que lo vi con su prometida, pero parece que haya sido mucho más tiempo.

Es el primero en romper el silencio:

—Me dejaste.

—Me mentiste —replico.

—Lo sé, y lo siento. No quería hacerte daño. No quería perderte. No es una excusa y sé que no mejora la situación, pero ese fue el motivo.

—No querías perderme y ¿por eso me mentiste? ¿Te das cuenta de lo ridículo que suena todo? Sabía que estabas prometido. Era consciente del lugar que ocupaba en tu vida. Al menos, eso creía. Pero tú me engañaste.

—No quería perderte rompiendo el equilibrio que había entre nosotros. Nos acabábamos de pelear y, estando las cosas tan complicadas en Cuba, no quería empeorarlo.

—Mentirme no era la respuesta.

—Ahora lo sé.

Una mujer pasa a nuestro lado con su perro. No aparta la mirada de nosotros y la advertencia de Eduardo regresa a mi mente.

—No es una buena idea dejarnos ver juntos. Ya somos la comidilla de todo el mundo.

—Lo sé —responde.

—Debería irme a casa.

—Por favor, no te vayas.

—¿Qué quieres? ¿Por qué has venido?

—He venido a hablar contigo. A arreglarlo. Pensaba que necesitabas tiempo, sabía que estabas enfadada, pero no di por hecho que hubiéramos acabado hasta que fui a casa y vi la llave y la pulsera en la cama. ¿No crees que me merezco que lo hubieras hecho en persona?

—Esto no funciona.

—Porque tú no quieres que funcione. Si no quieres que nos vean en público, de acuerdo. Ven a casa conmigo. Hablemos.

Los ojos se me llenan de lágrimas y me las seco con la mano.

—Me has hecho daño.

—¿Crees que no lo sé? ¿Crees que no me duele ver ese gesto en tu cara? ¿Verte…? —Interrumpe sus palabras para soltar un juramento—. Casi no duermo. En las reuniones tengo la cabeza solo a medias en lo que se supone que debo escuchar. La otra mitad de mí está aquí contigo, pensando en ti, preguntándome si has decidido pasar página. Me equivoqué y quiero arreglarlo. Por favor, dame solo una oportunidad. Habla conmigo.

Lo más prudente sería dejar las cosas aquí y volver a casa. Y, sin embargo…

Nick me ofrece la mano y la tomo. Caminamos hacia su casa a pesar de mis reticencias.

Entramos a través del porche. Las sábanas blancas vuelven a cubrir los muebles, la visión del lugar en el que hemos pasado tanto tiempos juntos es como una puñalada en el pecho. La primera mañana que me trajo aquí, cuando las sábanas lo cubrían todo, este lugar parecía lleno de esperanzas. Ahora está cerrado y muerto.

Me siento en el borde del sofá sobre el que una vez hicimos el amor, y Nick elige la silla de enfrente y espera a que hable.

Arranco con una excusa, porque siempre resulta más sencillo tratar lo que está en la superficie que el dolor que se oculta por debajo.

—Somos la habladuría de la gente. No pensaba que fuera a afectarme, pero tienes razón. Ahora todo es muy complicado. Necesito pensar en mi familia. Mis actos podrían hacerles daño.

—Sé que las cosas cada vez son más complicadas. Por eso vine a Palm Beach sin avisarte. El padre de Katherine se había enterado de los rumores sobre lo nuestro y estaba enfadado. Quiso que me presentase en la fiesta para disipar las habladurías. No pensaba que te encontraría allí.

No sabría decir si todo eso mejora o empeora las cosas.

—Nos invitaron a última hora.

Me planteo contarle lo que me dijo su prometida, que nos había hecho coincidir a propósito, pero de qué serviría revelar algo así. Va a convertirse en su esposa, y yo solo soy la mujer que despierta sus instintos más básicos, como ella misma expresó tan generosamente.

—Nunca he querido que te vieses metida en medio de todo esto, no quería que nadie intentara hacerte daño por mi culpa. Yo soy el que está prometido, el que atrae las miradas de la opinión pública. Soy responsable de todo lo que pueda ocurrir.

—No es culpa tuya. Sabíamos que se trataba de algo pasajero. ¿Cómo no iba a serlo?

—¿Y lo otro? —pregunta Nick.

—¿A qué te refieres?

—Quieres que no te mienta. Hazme el mismo favor. Esto no tiene que ver solo con los rumores. Tú no has cortado con la CIA, ¿verdad?

—¿Cómo voy a cortar con la CIA? ¿Por qué no le preguntas a tu presidente Kennedy por lo que ha pasado? —Mi ira por el intento fallido de invasión asoma a la superficie, ardiente y afilada—. ¿Lo sabías?

—Beatriz.

—Así que lo sabías.

—Aquí hay mucho más en juego que lo que siento por ti.

—Y también hay mucho más en juego que lo que yo siento por ti.

—Esto no tiene que ver con lo nuestro. No es personal. Es política.

—Para mí sí que lo es. Tiene que ser maravilloso ser capaz de sacarlo de tu cabeza y fingir que no importa, que le sucede a otra gente, que no te afecta. Algunos no podemos permitirnos ese lujo.

—No me refería a eso.

—¿No? Quieres a tu amante cubana en tu cama, pero se supone que no debo pensar por mí misma sobre esa cuestión, se supone que solo debo fingir que mi país no se está derrumbando a pasos agigantados. Que mi gente no está muriendo. Que no están enviando a niños lejos de sus familias.

—Nunca te he tratado como a una amante.

—Pues tu prometida sí que me ve como tu amante.

Palidece.

—¡Pues sí! Tuvimos una interesante conversación en el aseo el día de la fiesta. Resulta reconfortante saber que no le molesta lo nuestro siempre que se restrinja a tus, ¿cómo lo expresó?, instintos más bajos.

Se le escapa un juramento violento.

—No estoy enfadada. Es la verdad. Y no puedo fingir que la política ya no nos separa. ¿Qué ha pasado? —le reto—. Muertos y detenidos porque tu Gobierno no ha apoyado a los cubanos cuando ha tenido la oportunidad.

—¿Me estás echando en cara la traición de Bahía de Cochinos?

Por el momento no sé decir si eso es lo que más daño me hace o simplemente lo que me resulta más fácil de afrontar.

—¿Qué pasó? —pregunto.

—Que salió mal.

—Eso es evidente. Pero no es una explicación.

—No sabía que te debía una explicación.

De todas las cosas que podría haberme dicho, esa duele.

—Formas parte del círculo más cercano del presidente, ¿verdad? ¿Qué piensa Kennedy después de la invasión?

—Para el presidente es embarazoso. En este punto, nadie se cree que la CIA no estuviera implicada, y cuanto más lo niega la Administración, más desastroso resulta. Tiene que dar la cara por esto, reconocer que hemos cometido un error y que estamos haciendo todo lo posible por solucionarlo. De lo contrario, quedará como un tonto.

—¿Y lo va a reconocer? ¿Está haciendo todo lo posible por arreglarlo?

—No lo sé.

—Así que fue eso, entonces. Un error.

—No puedes pensar que fuera intencionado. Kennedy quiere ver a Castro derrotado tanto como cualquiera.

—Por favor.

—Es así.

—Entonces ¿por qué no prestó más apoyo a los hombres que desembarcaron en Playa Girón? ¿Por qué Estados Unidos no usa su influencia y su poder para apartar a Fidel del Gobierno? Tú y yo sabemos que, si lo hicieran, tendríamos una discusión muy distinta.

—Porque no puede parecer que nos dedicamos a construir naciones y a derrocar gobiernos solo porque no nos gustan.

—Pero ¿acaso no es precisamente eso lo que Estados Unidos hace por todo el mundo? No me digas que Cuba es diferente. Fidel no es lo que el pueblo cubano quiere. ¿Sabes cuántos cubanos formaban parte del Movimiento 26 de Julio? Apenas unos centenares. Unos pocos guerrilleros se han adueñado de mi país.

—Y nadie les plantó cara. Los que se oponían a él se marcharon. Mientras tú y yo hablamos, hay más gente intentando salir de la isla. Ese fue nuestro intento de ayudaros a recuperar vuestro país. Y fracasó.

—No lo plantees como si fuera culpa nuestra, como si Estados Unidos no hubiera estado entre bambalinas todo el tiempo. No tienes ni idea de cómo eran las cosas con Batista. Ni idea. Creó un ambiente en el que predominaba un vacío de poder para que nadie pudiera arrebatarle el control. Y vosotros lo ayudasteis con vuestras armas y vuestro azúcar…

—¿De verdad quieres hablar del azúcar?

Me estremezco.

—No puedo superar esto —añado—. No puedo separar las dos partes de mi respuesta. No soy capaz de seguir aparentando tener amor propio y dormir en tu cama mientras tú sales en sociedad con tu prometida. No estoy preparada para fingir que no estoy enfadada contigo porque tu Congreso se niega a ayudar a mi país, por el embrollo en que nos ha metido tu Gobierno. No puedo hacer la vista gorda ante cómo ha manejado la situación el presidente ni ante la amistad que mantienes con él.

—Solo es política. No tiene que afectarnos si no lo permitimos.

—Ese es el problema. Para mí no se trata solo de política. Es mi vida. Era la vida de mi hermano. Murió luchando por un futuro mejor para Cuba. ¿Cómo voy a darle la espalda a eso?

—Pero ¿y si el sueño nunca se hace realidad? Entonces, ¿qué? ¿Vas a ser la viuda de un país que solo ha existido en tus sueños?

Estoy cansada. Muy cansada. Y, más que nada, en este momento estoy cansada de intentar explicar algo a alguien que no lo entiende ni lo entenderá nunca. Él ha estado en la guerra, pero luego se marchó y volvió a casa en paz. No tiene ni idea de lo que es llevar toda la vida en guerra.

—Para mí esto es personal. Significa todo para mí.

—Es peligroso.

—Lo es. E imagino que lo era más para los hombres que participaron en la invasión, cuyo destino está ahora en manos de Fidel. He visto cómo son esas cárceles, lo que hace Castro a los que él considera traidores.

—No son tus hermanos.

—Como si lo fueran. ¿Qué hace el presidente al respecto?

—Está negociando un acuerdo.

—Y Fidel, ¿qué dice?

—No puedes contarle a nadie nada de todo esto. No puede llegar a la prensa. En serio. Hay muchas vidas en juego.

Asiento.

—Creen que está abierto a negociar. Quedarse con todos esos prisioneros le causaría más problemas que cualquier otra cosa. Además, esto le ofrece una moneda de cambio, algo que necesita desesperadamente en este momento. Volverán a casa, solo tendremos que ceder en algo para traerlos.

Respiro hondo y las palabras se me escapan atropelladas.

—Eduardo ha participado en el intento de invasión. No sé qué ha sido de él, si está vivo o si se encuentra retenido en alguna cárcel.

Por el gesto en el rostro de Nick, me da la sensación de que lo que acabo de decirle no es una novedad para él.

—Lo siento. Sé que es importante para ti.

No lo niego.

—Lo vi después de que salieras al balcón aquella noche —comenta con el ceño fruncido—. Te quiere, ¿verdad?

Otra pregunta queda en suspenso entre nosotros.

«Y tú, ¿le quieres?»

—Es un amigo.

—Ahora es un amigo, pero aún no ha dicho su última palabra.

—No puedes tener celos.

—¿Por qué?

—No tenemos futuro —digo, con tacto y suavidad, para soltar mi ira, por su bien y, tal vez, un poco por el mío también.

—¿Piensas que no lo sé? —Se ríe con amargura—. Quizá un día, cuando salga de la cárcel, esa amistad pueda evolucionar y cambiar, y veas a Eduardo de un modo diferente, veas esa maldita cosa que tiene que hace que todas vayan detrás de él. Y es perfecto para ti, ¿no? Compartís ideas políticas y la misma historia. No ama a Cuba tanto como tú, cualquiera puede verlo. Ese hombre es un oportunista hasta la médula, pero en estos tiempos hay defectos peores. Y ¡Dios!, teniendo en cuenta lo idealista que eres, quizá sea el mejor partido para ti. Si te ama, evitará que acabes haciendo que te maten.

—Así que volvemos a lo mismo, ¿no? Necesito que alguien cuide de mí.

—Solo tú puedes ver eso como algo negativo.

—No lo entiendes, ¿verdad? A ti la gente no te rechaza directamente por tu aspecto, no te ofrece una sonrisa condescendiente y te dice que algunas conversaciones no son para ti, que eres demasiado joven, demasiado femenina, demasiado bonita, demasiado frágil para comprender el mundo que te rodea. No te tratan como si fueras un cuadro, o un jarrón delicado, o una yegua de cría, como si tu valor residiera solo en tu belleza y lo que se pueda obtener de ella.

—¿Y por qué usar tu cuerpo para tender una trampa a Fidel es diferente?

—Porque es algo que he elegido yo.

—¿Que has elegido tú? ¿O es lo que te han vendido la CIA y Eduardo?

—Asesinaron a mi hermano, tienen que pagar por ello. Mi padre no hace nada. Gasta el poco dinero que consigue ahorrar en los movimientos del exilio, pero no hace nada. No le importa Cuba. Tiene una compañía azucarera en la que centrarse, una fortuna que reconstruir. Nadie hace nada.

—Quizá lo que a ti te parece inacción es hacer algo, Beatriz. Estas cosas llevan su tiempo. No puedes ir a por todas y esperar que todo cambie de la noche a la mañana solo porque tú lo quieres así.

—Yo sí hago algo. Los hombres que lucharon y murieron en Playa Girón también hicieron algo. Eduardo hizo algo. Tú y tu Gobierno sois los que no estáis haciendo nada.

—¿Lo besaste aquella noche en la fiesta?

Titubeo. Saltamos de la política a lo personal con una facilidad que contradice su argumento de que podemos separar ambas cuestiones. Las dos están revueltas en este enredo imposible que hemos creado.

—Sí.

—¿Te acostaste con él?

—No.

—Pero lo has pensado.

—No. No fue así.

—¿Te gustó cómo besaba?

El silencio se adueña de la habitación.

—No me preguntes eso.

—¡Por Dios, Beatriz! —Nick se acerca al borde del sofá, los codos apoyados en las rodillas, la cabeza entre las manos—. Me voy a ir. No tengo derecho a hacer esto, lo sé. Pero no me puedo imaginar su boca en la tuya, sus manos en tu cuerpo.

—No fue así. Y no me lo eches todo en cara a mí. Tú te has cargado lo nuestro tanto como yo.

—¿Qué «nuestro»? ¿Alguna vez ha habido algo «nuestro», o solo han sido noches robadas y secretos? ¿Lo que hemos tenido alguna vez fue suficiente?

—¿Cómo iba a ser suficiente? Decidimos que esto sería algo temporal desde el principio. Una aventura, nada más.

—Entonces ¿qué andas buscando? ¿Quién va a hacerte feliz? ¿Eduardo?

—Esto no tiene nada que ver con Eduardo. Ni siquiera tiene que ver contigo, ni con nosotros. Tiene que ver conmigo. No estoy buscando a nadie.

—Y ¿por qué lo besaste?

—No lo sé. Él estaba allí, y pensé que sería más fácil estar con alguien que me comprendiese, con alguien con quien no fuera todo tan complicado. Se iba a marchar a la guerra y me quería, y eso significaba algo, así que lo besé. Y estaba enfadada contigo. Enfadada por haberme mentido, por lo duro que resulta todo ahora. Solo quería que, por un momento, algo pudiera ser fácil.

—¿Fácil? ¿Quieres que hablemos de lo que es fácil? He echado por tierra mi reputación por ti, y lo volvería a hacer. ¿Y tú buscas algo fácil?

—Tú vas a casarte. Esto nunca ha sido nada más que una aventura —digo, con la esperanza de que el sonido de la frase se grabe en mi espeso cerebro.

—¿Por qué no puede ser algo más? Te amo.

Por un momento todo se detiene con un chirrido.

Nick respira hondo.

—Te amo, y me estoy volviendo loco. Si quieres algo más, solo dímelo.

Llevamos mucho tiempo esquivando con cuidado esas palabras, como si fuera una línea roja que no nos pudiéramos permitir cruzar. Era más sencillo fingir que solo era sexo. Y, sin embargo, aquí estamos.

Pero «te amo» no son las palabras mágicas que me imaginaba cuando era una jovencita.

Amante o esposa… en este momento no resultan tan diferentes. Ninguna supone que él me vea como a un igual. Quiere que renuncie a lo único que le ha aportado un sentido a mi vida; no puede tener la carrera política a la que aspira con alguien como yo a su lado.

—He sido sincera contigo desde el principio —respondo con un temblor en la voz—. No aspiro a tener una familia y una vida tranquila. No voy a ser un capital político más ni a organizar cenas para ti. No es lo que soy ni lo que me interesa ser. No quería ser ese tipo de chica cuando era una joven casadera y vivía en Cuba, y ahora que todo ha cambiado, no puedo serlo.

—Vale. No me importa nada de eso. Sé tú misma. Sé tú misma, y sé mía.

—No. —Trago saliva y se me rompe el corazón al hacer lo necesario, lo correcto, aunque me desgarre por dentro—. Deberías regresar a Washington.

Titubea, como si hubiera algo más que pudiese decir, como si pudiera convencerme de algún modo, buscándome con la mirada.

—Entonces, ¿esto es todo? —pregunta finalmente.

Asiento.

Hay muchas cosas que quiero decir, muchos sentimientos revueltos en mi interior, pero al final es la necesidad de salir corriendo lo que me impulsa. Nunca antes he sido una cobarde, pero esta vez hago una excepción.

Tampoco he estado enamorada nunca antes.

Hemos terminado, no hay marcha atrás.

21

Estoy echa un ovillo con un libro en el salón cuando Isabel entra en la estancia. Sus tacones resuenan sobre el suelo de mármol con un ritmo distintivo que solo puede significar una cosa: está histérica.

—¿Cómo has podido? —me suelta a modo de saludo.

Levanto la vista del libro. La lectura se ha convertido en mi refugio los días posteriores a mi ruptura definitiva con Nick.

—¿Qué he hecho esta vez? —pregunto.

Entre hermanas nunca se sabe. Podría ser un vestido prestado y no devuelto, un rasguño en unas sandalias, un novio robado... Las posibilidades son infinitas, la verdad. Isabel lleva un tiempo de los nervios ante la inminencia de su boda y, aunque pensaba que la idea de convertirse en la señora de Thomas Tinsley la llenaría de dicha nupcial, parece ser lo contrario y está más irritable que nunca.

—Acabo de hablar por teléfono con Thomas —responde.

—¿Y?

A veces Isabel puede ser demasiado dramática.

—Diane Stanhope te vio el otro día entrar en esa casa que se compró Nick Preston en la playa.

Clavo los dedos en el lomo del libro.

—Sois la comidilla de todo el mundo. Ahora Thomas no sabe si quiere que lo relacionen con nuestra familia.

Las palabras le salen entre gemidos ahogados. El pánico absoluto en su voz despierta una punzada de lástima en mi interior. En Cuba, se esperaba de nosotras que nos casásemos, pero aquí, donde nuestra fortuna y nuestro futuro son mucho más inciertos, el matrimonio se ha convertido en una cuestión algo más seria, teniendo en cuenta las alternativas.

—No sabía que Thomas estuviese tan interesado en mi vida amorosa —digo con cautela.

Eduardo me previno de esto. E Isabel.

—Lianne Reynolds os vio abrazados bajo una palmera en la playa.

—No estábamos abrazados.

—Pero eres su amante. Todas esas cosas que cuenta la gente sobre vosotros dos son ciertas, ¿verdad? Él te regaló esa pulsera de diamantes y se compró esa casa en la playa para que pudierais… ¿qué? ¿Veros y tener sexo?

Si la situación no fuera tan funesta, casi me reiría ante la indignación con la que Isabel pronuncia la palabra «sexo». Si la situación no fuera tan funesta, y mi madre no estuviera plantada en la puerta del salón.

Mi madre no aparta la mirada de mí.

—Isabel, déjanos a solas —ordena con voz gélida. Cuando mi padre pierde los estribos lo hace en forma de explosión arrolladora. Cuando mi madre pierde los suyos, es fría como una tormenta de hielo.

Isabel palidece, pues se da cuenta de que ha roto una regla sagrada entre hermanas: jamás airees los trapos sucios delante de nuestros padres.

—Beatriz… —me susurra Isabel con una súplica muda de disculpa en los ojos.

La ignoro.

No se puede deshacer lo que ya está hecho.

Isabel nos deja y ya solo quedamos mi madre y yo en el cuadrilátero del salón. Somos prácticamente la misma imagen en el espejo, hasta nos parecemos en el estilo de ropa que llevamos. La única diferencia evidente entre nosotras son los años que nos separan, pero mi madre ha envejecido bastante bien y el tiempo claramente se ha plegado a su voluntad.

—No vas a volver a verlo más.

No respondo.

—¿Cómo has podido hacer esto, Beatriz? ¿A tus hermanas, a tu padre, a mí? Después de todo lo que hemos vivido, después de lo que nos has hecho pasar. Sabía que podías llegar a ser una inconsciente, pero no pensaba que fueses una estúpida. Está prometido. La familia de su novia es rica, influyente, respetada. Igual que la suya. Es un senador de Estados Unidos. ¿Qué pensabas que iba a pasar? Lo has arruinado todo.

—¿No sería mejor decir que me he arruinado la vida?

No hay ningún placer en discutir con mi madre, y cualquier punto que me marque no me parecerá una victoria. Sería mucho más fácil si nos llevásemos bien, si nuestros caracteres no fueran tan diferentes. ¿O son demasiado parecidos? No sabría decirlo.

—¿Qué quieres de mí? ¿Un marido, una casa grande, un niño? ¿Quieres que sea como Elisa? ¿O como Isabel? Solo dime lo que quieres de mí para que pueda serlo.

—Quiero que tengas éxito. Que consigas un marido mejor que el de tus hermanas. Que hagas lo que se espera de ti.

—¿Y si no quiero casarme por estatus social? ¿Y si lo único que deseo es ser feliz? Entonces ¿qué? ¿Y si no necesito que un hombre me costee la vida? ¿Y si quiero ser capaz de mantenerme por mí misma?

—¡Feliz! —Mi madre suelta un bufido muy poco femenino—. ¿Y qué te permite comprar la felicidad, Beatriz? ¿Crees que te permitirá seguir teniendo los vestidos caros y las joyas que llevas toda la vida poniéndote? ¿Y las grandes mansiones? ¿Piensas que la felicidad mantendrá a salvo a tu familia cuando llamen a la puerta y tengas que responder? No me hables de felicidad.

Testaruda. Obstinada. Temeraria.

Lo he oído todo, y es todo cierto. Pero no puedo dejarlo pasar. No puedo aceptar que sus palabras sean ciertas, que lo que desea que me depare la vida sea suficiente.

—¿Por qué la felicidad no es suficiente?

«¿Por qué nunca nos hemos podido entender? ¿Por qué no puedes aceptarme como soy en lugar de como querrías que fuese?»

—Siempre has sido una egoísta —me espeta con un gesto sombrío. Sus palabras son como un látigo en mi piel. Que Dios me ayude, porque sé lo que viene, podría verlo desde un kilómetro de distancia—. Tu padre nunca debió de consentirte tanto.

Se supone que los padres no deben tener favoritos, pero al fin y al cabo son humanos y están sometidos a los mismos fallos y debilidades que el resto de nosotros. Siempre he sido la preferida de mi padre, entre él y yo hay una comprensión muda que me permitía llegar más lejos con él que el resto de mis hermanas, probar los límites de su paciencia. Del mismo modo que mi madre tenía su favorito.

La tormenta lleva mucho tiempo preparándose, cociéndose en mi familia; el ambiente crepita mientras evitamos el único tema del que no nos atrevemos a hablar...

—Alejandro seguiría vivo...

Sé lo que viene a continuación y no puedo protegerme del golpe y la inmensa ola de dolor que lo acompaña.

—... de no ser por ti —termina.

Hay algo especial en las relaciones entre las madres, sobre todo las cubanas, y sus hijos varones.

—Le llenaste la cabeza de ideas —me acusa.

—Alejandro tenía sus ideas propias.

Ideas de las que estaba orgulloso, sueños y creencias por los que estaba dispuesto a morir. No tengo problema en admitir mi responsabilidad en el asunto y que fui cómplice en todo aquello, pero no puedo permitir que se olviden los deseos de Alejandro, que lo despojen de su iniciativa.

—Tú lo empujaste. Nunca lo dejaste estar. Incluso cuando erais niños insistías en portarte mal y meterte en líos. Y mira lo que has conseguido.

—Yo no lo maté.

Puedo comprender el dolor, incluso comprendo la ira hasta cierto punto. A fin de cuentas, ¿no sentí yo lo mismo cuando vi a Fidel? Pero lo que no puedo entender es la rabia en su mirada cuando me mira a mí.

—Las cosas habrían sido diferentes si no lo hubieras empujado a rebelarse contra su familia. Si no hubieses fomentado esa locura.

Él te escuchaba, te seguía. Le metiste tus ideas en la cabeza. Era un buen chico.

Casi siento lástima de ella. Mi madre no es de esas personas que comprenden a los que no son como ella. No se adapta bien a los cambios, su mundo de fiestas y tiendas caras no encaja en lo que se ha convertido Cuba. La verdad es que no le preocupa la lucha del ciudadano medio, solo busca proteger el enclave privado en el que habita.

—Te vamos a enviar a Europa —anuncia—, a vivir con mi prima en España.

—¿Perdón?

—Ya lo he hablado con tu padre. Estando tan cerca la boda de Isabel, tu presencia solo sería una distracción. No voy a permitir que le arruines la vida a tu hermana. Este matrimonio es muy importante para ella, para todos nosotros.

—No voy a intentar arruinar nada a Isabel.

—Y, sin embargo, lo estás haciendo. Si su prometido anula el enlace, tu hermana ya no tendrá más oportunidades. Terminará sola y soltera.

—¿Igual que yo? No todas somos como tú. No todas soñamos con casarnos con un hombre rico porque no seamos capaces de abrirnos paso solas en el mundo.

Su mano aterriza en mi mejilla produciendo un sonoro chasquido.

Me arde la piel tras el impacto de su palma.

—Piensas que puedes hacer lo que te dé la gana, ser lo que te dé la gana, que puedes desafiar a tu familia sin repercusiones. Mis padres quisieron que me casase con tu padre, y eso hice. Porque jamás habría puesto en riesgo la reputación de mi familia como haces tú. Jamás se me hubiera pasado por la cabeza desafiar la voluntad de mis padres como haces tú constantemente. Vas a ir con mi prima a Madrid, es mi última palabra.

—¿Y si me niego?

—Entonces saldrás de esta casa con la ropa que llevas puesta y nada más.

—No necesito tu dinero.

—Así que te estás prostituyendo con ese hombre.

Ni siquiera me preocupo en corregirla.

—Padre jamás dejará que me eches de casa.

—Esta vez has ido demasiado lejos. Los Preston son una familia influyente. La familia de la prometida del senador Preston, también. Pueden echar por tierra todo lo que tu padre ha levantado con tanto esfuerzo y arruinar el futuro de tus hermanas. O te vas con mi prima, o te marchas de casa.

—Elisa jamás me dejará en la calle.

—Puede que no, pero María no tiene opción. E Isabel está tan enfadada contigo como yo. No voy a permitir que hundas a esta familia. No después de todo lo que hemos tenido que pasar.

Quiero irme. Quiero salir dando un portazo, encontrar a Nick, retirar todo lo que le dije, decirle que seré su amante, que lo estaré esperando en Palm Beach para cuando consiga escaparse de Washington y de su mujer.

Eso sería lo más sencillo.

El camino más fácil, pero estaría mal.

No puedo ser esa mujer.

No sé lo que voy a hacer en España, pero por el momento no tengo más planes de futuro, y la necesidad de escapar de mis problemas es irresistible.

—De acuerdo. Tú ganas. ¿Cuándo me marcho?

ESTOY SENTADA EN el aeropuerto de Palm Beach a la espera de que anuncien mi vuelo a España. Mi madre tenía razón; mi padre no protestó cuando se enteró de que me enviaban con la prima de mi madre. El alivio en sus ojos era palpable. Le envié una carta al señor Dwyer, pero no he recibido ninguna respuesta. Mi salida del país ha sido algo muy repentino. Elisa y María se pusieron tristes cuando les di la noticia, pero se lo conté como si fuera una aventura en el extranjero. Isabel se mostró más reservada. El sentimiento de culpa en sus ojos no sirvió para disminuir mi enfado.

¿Sabrá Nick que me voy?

No he tenido noticias de él desde que nos separamos, y cuando me di el último paseo por la playa, la casa de Palm Beach parecía cerrada ahora que la temporada social ha terminado.

El aeropuerto está mucho más tranquilo que el día en que el presidente Kennedy llegó a la ciudad.

Alguien se sienta a mi lado en la sala de espera cerca de la puerta de embarque. Cambio de postura en mi asiento y un brazo se roza con el mío.

—¿Adónde se dirige?

Doy un respingo al reconocer la voz y me encuentro cara a cara con el señor Dwyer.

—¿Cómo ha sabido que estaba aquí? —pregunto.

Sonríe.

—Ya debería usted saber que hay pocas cosas que se me escapen.

—¿Le llegó mi carta?

—No. He oído los rumores. A Madrid, ¿cierto?

—Lo siento. Sé que tenía planes para mí y para el grupo de Hialeah.

Dwyer se encoge de hombros.

—Enviaremos a otro. Tenía razón, no son tan de provecho como yo esperaba. Su vínculo con Fidel es demasiado endeble. —Echa un vistazo a su reloj—. Le queda un poco de tiempo antes del vuelo. ¿Ha venido sola? ¿Su familia no ha acudido a despedirla?

María está en clase y Elisa, ocupada con Miguel. Son las únicas a las que hubiera querido ver aquí.

—Estoy sola.

—Bien. Entonces venga a tomar una copa conmigo.

Me entran dudas. Las advertencias de Nick sobre Dwyer y la CIA me vuelven a la memoria. Aun así, ya estoy bastante metida en esto. Acepto y lo sigo a un restaurante. Pedimos unos martinis y la camarera nos deja solos.

—Eduardo está vivo —me informa Dwyer, y el alivio recorre mi interior.

—¿Está usted seguro?

—Sí. Está en la cárcel, en La Cabaña. Fidel quiere negociar su liberación junto a la del resto de los presos.

—¿Resultó herido durante la invasión?

—En la pierna, creo. Pero ha sobrevivido y, en general, se encuentra bastante bien.

—Gracias por contármelo. Estaba preocupada por él. No sabía si le había sucedido algo.

—Sé que son íntimos y pensé que le gustaría saberlo.

—Hay quien dice que la CIA es responsable de lo que pasó en Bahía de Cochinos y les culpan a ustedes de lo que pasó.

—Seguro que habrá gente que piense así.

—¿Qué pasó?

Da un trago a su martini y responde:

—Ojalá tuviera una respuesta. No fue algo tan perverso como algunos intentarán hacerle creer. Teníamos un plan y no resultó válido. Pero, sobre todo, Fidel conocía nuestras intenciones. Sabía que íbamos a atacar y estaba preparado.

—Tienen un espía dentro de la organización.

Se ríe.

—Es probable que haya más de uno, pero ¿cómo das con un infiltrado? Es difícil cuando tienes a tantos hombres y mujeres trabajando para ti. Podría ser cualquiera.

—¿Por qué ha venido?

—Porque no quiero que esto sea el fin de nuestra relación.

—¿Disculpe?

Suelta una risita.

—No me refería a eso. Por favor, señorita Pérez. Aunque le cueste creerlo, no todos los hombres caen rendidos ante su belleza.

—Ya suponía que no.

—Estoy seguro. A lo que me refería es a que en la Agencia hay otras oportunidades para una mujer como usted: lista, con buenos contactos y, sí, hermosa.

—¿Como por ejemplo?

—Por el momento nuestro plan de enviarla a Cuba está en suspenso. No es un buen momento, las perspectivas no son las mejores y, para serle sincero, el presidente no está muy contento con la Agencia. Además, tengo que ocuparme de unos asuntillos en la República Dominicana.

—¿Trujillo?

El presidente dominicano que ofreció asilo temporal al expresidente cubano Batista cuando huyo del país en 1959.

—Son tiempos difíciles para ser un dictador en el Caribe —responde Dwyer con gesto anodino—. Últimamente les da por morirse pronto.

Estoy más impresionada que horrorizada.

—Pero no tema, Castro sigue siendo nuestra prioridad —añade Dwyer—. Ha decretado que Cuba va a tener un Gobierno socialista y ha suprimido las elecciones.

—Lo he oído.

—Están deteniendo a los opositores —continúa Dwyer—, y los ejecutan por decenas. Todavía confía en inspirar a otros y exportar su modelo de revolución a otros países de América Latina. A ese respecto, tengo una propuesta para usted.

—¿Y qué implica esa propuesta?

Saca algo del bolsillo y me lo pasa deslizándolo sobre la mesa.

Un billete de avión.

Echo un vistazo a la información.

—¿Por qué Londres?

—Una vez me preguntó quién era Claudia.

Claudia era el nombre que me dio acceso a las reuniones de Hialeah.

—Los cubanos están intensificando sus operaciones secretas, corren rumores de que van a crear una nueva sección en sus servicios de Inteligencia para encender la mecha del comunismo por todo el mundo —me explica Dwyer—. Los presidentes idealistas, el Congreso y semejantes no tienen intención de impedírselo. Y no piense que los cubanos actúan solos. Aquí no luchamos únicamente contra ellos. También estamos peleando contra los malditos soviéticos.

—¿Y Claudia? —pregunto.

—Claudia pertenecía a los servicios secretos cubanos y se convirtió en una de los nuestros. Trabajaba para nosotros como agente doble. Por eso alguien se la cargó. —Dwyer guarda silencio por un momento—. Era joven, como usted. De buena familia, no tan prestigiosa como la suya, pero casi. Fue una buena agente con nosotros. Batista asesinó a su padre. Ella creía en la Revolución, pero Fidel traicionó sus ideales.

Desliza una fotografía sobre la mesa.

Reconozco a la mujer al instante.

—Estaba allí aquella noche en Harlem. —La morena sensual—. Me advirtió que no me acercara a Fidel.

Dwyer sonríe con cariño.

—Entonces usted era más joven y nueva en este juego. Necesitaba tener a alguien allí para echarle un ojo, asegurarme de que no se desviaba del plan y no actuaba de manera impulsiva. Claudia me dijo que usted le había gustado, que tenía potencial.

—¿Cuándo la asesinaron?

—Hace una semana.

—Lo siento.

—Siempre es duro perder a agentes, aunque también me preocupa que el trabajo que hacía Claudia para nosotros se vea comprometido, que sus fuentes estén en peligro. Nunca se trata solo de un agente, es toda la gente con la que ha estado en contacto lo que también podemos perder.

—¿Qué quiere que haga? ¿Por qué Londres?

—El exnovio de Claudia está allí. Se llama Ramón Martínez. Es estudiante de posgrado. También era uno de nuestros agentes dobles, pero la información que nos pasaba era mucho menos impactante, bastante menos de fiar.

—Cree que es un topo. Cree que la delató.

—En efecto. Por el momento, sin embargo, no tengo pruebas y debemos ser muy cautos con este tipo de agentes. No podemos arriesgarnos a quemar puentes. Necesitamos que se vuelvan contra Castro y espíen para nosotros. Sin embargo, alguien está pasándole información a Fidel, el tipo de información que provocó el desastre de Bahía de Cochinos. Necesito saber en quién puedo confiar.

—¿Y qué quiere que haga yo?

—Queremos que inicie una vida de estudiante en Londres. Que se cruce con Ramón, que llame su atención y vea si puede averiguar a quién es leal.

—¿Voy a ir a la universidad de verdad?

—Sí. Supuse que le gustaría estudiar Ciencias Políticas.

—¿Y mis gastos?

Sonríe.

—Se le recompensará por el trabajo que nos presta, por supuesto. Además de lo que ya le hemos pagado. Se está haciendo usted rica, señorita Pérez.

Pues parece que mi destino acaba de cambiar.

26 de noviembre de 2016

Palm Beach

EL CHAMPÁN NO está tan rico como ella se imaginaba, la verdad. Es una botella buena, por supuesto, sumamente cara, una exquisita cosecha de una de sus marcas favoritas. Y aun así… Los cientos, miles de veces que ha fantaseado con este momento en su imaginación, vaciaba la copa de champán en circunstancias diferentes, con una compañía diferente.

El tiempo ha templado el sabor de la victoria, disminuyéndolo de algún modo. Cada burbuja cuenta la historia de todo lo que ha tenido que sacrificar para llegar a este instante.

Tras escapar por los pelos en tantas ocasiones, tras tantos intentos fallidos, tras los complots y planes de asesinato, Fidel Castro por fin ha muerto. El tiempo se ha encargado de conseguir lo que ella y muchos otros como ella nunca lograron.

Y quizá, si ha de ser sincera, el champán no sepa tan bien porque antes lo bebía en excelente compañía, y ahora se encuentra sola. Las victorias no son tan divertidas sin la persona adecuada con la que celebrarlas. La añoranza de su juventud resulta potente y afilada; el recuerdo de las veladas regadas con champán es un canto de sirena.

Mira el reloj para ver la hora y aprovechar los escasos últimos momentos que le quedan de intimidad, a solas con sus recuerdos. Pronto empezará a recibir llamadas de su familia y amigos de todo el mundo.

Se desliza hasta el dormitorio principal y se dirige al vestidor. Recorre los vestidos, con sus estampados brillantes y coloridos, en busca del ideal para una noche como esta.

A él siempre le había gustado el rojo.

Se viste con mimo, acertada en sus elecciones, tan entusiasmada en la selección de prendas como cuando era una muchacha de veintidós años. Es igual de meticulosa con el peinado y el maquillaje. Nunca ha hecho demasiado caso a esos ridículos artículos que aconsejan a las mujeres «vestirse acorde a su edad». Todo el mundo sabe que una mujer debe vestirse como le dé la maldita gana.

Suena el teléfono mientras se echa perfume en el cuello y tras las orejas, y se pone la pulsera de diamantes en la muñeca, a juego con el anillo coronado por un diamante amarillo que lleva tanto tiempo en su dedo.

Por supuesto, cuando suena el teléfono sabe quién está al otro lado de la línea. Lleva décadas esperando esa llamada.

Sonríe ante el sonido de la voz familiar.

—Hola, Eduardo.

21

Octubre de 1962

Londres

Dwyer me mantiene al día del estado de los presos de Bahía de Cochinos a medida que los meses avanzan lentos, hasta que transcurre un año desde que me marché de Palm Beach, y luego año y medio. En teoría, el presidente Kennedy está trabajando para conseguir la liberación de los prisioneros. No podemos hacer nada más que esperar mientras los dos gobiernos negocian y mueven a esos hombres como peones en un tablero de ajedrez.

Nunca había sido consciente de lo solitaria que es la profesión de espía, lo difícil que resulta ponerse cada día una máscara para salir al mundo. Pero, aunque sea solitaria, aunque sea complicada, me gusta. Me gusta en lo que me ha convertido:

Valiente, fuerte, independiente.

Es probable que no exista mejor lugar para recuperarse de un desengaño amoroso que Londres. En el tiempo que ha pasado desde mi llegada, me he acostumbrado a mi nueva vida, me he instalado en un acogedor apartamento en Knightsbridge y me he adaptado a la universidad. Las clases son tan interesantes como me imaginaba, y mis compañeros, también.

El anonimato que durante tanto tiempo anhelé por fin lo puedo encontrar aquí. Puedo ser simplemente Beatriz, estudiante de Ciencias Políticas, y espía ocasional para la CIA.

Mis padres se sorprendieron al enterarse de que me había instalado en Londres y no en Madrid, y más todavía cuando les anuncié que no necesitaba su dinero. Supongo que piensan que es Nick quien me está manteniendo, pero no hablamos de ello y, sinceramente, tampoco es asunto suyo.

El abismo entre mis padres y yo nunca ha sido tan grande, en parte, quizá, debido a la distancia física que nos separa, pero también como resultado de la pelea que tuve con mi madre. Ahora que hemos aireado nuestros verdaderos sentimientos, ahora que ya hemos dicho más de la cuenta, las cosas no pueden volver a ser como antes y por eso estamos en un estado de tregua. Nuestra relación se basa en ignorarnos la una a la otra y agradecemos que haya un océano entre nosotras.

Elisa me envía fotos de la boda de Isabel y me escribe cartas en las que me suplica que vuelva, invitándome a quedarme con ella y su familia. No tengo mucho que decir a Isabel más allá de mandarle una nota breve para felicitarla por la boda.

Respondo a Elisa y le cuento cómo son mis clases, lo bien que me lo paso en los mercadillos los fines de semana rebuscando cosas para decorar el piso. Le hablo de mis compañeros, de los amigos que he hecho, de las noches que salgo por bares y restaurantes en los que a nadie le importa mi apellido y nadie intenta buscarme un marido.

No le hablo de Ramón Martínez, el exnovio de Claudia, o de las señales que me manda Dwyer. Si el teléfono que he instalado en mi apartamento suena tres tonos, tengo que acudir a un punto convenido en Hyde Park donde un desconocido me pasa una nota de Dwyer. Si saco una planta a la repisa de la ventana, significa que nos vemos en ese mismo lugar al día siguiente. La información le llega a Dwyer a través de agentes elegidos al azar con los que nunca intercambio más que un escueto «hola».

Hay otras formas con las que me gano mi cheque de la CIA. Voy a fiestas, observo a personas de interés y paso informes. Las habilidades que adquirí con la *jet set* —el arte de mantener conversaciones de cortesía mientras intentas adivinar los secretos de otros, el arte de observar a los que te rodean y usar esas observaciones en tu favor— me han permitido una transición a espía casi sin fisuras.

Los únicos reveses de mi vida aquí son de tipo personal.

No leo los periódicos americanos. En mis momentos de debilidad, cuando estoy sola en la cama con la vista fija en el techo, me imagino que Nick ya estará casado, que tendrán un hijo, que me habrá olvidado.

Por supuesto, hay hombres en mi vida. Hombres que me llevan a cenar y a bailar, hombres que conozco en las fiestas a las que asisto. Hay hombres, algún beso ocasional y mi interminable flirteo falso con Ramón, pero es como si tuviera un agujero en el pecho, en el lugar que antes ocupaba mi corazón. Hay rosas, fiestas y libertad. Y hay nostalgia, no solo de Cuba, sino también de Palm Beach, de mis hermanas.

De Nick.

GRACIAS A LOS servicios secretos del señor Dwyer, me he matriculado en dos asignaturas con Ramón. Casualmente los dos estudiamos Ciencias Políticas, de modo que no resulta extraño que nuestros caminos se crucen y, dado que compartimos nacionalidad, me encargué de acercarme a él hace un año, al comenzar las clases, con la excusa de ser dos cubanos que viven solos en Londres.

Desde mi llegada aquí en el verano de 1961 hasta ahora, en el otoño de 1962, estoy cada vez más convencida de que Ramón es culpable de haber traicionado a la CIA, de que pasa información a Fidel y de que fue él quien delató a Claudia. Solo me faltan las pruebas.

Desde el principio fui construyendo nuestra amistad poco a poco por temor a que Ramón sospechase. Intenté que mi tapadera fuera una historia lo más cercana posible a la realidad: mi familia se marchó de Cuba después de la Revolución y me enviaron a Londres a estudiar debido a un distanciamiento con ellos. Aludí a un escándalo en mi pasado sin nombrarlo de forma directa, consciente de lo fácil que le resultaría hacer una llamada y descubrir que había tenido una relación poco ética con un destacado senador estadounidense.

Si de verdad es un espía, me enerva un poco que nunca haya intentado reclutarme para la causa de Fidel, pero salgo ganando con su exceso de celo. Prefiero que me subestime y baje la guardia.

Meses de amistad informal se han convertido por fin en un flirteo que ha demostrado ser muy provechoso.

Creo que casi ha empezado a fiarse de mí.

El muy tonto.

—¿Tienes planes para esta noche? —me pregunta un día mientras volvemos juntos en el metro después de las clases.

Los dos vivimos en la línea de Piccadilly. Yo me bajo en Knightsbridge y Ramón, unas paradas después, en Barons Court. Los servicios secretos cubanos, la recién formada DGI —Dirección General de Inteligencia—, no deben de pagar tan bien como los estadounidenses.

—Solo estudiar —respondo mientras me rodea con el brazo, gesto que aprovecho para acercarme a él. He aprendido a no ponerme tensa, a fingir que disfruto de su contacto, a pegar mi cuerpo al suyo.

—¿Quieres pasarte a cenar mañana por la noche? —me pregunta.

Por un momento estoy segura de haber oído mal. Llevo meses intentando entrar en su piso con la esperanza de poder husmear un poco. Cuanta más distancia mantiene conmigo, más me convenzo de que es un hombre con secretos, y teniendo en cuenta los rumores de que la DGI tiene una fuerte influencia soviética, más valiosos serán los secretos.

—Me encantaría —respondo.

—Excelente. Entonces tenemos una cita.

Me despido de él en la estación de metro después de que hayamos acordado nuestro plan para mañana por la noche, y me dirijo a casa.

Me cambio los libros de brazo mientras busco la llave de mi apartamento. Vivo a varias paradas de metro del campus universitario del este de Londres, pero prefiero la distancia, la intimidad que me proporciona mi casa, las vistas a Hyde Park desde la ventana de mi dormitorio.

Subo las escaleras y me detengo al llegar al segundo piso. Meto la llave en la cerradura y la giro. Atravieso el umbral.

Me detengo en seco.

No sabría decir qué es, pero hay algo extraño en mi piso.

Entonces lo veo. El señor Dwyer está sentado en un rincón, en el sillón en el que suelo leer los textos de clase.

Cierro la puerta sin hacer ruido.

—Mis disculpas por saltarme el protocolo. —Su tono contradice sus palabras. Suena como un hombre que no se disculpa por nada, más bien al contrario, que está acostumbrado a que la gente tenga que adaptarse a sus cambios de humor y sus excentricidades.

Hace casi un año y medio que no nos veíamos.

—Ha sucedido algo y no había tiempo para pasar por los canales habituales de comunicación. Dado que me encontraba en la ciudad por otros asuntos, me pareció que lo mejor era venir a verla en persona.

—¿Y cómo ha entrado en mi casa?

Sonríe.

—Viejas costumbres. Tengo que asegurarme de que mis habilidades siguen al día.

—¿Qué ha pasado?

—¿Está al corriente de las noticias sobre la instalación de armamento militar soviético en Cuba?

—Sí.

—La situación se ha vuelto extrema. Hay un agente soviético que posee información sobre este asunto que podría resultarnos de utilidad. Es un coronel del GRU, el servicio de inteligencia militar de los soviéticos. Ha estado pasando información a Estados Unidos y a los británicos. Dada su posición en el Gobierno soviético, debemos ser cautos cuando contactamos con él. Suele viajar a Inglaterra como parte de su trabajo con una delegación científica soviética, y ahora mismo está en la ciudad. Queremos que asista usted a una fiesta a la que acudirá el coronel esta noche. Le pasará la información que necesitamos. Mañana por la mañana diríjase a Hyde Park y siga el procedimiento habitual para entregarnos el microfilm.

Dwyer desliza sobre la mesita la fotografía de un hombre en uniforme militar.

—Tiene que ponerse un vestido rojo y un alfiler con una flor roja en el pelo. Nos hemos tomado la libertad de ir de compras por usted. Las prendas están en su habitación. El coronel estará esperándola y sabe lo que llevará puesto. Es muy, pero que muy precavido, dada su posición precaria, pero también es un profesional. Sé que esto es nuevo para usted, pero quiero que sepa que no la enviaríamos si no creyésemos que puede hacerlo. Está realizando un buen trabajo aquí, y no ha pasado inadvertido.

—¿Por qué yo? ¿Por qué no uno de sus agentes con más experiencia, alguien que haya recibido un entrenamiento de verdad?

—Precisamente porque usted no tiene experiencia. Él arriesga su vida al ayudarnos. Si los soviéticos descubrieran lo que está haciendo, lo ejecutarían. No tengo que preocuparme por que alguien posea información sobre usted; solo un reducido grupo de gente a quien confiaría mi vida sabe que usted trabaja para mí.

—Hablando de gente en la que usted confía…

—No tengo ninguna novedad sobre Eduardo. Por lo que sé, sigue bien. Kennedy continúa trabajando en su liberación junto con la de los otros presos.

—Está tardando una eternidad.

Eduardo y los otros hombres llevan casi dieciocho meses en la cárcel.

—Es normal en la diplomacia. Por eso mismo prefiero mis métodos.

Y, por el momento, yo también.

—¿Irá a la fiesta de esta noche? —me pregunta.

—Por supuesto.

ME PONGO EL vestido que han elegido por mí. La idea de que Dwyer escoja mi atuendo me hace gracia y a la vez me da vergüenza. El vestido es elegante y demasiado rojo; ciertamente, no es algo que llevar para permanecer oculta entre las sombras.

Me coloco la flor en la oreja. Contemplo la fotografía una última vez antes de salir e intento grabar la cara del soviético en mi memoria.

Tomo un taxi hasta la mansión en la que se celebra la fiesta: una elegante construcción en Mayfair. Enseño mi invitación en la puerta y nada más entrar acepto una copa de champán de uno de los camareros que pasan con bandejas de plata para que el alcohol me dé valor que necesito en este momento.

Parece que la mayoría de los asistentes pertenece a la *jet set* intelectual y diplomática. ¿Cuántas de estas personas actuarán de modo encubierto? ¿Cuántos serán agentes secretos extranjeros?

No veo al soviético por ninguna parte.

Me doy una vuelta por el elegante salón de baile de la mansión, provocando miradas de curiosidad y admiración a mi paso. Me pavoneo con la esperanza de llamar la atención del coronel soviético para que me localice.

Y entonces lo siento como algo palpable. Hay una mirada que me sigue, como la yema de un dedo que me estuviera recorriendo la columna vertebral. Busco con la mirada al coronel, pero no doy con él. Al hombre de la fotografía no se le ve por ninguna parte. Aun así, puedo sentir su mirada fija en mí.

¿Dónde está?

Pero la sensación se transforma, el leve cosquilleo se convierte en algo completamente diferente, y en ese momento me doy cuenta de lo que está ocurriendo.

¿Cómo no?

El destino, el momento adecuado.

Siento una opresión en el pecho, una punzada que me recorre la espina dorsal mientras busco con la mirada en la sala. Esto también era inevitable, era consciente de que el mundo en realidad no es tan grande, de que al final nuestros caminos volverían a cruzarse...

Otro año. En otro salón de baile.

Su nombre circula por la estancia, es un murmullo de fondo. Están los que desean hablar con él para ganarse su favor, mujeres con la intención de flirtear con él, otros que solo quieren sonsacarle lo que sea necesario para así tener algún chismorreo que contar, y los que simplemente buscan gozar del placer de estar en presencia de un hombre influyente, guapo y rico. Esa gente se pega al poder como las lapas a un barco, y él representa la cúspide de ese poder, esté en Palm Beach o en Londres.

Recorro de nuevo la sala con la mirada, los pies clavados al suelo.

¿Dónde está?

¿Estará con su mujer?

—Beatriz.

Se me eriza el vello de los brazos al oír su voz. Baja, ronca, familiar. Al final, dieciocho meses no han sido suficientes para olvidarlo.

Me giro y me preparo para el golpe que recibiré al contemplar sus ojos azules, cuando mi mirada se pose en su dedo anular y con toda seguridad encuentre una alianza de oro.

Y ahí lo tengo.

No parece haber cambiado después de un año y medio. Resulta increíble lo idéntico que es al hombre de la última vez, cuando estuvimos juntos en Palm Beach. Parece estúpido pensar que el matrimonio pudiese cambiarlo, pero esperaba encontrarme a alguien distinto delante de mí. Sin embargo, solo veo a Nick. El mismo que me cogía de la mano, me besaba en los labios, se reía conmigo, dormía a mi lado.

Mi Nick.

No lleva anillo.

¿Es de esos hombres que prefiere no ponerse alianza?

Respiro hondo y me tranquilizo.

—Hola, Nick.

23

—ESTÁS PRECIOSA.

Oír la voz de Nick me trasporta por unos instantes al tiempo que pasamos juntos en Palm Beach. No es una sensación muy grata darte cuenta de que puedes sentir que una persona es como tu hogar, en especial cuando ambos están fuera de tu alcance.

El tiempo me ha tratado bien, igual que a él, y la verdad, lo último que me apetece es intercambiar cumplidos.

—Me sorprende verte aquí en Londres —respondo, con palabras atropelladas.

¿Estará su esposa aquí con él?

Sonríe.

—¿Lo dices en serio? ¿Te sorprende verme en Londres?

Inclino la cabeza en un leve gesto de asentimiento y acepto su argumento, esa sensación de inevitabilidad que siempre ha permanecido latente entre nosotros.

El destino, el momento adecuado y todo eso.

—No, supongo que no.

Nick avanza un paso hacia mí y baja la voz para que solo la capten mis oídos:

—Se te ve un poco acalorada. ¿Te apetece tomar un poco de aire fresco?

Dudo. Todavía no he contactado con el coronel soviético a cuyo encuentro me envió Dwyer. Pero seguro que no pasará nada si me tomo un momento para asuntos personales.

—Estaría bien.

Sigo a Nick al balcón con la cabeza gacha. El peso de cientos de miradas cae sobre nosotros. A pesar de su curiosidad, los europeos tienen una actitud mucho más liberal que los americanos para estas cosas.

Los pasos de Nick son rápidos, zancadas firmes que me conducen al exterior. Me empapo de su visión: la espalda ancha, piernas largas, constitución musculosa, el elegante corte del esmoquin.

Aprieto los puños para aguantarme las ganas de estirar el brazo y tocarlo. Cuando salimos de la fiesta y el aire frío me golpea el rostro, me aparto de él y me dirijo con pasos apresurados a un extremo del balcón, donde apoyo los codos en la barandilla.

Nick copia mi postura, nuestros brazos separados por un palmo de distancia.

Espero a que hable, a que lo retome donde lo dejó cuando me invitó a salir aquí, pero parece satisfecho dejando que el silencio se prolongue. En este momento me vuelvo a acostumbrar a su presencia, me muevo un poco y me acerco a él, haciendo desaparecer los centímetros de piedra que nos separan. Su manga roza mi muñeca, nuestros pechos se llenan y se vacían a la vez, nuestras respiraciones en silencioso compás.

—Echaba de menos estar cerca de ti —murmura por fin—. Últimamente todo lo demás resulta agotador.

—El mundo es agotador en estos tiempos.

—Es cierto —admite.

—Estoy casi segura de que una vez me dijiste que yo era agotadora.

Una ligera sonrisa asoma a la comisura de su boca.

—Pues sí, hace mucho. Y lo eres. Pero al final resulta que echarte de menos es lo más agotador que hay.

—¿Eres feliz? —pregunto.

No tengo claro que esté preparada para cualquier respuesta que pueda ofrecer. No puedo soportar la idea de que sea infeliz, pero me incomoda por igual la noción de que esté perdidamente enamorado de su mujer.

Se encoge de hombros.

—¿Importa algo?

No para la gente como nosotros. La felicidad se perdió en algún punto entre complots y política, entre levantar naciones y cambios de régimen, entre la familia y la fortuna.

—¿Por qué te fuiste de Palm Beach? —pregunta.

—Lo sabes muy bien. No podía quedarme.

—¿Piensas volver algún día?

—No lo sé. Todavía lo siento como mi hogar, aunque no lo sea. Es como si perteneciera a otra persona.

—¿Has dejado de ser Beatriz Pérez?

—No lo sé. Creo que no sé quién es Beatriz Pérez en realidad.

—No me lo creo. Siempre te has conocido a ti misma mejor que nadie.

—He perdido un poco el norte —reconozco.

—¿Por Londres?

—Eso también.

—Será mejor que no sepa cómo has acabado aquí, ¿verdad?

—Mejor que no.

—He rastreado todos los informes de los servicios secretos, he leído todos los periódicos. He visto a tus hermanas en fiestas. Quería preguntarles, y lo hice…

Elisa no me ha contado que hayan hablado.

Respira hondo antes de decir:

—Te he echado de menos.

—Yo también.

—Al final, me llegaron rumores de que andabas robando corazones y conquistando Europa.

Sonrío.

—No toda Europa. Solo un rinconcito.

—Eres muy modesta. No ha sido solo Londres. He oído historias de tus viajes a París y Barcelona.

—No soy de las que se quedan en casa a llorar por mi corazón roto.

—¿Tenías el corazón roto?

Me cuesta horrores contenerme y no mirar hacia sus manos. El corazón me late desbocado.

—Es una forma de hablar.

—Claro —replica hábilmente—. ¿Has disfrutado?

—¿De Europa? ¿O de robar corazones?

—De las dos cosas, supongo.

—A ratos.

—¿Y el resto del tiempo?

—Sentía nostalgia.

—¿De Cuba?, ¿de Palm Beach?, ¿de mí?

Suelta la última pregunta con la misma confianza que me divertía y enfurecía a partes iguales a lo largo de nuestra relación.

—De todo, supongo.

Lanzo una mirada rápida a su mano.

Ni rastro de una marca de sol.

No puedo soportar más este suspense.

—¿Y tu mujer? ¿Te acompaña en este viaje?

A su mirada asoma un gesto de sorpresa.

—¿No te has enterado?

—Tengo la costumbre de no seguir los periódicos estadounidenses.

—Ya me extrañaba no haber tenido noticias tuyas. No me he casado.

No puedo ignorar un débil cosquilleo de esperanza.

—¿Sigues prometido?

—No, ya no estoy prometido.

Por un instante el mundo se detiene.

—¿Desde cuándo?

—Desde que me di cuenta de que no podía concebir casarme con alguien a quien no amo. No iba a ser feliz en un matrimonio así, y no era una cuestión de crecer o madurar, sino de comprender que quiero que mi esposa sea mi compañera, alguien con quien pueda disfrutar haciéndome mayor, que encaje conmigo en todos los sentidos. No me parecía justo hacer promesas a alguien sabiendo que no sería capaz de mantenerlas.

—Eso es todo un reto.

—¿Lo es? —Traga saliva y casi parece avergonzado—. Katherine era una buena chica, pero ella lo que quería era al senador.

—Muchas mujeres quieren al senador. En su defensa, suena como si tú quisieses a la jovencita de alta sociedad. Igual que muchos hombres me quieren porque tengo una cara bonita y un cuerpo atractivo.

—Creo que «bonita» y «atractivo» no te hacen justicia.

Sonrío a pesar de las ganas que tengo de llorar.

—Siempre has tenido más encantos de los que Dios debería poner en una persona —añade, y una sonrisa asoma a sus labios.

—¿Ella está bien?

—Eso creo —responde—. Se ha vuelto a prometer. Parece feliz. No me arrepiento de lo que pasó entre tú y yo, no puedo, pero sí de haber sido poco honesto con ella.

Resulta imposible no sentir que Katherine Davies estuvo implicada en el naufragio de nuestro romance.

—¿Y tú? —pregunta Nick.

—¿Qué pasa conmigo?

—¿Durante tus viajes has conocido a alguien…?

—Sabes la respuesta a eso.

—¿Sí? Puede que sí. El problema es que han sido demasiadas noches sin poder dormir con esa pregunta rondándome en la cabeza.

—¿Por qué has venido? ¿Por trabajo, o hay algo más?

—¿Me preguntas si sabía que estarías aquí? ¿Si he venido para verte, para intentar recuperarte? ¿Tú que crees, Beatriz? Te extraño y estaba preocupado por ti.

—Pues te ha costado decidirte. Hace dieciocho meses que me marché de Palm Beach.

—No irás a decirme que has estado haciendo tiempo, a la espera de que yo viniese a buscarte.

—No, no lo he hecho.

Hay una pregunta en sus ojos, una que no hace falta pronunciar. Será estúpido.

—Ha habido hombres. —Da igual lo que haya entre nosotros, no voy a mentirle sobre ese tema.

—¿Y debería preocuparme?

—No lo sé. ¿Deberías? ¿Me lo preguntas como amigo, o...?

El resto queda en suspenso entre nosotros.

—Como el hombre que te ha amado desde el primer momento en que te vio —termina la frase por mí.

—Nick.

—Lo sé, nada ha cambiado, ¿verdad? Seguimos en bandos diferentes y continuamos queriendo cosas distintas.

—Aun así, aquí estás.

—Aun así, aquí estoy.

Pensaba que el tiempo iba a disminuir mi deseo por él, que aumentaría nuestras diferencias. Pensaba que la llama de mis sentimientos se consumiría al no haber nada entre nosotros que la mantuviera viva.

Estaba equivocada.

—Seguimos queriendo cosas diferentes —repito.

—Tal vez. —Se encoge de hombros—. ¿Quién sabe? El mundo podría cambiar y sorprendernos.

—¿Y hasta entonces?

—Hasta entonces, te quiero a ti, y nada más. —Me besa en la mejilla y posa su mano en mi cintura por un instante antes de soltarme—. Me quedo en Londres hasta mañana. Estoy en el Ritz. Si quieres verme, te estaré esperando. Si no quieres, lo comprendo. Me marcharé y no volveré a molestarte.

Y así, sin más, me deja sola en el balcón mientras me pregunto si debería salir tras él.

Regreso al salón de baile unos minutos después, bastante desconcertada por haber vuelto a ver a Nick. Me pongo a buscar al coronel soviético a través de la sala. Solo quiero terminar la misión para la que me han enviado aquí y volver a mi casa para estar sola y ordenar mis ideas.

«¿Dónde está?»

Repaso la multitud, dando sorbos de champán mientras intento aparentar que no estoy buscando a un espía, y un sudor frío me recorre la columna.

Entonces lo veo.

El coronel está apartado en un rincón, con la espalda contra la pared. Conversa con una mujer cuya mano descansa en la manga de su uniforme de gala mientras otro caballero gesticula descontrolado.

—¿Beatriz?

Me da un vuelco el estómago al escuchar mi nombre en una voz que reconozco bastante bien.

Me giro con una sonrisa falsa en la cara mientras el corazón me late desbocado.

—¿Ramón? ¿Qué haces tú aquí? —pregunto sin darle oportunidad de que sea él quien me haga primero la misma pregunta.

Si algo he aprendido de mi vida social y como espía, es a salir del paso en cualquier situación.

—Pues, esto… He venido con unos amigos —responde y, al cabo de unos segundos, pregunta—: Y tú, ¿qué haces aquí?

El tiempo que ha tardado en responder me sirve para preparar mi propia respuesta:

—Tengo una cita.

Ramón pestañea sorprendido.

—No sabía que tú y yo tuviéramos exclusividad o algo así —digo con un fingido tono de disculpa—. Pensaba que tú también salías con otras.

—Pues sí —responde, aunque la sorpresa en su voz contradice sus palabras.

Por el rabillo del ojo veo que el coronel se despide de sus compañeros y cruza la sala.

«Vete.»

—Tengo que volver con mi cita —me excuso con tono sutil, y me agacho un poco, ofreciéndole una panorámica de mi escote antes de retirarme.

¿Estará Ramón aquí por el coronel soviético? ¿Para espiar sus movimientos y pasarle la información a Fidel? ¿O quizá por un motivo completamente diferente?

Tomo la decisión con rapidez, no hay tiempo para pensárselo. Echo una mirada atrás, establezco contacto visual con Ramón y canalizo toda la angustia y el desasosiego que llevo en mi interior desde que vi a Nick. Intento parecer una chica dividida entre dos hombres, una jovencita atontada y boba, fácil de subestimar.

La confusión asoma a los ojos de Ramón. Confusión y un ataque de vanidad masculina. Nunca se había planteado que yo pudiera estar permitiéndome otros coqueteos mientras flirteábamos, y espero que ese traspié, combinado con su sorpresa al verme esta noche, basten para despistarlo.

Necesito el microfilm.

Me alejo de Ramón. Las piernas me tambalean, me siento inestable con los tacones, como si fuera una chica a la que pudiera superar esta situación.

Me lanzo hacia delante y me choco con el coronel soviético. Mi copa de champán se derrama sobre su elegante uniforme. Retrocedo, dándole el tiempo justo para que deslice el microfilm en mi mano mientras oculto con mi cuerpo el intercambio al resto de la sala. Balbuceo una disculpa al coronel, que se limpia la chaqueta con un pañuelo elegante. No me giro para mirar a Ramón, pero siento su mirada clavada en mí y espero haber hecho un buen trabajo para convencerlo de que no soy más que una chica atolondrada. Aunque, con el microfilm apretado en mi puño, una sensación de triunfo se adueña de mi interior.

Tras disculparme una última vez, dejo atrás al coronel, lista para despedirme de la fiesta y regresar a la seguridad que me brinda mi apartamento, hasta que pueda completar la entrega a la mañana siguiente.

Un tacón se encaja en una grieta casi imperceptible del suelo y me tropiezo. Esta vez la reacción es sincera.

Nick se encuentra cerca del vestíbulo, abrigo en mano, la mirada fija en la escena que acabo de montar. Tiene un gesto que he visto incontables veces, la máscara que se pone en público cuando es el consumado político que hace gala de su saber estar. Y, aun así, lo conozco lo bastante bien, he visto demasiadas veces su faceta más íntima como para darme cuenta de que no he conseguido engañarlo, y casi me da lástima.

Se enamoró de una chica de la alta sociedad y ha terminado con una espía.

Dejo atrás al coronel con cuidado de evitar la mirada de Nick una vez más. Temo que sea capaz de percibir la expresión de mi cara, que haga algo que me delate.

El aire fresco me golpea cuando atravieso la puerta principal. Echo un vistazo a la cola de coches elegantes conducidos por chóferes que esperan a que salgan sus clientes. Miro a mi alrededor y deslizo el microfilm en mi bolso *clutch*.

Tengo la mala suerte de que esta noche no haya ni un solo taxi libre.

Me recojo la falda con la otra mano y me preparo para la caminata que me espera.

—¿Te llevo a algún sitio?

Me giro lentamente al oír esa voz familiar.

—Pues me encantaría, la verdad.

Sonríe.

—¿Dónde le digo al chófer que te deje?

Respiro hondo.

El destino, el momento adecuado y todo lo demás.

—Al Ritz —le digo a Nick.

CERRAMOS LA HABITACIÓN del hotel con un portazo. La chaqueta del esmoquin de Nick aterriza en el suelo. Mi vestido va detrás.

Hay algo reconfortante y bueno en volver al hogar.

¿Habría acabado viniendo a su hotel si no hubiera levantado la vista y lo hubiera visto en el vestíbulo? Si hubiera encontrado un taxi, ¿habría vuelto a casa y me habría acostado sola?

¿Quién sabe?

Si algo he aprendido a estas alturas, es que la vida es una cuestión de estar en el momento adecuado. Las cosas pasan como se supone que deben pasar, los momentos en teoría insignificantes se ensartan para llevarte por un camino que jamás imaginaste pisar, con un hombre del que no te puedes alejar, pero al que tampoco puedes retener.

Descanso la espalda sobre el colchón. El cuerpo de Nick se abalanza apresurado sobre el mío. Apagamos las luces de la habitación y me alegro, dejando que nuestras manos y bocas vuelvan a conocerse. Las sábanas se arrugan bajo nuestro peso, el resto del mundo con todos sus problemas permanecen firmemente encerrados al otro lado de la puerta.

Ahora no quiero realidad, no quiero preocuparme por el microfilm guardado en mi bolso, tirado por el suelo en algún sitio, ni por lo que nos diremos mañana, o lo que pasará cuando llegue el momento en que Nick regrese a Estados Unidos.

Quiero esta noche. Ya nos preocuparemos por mañana en otro momento.

ME DESPIERTA LA luz del sol que se cuela por una rendija en las cortinas de la habitación de hotel de Nick, una brillante franja de sol que divide en dos el edredón. A mi lado, Nick duerme bocarriba; tiene el cuerpo estirado como siempre que duerme un sueño profundo, después de que yo haya puesto de mi parte para agotarlo. Me giro en la cama y me pongo de lado para contemplarlo y disfrutar del momento. Mañanas como esta siempre han sido un lujo para nosotros; pasar la noche juntos es algo reservado para los casados, y las ganas de disfrutar de este momento son inevitables.

Está tan guapo como siempre, pero ahora tengo la oportunidad de verlo de cerca y en la intimidad, y aprovecho para estudiar los sutiles cambios en su rostro. Las líneas que han ido surgiendo en mi ausencia.

En el tiempo que hemos estado separados, no me permití apreciar de verdad cuánto lo echaba de menos.

Me levanto con una sensación de remordimiento, con cuidado de no hacer ruido con mis pasos para no despertarlo. La verdad, no me apetece explicar por qué me escapo a hurtadillas de su habitación a esta hora tan temprana de la mañana ni adónde me dirijo.

Me agacho para recoger la ropa y el bolso que tiré al suelo. Lo abro para asegurarme de que el microfilm sigue allí. Echo un vistazo al elegante reloj sobre un escritorio en un rincón.

Me visto rápido. Desearía tener más tiempo para volver a casa a cambiarme y ponerme algo más adecuado para esta cita que un vestido de fiesta rojo. El abrigo lo cubre casi por completo, pero hay otras cosas que no puedo salvar: el pelo en un moño desordenado en la cabeza, el maquillaje emborronado de la noche anterior.

Dejo la habitación y salgo del hotel a Piccadilly. Por suerte el Ritz queda cerca del parque, aunque los tacones que me puse anoche hacen que el paseo sea un poco menos agradable.

Está mañana Hyde Park se encuentra lleno de londinenses ansiosos por escapar de los edificios altos y las aceras de cemento en busca de un poco de verde que puedan disfrutar. Aprieto el paso a medida que me acerco al extremo en el que normalmente hacemos las entregas.

Por mucho que me guste la energía de Londres, su libertad, el anonimato que ofrece, no soy una chica de ciudades tan grandes. Para visitar, tal vez, pero echo de menos el salitre en el ambiente, el rugido del mar, la vista de las palmeras que se mecen. La Habana era muchas cosas envueltas en una y me encantaban sus secretos, las sorpresas que se escondían en cada rincón.

Dejo atrás el lago Serpentine con la vista puesta en el lugar al que me dirijo. El banco no ofrece las mejores vistas del parque, por lo que la mayoría de las veces está vacío, y hoy no es una excepción. Por supuesto, tenemos un plan B, pero prefiero la rutina del mismo banco, el hueco en el tercer tablón al que estoy acostumbrada.

Me siento en la fría superficie y me envuelvo en el abrigo en un intento de protegerme del aire fresco de otoño. Londres en octubre no es lo más frío que he conocido, pero, al ser alguien más acostumbrado a climas tropicales, he descubierto lo mucho que me afecta el clima de los meses de otoño e invierno.

Pasan los minutos.

No viene nadie.

Pasa media hora.

Una hora.

Mi contacto jamás se ha retrasado. Ni una sola vez.

Aprieto el bolso *clutch* con fuerza contra el cuerpo.

¿Habré cometido algún error con las instrucciones de Dwyer? ¿Habrá pasado algo? ¿Habrá intentando buscarme en mi casa cuando estaba con Nick?

Espero unos minutos más. El parque ya no parece tan bucólico ni seguro, los turistas y la gente que hace deporte ya no parecen tan inofensivos. Como el contacto sigue sin presentarse, me levanto del banco y me dirijo a casa.

La mañana avanza mientras salgo del parque, giro por Kensington High Street, luego otro giro, y otro, zigzagueo por el barrio hasta el edificio de ladrillo donde se encuentra mi casa. Ahora las calles están más llenas; más miradas se dirigen hacia la falda de seda roja de mi vestido de fiesta que asoma por debajo del abrigo. Londres es una ciudad en la que casi todo vale, pero esta parte de la ciudad es más propensa a gente pudiente y conservadora, y mi aspecto y la clara impresión que produce mi vestido —mucho más apropiado para la noche que para estas horas—, llaman la atención más de lo que me gustaría. Soy una espía de incógnito terrible, pero supongo que Dwyer lo sabía cuando me contrató. Imagino que buscaba algo completamente diferente.

La visión de la hilera de edificios de ladrillo delante de mí me calma un poco. La familiaridad de mi calle ahora es un alivio. Entro en el edificio y cuando llego a mi piso deslizo la llave en la cerradura, abro la puerta y la cierro justo después de entrar. El pestillo encaja con un clic.

Me quito el abrigo y lo cuelgo en el perchero que hay junto a la puerta y, de repente, me encuentro con la misma sensación de días atrás, la sensación de que no estoy sola. Avanzo dos pasos, dispuesta a saludar a Dwyer y acabar con la historia del microfilm, pero me detengo en seco.

Mi instinto no se equivocaba.

No estoy sola.

Pero no es Dwyer a quien tengo delante.

24

—Ramón.

Me cuesta un momento imaginar todas las razones por las que podría estar aquí, para llegar rápidamente a la conclusión de que, sea cual sea el motivo, no es nada bueno.

Ramón, todavía con el mismo esmoquin de la noche anterior, se levanta del asiento. Incluso en ese simple gesto puedo ver el cambio que se ha producido en él. Se ha quitado la máscara y el pacífico estudiante ha sido sustituido por alguien mucho más temible.

—Siéntate. —Me indica una silla vacía en la pequeña mesa que utilizo para comer.

Hay una pistola delante de él; sus dedos descansan sobre el frío metal oscuro.

No me muevo.

—Tenía mis dudas, ¿sabes? Cuando te vi en la fiesta, mi pensamiento inicial fue que estabas allí por la misma causa que yo. Pero lo descarté porque, bueno, no te veía como espía. Error mío, por supuesto.

¿Qué voy a hacer?

—¿Eres de la cia o del mi6?

Va a matarme. Igual que asesinó a su novia Claudia. Mi gran lucha contra Fidel va a terminar así: asesinada a manos de uno de sus espías, un traidor a nuestra patria.

—Supongo que da igual. Los dos sabemos por qué estabas allí anoche.

Lanzo una rápida ojeada al pequeño apartamento en busca de una salvación, algo que me saque de este embrollo.

—Necesito que me des el microfilm ahora mismo. —Su gesto se torna duro como la piedra. Extiende una mano.

—No sé de qué estás hablando. —No necesito simular incomodidad, pues me trastabillo con las palabras. Mi miedo es muy real—. Ya te dije por qué fui a la fiesta. Ese hombre… Estuvimos saliendo juntos cuando vivía en Estados Unidos. Tuvimos una relación durante mucho tiempo. Precisamente por eso mi familia me envió a Londres.

Me acerco a la mesa y dejo sobre una silla el bolso en el que llevo el microfilm.

Ramón sigue ese gesto con la mirada, tal y como esperaba. Mi bolso *clutch* rojo brillante es como un capote delante de un toro.

Miro la pistola.

«Déjala en la mesa. Ve a por el microfilm. Dame la oportunidad de…»

No lo hace.

Ramón se dirige a por mi bolso con la pistola en la mano que tiene libre, con la indiferencia de un hombre que puede pasar de insulso a asesino en un abrir y cerrar de ojos, y que no me considera una amenaza en absoluto.

Lanzo un vistazo rápido a la cuchillera de la cocina que nunca uso, las hojas todavía afiladas. Hay una fracción de tiempo, una oportunidad mínima, y las posibilidades de que pueda ganarle son escasas. Si fallo…

¿Qué más da? De cualquier modo, voy a morir.

Ramón abre mi bolso.

Me abalanzo hacia la cuchillera.

Se da la vuelta justo cuando mi mano alcanza el mango más grande para sacarlo de su funda de madera mientras la adrenalina se dispara por todo mi cuerpo.

Con la velocidad de un rayo se planta delante de mí. Su mano me agarra por la muñeca y peleamos por el cuchillo.

Si fuese un hombre más grande, ya estaría muerta, pero dada su constitución endeble, estamos más igualados. Sin embargo, se mueve con un nivel de habilidad en el que me veo superada.

Tan rápido como empezó, se acaba todo. Me quedo con la mano vacía y el cuchillo cae al suelo.

Voy a morir.

No estoy segura de si es mi vida lo que pasa por delante de mis ojos, pero algo pasa. Instantáneas de momentos.

El Malecón. Un amanecer en La Habana. El mar acariciándome la piel. La boca de Nick en la mía. La risa de mis hermanas. Nuestra niñera, Magda, contándome en voz baja, para evitar que nos oiga mi madre, que hay hombres de los que es mejor no fiarse, y que, si alguna vez me encuentro en una situación en la que uno intenta aprovecharse de mí, debería golpearlo donde más les duele.

Levanto la rodilla con toda la fuerza que puedo para impactarla en la entrepierna de Ramón. Nuestras miradas se cruzan, en sus ojos hay sorpresa, ira y dolor. Se dobla y, cuando levanta la mano, mis dedos encuentran los suyos alrededor del frío metal. Aprieto…

Los dos tenemos la mano en la pistola justo antes de que se dispare.

25

ESCONDO LA MANO en el bolsillo del abrigo para que la recepcionista no vea los cortes ni la mancha de sangre cerca de la uña que no he conseguido quitar al frotarme las manos.

Me he deshecho de la ropa que llevaba. El bonito vestido rojo ha quedado inservible con la sangre de Ramón y misteriosos restos de materia orgánica en los que prefiero no pensar. He tirado las prendas a la papelera y después he llamado a mi contacto y le he dicho que necesitaba una limpieza en el piso, pues había un charco de sangre alrededor del cadáver de Ramón. Su pistola tenía silenciador, pero aun así no pasará mucho tiempo hasta que los vecinos pregunten por los ruidos de la pelea.

¿Cuánto tarda un cadáver en empezar a oler?

No me he molestado en perder tiempo con preguntas ni en reflexionar sobre la suerte que había tenido; la fortuna de que mi dedo llegase al gatillo antes que el suyo, la casualidad de que justo en ese preciso instante el cañón estuviera apuntando hacia él y no hacia mí.

Lo que hice fue cambiarme de ropa lo antes posible y limpiarme los restos de carne y sangre de la piel con indiferencia y eficacia.

Y salir corriendo.

Hacia el Ritz. Hacia Nick.

¿Estará la policía esperándome en casa o habrá llegado la gente de Dwyer antes? ¿Y por qué no acudió nadie a la cita en el parque?

Ahora llevo el microfilm encima, oculto en la copa de mi sujetador, pegado a mi corazón, que late acelerado.

Pregunto a la recepcionista por la habitación de Nick, lamentando no haber memorizado el número antes mientras intento que mi voz suene lo más tranquila posible, colocando una máscara de impavidez en el rostro.

No puedo detener el temblor de mi mano.

La mujer tras el mostrador llama a su habitación y escucho su parte de la conversación intentando adivinar la reacción de Nick al otro lado de la línea.

¿Estará sorprendido de mi regreso? ¿Estará enfadado por haberme marchado sin decir nada o se habrá tomado con resignación mi ausencia al despertar, consciente de que seguimos siendo, como siempre, una pareja imposible?

—Le digo que suba, señor —dice la recepcionista al aparato y me lleno de alivio. No solo he venido corriendo hasta aquí porque estoy metida en un lío. He venido corriendo hasta aquí porque le necesito.

La recepcionista me da el número de habitación con una sonrisa amable y me indica dónde están los ascensores. Recojo la pequeña mochila que he preparado a toda prisa antes de escapar de mi apartamento y subo al ascensor presa de los nervios tras rechazar la oferta del mozo de ayudarme con el equipaje.

El ascensorista aprieta por mí el botón con el número de la planta de Nick. La cabina está vacía, aparte de nosotros dos.

Las puertas se abren y salgo del ascensor.

Cuando me encuentro ante la puerta al final del largo pasillo, llamo. La mota de sangre que no he podido limpiar me mira, una mancha en mi piel.

He matado a un hombre, y no sé lo que siento.

La puerta se abre y entro de un salto. Nick está al otro lado del umbral con aspecto inusitadamente desaliñado. La camisa blanca por fuera de los pantalones, el pelo rubio revuelto, un gesto de preocupación en el rostro.

Abro la boca dispuesta a hablar, a disculparme por haberme marchado tan temprano sin decirle nada, pero no me deja hacerlo.

Nick avanza un paso, me rodea la cintura con un brazo y me aprieta contra su cuerpo.

Su boca atrapa la mía en un beso rápido e intenso. Cierra de un portazo mientras un sollozo se forma en mi pecho y me tiemblan las rodillas.

He matado a un hombre.

Tan rápido como me ha besado, Nick me suelta.

—Beatriz... —Frunce el ceño al reparar en mi aspecto—. ¿Qué ha pasado?

—He matado a un hombre —susurro—. Un cubano que trabajaba para los servicios secretos de Castro. Anoche fui a la fiesta para encontrarme con una persona, para hacer un intercambio, y él se dio cuenta. Me estaba esperando en casa cuando he vuelto esta mañana.

Durante un momento un gesto de sorpresa asoma al rostro de Nick, pero desaparece enseguida.

—¿Estás en peligro? ¿Qué ha pasado con el cadáver?

—No lo sé. Avisé a la gente de Dwyer para que fueran a limpiar. Se suponía que tenía que encontrarme con alguien de la CIA esta mañana, por eso me marché tan temprano, pero el contacto no se presentó y me fui a casa. No sabía qué hacer. Ese hombre, Ramón, me estaba esperando. Tenía una pistola y forcejeamos.

Le cuento el resto, no hay secretos entre nosotros. Espero sus reproches a cada palabra, ver el amor atenuarse en sus ojos. Pero en su lugar advierto calma, como si siempre hubiese esperado que las cosas acabasen así. Resuena en mí el eco de la verdad que escondían sus palabras, sus advertencias sobre la CIA, su temor por mi seguridad.

Nick no se equivocaba: me he metido en un lío irresoluble, y en este momento me doy cuenta...

He matado a un hombre y no me siento culpable en absoluto.

Estoy enormemente agradecida de que no sea él quien me haya matado a mí.

Cuando termino mi relato, le pido disculpas por el problema que he llevado a su puerta.

—Si quieres que me vaya, lo entiendo. Si esto se descubre, podría causarte problemas.

—No te vuelvas a disculpar por acudir a mí. Estoy aquí para ti. Siempre.

Las lágrimas se me acumulan en los ojos.

—Gracias.

Deslizo una mano en el interior de mi blusa y saco el microfilm del sujetador.

—Tengo que hacer llegar esto a mi contacto. Hay una dirección postal que puedo utilizar. —Respiro hondo y le confío toda la historia—: El microfilm me lo pasó un coronel soviético anoche en la fiesta.

El gesto de Nick cambia por completo.

—¿Un coronel soviético?

—Sí.

—Estaba haciendo la maleta justo antes de que llamases a la puerta. Ha pasado algo y tengo que regresar a Washington. —Titubea—. Un U2 ha encontrado pruebas de que los soviéticos han instalado misiles balísticos con capacidad nuclear en Cuba.

26

—¿La cosa está muy mal? —pregunto.

—Es grave. Esas armas pueden alcanzar Estados Unidos. Necesito volver a Washington, por si… —Nick me envuelve entre sus brazos y me permito apoyarme en él mientras el mundo a nuestro alrededor gira desbocado y sin control.

¿Estaría el coronel intentando evitar un ataque como ese? La idea de una guerra nuclear…

¿Fidel será capaz de usar los misiles? ¿Y los soviéticos?

Necesito hacer llegar el microfilm a la CIA lo antes posible.

Mis padres y todas mis hermanas están en Florida, a ciento cuarenta kilómetros de Cuba. Y en la isla tengo también parientes y amigos. Eduardo está allí pudriéndose en alguna cárcel. Hay mucha gente inocente en peligro.

¿Qué hará Estados Unidos como represalia contra Fidel por permitir que instalen armas nucleares en Cuba? ¿Cuántas vidas se perderán como resultado de la tensión creciente entre los dos países mientras los políticos amenazan con la guerra y mantienen posturas que no tienen en cuenta la posible destrucción de ambos bandos?

Yo quería una guerra, quería que los americanos hicieran algo, pero no esto. Nada bueno puede salir de esta situación. En el colegio estudiamos las bombas que Estados Unidos había lanzado en Japón, la devastación que causaron, y me aterra pensar que el mismo tipo de destrucción golpee nuestras costas.

¿Cuba va a verse atrapada en medio de una guerra entre Estados Unidos y la Unión Soviética?

—¿Piensas que los soviéticos van a emplear esas armas para atacar a Estados Unidos?

—No lo sé —responde Nick con gesto serio—. Espero que los soviéticos no sean tan tontos como para emplear las armas, pero el mero hecho de su amenaza, de que las hayan trasladado a nuestro patio trasero resulta, bueno, extremadamente preocupante, cuando menos.

¿Qué habrá en el microfilm? No puede ser casualidad que Dwyer me encargara recogerlo en este preciso momento.

—¿Qué va a hacer el presidente?

—Tiene pensado dirigirse a la nación. Está reunido con sus consejeros y el Comité Ejecutivo del Consejo de Seguridad Nacional. Tengo que volver.

—Iré contigo.

—No, de ningún modo. En caso de un ataque soviético, estarás más segura aquí.

—¿Y el muerto que he dejado atrás?

Se le escapa una maldición al recordar ese inconveniente en particular.

—Además, mi familia está en Florida y tú viajas a Washington. No quiero quedarme aquí. Si va a haber una guerra, quiero estar en Estados Unidos, cerca de la gente que me importa.

—No es seguro, Beatriz.

—¿Cuándo vamos a dejar de tener este tipo de discusiones? O voy contigo, o voy sola, pero lo voy a hacer de cualquier manera. Mis hermanas podrían necesitarme. Tú podrías necesitarme.

La CIA podría necesitarme.

Vacila.

—Si las cosas se ponen mal de verdad, prométeme que irás a un sitio seguro.

—Lo haré.

No estoy segura de que ninguno de los dos se crea mis palabras. No digo más porque soy capaz de imaginar sin problemas su respuesta, pero se me ocurre que puede haber muchas soluciones a esta crisis, no solo las militares.

El señor Dwyer quería usarme como arma contra Fidel. Aquí está su oportunidad.

NICK PREPARA NUESTRO viaje con la eficacia y premura que solo pueden proporcionar abundantes cantidades de dinero e influencia. Yo mientras aprovecho para guardar el microfilm en un sobre acolchado; la apremiante situación mundial ya no me permite seguir esperando a recibir noticias de Dwyer antes de actuar. Nick insiste en acompañarme cuando sigo el protocolo de contingencia que establecimos por si fallaba una entrega.

Al rato regreso al Ritz con Nick para que finalice los preparativos del viaje. Me doy una buena ducha y me limpio los restos de sangre. Poco se puede hacer con los cortes y rasguños que dejó en mi piel la disputa con Ramón por el cuchillo. A continuación, me entretengo en ordenar la ropa que metí a toda prisa en la mochila y cuento el dinero que he rescatado del escondite secreto que tenía en mi apartamento en previsión de un día como este. Mi padre me enseñó a estar preparada para emergencias, huidas apresuradas y exilios, a tener siempre dinero en efectivo a mano para cualquier eventualidad que pudiera depararme la vida.

Al cerrar la mochila rozo con la mano un vestido de encaje y un recuerdo se adueña de mí: mi última noche en La Habana, mientras hacía las maletas para un viaje que se ha convertido en un exilio sin fin. Esta locura define el ritmo de nuestra vida: saltamos de una crisis a otra, de la Revolución a una derrota aplastante y a estar al borde de una guerra nuclear.

Quizá sea mi osadía lo que me impulsa a viajar en este momento a Washington con Nick. Quizá se trate de una locura que sería mejor descartar, pero, cuando los últimos cuatro años de tu existencia están marcados por la guerra y el conflicto, resulta imposible no pensar que estás viva de milagro y que es mejor no dosificar hasta el último momento de placer por si te vuelven a arrebatar lo que más quieres.

Nick contrata un vehículo para que nos lleve al aeropuerto y marcharnos así de Londres. Estamos sentados en el asiento trasero con las manos unidas sobre el espacio que nos separa. Todo ha sido muy rápido. Por fortuna, tuve la precaución de llevarme el pasaporte cuando dejé mi apartamento.

¿Habrá encontrado la policía el cadáver o habrá llegado a tiempo la gente de Dwyer?

—Ya sabes que ahora se te podría acusar de cómplice de un delito —aviso a Nick con un susurro, dando gracias por la mampara que nos separa del chófer—. En cuanto subamos juntos a ese avión…

—¿No hemos hablado ya de esto? No me importa.

—Pues debería importarte.

—Con todo, sigue sin hacerlo. ¿Qué importa eso en comparación con la que tenemos montada con los soviéticos? Además, no nos ha llegado ninguna noticia sobre la aparición de un cadáver. Parece probable que la CIA se haya deshecho de tu espía cubano. Supongo que Dwyer tiene mucha experiencia en esos menesteres.

—¿Lo conoces bien?

—¿A Dwyer?

Asiento.

—En persona, no. Pero en determinados círculos tiene bastante reputación. Cuando me enteré de que estabas en Londres, supuse que habías venido por él.

—Me ayudó a matricularme en la universidad. Era mi tapadera, claro, para poder acercarme al agente cubano, pero me gustaba. Mucho.

—¿Ciencias Políticas?

—Por supuesto.

—Me alegro de que hayas tenido esa oportunidad.

—Supongo que acabo de estropearlo todo.

—Yo no me preocuparía por eso, aún tienes la posibilidad de regresar. Podrías tomarte un período sabático. Es posible que no estés fuera por mucho tiempo, y puedes volver cuando quieras. Si la gente de Dwyer se ha deshecho del cadáver, no tienes nada que temer.

—Tal vez.

Por el momento parece una tontería preocuparse por problemas tan mundanos en comparación con la amenaza de una guerra nuclear.

Hablamos poco durante el vuelo a Washington. Nuestra relación queda en un segundo plano ante la política, la amenaza actual y las cosas que Nick no puede decir en público. Sorprendentemente, sin embargo, me quedo dormida con el brazo de Nick por encima de mi hombro, para recuperar las horas de descanso que no he tenido en la habitación del hotel.

Sueño con Nick, con sus brazos en mi cintura, sus manos en mi cuerpo, sus labios en los míos. Sueño con la pelea con Ramón, la pistola en mi mano y la detonación; solo que en esta ocasión, al bajar la vista, es mi sangre la que me mancha las manos.

Me despierto sobresaltada y Nick me da un beso en la frente. La preocupación se le ha grabado en el rostro, en el ceño fruncido, en la tensión que a través de nuestros dedos entrelazados emana de su mano a la mía. No nos preocupamos en ocultar la naturaleza de nuestra relación. No tiene mucho sentido, dada la amenaza que se cierne sobre nosotros.

Llegamos a Washington y Nick me lleva al piso que tiene en Georgetown. Se cambia el traje por uno limpio y me deja con un beso rápido antes de irse a trabajar.

Cuando me quedo sola, llamo a Elisa y le explico la situación intentando ofrecer los menos detalles posibles.

Al principio me acribilla a preguntas sobre mi relación con Nick, cómo hemos vuelto a vernos, qué ha pasado y por qué he decidido acompañarlo a Washington. No le cuento nada de mis actividades extraoficiales, por supuesto, ni hablo mucho de la crisis diplomática actual, más allá de advertirla para que esté alerta.

La concentración de armas soviéticas lleva siendo monitorizada desde hace una semana, pero la noticia de que sean capaces de lanzar un ataque nuclear en suelo americano es muy grave.

—Me estás asustando, Beatriz. ¿Qué sugieres? —pregunta Elisa.

—Solo que deberíais hacer acopio de provisiones. El presidente va a dirigirse a la nación esta noche. —Trago saliva al pensar en mi sobrinito, al que hace año y medio que no veo. ¿Habrá crecido mucho? ¿Cómo va a superar esto?—. Tú sal a comprar alimentos, y piensa en dónde podrías ir si hiciera falta salir corriendo de Florida.

No me cuesta mucho convencer a Elisa de que cuelgue y llame al resto de la familia para que se preparen para los días venideros. Hemos vivido demasiados horrores como para saber que hay que tomarse en serio estas advertencias. Ya nos pillaron fuera de juego una vez, y eso jamás volverá a suceder.

Me entretengo explorando el piso de Nick. Palpo los trajes de su armario y aspiro el olor de su colonia en la tela para poder conocer esta parte de su vida. Cada vez que estamos juntos nos acostumbramos a la vida doméstica con una facilidad que me emociona y me aterra al mismo tiempo.

Hay un mercado a unas manzanas de casa donde hago algunas compras con el dinero que he cambiado al aterrizar en Washington. Vuelvo a dar gracias por la independencia que me proporcionan mis tratos con la CIA.

Regreso al apartamento de Nick para preparar la cena y me siento delante del televisor, preparada para escuchar el discurso del presidente.

Un día después de nuestra salida de Londres, a las siete de la tarde, el presidente Kennedy se dirige a la nación. Aparece sentado en su escritorio del despacho oval con gesto grave. Posee un temperamento reposado que, a pesar de su relativa juventud, denota que no es de los que se ponen nerviosos en este tipo de circunstancias, que maneja el timón de la nación con puño firme. Envidio el liderazgo sólido que tienen los estadounidenses, en comparación con la retórica exaltada y la ira furibunda de los cubanos. Cuando yo era más joven, era partidaria de la rabia y luchaba por un cambio radical, pero ahora me encuentro más cómoda con las maneras calmadas de Kennedy, aunque no pueda perdonarle el modo en que llevó la cuestión de Bahía de Cochinos.

Me tiembla la mano al dar un trago a la bebida que me he servido con la mirada fija en la televisión mientras el presidente cuenta al mundo que los misiles soviéticos instalados en Cuba podrían alcanzar Florida y Washington, entre otros lugares. Un sudor frío me recorre la columna. Están instalando en Cuba bases militares con capacidad ofensiva, preparadas para lanzar un ataque nuclear contra Estados Unidos y contra el mundo entero.

Fidel es el comodín en todo esto, un hombre que coquetea con el caos y disfruta con el conflicto. ¿Qué pretende al permitir que los soviéticos establezcan una posición como esa en el patio trasero de Estados Unidos?

Los soviéticos mantienen el cuento de que apoyan a Cuba, de que se prestan a defender a un país desamparado que se enfrenta a una gran potencia con un impresionante poder militar. Sin embargo, no hay duda alguna de que en realidad están retando a los americanos, provocándolos, y Cuba es el modo más fácil de hacerlo, aunque muchísimas vidas inocentes pendan de un hilo.

Aun así, mientras escucho las palabras de Kennedy y su condena a los actos de los soviéticos, a quienes acusa de injerencia en los asuntos de otros países y de hacerse con el poder de forma indirecta, no puedo evitar pensar en los propios actos de Estados Unidos y el papel que ha desempeñado en la situación actual de Cuba. ¿La diferencia entre las dos potencias es que la Unión Soviética lo hace sin pudor e ignorando la condena internacional de un modo flagrante, mientras Estados Unidos lo lleva a cabo de un modo encubierto y secreto mediante la CIA y otras organizaciones semejantes para preservar su autoridad moral en la escena mundial?

Me cuesta advertir muchas diferencias en este tema, pero al mismo tiempo me invade una sensación de vergüenza a causa de mi implicación con la CIA. ¿Soy culpable de lo mismo que hacen los americanos? ¿La necesidad y la desesperación cambian tanto nuestro tejido moral que ya ni nos reconocemos a nosotros mismos?

De acuerdo con el mensaje del presidente, Estados Unidos tiene que poner en cuarentena a cualquier barco que transporte armas con destino a Cuba y enviarlo de vuelta a su país de origen. Por fortuna, Kennedy anuncia que no intentará evitar que la ayuda humanitaria llegue al pueblo cubano. Aun así, su postura es que el lanzamiento de armas nucleares desde Cuba contra cualquier nación constituiría un acto de agresión contra Estados Unidos y está reforzando la base militar de Guantánamo, preparándose para la guerra. Están evacuando a las familias de la base y todo el personal se encuentra en estado de alerta.

Kennedy le ha pedido a la Organización de Estados Americanos que considere esto como una amenaza continental, y al Consejo General de las Naciones Unidas que convoque una reunión de emergencia con el objeto de aprobar una resolución pidiendo el desmantelamiento de todas las armas nucleares. Sus últimas palabras van dirigidas a Jrushchov y al resto del mundo, y las pronuncia con resolución y un deseo manifiesto de paz. Una vez más, me cuesta conciliar la imagen de la inquebrantable presidencia americana, encargada de preservar la paz en el mundo y exportar la democracia, con la versión de Estados Unidos que he conocido durante gran parte de mi vida: el país que ofreció armas y ayuda al expresidente Batista y miró para otro lado ante sus abusos de poder y la represión a la que sometió al pueblo cubano.

Sin embargo, son las últimas palabras de Kennedy las que más resuenan en mi interior. Las que dirige a los cubanos, retransmitidas en la isla mediante radiocomunicación secreta. ¿Cómo se sentirá mi gente, atrapada entre dos gigantes, sometida una vez más a los caprichos de las grandes potencias? Kennedy habla de la profunda pena que ha sentido el pueblo estadounidense al ver en qué derivaba la Revolución, y solo puedo pensar en los fusilamientos y los juicios fraudulentos, las familias desgarradas por la violencia y el derramamiento de sangre. No quiero su lástima. Eso no le sirve de nada al cadáver de mi hermano arrojado en el suelo ni a los hombres y mujeres sentenciados a muerte por políticos. Lo que necesitamos ahora es acción, utilizar la misma fuerza que Estados Unidos no duda en emplear cuando ve amenazados sus intereses, pero que no aplica ni de lejos cuando se trata de los intereses de otros.

Pensaba que mi amor por Cuba sería lo más duro de asumir, pero la verdad es que es la ira lo que más me cuesta administrar. El amor tiene altibajos, es un leve murmullo de fondo, pero la rabia clava sus garras en ti y se niega a soltarte.

Y de repente no puedo soportarlo más. Me levanto del elegante sillón de Nick y apago la televisión.

ME DESPIERTO CON un beso en la mejilla y veo a Nick acariciándome el pelo. Me cuesta un momento ser consciente de dónde me encuentro, del sofá de cuero que me sostiene, la manta de lana que me tapa, el oscuro silencio del apartamento de Nick en Washington y el aroma de su colonia a sándalo y naranja.

Me incorporo de sopetón, lo agarro del brazo y recorro con los dedos su muñeca, el vello que las mangas recogidas de la camisa dejan al descubierto.

—Tarde. O temprano, depende de cómo lo mires, supongo.

—Pareces cansado.

—Estoy agotado.

—¿Qué puedo hacer?

—Quédate conmigo.

Nick me levanta del sofá. Me toma en brazos. Le revuelvo el pelo con las manos mientras devoro su boca. Me lleva en volandas por el apartamento y me posa en el suave colchón del dormitorio cuyas sábanas desprenden los aromas que ya asocio a él. Esta intimidad hace que un sollozo se me forme en el pecho.

Estoy enfadada con el mundo, muy asustada, y le he echado muchísimo de menos. Estas emociones amenazan con desgarrarme, con separarme en muchas direcciones diferentes. Mis lealtades se encuentran divididas entre la lógica, mi familia, mi nacionalidad y mi corazón.

—Te quiero —susurra Nick mientras sus labios me rozan el lóbulo—. Muchísimo.

Y en el oscuro silencio de la noche, con la amenaza de una gue-rra nuclear latiendo al otro lado de la puerta de este refugio que hemos construido, tengo la suficiente valentía para poner voz al sentimiento que lleva tanto tiempo rondando en mi corazón:

—Yo también te quiero.

ADOPTAMOS UNA ESPECIE de rutina doméstica en el apartamento de Nick a pesar de la locura del mundo que nos rodea. Nick se pasa los días posteriores al discurso del presidente Kennedy trabajando con sus compañeros senadores, con el presidente y sus consejeros. Re-gresa a casa preocupado y agotado, y nuestras cenas tienen lugar bien entrada la noche. Las conversaciones se centran en política.

—¿Cómo está el presidente? —Doy un sorbo al vino mientras ha-cemos la sobremesa en el salón después de otra cena a medianoche.

—Cauteloso. Estas reuniones con sus consejeros... —Nick sa-cude la cabeza—. Ahora mismo necesitamos desesperadamente que prevalezcan las cabezas más frías. Al menos el presidente ofrece eso. Sabe lo que está en juego, lo que nos podría costar un paso en falso y temerario. Está a favor de un bloqueo con la espe-ranza de ganar tiempo.

Estos son los acuerdos y negociaciones que pesan sobre los hom-bros de Nick y el resto de senadores que intentan encontrar una so-lución diplomática a todo este embrollo. Que Castro y Jrushchov estén dispuestos a ser razonables, es algo que está por ver.

—Y tú, ¿cómo estás? —Le doy un beso en la mejilla y rodeo con los brazos sus anchas espaldas para acercarlo a mí. Su corazón me late contra el pecho.

—Cansado, maldita sea. Muy cansado.

Le quito la copa a Nick de las manos, la poso sobre la mesita y comienzo a deshacerle el nudo de la corbata. Se tumba con la cabeza en mi regazo, la mirada fija en el techo y la mandíbula apre-tada. La pesada carga de preocupaciones que tiene encima resulta evidente en su cuerpo tenso, en las contracturas que le masajeo en los hombros.

Ya no me acuerdo de lo que se sentía al pisar suelo firme.

Ahora hablo con Elisa a diario. Me cuenta historias sobre los simulacros de ataque nuclear que realizan en el instituto de María, y me habla del miedo y la preocupación de mis padres. Todo esto me resulta tan familiar…, la incertidumbre generalizada como una señal de que lo peor está por llegar.

Los periódicos cuentan que la gente está haciendo acopio de víveres, que hay escasez y temor. El *Washington Post* describe con gran detalle el clima político en Washington: hombres y mujeres como Nick trabajando hasta bien entrada la noche, las luces de los edificios oficiales encendidas hasta mucho más tarde de lo habitual.

Se comenta que hay gente saliendo de Washington, pero al mismo tiempo la vida parece seguir con normalidad. Cuando paseo por las mañanas después de que Nick se haya marchado y antes de que salga el sol, me sorprende ver a la gente acudir a sus tareas cotidianas —a la escuela y al trabajo— a pesar del espectro que se alza amenazador ante todos nosotros, la sensación de que el mundo podría acabarse en cualquier momento. Este comportamiento civilizado aporta cierto consuelo, la sensación de que la gente debe sacar alegrías de donde pueda y asumir las responsabilidades con las que se han comprometido.

No he recibido noticias de Londres. Nada de la CIA. Su silencio, las consecuencias desconocidas que pudiera tener el haber disparado a Ramón, solo es otro problema que añadir a una montaña de ellos. No hablamos de Ramón. Nick carga ahora con el peso del mundo y ya tiene bastante con eso.

Aun así, las pesadillas me persiguen. A veces, cuando bajo la vista, veo el cadáver de mi hermano. Otras, a Ramón. ¿Habré matado al hermano de alguien? ¿A un amigo querido? ¿Seré yo la villana en su vida igual que Fidel lo es en la mía?

Los ojos de Nick se abren en un parpadeo y me mira con una leve sonrisa en los labios y un gesto de renovado deseo.

Sonrío.

—Pensaba que estabas cansado.

—No tanto.

Le quito la corbata y mis dedos bajan por los botones de su camisa para aflojarle el cuello y desabrocharle la pechera, dejando al descubierto su camiseta interior.

Suelta un gemido cuando recorro su abdomen con los dedos.

En este momento es mío y debo cuidar de él. Sus preocupaciones son las mías y debo aliviarlas, sus dolores son los míos y debo curarlos. Es tan peligroso caer en la falsa promesa que encierra esto, pero, aun así, ante el fin del mundo que tenemos delante, no soy capaz de preocuparme por ello.

Ya pagaré la factura de esta osadía cuando llegue el momento, pero ahora mismo no me arrepiento de ninguno de los momentos que hemos vivido juntos.

HAN PASADO CUATRO días desde que el presidente se dirigiera a la nación. Cuatro días de preguntarnos si los soviéticos accederán a las demandas de Kennedy y desmantelarán las armas, de esperar a ver si recibo noticias de la CIA, si el microfilm que les envié resultó de utilidad, de temer que la policía se presente ante la puerta de Nick para detenerme.

Aunque la guerra no ha llegado todavía, la amenaza sigue estando presente en todos nosotros. Nick da detalles sobre las reuniones del Comité Ejecutivo, habla vagamente de conversaciones con los soviéticos, pero ahora vive en un mundo en el que tengo prohibida la entrada, y el peaje que está cobrándose en él es demasiado evidente.

Intento mantenerme ocupada mientras él trabaja, seguir una rutina, aunque eche de menos los días que pasé en Londres y mis clases, en lugar de estar aquí en casa esperando a que un hombre vuelva de trabajar. Los momentos en que estamos juntos son quizá los más felices que he conocido, pero cuando no está, cuando me quedo sola con mis pensamientos, surgen las dudas.

Por una parte, parece una locura preocuparse por cosas tan prosaicas dado el estado actual del mundo, pero por otro lado no puedo evitar pensar en ello, aunque me guarde las dudas para mí. Nuestra relación es lo último en lo que Nick necesita preocuparse en medio de este lío.

Y, sin embargo, me preocupo.

No soy de esas mujeres que se contentan con vivir relegadas en los márgenes de la vida de un hombre. ¿A qué mujer le gustaría eso, en realidad? Y la incertidumbre de nuestro futuro juntos pesa en mí más de lo que me imaginaba, del mismo modo que el futuro incierto que me espera. Esta vida en Washington no va a ser para siempre.

En diciembre la alta sociedad se trasladará al sur, a Palm Beach, para los meses de invierno. ¿Nick volverá a la mansión de la playa? Y, si lo hace, ¿debería ir con él? Y, si accedo, ¿cómo voy a organizarme para volver a ver a mi familia? Echo muchísimo de menos a Elisa y a María, incluso también a Isabel, pero mis padres son otra cosa. Mi incapacidad para perdonar a mi madre es una emoción que no ha disminuido con el tiempo.

Giro en la calle de Nick y le ofrezco una sonrisa a un hombre con el que me cruzo. Cambio de mano las bolsas de la compra que acabo de realizar. No sé a qué hora volverá Nick de su reunión, pero de todos modos tengo planeada una cena, aunque mis pinitos en la cocina hasta ahora no hayan sido precisamente estelares. De algún modo, me he convertido en el ama de casa que nunca he querido ser.

Saco la llave del apartamento de Nick del bolso y, cuando levanto la vista, me encuentro a un hombre delante, sentado en las escaleras de la entrada del edificio de arenisca roja, sombrero en mano. Su rostro es inconfundible y familiar.

Como sospechaba, no hacía falta que fuera yo a buscar a la CIA. Me han encontrado ellos a mí.

27

No SIRVE DE nada intercambiar frases de cortesía con el señor Dwyer, y no tengo ninguna gana de hacerlo. Nos saludamos con brevedad y espera a mi lado mientras introduzco la llave en la cerradura y la giro con un ligero temblor en los dedos para abrir la pesada puerta de madera. El señor Dwyer me sigue al interior y cierra la puerta mientras poso las bolsas de la compra en la mesa redonda del recibidor.

—Puede imaginarse mi sorpresa cuando me enteré de que estaba usted aquí en Washington, viviendo en casa de nuestro estimado y virtuoso joven senador —lo dice arrastrando las palabras, con un tono que denota que no le sorprendió en absoluto.

Ignoro su comentario.

—¿Qué pasó en Londres? ¿Encontraron…?

—¿El cadáver en su apartamento? Sí, lo encontramos. Por suerte para usted, nos deshicimos de él antes de que nadie se diera cuenta de lo que había pasado. —Aguza la mirada—. ¿Cómo se las apañó para matar a un agente secreto entrenado por los cubanos?

—No tengo ni idea —respondo con sinceridad—. Suerte, supongo.

—Eso, e imagino que Ramón se lo esperaba de usted.

—Eso también. ¿Recibieron el sobre?

—Lo recibimos.

—¿Qué sucedió con nuestra cita para la entrega?

—Cosas que pasan.

—Lo que sucedió en mi casa…

—Hizo usted bien. Hizo lo que se suponía que debía hacer.

—Maté a un hombre.

—Es lamentable, pero sucede. Basándonos en sus informes, deduzco que estaba convencida de que nos había traicionado, que Ramón trabajaba para los cubanos y que había sido él quien delató a Claudia.

—Eso creía, pero no tenía ninguna prueba ni…

Dwyer contiene una risita.

—¿Pruebas? ¿Qué se piensa que hacemos, señorita Pérez? Nosotros no trabajamos en el mundo de las confesiones firmadas y las garantías judiciales; confiamos en nuestro instinto, sacamos nuestras propias conclusiones, aprovechamos al máximo la información que se nos brinda. Usted hizo lo que debía, hizo lo que necesitábamos. La información que le pasó el coronel soviético resultará muy valiosa en los próximos días. No he venido para pleitear sobre su decisión de matar a Ramón Martínez. Hizo usted lo correcto.

—Entonces ¿a qué ha venido?

—A apelar a su sentido patriótico del deber.

—Por lo de las armas nucleares.

—En parte. Si no es por lo de las armas nucleares, será por otra cosa. Fidel se ha convertido en una amenaza peligrosa. Cuando en el barrio hay un perro rabioso, tienes que eliminarlo antes de que muerda a algún vecino. Tenemos que eliminar a Castro. Después de lo de Londres, ha demostrado usted estar más preparada de lo que pensaba. Estamos listos para enviarla a Cuba.

—Pensaba que el presidente era partidario de una solución diplomática.

Nick me habla de organismos internacionales y llamadas a líderes internacionales, no de complots de asesinato.

—Hay facciones dentro de la Agencia que no comparten la opinión del presidente en este asunto. Es una gran oportunidad para acabar con este problema de una vez por todas. Castro quiere exportar su versión de la Revolución por América Latina y el resto del mundo. Por motivos obvios, no podemos permitir que eso suceda ni pensamos tolerar que los soviéticos se aprovechen de la cercanía de Cuba con Estados Unidos para hostigarnos a nosotros y al resto de la región. Los soviéticos quieren expandir su dominio por el mundo, y con ese fin han traído la lucha hasta aquí.

—¿Y eso qué supone para mí?

—Queremos que vaya usted a Cuba. Según nuestros cálculos, la mayor parte de la población de la isla no apoya a Castro. Si logramos desestabilizarlo, si somos capaces de asesinarlo, entonces todo habrá acabado. Usted y su familia podrán volver a casa.

—Si lo hago ahora, ¿no parecerá que ha sido un intento de asesinato? Pensaba que queríamos evitar eso.

—Este asunto de las armas nucleares lo ha cambiado todo. Fidel ha demostrado hasta dónde está dispuesto a llevarlo todo, y no podemos permitir que eso suceda.

—¿Cómo de pronto quiere que actúe contra él?

—Depende de cómo avancen las negociaciones. Queremos dar al presidente unos días más para ver si llega a una solución pacífica, pero, si no lo consigue, la enviaremos sin importar la impresión que podamos dar. De todos modos, en caso de que se alcance una solución pacífica, seguiremos necesitándola. Todos sabemos que solo será un parche temporal y que no tardará en desatarse una nueva crisis. Si quiere tener su oportunidad de acabar con Fidel, aquí la tiene.

—¿Y qué voy a hacer? ¿Me van a entrenar? ¿Cómo voy a acercarme a él una vez esté en Cuba?

—Una de nuestras fuentes se encargará de que obtenga acceso a él. Tenemos agentes infiltrados en el Gobierno cubano que no le son leales y apoyan nuestra causa. Los he monitorizado en profundidad. Errores como el de Ramón no volverán a suceder. Emplearemos un barco pesquero para introducirla en la isla. Una vez allí, habrá alguien esperándola que la recogerá y la ayudará a llegar hasta el dormitorio de Fidel. De ahí en adelante, no es más que echar una pastilla en su bebida, y se acabó.

—Y luego, ¿cómo voy a salir? Lo lógico es que me detengan si me encuentran en una habitación junto al cadáver de Fidel Castro.

—Tenemos un plan de evacuación, igual que con el resto de agentes.

—¿Y si ese plan no funciona?

—Entonces es probable que usted muera. Bien a manos de las fuerzas de seguridad de Fidel o del propio Fidel.

—¿Y qué pasa entonces? ¿Tienen a otro magnicida calentando para salir?

—Tenemos otros planes preparados, otros agentes a los que enviar.

—¿Ha habido otros antes que yo?

—Sí.

—¿Mujeres?

—Una mujer, sí.

—¿Y qué le hizo Fidel al descubrir sus intenciones?

—La dejó ir. —El gesto de Dwyer se ensombrece—. Cometimos el error de confiar en una mujer que, a pesar de haber aceptado, tenía un corazón demasiado blando. No volveremos a cometer ese error.

—¿Por qué cree que yo no soy tan blanda?

—Porque me parece de esas mujeres que cuando se enfadan nunca olvidan, y lo que Fidel le hizo a usted y a su familia es algo abominable. ¿Quién podría olvidar el asesinato de un hermano gemelo?

—¿Le he dicho alguna vez lo poco que me gusta que me manipulen?

Sonríe.

—¿Como ahora?

—Sí.

—Además, después del incidente de Londres, ya sabemos que no tiene reparos en arrancar una vida.

Me estremezco.

—¿Sabe una cosa? —añade Dwyer—. En contra de lo que pueda pensar, me cae usted bien. Hizo un buen trabajo en Londres. No hay motivo para que no hagamos de esto algo más permanente, para que no sigamos trabajando juntos cuando Fidel caiga. Podría ser usted una de mis agentes. Habla varios idiomas, conoce a las personas adecuadas para poder moverse en círculos influyentes y captar conversaciones interesantes. No tiene que ser en Cuba. Podríamos enviarla a Europa. Su madre tiene allí una prima que está casada con un embajador, ¿verdad? Además, aunque lo de Fidel salga bien, las cosas seguirán revueltas en Cuba durante un buen tiempo, hasta que cesen las luchas por el poder y la gente se adapte al nuevo líder. Tener ojos y oídos dentro del país nos resultará muy útil.

—No me conoce tan bien como usted piensa si cree que voy a espiar a mis compatriotas para ayudar a los americanos.

—¿Los americanos? —Se ríe—. Mire a su alrededor, señorita Pérez. Prácticamente está viviendo con un senador americano. ¿Quién la acogió a usted y a su familia cuando sus vidas corrían peligro? ¿A qué llama ahora su hogar? ¿De verdad piensa que su padre va a abandonar el creciente emporio del azúcar que ha montado? ¿Y su hermana Isabel, que está casada con un estadounidense? ¿O Elisa y su hijo? Juan Ferrera jamás ha puesto un pie en Cuba. ¿De verdad cree que va a coger a su familia y llevárselos a Cuba si cae Fidel? ¿Cuántos de sus amigos se han marchado y han empezado una vida nueva en el extranjero? ¿De verdad piensa que las cosas volverán a ser como antes, que la gente aceptará regresar a su vida anterior sin rechistar?

—Yo no aprobaba cómo se hacían antes las cosas.

—Puede que no. Tal vez le guste pensar eso, aunque se beneficiase usted de la riqueza y la influencia de su padre. Pero en este mundo ya no hay lugar para el idealismo. Esta lucha con los soviéticos no tiene que ver con Cuba. Es más amplia, y los soviéticos son un enemigo incontrolable. ¿Acaso cree que van a renunciar sin más a sus sueños de fomentar el comunismo en Cuba? No vamos a derrotarlos con un solo golpe, en un solo país, sino a lo largo de muchos, muchos años. Usted mira a Cuba, pero yo tengo la vista puesta más allá, en el mundo. Tiene la oportunidad de hacer algo más. Cuba solo es una isla. Si trabaja para mí, conseguirá mucho más que eso.

—Mira usted muy a largo plazo. Todavía no he matado a Fidel, y no puedo prometerle que vaya a conseguirlo.

—Mate usted a Fidel o no, la batalla seguirá. Solo un estúpido no miraría a largo plazo. ¿Sus dudas se deben a que quiere centrarse en Cuba, o se trata de algo completamente diferente?

—No sé muy bien a qué se refiere.

—¿Su relación con Preston va a suponer un problema?

—¿Por qué debería serlo? Y ¿cómo supo que podría encontrarme aquí?

Dwyer sonríe.

—Hace mucho que sabemos lo suyo, por supuesto. Que hayamos decidido no hablar de ello es una prueba de que creemos en su capacidad para cumplir con esta misión. De lo contrario…

La amenaza permanece suspendida en el aire, sin pronunciarse, pero clara y evidente.

—Primero me pone usted una zanahoria delante, la oportunidad de un trabajo permanente. Y esto qué es, ¿el palo?

—Si prefiere verlo así, bien. La ambición política del senador Preston es admirable. Su antigua prometida le hubiera resultado de gran ayuda, pues su familia tenía muchos contactos y la muchacha era encantadora. ¿Por qué se rompió su noviazgo de un modo tan repentino?

Vuelvo a estremecerme.

—La gente quiere a un hombre íntegro, un padre de familia. Su senador Preston tiene el aspecto adecuado, el pedigrí deseado y un historial electoral que es realmente impresionante. Sería una pena que algo manchara la reputación que se ha construido y amenazase sus sueños de llegar a la Casa Blanca.

—Yo en su lugar tendría cuidado con las amenazas. También podría contarle a la prensa su implicación en todo esto.

—Podría —admite—. Pero entonces me vería forzado a compartir los detalles de nuestro acuerdo, lo cual salpicaría al senador Preston. Nadie vería con buenos ojos lo que sucedió en Londres ni su participación en el grupo de Miami. Los escándalos siempre acabarán por eliminar la pátina de lustre que tanto le ha costado construir.

Me río a pesar del desasosiego que siento en el estómago y las ganas de llorar.

—Es usted consciente de que en Washington casi todo el mundo se acuesta con alguien con quien no está casado, ¿verdad? —me burlo—. Él ahora está soltero.

—Sí, pero eso es en Washington. Tal vez su romance se resuma a cotilleos en las fiestas, y sí, él ahora está soltero. Pero minusvalora en gran medida el daño que algo como esto puede causar cuando el secreto no permanece dentro de unos círculos cerrados. Además, no es lo mismo que cuando un político tiene una aventura de una noche con alguna actriz destacada de Hollywood. Eso la gente puede entenderlo, aunque lo critiquen en los bancos de la iglesia los domingos por la mañana. Pero ¿un futuro presidente relacionado con una asesina? ¿Con una mujer que va dejando cadáveres en su apartamento? ¿Un senador envuelto en asuntos de espionaje? ¿Quién dice que no trabaja usted para el Gobierno de Fidel? A fin de cuentas, estuvo relacionada con ese grupo de comunistas en Miami. ¿Quién dice que el senador Preston no ha llegado a un acuerdo con un agente extranjero? La gente se cree lo que se le cuenta, señorita Pérez. A nadie le interesan las cuestiones del Gobierno ni la política; solo quieren a alguien que les diga que los hombres a quienes votan ejerciendo su deber cívico son buenos y temerosos de Dios. Y mi voz puede ser muy poderosa.

—Y no dudaría en utilizar su voz si no voy a Cuba.

—Exacto.

—Debe de ser usted muy bueno en su trabajo.

—Lo soy —dice tras una sonrisa.

Y yo he sido muy tonta al meter mi corazón en todo esto.

—Nicholas Preston es un buen hombre.

—Lo es. Y con suerte seguirá siéndolo. Sin embargo, al final eso no es lo que de verdad importa. Lo que importa es que sea un hombre útil, que sus intereses coincidan con los nuestros…

—Y que puedan controlarlo.

—Se puede controlar a cualquiera, señorita Pérez. No consiste más que en hallar sus puntos débiles. Él es su debilidad. Usted, la de él. Y la de Fidel es que le gustan las mujeres y tiene un ego que le nubla el entendimiento.

—¿Y cuál es la suya?

—Que me gusta demasiado este juego.

—¿Cómo lo hace? ¿Nunca siente el peso de las vidas que arruina, de los países cuyos destinos cambia a su antojo?

—¿A mi antojo? En absoluto. Solo se trata de otro país en una larga lista, señorita Pérez. Una amenaza más en una lista interminable de peligros que me mantienen alerta por las noches, preocupado por la nación a la que he jurado servir y proteger. Usted nos ve como los malos de la historia, y tal vez lo seamos para los cubanos, pero pregúntese esto: ¿Nunca ha pensado hasta dónde sería capaz de llegar para proteger su país, a su familia, a la gente a la que quiere? ¿Por qué lo que hacemos nosotros es diferente? Yo no lo hago por una conspiración maliciosa, como tampoco lo hacen los hombres y mujeres infiltrados entre nuestros enemigos en este preciso momento para descubrir sus secretos y recopilar información que salvará vidas americanas. Arriesgan su vida, su familia y todo lo que tienen, porque creen en la causa que defendemos.

»No es una cuestión de política ni de ideología, sino un deber hacia tu país, un sentimiento de patriotismo que supera a todo lo demás. La voluntad de realizar un gran sacrificio y correr un gran peligro personal. Somos un país en guerra; la Unión Soviética quiere destruir nuestro modo de vida, disminuir nuestra influencia en el mundo, expandir el comunismo por todos los rincones del planeta. Mi deber es derrotarlos y debo asegurarme de que los hombres y mujeres que luchan sobre el terreno están protegidos y apoyados. De modo que aquí tiene su oportunidad. ¿Qué está dispuesta a hacer por su país, por su familia, por su gente, señorita Pérez? ¿Por el senador Preston? ¿Qué sacrificaría usted por Cuba?

En conjunto, le ha salido un discurso bastante bonito, y lo sabe. Pero al final no son sus palabras lo que me convence, sino el hecho de que he dedicado una parte tan grande de mi vida a esta causa que necesito verla llegar al final.

Al final, la decisión es mía y la tomé hace mucho tiempo.

—Trato hecho.

28

Lo QUE MÁS me ha sorprendido siempre de la política es lo tremendamente impredecible que es todo. Los acontecimientos se desarrollan despacio, tan lentos que te convences de que no va a pasar nada en absoluto, que el cambio avanza a un insoportable paso de tortuga. Y entonces, de repente, se precipita una transformación, tan rápida e inesperada que tu mundo se trastoca, y te ves forzada a ponerte al día para comprender cómo se ha alterado todo tan rápido.

Tras el aviso que realizó el presidente Kennedy a través de los medios de la amenaza de una guerra nuclear, nos dedicamos a esperar. Demasiada espera. Y luego, apenas cinco días después de que se dirigiera a la nación, recibimos la noticia de que un avión de reconocimiento estadounidense había sido derribado en Cuba. El piloto, el comandante Rudolf Anderson, falleció en el ataque. La guerra parecía inevitable.

—Se están preparando para invadir Cuba —me cuenta Nick mientras cenamos.

—¿Crees que esta vez lo harán de verdad?

—No lo sé. Los consejeros del presidente le dicen cosas diferentes. Kennedy está a favor de la paz y la diplomacia, pero al mismo tiempo hay mucho miedo a su alrededor. No nos podemos permitir mostrarnos débiles ante los soviéticos.

Es el aperitivo que necesitaba para hablarle de la visita de Dwyer. Llevo ocultándosela desde ayer, me pone nerviosa alterar la frágil paz que hemos establecido entre nosotros.

—Quieren que vaya a Cuba.

Nick posa su copa despacio sobre la mesa.

—¿Quieren?

—La CIA.

—Así que Dwyer está trabajando duro. No sabía que hubieras vuelto a ponerte en contacto con él. ¿Qué te dijo de lo de Londres?

—Se encargaron de ello, no va a tener consecuencias para mí. Todo está controlado.

—Bien.

Desde que volvimos a Washington, hemos hablado poco del día en que maté a Ramón, pero el alivio en la voz de Nick me confirma que el asunto ha rondado en su cabeza tanto como en la mía.

—Dwyer vino ayer a casa —añado.

—¿Se presentó aquí?

—Sí. Estaba esperándome en las escaleras cuando volví a casa del supermercado.

—Ese hombre no tiene vergüenza. —Nick guarda silencio—. Así que saben lo nuestro.

—Creo que a estas alturas todo el mundo lo sabe. No hemos sido muy discretos que se diga. ¿Te molesta?

—No me molesta, pero complica las cosas.

—Creo que todo es ya bastante complicado.

—Sí, cierto. —Con una precisión milimétrica corta la carne, que se me ha pasado bastante. Se ve forzado a serrar adelante y atrás con el cuchillo para rasgar los trozos secos.

—¿Qué quería? —pregunta.

—Quieren que vaya a Cuba —repito.

—Pues claro. ¿Y tú quieres?

Se hace el silencio.

—No le dijiste que no, ¿verdad?

—No.

—¿No ves que esto es un error?

—El único error es el hecho de que Castro haya podido permanecer tanto tiempo en el poder.

—¿Eso son palabras tuyas o de la CIA? Después de lo de Londres, ¿cómo puedes volver a ponerte en peligro? Ya has visto lo que pasa cuando trabajas para ellos. Ya has visto los riesgos que corres. Tuviste suerte, podrías haber muerto. ¿De verdad piensas que puedes entrar en Cuba y volver a salir? ¿Que puedes matar a Fidel Castro?

—Tengo que intentarlo. La CIA piensa que tengo una oportunidad. ¿Qué esperabas? Siempre he sido clara contigo y te he mostrado las cosas a las que soy fiel.

—¿Y qué pasa con tu fidelidad hacia mí? ¿O esto va más allá de Cuba? Los soviéticos tienen armas nucleares apuntándonos a la cara. Han derribado uno de nuestros aviones de reconocimiento. La situación es ya bastante inestable, y la única forma de que lleguemos a una salida pacífica es que prevalezca la sangre fría. No es el momento de que la Agencia o Dwyer se entrometan en las soluciones diplomáticas que estamos intentando adoptar. Llevamos mucho tiempo permitiendo que la CIA campe a sus anchas. Se han vuelto demasiado poderosos y arrogantes, se creen que son los que llevan la voz cantante.

—Y tal vez el presidente lo haya permitido con su inacción, dejando un vacío que la CIA ha sabido ocupar. La Administración habla de la posibilidad de invadir la isla. Eso no suena a solución diplomática. ¿Por qué no puedo ser yo una de esas soluciones? ¿Por qué unas son más aceptables que otras?

—Porque arriesgas tu vida al actuar de un modo temerario. No eres una espía, ni una asesina.

—¿Estás seguro de eso? Porque no se me dieron mal ambas cosas en Londres. Tú has matado a gente en la guerra. ¿Por qué lo que hago yo es distinto?

—Esto no es la guerra, Beatriz. Todavía no.

—¿Por qué esto no es la guerra? ¿Porque combatimos con otras armas? ¿Porque no tenemos aviones ni tanques?

—Dime que no lo estás pensando en serio, que no eres tan ingenua.

—No soy ingenua. Lo sabías todo de mí desde el principio.

—Confiaba en que te dieras cuenta de que tu vida vale más que esto. Pensaba que después de lo que pasó en Londres, después de matar a un hombre, entrarías en razón.

—Y yo pensaba que lo entenderías, teniendo en cuenta lo entregado que estás a tu trabajo y a las cosas que te apasionan.

—Lo entiendo, pero eso no significa que no me preocupe por ti. No dejas que nadie cuide de ti.

—No soy una niña ni una inválida. No quiero que cuiden de mí.

—¿Y qué es lo que quieres?

—A ti, estúpido, solo a ti. —Me acerco a él y mis dedos tocan la cálida piel de su cuello, recorren su pelo sedoso y lo atraen hacia mí.

—¿Cuándo te vas? —pregunta como si supiera que mi respuesta está decidida desde hace tiempo. Me abraza con fuerza mientras su boca se une a la mía.

—Cuando vengan a buscarme —respondo.

—Entonces rezaré por la paz.

Quizá sea gracias a las oraciones de Nick, o a la sangre fría de Kennedy, o al éxito de los canales diplomáticos, o a agentes dirigidos por hombres como Dwyer, pero parece que vamos a tener paz.

—¿Lo puedes creer? —me pregunta Elisa al teléfono al día siguiente de que haya terminado la crisis.

Los soviéticos van a retirar los misiles de Cuba. Se ha desechado el plan de invadir la isla y, sea cual sea el papel que yo desempeñe en todo esto, todavía estoy pendiente de recibir noticias de Dwyer. Si el presidente Kennedy quiere dar apariencia de paz, casi con toda seguridad la CIA deberá posponer sus planes. Me imagino que el señor Dwyer no estará muy contento. En cierto sentido, yo tampoco.

Evidentemente, no me apetecía que estallase una guerra nuclear, pero albergaba la esperanza de que esta crisis fuese el detonante y que Estados Unidos por fin nos librara de Castro. Y, una vez más, nos decepciona. Nada ha cambiado: Fidel sigue vivito y coleando.

—Creía que íbamos a morir todos —dice Elisa.

—Yo también lo pensé un par de veces —reconozco.

—Y ahora que ha pasado la crisis, ¿te vas a quedar en Washington? —me pregunta—. ¿O vas a volver a Londres?

—No hemos hablado de ello. No lo he decidido todavía.

—¿Qué te apetece hacer?

—No lo sé. Me gustaba Londres, pero no lo veo como mi hogar. Para ser sincera, ya no estoy segura de dónde está mi sitio.

Ahora que la misión con Ramón ha acabado, no hay ninguna necesidad de regresar a Londres. Por mucho que disfrutase yendo a clase, puedo estudiar en otras universidades, vivir en otras ciudades. El problema de las tapaderas es que no son vidas reales. Te las pones como una segunda piel, te obliga a creer que son ciertas, pero cuando se termina la misión desaparecen y te encuentras con la necesidad repentina de reinventarte.

—Es curioso cómo puede cambiar la idea de lo que sientes como tu hogar, ¿verdad? —reflexiona Elisa—. La Habana era nuestro hogar, y sigue siéndolo, pero hay algo en esta casa, en la vida que Juan, Miguel y yo hemos construido aquí, que también me hace ser feliz.

—Me alegra de que lo seas, Elisa. Me alegra que hayas encontrado lo que andabas buscando.

—A veces es cuestión de elegir, Beatriz. No siempre puedes predecir cómo van a salir las cosas, pero siempre puedes forjar tu vida y encontrar el modo de encontrar la felicidad.

—Estoy demasiado cansada para adivinanzas, Elisa. Demasiado confusa.

Se ríe.

—La paciencia nunca fue tu fuerte, ¿verdad?

—De modo que crees que debo casarme y tener hijos.

—No.

—Entonces crees que debería volver a Londres.

—No, eso tampoco. No sé lo que deberías hacer, pero quiero que seas feliz. Llevas atrapada desde que salimos de La Habana, desde que murió Alejandro, y tienes que pasar página.

—Entonces quizá sea ese el problema. Quizá quiero estar atrapada porque no soy capaz de pasar página. Mi historia con Nick… No encajo en su vida, y no quiero hacerle daño. Es un buen hombre, y las cosas por las que lucha, los sueños que tiene para este país, son importantes. No quiero dañar sus posibilidades de llegar a ser presidente.

—Entonces tendrás que dejarlo ir.

—Pero tampoco quiero eso.

—Lo sé. Todo era más sencillo cuando éramos niñas, ¿verdad? Cuando podíamos hacer lo que quisiéramos sin preocuparnos demasiado por las consecuencias. Echo de menos esos tiempos, la libertad que teníamos. Pero ya no somos niñas. En algún momento tendrás que elegir. Sé que nunca te ha gustado que te pongan entre la espada y la pared, pero a veces es necesario tomar una decisión. De lo contrario no sería justo para él.

—Lo sé.

—Y siempre puedes volver a casa. A pesar de que no lo creas, no estás sola. Lo que hicieron nuestros padres, el modo en que llevaron la situación..., no significa que yo piense lo mismo. Siempre tendrás un hogar aquí. María te echa mucho de menos, e Isabel también.

—No sé por qué, pero eso último no me lo creo.

—Aunque es tan testaruda como tú con sus cosas, Isabel te echa de menos. No podéis seguir enfadadas para siempre.

—Ya veremos.

—Vuelve a casa. Puedes visitar a tu sobrino, te necesita. Y yo también te extraño. Tendrías que ver a María, ha crecido mucho y está lista para romper corazones. Además, la temporada social está a punto de empezar. Seguro que tu senador Preston se pasa por Palm Beach. Todavía podéis veros aquí.

—¿Y nuestros padres?

—Lo superarán. Tendrán que hacerlo. Eres una Pérez.

—Mamá me culpó de la muerte de Alejandro por incitarlo a unirse a los rebeldes. No creo que ninguna de las dos pueda superar eso.

—Lo que pasó con Alejandro no fue culpa tuya. Unirse a ese movimiento fue cosa de él, y tú, más que nadie, hiciste lo que pudiste por ayudarlo. Mamá se equivoca al insinuar lo contrario.

—Equivocada o no, eso no importa, ¿verdad? Siempre me mirará y verá la muerte de su hijo. Siempre me va a considerar responsable de ello.

—Nadie más piensa así, te lo prometo.

—Papá está enfadado por el escándalo de mi romance con Nick.

—Ha cambiado desde Cuba —reconoce Elisa—. El negocio siempre le ha importado, pero ahora se ha convertido en algo más cercano a una obsesión. Creo que tiene miedo de lo que pueda suceder e intenta reforzar sus recursos y defensas antes de que estalle otra crisis.

—Entonces esta va a ser nuestra vida, ¿ir de tragedia en tragedia?

—Espero que no, quiero lo mejor para Miguel y para mí.

Las palabras del señor Dwyer regresan a mi mente.

—Nunca vas a marcharte de Miami, ¿verdad?

—No lo sé. Me encantaría volver a Cuba, quiero pasear por el Malecón, quiero volver a estar en nuestra casa, ver a Ana y a Magda. Quiero regresar, pero ahora las cosas son diferentes. Juan nunca ha estado en Cuba, no es su hogar. Y Miguel... Temo por mi hijo. Me da miedo volver después de todo lo que ha pasado. Y es duro. Demasiados malos recuerdos, demasiados fantasmas.

Nunca hemos hablado de ello, pero en las semanas siguientes a la toma del poder por parte de Fidel, algo cambió en Elisa. La Revolución la afectó de un modo distinto al resto de nosotras. Todas lloramos, todas lamentamos la pérdida de nuestro hermano, pero sus lágrimas ya estaban ahí antes de que mataran a Alejandro. Durante aquellas semanas la oía llorar en silencio en su habitación por las noches.

—Vuelve a casa. No tienes que tomar decisiones, puede ser solo una visita. Prepararé la habitación de invitados.

—No creo que regresar al sur de Florida acalle las habladurías.

—¿Qué habladurías? Isabel ya está casada. Ha sido una estúpida por casarse con un hombre al que le preocupa más la reputación que el corazón, pero, de cualquier modo, está casada. María ya es mayor. Tendrá que aprender a sobrevivir en sociedad por su cuenta. Y a mí, sinceramente, me importa bien poco. Y si a nuestros padres les avergüenza, es su problema. Vuelve a casa.

29

AHORA QUE SE ha resuelto la crisis de los misiles, nuestra atención se dirige a otros asuntos. El mundo real se cuela en nuestra vida y los problemas que afrontábamos vuelven a resurgir poco a poco. Cuando era niña creía que, si deseabas algo con todas tus fuerzas y te esforzabas por conseguirlo, si te abrías paso a través de los obstáculos que se te presentaban, lo conseguirías. Pero ahora estoy aprendiendo que no es una cuestión de voluntad o deseo. Hay cosas que siempre van a quedar fuera de nuestro alcance por mucho que deseemos lo contrario; hay algunas batallas cuyos desenlaces no están en nuestras manos, sino en las estrellas.

Por mucho que desee lo contrario, estamos definidos por los roles que desempeñamos. Las tensiones entre Nick y yo se cuelan en nuestra relación a pesar de nuestras buenas intenciones.

—¿Has tenido noticias de Dwyer? —me pregunta una noche de noviembre que estamos tumbados en la cama, dos semanas después del final de la crisis de los misiles.

—No.

Cada día, cuando vuelvo a casa del mercado o la tienda, me pregunto si Dwyer me estará esperando en las escaleras, pero hasta el momento solo me he encontrado con la piedra dura y fría del edificio.

—Lo dices como si estuvieras decepcionada.

—Decepcionada no, solo que me sentaba bien hacer cosas —respondo por fin—, no sentirme tan inútil.

—¿Así es como te sientes? ¿Inútil?

—¿Cómo no voy a sentirme así? Todavía hay hombres pudriéndose en las cárceles de Fidel. —No pronuncio el nombre de Eduardo, pero no importa. De todos modos, permanece suspendido entre nosotros—. Muchos de mis compatriotas siguen sufriendo bajo el régimen.

—Lo sé, y comprendo tu frustración, pero debes ser paciente. Estas cosas llevan su tiempo. Hacemos todo lo que podemos.

—¿De verdad? Te preocupa que Estados Unidos se muestre débil delante de los soviéticos, pero a Kennedy no le ha importado mostrar debilidad ante Cuba, ¿no? ¿Dónde quedan los presos de Bahía de Cochinos? Siguen allí, pudriéndose en las cárceles de Fidel, pero Kennedy no ha demostrado mucha fuerza que se diga. Hemos sabido esperar, hace casi cuatro años desde que Fidel se hizo con el poder. No me digas que tenga paciencia.

—Hay otros problemas en el mundo, Beatriz, otras batallas que luchar. No solo está Cuba.

—Por lo menos hay algunas personas dispuestas a hacer algo.

—¿Quiénes? ¿La CIA? Ellos no son la respuesta a todos tus problemas. Los soviéticos sabían lo que iba a pasar en Bahía de Cochinos con una semana de antelación. La CIA sabía que ellos lo sabían. Decidieron no contárselo al presidente y dejar que sucediese, aunque eran conscientes de cómo iba a acabar. Si quieres cabrearte con alguien, cabréate con tu señor Dwyer y sus amigos.

—¿Y qué hace Kennedy para liberarlos?

—Estas cosas llevan su tiempo, Beatriz.

—Fidel quería tractores a cambio de los presos. ¿Tan difícil es?

—Sí, es lo que quería, pero ahora pide sesenta y dos millones de dólares. De momento. Aunque nadie sabe lo que Castro quiere en realidad. Sobre todo, lo que pretende es crear problemas.

—Entonces haced algo más.

—Lo intento, lo intentamos todos. Bobby Kennedy en persona está haciendo todo lo que puede para ayudar, como muchas otras personas.

—¿Y tú?

—¿Qué se supone que quieres decir con eso?

—Solo que Cuba y su pueblo parecen algo secundario para vosotros. Mandasteis con mucha alegría a cubanos a Playa Girón a arriesgar su vida para que solucionaran vuestro problema con Castro, pero ahora que les habéis fallado, no tenéis intención de hacer lo necesario para salvarlos.

—¿Eso es lo que piensas de mí, que le estoy dando la espalda a Cuba?

Oigo las palabras que su voz no pronuncia:

«Que te estoy dando la espalda.»

—Llevan más de año y medio pudriéndose en celdas —respondo—. Están enfermos y sufriendo.

—Y nosotros estamos trabajando en ello.

—¿De verdad? Tu presidente Kennedy parece mucho más preocupado por otros asuntos. Por lo que he oído, los familiares de los presos están haciendo más por sacarlos que el Gobierno de Estados Unidos, que fue el que empezó todo esto.

—Jack no solo debe ocuparse de Cuba. No te haces una idea de la cantidad de problemas que tiene sobre la mesa. Este plan se puso en marcha antes de que asumiera el cargo. Kennedy tenía sus reservas, pero, como lo había ideado la CIA, tu Dwyer hizo todo lo que estuvo en su mano para que siguiera adelante.

—No es «mi» Dwyer.

—¿No lo es? Formas parte de mi vida, Beatriz. ¿De verdad piensas que no voy a preocuparme por ti?

—No actúes como si yo fuera un problema que debes arreglar, otra persona de la que debes cuidar, una tontita que necesita a un hombre que la vigile.

—Nunca he dicho eso.

—Pues así es como me haces sentir, como si no pudiéramos ser iguales porque tú eres hombre y yo soy mujer.

—No es así, sabes que no es así. Me preocupo por ti, siempre. Crees que puedes acabar con Fidel, pero no es verdad.

—Eduardo sí creía en mis posibilidades.

—De modo que se trata de eso, de Eduardo.

—Está en la cárcel, luchando por nuestro país. Es como de la familia. ¿Qué clase de amiga sería si no pensase en él?

—No te critico por ser su amiga, pero no me digas que entre vosotros solo hay una amistad.

—Ha sido condenado a treinta años de cárcel. Dudo mucho que ahora mismo se preocupe por su vida sentimental.

—¿Y cuando lo suelten? ¿Va a atraerte de nuevo hacia su mundo?

—No puedes tener celos de un hombre que está en la cárcel.

—No son celos, es preocupación. Hay grupos de exiliados que están siendo controlados por sus actividades dentro de Estados Unidos. Antes de partir hacia Cuba, el nombre de Eduardo aparecía en esas listas. Introducen artículos de contrabando en el país: armas y explosivos. Corren rumores de que tienen planeado atentar dentro de Estados Unidos para que parezca que es obra de fuerzas castristas y así espolear nuestra reacción. Eduardo estaba metido en todo eso. No quiero que te arrastre en sus asuntos.

Si tengo en cuenta la noche que fui con Eduardo a recoger el cargamento de dinamita, no es que me sorprenda mucho esta información.

—La CIA confía en él —replico.

Nick se ríe.

—La CIA no confía en nadie. Usan a Eduardo porque tiene buenos contactos, pero no pienses ni por un instante que no lo tienen vigilado, igual que te vigilan a ti también.

—Entonces, ¿qué? ¿Prefieres que se quede en Cuba por luchar por su país?

—Pues claro que no. Solo preferiría que permaneciese lejos de nuestra vida para siempre.

—Era el mejor amigo de mi hermano. Hemos crecido juntos. Es como de la familia.

—Lo sé, y me encanta que seas tan leal, pero él no se merece tu lealtad. No cuando te pone en riesgo una y otra vez. De modo que sí, me preocupa qué sucederá cuando los presos vuelvan a casa, cuando Eduardo vuelva a aparecer en tu vida. —Nick guarda silencio por un instante—. No hemos hablado de ello, pero seamos sinceros. Regresaste aquí porque tenías que salir de Londres, porque el mundo estaba a punto de acabarse y nadie era capaz de pensar con claridad. Pero todo eso ya ha acabado, de modo que, ¿qué va a pasar ahora?

—No lo sé. El otro día hablé con Elisa y me dijo que volviese a casa, que me echaba de menos.

—¿Te gustaría ir a Palm Beach?

—Solo si vienes conmigo.

EN DICIEMBRE, REGRESAMOS a Palm Beach para el inicio de la temporada. Nick reabre la mansión de la playa que siempre he considerado nuestra y que se cerró el día en que nos dijimos adiós tras lo de Bahía de Cochinos. Todo está tal como lo recordaba, nada se ha movido, es una especie de museo de nuestro romance. La poca ropa que guardaba aquí sigue colgada en el armario e instalada en el vestidor, y me agrada comprobar que durante mi ausencia Nick no ha intentado borrar las evidencias del papel que represento en su vida y el lugar que ocupo en su corazón.

Ahora que ha pasado la crisis de los misiles, la ciudad rebosa de glamur con los Kennedy. Elegantes mujeres se pasean por Worth Avenue con conjuntos de colores brillantes diseñados por Lilly Pulitzer. La amenaza de una agresión soviética, por el momento, está contenida y la fiesta ha regresado, así como las cenas en el Ta-boo seguidas de comidas en el club de golf al día siguiente.

Nick viaja con regularidad entre Washington y Palm Beach, y yo me entretengo con mis hermanas cuando él no está. Es sorprendente lo fácil que resulta volver a la rutina, encontrarme con la recién casada Isabel como si nada hubiera sucedido entre nosotras a pesar del tiempo que ha pasado. Ambas hemos apartado de nuestra mente la boda en la que debería haber participado, pero de la que nunca recibí invitación. En cuanto a mis padres, practicamos con esmero el baile de ignorarnos y evitarnos con cortesía cuando estamos en el mismo lugar, un pacto que funciona sorprendentemente bien. Veo a

María cuando visito a Elisa e Isabel, y me paso el día con mis hermanas tomando el sol en el porche de la casa de Palm Beach mientras me readapto a la versión de la vida que tenía antes de dejar a Nick.

Unos días antes de Navidad, Nick regresa a la ciudad y nos pasamos la mayor parte de las vacaciones hechos un ovillo en el sofá, abrazados y contemplando el árbol que hemos decorado, con los regalos apilados sobre la mantita. La rutina doméstica resulta, una vez más, reconfortante y aterradora a partes iguales.

—Deberíamos pasar una Navidad en Connecticut —me propone Nick mientras juega con un mechón de mi pelo entre los dedos.

—¿No hace frío en Connecticut en Navidad?

No hace caso de la indirecta y se ríe.

—No tienes que decirlo con tanto temor. Hace frío, pero todo se pone blanco cuando cae la nieve. Deberías experimentar una blanca Navidad al menos una vez en la vida.

¿Pasaremos otra Navidad juntos? En cierto modo, no puedo soportar mirar tan a largo plazo. Todavía no he recibido noticias de Dwyer, pero siento que tengo una cita con Fidel marcada en mi calendario y que mi futuro ya está escrito.

El día veinticinco, Nick va a ver a su familia y yo tomo prestado uno de sus coches y conduzco hasta Miami, a la casa de Elisa en Coral Gables. Ha organizado una gran comida por la festividad y para celebrar el fin de las negociaciones entre Cuba y Estados Unidos.

Nick y yo no hablamos del tema, pero hay otro motivo para que visite a mi hermana.

Fidel por fin ha puesto en libertad a los presos de Bahía de Cochinos. Eduardo vuelve a casa.

Estoy en el salón de la casa de Elisa, contemplando el espumillón de su árbol, cuando escucho mi nombre en una voz familiar que llevaba muchísimo tiempo sin oír:

—Beatriz.

Eduardo avanza un paso hacia mí, y luego otro, con una cojera que antes no existía.

Está más delgado de lo que recordaba, aunque no tan mal como me esperaba, si soy sincera. Mi padre tenía ese mismo aspecto demacrado cuando nos lo devolvieron tras su temporada en la cárcel, que apenas duró más de una semana. Eduardo se ha pasado más de dieciocho meses en una prisión de Fidel.

A pesar de todo el peso que ha perdido, se parece mucho a la imagen que tengo en mi recuerdo. Sigue siendo guapo. Sigue siendo Eduardo.

Me trago las lágrimas que me taponan la garganta.

Siento la carga pesada de las miradas fijas en nosotros. La curiosidad y los cuchicheos me provocan ardor en las mejillas. Soy famosa, la amante de un destacado político, y se rumorea que novia de uno de los presos de Bahía de Cochinos. Mañana seremos la comidilla de toda la ciudad.

Eduardo no habla, aunque no necesita hacerlo. El tiempo no ha debilitado el vínculo que nos une, esa amistad tan cercana que lo hacía ser de la familia. Soy capaz de leer el gesto de su cabeza, el interrogante en sus ojos.

Asiento.

Abandono el salón detrás de él y ambos avanzamos por el recibidor hasta el despacho de Juan. Entramos y Eduardo cierra la puerta.

Me derrumbo en el sofá. El temblor de mis piernas se adueña de mí. Aunque sabía que iba a estar aquí, y esa ha sido la verdadera razón por la que he venido, la conmoción de verlo me ha sorprendido de un modo que no me esperaba.

—Tienes buen aspecto —dice.

Se me encoge el corazón.

—Tan guapa como siempre —añade.

Las palabras duelen y me da la impresión de que él quiere que duelan.

—He pensado en ti cada día que he pasado en aquel infierno. Les hablaba a los compañeros de ti. Beatriz Pérez, la reina del azúcar, tan hermosa que no te lo puedes creer.

—¿Cómo ha sido? —pregunto mientras una parte de mí se regodea en el dolor.

—Mejor que no quieras saberlo. ¿No tienes ya bastantes cadáveres persiguiéndote en tus pesadillas?

—¿Cómo ha sido? —repito. Mi voz se vuelve más fuerte con cada palabra que me lanza, a medida que abrazo su dolor y lo planto en mi interior. Quizá me haya vuelto demasiado complaciente, demasiado formal estos días y noches que he pasado en brazos de mi amante, relegando a Cuba y su futuro a un rincón en el fondo de mi mente. Quizá haya perdido mi sagacidad en algún momento.

Eduardo me da la espalda y se dirige a una de las librerías que flanquean el impresionante escritorio de Juan. Es probable que el marido de mi hermana sea elegido por nuestro padre para tomar las riendas de la compañía Perez Sugar tras su muerte, para que se la pase a Miguel cuando se haga mayor. Era la herencia de Alejandro hasta que renunció a ella, hasta que lo asesinaron, y ahora será de mi cuñado.

Nunca me he sentido atraída por el azúcar como mi padre; bastante daño le ha hecho la industria a Cuba y a su pueblo. Me desentendería de todo este asunto si pudiera, pero supongo que hay cuestiones más pragmáticas en juego.

—Fue un infierno —responde finalmente Eduardo, todavía de espaldas a mí—. En cuanto posé un pie en aquella playa me arrepentí del estúpido arranque de heroísmo que me empujó a participar en una acción tan absurda. Debería haberme quedado aquí a beber champán y bailar con chicas simplonas en busca de marido.

Se gira y tuerce los labios en una mueca. Me dirige una mirada de condena por bailar y beber champán mientras él se desangraba.

—¡Maldito error! —mascula, más para él que para mí—. Ellos lo sabían —continúa—. Los americanos tenían que saber desde el principio que nos superaban en número y armamento, que no teníamos ninguna posibilidad sin su implicación y su apoyo. Que lo poco que nos habían dado no era suficiente. Nos abandonaron, nos dejaron morir en aquella playa y, ¿para qué? Para poder deshacerse de los exiliados que los molestaban en el sur de Florida y así no ensuciarse ellos las manos. De esa manera han conseguido preservar su ridícula imagen ante la comunidad internacional, como si el resto del mundo no supiera a la perfección de lo que son capaces, aquello que apoyan y cómo priorizan sus intereses por encima de los de los demás. «¿Cómo ha sido?» —añade imitando mi voz—. Ya sabes lo que les hace Fidel a los presos. Ya sabes cómo es aquello.

Lo sé.

—Quizá ha sido un poco mejor de lo que esperaba porque nos utilizaban para negociar, porque al menos teníamos algo de valor. ¿Qué es lo que pidieron primero? Tractores a cambio de nuestra vida. Luego, dinero, mucho dinero. Por supuesto, debería dar gracias porque mi cabeza tuviese un precio, porque no me dejaran morir allí. Kennedy y sus poderosos amigos políticos «me han salvado».

Y aquí viene. Como una tormenta levantándose sobre las aguas, aquí viene. Reconozco la ira en él, el azote incontenible y peligroso de rabia abriéndose camino a empellones para salir de su interior.

Nos parecemos tanto.

—¡Qué buenos aliados tenemos en estos americanos! Dijeron que desembarcaríamos en la playa y avanzaríamos sin encontrar resistencia hasta La Habana. Nos dijeron que la gente se uniría a nosotros por el camino, que saldrían de sus casas a recibirnos como a libertadores igual que hicieron con Fidel y los suyos. —Suelta una risa sarcástica—. Deberíamos de haber sabido que sonaba demasiado bonito para ser verdad. Que cuando nos dijeron que el cielo estaría lleno de aviones, que tendríamos más apoyo del que íbamos a necesitar, del que sabríamos utilizar, solo era otra de sus promesas vacías. No deberíamos haber sido tan ilusos como para tener esperanzas.

¿Me verá como una de ellos, como una americana más, solo porque estoy enamorada de uno? ¿Me verá como una traidora a mi pueblo?

—Cuando nos capturaron, Castro y sus lacayos nos llevaron a punta de pistola, con las manos atadas a la espalda. Nos vigilaban como si fuéramos animales directos al matadero.

No les basta con arrebatarnos nuestro país, Fidel y sus compatriotas también están resueltos a dejarnos sin nuestro orgullo, a minarnos la moral.

—Nos pusieron un precio a cada uno como si fuéramos objetos. El que menos costaba apenas llegaba a los 25 000 dólares. El resto, bueno, resultó que yo era muy caro.

—Eduardo.

Se me parte el corazón por él.

—¿Él lo sabía?

Me estremezco ante esa pregunta, ante la repulsa que alberga en la mirada.

—No lo sé.

«Mentirosa.»

—No quieres saberlo. Lo que, a su modo, es una respuesta, ¿verdad?

—Lo dejé. Cuando pasó aquello, nos peleamos y lo dejé. Comprendo la ira que debes de sentir ahora mismo. ¿De veras crees que no he sufrido al ver lo que os pasaba, aquí atrapada sin poder hacer nada? Quería ir contigo. Quería luchar. Esta es mi guerra tanto como la tuya.

—Entonces haz tu parte. No es tiempo de mantenerse al margen ni de esperar. Es tiempo de pasar a la acción. No puedes ir por ahí diciendo que eres fiel a Cuba y acostarte con uno de los responsables de este lío en el que estamos metidos. Debes elegir. ¿Estás con él o con tu pueblo, con Cuba? Dices que lo has dejado, pero eso que llevas en la muñeca es su pulsera, ¿verdad? Lo dejaste, pero habéis vuelto.

—¿Qué querías que hiciera?

—No lo sé, Beatriz. Siempre te has quejado de que no te hacíamos partícipe de nuestros planes, de que te apartábamos por ser mujer. Aquí tienes tu oportunidad. Te acuestas con una de las personas más influyentes del Senado, un hombre que es la mano derecha del presidente. Aprovéchalo.

—De modo que volvemos a eso. Quieres que me prostituya a cambio de unos votos en el Senado, de una nueva política respecto a Cuba.

—Hay formas peores de servir a la causa —suelta con la mirada ensombrecida.

—Playa Girón te ha cambiado.

—¿Cómo no iba a hacerlo?

De nuevo esa sensación de culpa. Yo estaba haciendo el amor con Nick mientras Eduardo iba a la guerra, mientras se pudría en las cárceles de Fidel. Quizá se lo debo.

—¿Qué quieres de él?

—Lo mismo que quiero de todos ellos. Que arreglen esto.

Una vez le pedí lo mismo a Nick, que los americanos utilizasen su poder e intervinieran contra Castro, pero ahora, al oír esa demanda en boca de Eduardo, me sorprende lo mucho que seguimos dependiendo de ellos, y la posibilidad de que eso no sea lo mejor para nuestros intereses.

—¿No deberíamos arreglarlo nosotros? —le pregunto.

—No creo que podamos nosotros solos. El intento fallido de invasión ha beneficiado a Fidel, lo ha reforzado. Ahora es más poderoso, y eso que por entonces ya era un rival tremendo. Cuenta con el apoyo de los soviéticos. ¿Cómo vamos a tener alguna oportunidad sin el apoyo de una gran potencia?

—He seguido en contacto con Dwyer. He trabajado para él.

—No es suficiente. El espionaje y los complots para asesinarlo ya no nos sirven. Si Fidel muere, otro ocupará su lugar. Su hermano o el Che.

—Fidel mató a Alejandro, ¿te has olvidado de eso?

—No lo olvido, pero serías una ilusa si piensas que esto tiene que ver con tu hermano. Esto va más allá de tu rencor, Beatriz.

—Soy consciente, pero no finjas que tú no tienes tus propias deudas que quieres cobrarte y que te mueve una necesidad altruista de salvar Cuba. Te conozco demasiado bien. Quieres verlos sufrir por lo que te han hecho.

—Me has pillado —comenta con tono burlón.

—Una vez fuimos amigos, me preocupaba por ti. Ya no lo somos, ¿verdad?

—¿Amigos? —se ríe—. Creo que lo nuestro era un poco más complejo, ¿no? Yo te quería.

—Pero no…

—¿Qué? ¿No era correspondido?

Se me atragantan las palabras:

—No me daba cuenta de que sentías eso por mí, de que ibas en serio con lo nuestro. Pensaba…

—Te amo desde que éramos niños.

Le miro boquiabierta.

—Nunca me dijiste nada. Siempre había otras mujeres.

—Pensaba que estábamos destinados a acabar juntos. Que hasta entonces podía divertirme y que, cuando creciéramos, nos casaríamos y empezaríamos una nueva vida. Pero entonces apareció tu senador. Debo reconocer que no lo vi venir, nunca pensé que te enamorarías de un hombre como él. Vas a hacerle daño, y lo sabes. Vas a hacerle daño porque da igual lo mucho que pienses que lo amas, no eres buena para él. Queréis cosas diferentes y, a largo plazo, no podréis haceros felices el uno al otro. Es un hombre ambicioso y necesita a la esposa adecuada.

—Lo sé.

No sirve de nada discutir con él y negar la realidad.

El gesto de Eduardo cambia y, de pronto, se parece al hombre que recordaba.

—¿Alguna vez te planteaste…? ¿Podrías haber…?

Es fácil leer la pregunta en su tono de voz, en sus ojos.

—No lo sé —respondo con sinceridad.

—¿Y ahora?

Mi silencio basta como respuesta, supongo.

Me ofrece una sonrisa triste.

—Si las cosas fueran distintas, si estuviéramos en La Habana, si Fidel nunca hubiera llegado al poder… Demasiados síes.

Al final, la vida es una cuestión de llegar en el momento oportuno.

—Es justo, supongo. En algún momento le tocaría a una mujer romperme el corazón. No me extraña que hayas sido tú.

—Lo siento mucho.

Sacude la cabeza.

—No hay nada que sentir. Mejor me voy. —Duda y un atisbo de preocupación asoma a su mirada—. Ve con cuidado, Beatriz. Es probable que todo esto empeore poco a poco.

Su advertencia suena como un adiós.

—¿Qué vas a hacer ahora?

—Seguir luchando, por supuesto.

Se acerca a mí y roza mi frente con los labios por un instante antes de soltarme.

—¿Vas a ir? —me pregunta.

—¿Adónde?

—A la recepción que nos va a ofrecer Kennedy a los presos durante el partido del Orange Bowl.

Niego con la cabeza.

Sonríe y, por un instante, se parece al Eduardo que yo recuerdo.

—No puedo reprochártelo. Ojalá yo tampoco tuviera que participar en esa farsa. Adiós, Beatriz.

—Adiós —repito, y observo cómo se aleja y me deja sola en el despacho de mi cuñado. Las lágrimas empiezan a salir a raudales, desatadas por una sensación desconocida a la que soy incapaz de ponerle nombre.

30

Tras su regreso a casa, llama la atención la ausencia de Eduardo en los eventos sociales de esta temporada, y no lo culpo por ello. Su nombre sigue en boca de todos. Resulta evidente que la mitad femenina de Palm Beach lo ha echado de menos. Su participación en los hechos de Bahía de Cochinos se suma al misterio que envuelve a su figura, que luce imponente para las personas desinformadas que consideran el drama de nuestro pueblo como algo romántico.

Me matriculo en la Universidad en Miami, aliviada al descubrir que puedo trasladar mi expediente desde Londres y que seré capaz de pagar las tasas gracias a mi acuerdo con la CIA. Está bien volver a las aulas, aunque se me hace raro hablar en un ambiente académico de los temas que dominan gran parte de mi vida privada.

Yo también evito la vida social, y me paso los días y las noches con Nick cuando no está en Washington. Prefiero pasar el rato tranquilamente con mis hermanas antes que estar bajo la presión de sentirme expuesta a las miradas. En realidad, en estos tiempos no sirve de mucho el secretismo, estoy casi segura de que toda la ciudad sabe que vivo aquí con Nick, y que todo el mundo ha analizado al detalle el hecho de que Eduardo y yo desapareciéramos a la vez de la fiesta en casa de Elisa. Todavía tengo que hablar con Nick del regreso de Eduardo y de la conversación que mantuve con él en casa de mi hermana. Evitamos las cosas de las que no podemos hablar: nuestro futuro, la tensión entre nuestros países, las presiones externas que amenazan con romper las costuras del mundo privado que hemos creado.

Cuando termina la temporada decido no acompañar a Nick a Washington y quedarme en la mansión de Palm Beach. La primavera da paso al verano, y el verano al otoño. Soy una querida de fin de semana a la que visita en los días festivos y en los períodos de descanso del Congreso.

Por las mañanas doy paseos por la playa y a veces quedo con María en el punto intermedio entre nuestras casas antes de que se vaya al instituto. No sé si nuestros padres lo aprueban o piensan que soy una mala influencia, pero no han dicho nada al respecto. A veces me pregunto si callan porque me quieren o por temor a la fabulosa posición social de Nick. Aunque su influencia no haya valido para reparar mi reputación, sí ha conseguido que a la vieja guardia le resulte imposible cortar de manera directa conmigo.

Esta mañana, al regresar de mi paseo, me encuentro a un hombre en el porche de casa. Me flaquean las piernas al acercarme. Al reconocerlo, se me encoje el corazón. Cuando era niña nuestra relación era mucho más sencilla. Lo idolatraba, era esa figura extraordinaria a la que quería agradar para que estuviera orgulloso de mí.

—Me sorprende que estés aquí —digo con un nudo en la garganta.

—Quería verte —responde mi padre con una voz más áspera de lo que recordaba.

—¿Por qué?

Es el primer paso que da uno de mis progenitores para encontrarse conmigo desde que me marché de Palm Beach hace más de dos años.

—Porque me preocupas. Todo el mundo dice que vives aquí con Preston.

—Así es.

—No puedo decir que me sorprenda.

—¿Porque siempre supiste que acabaría mal?

—No, porque siempre has hecho lo que has querido sin importarte lo que pensáramos los demás.

—A ver si lo adivino, me culpas por ser imprudente e impulsiva.

—No, al contrario. Esa cualidad tuya es una de las cosas que siempre me ha gustado de ti. Por desgracia, la sociedad no siempre lo ve así. Si fueras un hombre, esos caprichos tuyos serían elogiados como muestra de ambición, audacia, osadía. Si todavía estuviéramos en Cuba, podrías presentar ese comportamiento como las excentricidades de una mujer rica y bonita que puede permitirse el lujo de hacer lo que le plazca. Pero no estamos en Cuba, y aunque eres y siempre serás una Pérez, eso ya no significa lo mismo que en el pasado. Aquí no. Aquí tenemos que dar más de nosotros mismos, trabajar más duro. Debemos ascender, porque si no lo hacemos esta gente nos pisará. No nos quieren aquí y se encargarán de que no lo olvidemos. Los lujos, las excentricidades y los caprichos ya no son factibles. Son ingenuos y peligrosos.

—Te preocupa que manche el apellido de la familia.

—Me preocupas tú —replica—. Y yo no voy a estar siempre aquí. Cuando muera necesito saber que mi familia estará protegida, que mi esposa podrá seguir teniendo la vida a la que está acostumbrada, que alguien cuidará de mis hijas, que aquellos a los que quiero estarán bien.

Me da la espalda y contempla el mar antes de añadir:

—No pude proteger a tu hermano. No volveré a cometer ese error.

—Yo no soy Alejandro. No me va a pasar nada.

—¿Crees que no me he enterado de los riesgos que estás corriendo? ¿Crees que tu nombre solo circula en los cotilleos de los círculos de Palm Beach, que no se habla de ti en otros ambientes?

—Pensaba que ya no te inmiscuías en política.

—Pues pensabas mal. Los negocios son política; la política es negocio. Ahora simplemente soy más cuidadoso con los amigos que tengo y las alianzas que mantengo. Ojalá pudiera decir lo mismo de ti.

—No apruebas mi relación con Nick.

—No apruebo tu relación con el senador Preston, pero no estoy aquí por eso. Esa relación no es la que podría acabar con tu vida.

—Quieres que me mantenga lejos de Cuba.

—Sí.

—¿Por qué?

—Porque si a mí me han llegado rumores de tu implicación, ¿crees que a Fidel no? ¿No sabes que tiene espías por todas partes que le pasan información de posibles amenazas? Es un hombre muy peligroso. Ya lo subestimé en una ocasión y fue un error que me costó muy caro.

—Una vez lo llamaste tonto.

—Y ahora ha demostrado ser también peligroso, y Estados Unidos, de forma ingenua, lo ha convertido en un adversario, convirtiéndolo en una amenaza mayor de lo que ha sido jamás.

—Él mató a Alejandro.

—Sí, seguramente sí.

—¿Cómo puedes vivir con eso? ¿Cómo puedes soportar no vengar a tu propio hijo?

—Porque algún día aprenderás que la recompensa no merece el precio a pagar para obtenerla. ¿Me produciría placer ver arder a Fidel en el infierno? Por supuesto. Pero ¿cuánto me costaría conseguir ese resultado? ¿Qué podría perder?

—Ya estoy demasiado involucrada como para dar marcha atrás. Tengo que intentarlo, ¿es que no lo ves?

Suspira.

—Sí, pero es muy peligroso. Ten cuidado, sobre todo con las personas en quien confías. Al final, ninguna de ellas va a pensar en tus intereses y no dudarán en ponerte en peligro si eso les beneficia. No importa lo que suceda, siempre serás una Pérez. Tu madre… —se le quiebra la voz—. Cometí muchos errores con tu hermano y me arrepiento más de lo que puedas imaginar. No estoy de acuerdo con la opinión de tu madre sobre esto, y aunque confiaba en que enviándote a España te apartaría de este embrollo con la CIA y estarías a salvo, nunca quise que sintieras que no formabas parte de esta familia. Eres mi hija. Eres una Pérez. Mi fortuna, mi apellido, todo será siempre tuyo. Siempre seré tu padre.

Las lágrimas inundan mis ojos.

—Gracias.

—Y porque eres mi hija, y porque te conozco, entiendo que has de hacer lo que debes. Cuídate, Beatriz.

—Lo haré —susurro.

—Si algún día tienes la oportunidad de volver a ver nuestra casa...

Se le humedecen los ojos y me sorprende lo mayor que parece, lo injusto que es que mi padre se haya visto en esta situación al final de sus días, que se vea obligado a reconstruir toda una vida entera de trabajo barrida por los vientos de la Revolución. Le han arrebatado su legado, además de a su hijo.

—Puede que no sea capaz de cuidar de ti y de acompañarte en este viaje, pero si cuando estés en La Habana corres peligro...

Escucho con atención mientras mi padre me desvela otro de los secretos de la familia Pérez.

26 de noviembre de 2016
Palm Beach

CUELGA EL TELÉFONO con una sonrisa en el rostro. Las conversaciones con viejos amigos, antiguos amantes y la familia tienen algo especial. Esa sensación de que te conocen, de que hay cosas que no necesitan decirse, emociones que no es necesario articular, pero que se sienten a kilómetros de distancia. A pesar de las diferencias entre ambos, de las decisiones que tomó Eduardo al final de su vida, el cariño y el respeto siguen imperando entre ambos. A su edad, se ve en la necesidad de ajustar todas las cuentas y cerrar viejas heridas.

Y es que, al fin y al cabo, son compatriotas.

Familia.

Termina de arreglarse y se pone sus últimas joyas...

Los pendientes de diamantes que se compró hace ya tantos años para celebrar que había terminado la carrera de Derecho.

Estudia su reflejo en el espejo, satisfecha con la imagen que este le devuelve. Se le acelera el corazón cuando el teléfono vuelve a sonar.

En esta ocasión la voz al otro lado de la línea la invita a una celebración improvisada, esperada, pero que llega con mucho retraso.

Tal vez sea de mal gusto celebrar una muerte, aunque sea la de Castro. Tal vez sea tentar al destino regocijarse en el infortunio de alguien que ha sucumbido al paso del tiempo cuando ella misma deberá afrontarlo pronto. Pero esto es a la vez una celebración y un duelo —no por Fidel, jamás por Fidel—, un modo de dejar descansar en paz todo lo que ha perdido ahora que el villano por fin ha sido llevado ante la justicia divina por sus crímenes.

No es la justicia que ella hubiera querido, por supuesto, pero ha aprendido que la vida no siempre te da lo que quieres. El tiempo al final soluciona las cosas a su manera, de un modo peculiar e indescifrable.

«Cuando Fidel muera…»

Sale a la calle y se adentra en la noche.

31

La carta llega a finales de noviembre, cuando el tiempo refresca y Palm Beach se encuentra preparándose para nuevos eventos sociales, aristócratas de segunda, los Kennedy, magnates del acero y celebridades, todos aterrizan en la isla.

El mensajero es el propio Eduardo. En los meses transcurridos desde la última vez que nos vimos ha recobrado la salud. Su piel está bronceada, y su cuerpo menos enjuto y más musculado que cuando regresó de Cuba.

Tiene el gesto serio.

—¿Malas noticias? —pregunto tras dejarlo pasar.

—¿Está Preston aquí?

—No, está en Dallas con el presidente.

Eduardo se detiene en seco.

—¿Qué significa eso de que está en Dallas?

Dudo. El objetivo del viaje de Nick no es precisamente secreto, pero, al mismo tiempo, no estoy segura de que le haga gracia que yo vaya divulgando por ahí sus asuntos, y menos a Eduardo.

—El Partido Demócrata tiene problemas internos en Texas. Uno de los implicados era compañero de habitación de Nick en Harvard y Kennedy ha pensado que su presencia podría ayudar a calmar las cosas.

Eduardo guarda silencio y le pregunto:

—¿Qué ha pasado? ¿Por qué has venido?

—Dwyer no podía venir y me pidió que te entregara esto en persona.

Nuestros dedos se rozan cuando le retiro la carta de la mano. Abro el sobre, desdoblo el papel y leo las palabras escritas en él:

«Ha llegado tu momento.»

Se me acelera el corazón. Miro a Eduardo.

—¿Qué significa esto?

—Van a enviarte a La Habana. Dentro de cuatro días. Te introduciremos en la isla en barco.

—¿Cómo?

—¿Qué crees que he estado haciendo estos meses? No iba a abandonar la lucha solo porque Fidel haya tenido la osadía de encerrarme en una cárcel.

—Pensaba que…, después de lo de Playa Girón…

—¿Que me iba a rendir? ¿Que volvería a mi vida disoluta?

—Que no querrías volver a correr riesgos.

—¿Qué más me da el riesgo? Como si tuviera algo que perder.

—Eso no es verdad. Hay gente a la que le importas. Tus padres…

—¿Y a ti? ¿Te importo?

—Eres un buen amigo —respondo con cautela.

—Ay, Beatriz —suspira—. A veces no sé si crees que me estás mintiendo o si sabes que te mientes a ti misma. —Señala la nota con un gesto de cabeza—. Pasaré a recogerte a las seis de la mañana el día veintiséis.

Sabía que esto llegaría, sospechaba que no tardaría después de la visita de mi padre. Pero ahora está pasando de verdad. Tendré que contarle algo a Nick. Tendré que despedirme de mis hermanas y mi familia. Esto podría ser el fin. Puede que en Cuba acabe en una celda como Eduardo, o muerta en la calle como mi hermano.

De repente cuatro días parecen muy poco tiempo.

Eduardo se gira y se dirige hacia la puerta. Se detiene, con la mano posada en la madera, y se vuelve para mirarme a la cara.

El tono indulgente en su voz me pilla desprevenida:

—Ha habido un tiroteo en Dallas.

Se me para el corazón.

—Han disparado al presidente cuando desfilaba en su vehículo junto a la primera dama —añade.

—¿Estaba...?

No puedo terminar la pregunta, aunque me preocupa Nick. Seguramente no estaría en el desfile. Él ha acudido allí para las reuniones.

Me tambaleo y Eduardo me ofrece un brazo para que no me caiga.

—Están operando al presidente —responde Eduardo—. Deberías poner las noticias. Lo siento, no sé nada más.

Un toque en la puerta me obliga a salir del salón en el que me encuentro pegada a la televisión, a la espera de noticias sobre el presidente, con el teléfono a mi lado.

Abro la puerta y me llevo una sorpresa al ver en el umbral a María, todavía vestida con su uniforme del instituto, los ojos rojos y marcas de lágrimas en el rostro.

—¿Por qué no estás en clase?

La empujo hacia la habitación.

—Me he ido.

—¿Te has ido? No se puede marchar una del instituto así como así. Estarán preocupados por ti. Cuando te marchas tienes que decírselo a alguien, no puedes...

—¡Le han disparado! —dice—. Han disparado al presidente.

Sus ojos se inundan de lágrimas y me acuerdo de la noche que pasamos juntas pendientes de los resultados electorales, la emoción en sus ojos, la libreta y el lapicero con el que iba apuntando el recuento de votos en los distintos colegios electorales. Recuerdo lo que se sentía al ser joven y tener esperanzas, y la incapacidad de comprender el mundo que te rodea cuando esa esperanza se hace añicos.

La envuelvo entre mis brazos y dejo que se agarre a mi cintura mientras las lágrimas corren por sus mejillas.

—Lo siento mucho, María.

Me mira y en ese momento pasan muchas cosas por mi cabeza que me transportan a un tiempo diferente, a un sitio diferente, a un recuerdo diferente: la incertidumbre en sus ojos cuando salimos de

La Habana aquella fatídica mañana; el temor en los míos y la sensación de impotencia que me abrumó aquel día.

Tal vez sea absurdo pensar que somos dueños de nuestro destino.

—¿Se pondrá bien el presidente?

—No lo sé —respondo—. Han interrumpido *As the World Turns* para dar la noticia de que le habían disparado. Lo han metido en el quirófano y no sé nada más. Han vuelto a dar un parte hace unos momentos, pero no han informado sobre su estado. Podemos verlo juntas.

El teléfono suena en el salón y me separo de ella para ir corriendo a responder.

—¿Diga?

—Beatriz.

Cierro los ojos al oír la voz de Nick al otro lado de la línea, al comprobar que está vivo. Me desplomo sobre el reposabrazos del sofá.

—¿Qué ha pasado? —pregunto.

—Yo no estaba con él, pero le han disparado cuando iba junto a la primera dama en el desfile.

—¿Ella está herida?

—No. Está esperando en el hospital a que le notifiquen cómo está su marido.

—¿Dónde estás?

—Con otros senadores que lo acompañaban en el viaje. También han herido al gobernador Connally. Esto es un caos, nadie sabe lo que está pasando. Tengo que irme, pero no quería que te preocupases. Te llamaré en cuanto pueda. Te quiero.

—Yo también te quiero —repito.

La voz de María me interrumpe en cuanto cuelgo el teléfono.

—¡Beatriz!

Antes incluso de mirar hacia la televisión, los chillidos de María me dicen todo lo que necesito saber.

A las dos horas y treinta y ocho minutos de la tarde, Walter Cronkite confirma la noticia que todos nos temíamos.

El presidente Kennedy ha muerto.

ME SIENTO CON mi hermana, que solloza con la cabeza apoyada en mi regazo. Le acaricio el pelo como hacía cuando era más pequeña.

Por muy terribles que hayan sido los acontecimientos de hoy, no soy capaz de sentir nada en absoluto. María es demasiado joven para haber vivido la realidad de los horrores de la Revolución, pero estos sirvieron para habituarme a los horrores de la vida. Sin embargo, me duele lo del presidente. Aunque estaba en desacuerdo con algunas de sus políticas, me imagino a su esposa, sus hijos, sus seres queridos, sus amigos, como Nick, un país ahora enfrentado a algo tan inesperado, y siento una profunda tristeza. No era un hombre perfecto, pero creo que era un buen hombre, y sin él todo será peor.

Kennedy ofreció a la nación —al mundo, en realidad— mucha esperanza. A pesar del hecho de que su vida se haya visto interrumpida antes de que muchas de sus promesas hayan podido fructificar, una capa de tristeza se impone sobre todos nosotros. Tal vez fuese el idealista que tanto criticaban hombres como el señor Dwyer, pero en el fondo era un buen hombre preocupado por su pueblo, que quería lo mejor para su país e intentó con sinceridad producir un cambio. Y en este mundo esas cualidades se deben honrar e incluso reverenciar.

Acompaño a casa a María, que tiene los ojos rojos. No tengo la energía necesaria para entrar y enfrentarme a mis padres. Hoy no.

Cuando vuelvo al confort de la casa de la playa, me hago un ovillo en el sofá con una copa de vino en la mano y los acontecimientos del día me golpean en oleadas. ¿Será por eso por lo que Dwyer ha querido que vaya a Cuba de inmediato? ¿Sospechará la CIA de la implicación de Fidel en el intento de asesinato y en la muerte de Kennedy?

En menos de cuatro días me marcharé con Eduardo y volveré a estar en Cuba. Antes era mi mayor deseo. Ahora siento miedo ante lo que me espera cuando lo cumpla.

En algún momento de la noche me quedo dormida. Me despierta el sonido de la puerta al abrirse y unos pasos firmes sobre el suelo de mármol.

Me incorporo y busco a tientas la lámpara de la mesita auxiliar.

Nick se detiene y arroja al suelo su bolsa de viaje.

—Beatriz.

Pronuncia mi nombre como para asegurarse de que no soy un espectro. Se le caen las llaves de la mano y aterrizan en el suelo con un sonido metálico.

Parece agotado. Su ropa está arrugada a causa del viaje.

Me levanto del sofá y camino hacia él. Lo envuelvo entre mis brazos y hundo la cara en su pecho. Las lágrimas corren sin que yo haga nada por evitarlas y humedecen la pechera de su camisa. La burbuja que me rodeaba por fin explota.

—Lo siento mucho —susurro—. Lo siento mucho.

Me abraza y agarra mi pelo entre sus puños. Su boca encuentra la mía mientras sus manos me quitan la ropa con impaciencia. Me tumba en el sofá y nos sumimos en el olvido.

32

El DOLOR SE adueña de nosotros los días posteriores al asesinato del presidente Kennedy. En las calles, la gente rompe a llorar; en privado, nos vemos reducidos a un estado de apesadumbrada conmoción.

Hace apenas unas horas, han dicho en las noticias que el asesino del presidente, Lee Harvey Oswald, había muerto tras recibir un disparo de Jack Ruby, un empresario de ocio nocturno de Texas, en los sótanos de una comisaría de Dallas cuando lo trasladaban a una prisión de alta seguridad. Toda la escena resulta demasiado extraña como para creerla.

El caos de los últimos días me recuerda mucho al frenesí que se vivió entre la salida de Batista de Cuba y la llegada de Fidel, cuando las noticias eran tan estrafalarias y poco fiables que resultaba imposible hacer predicciones. En esa confusión se puede encontrar una sensación de indefensión, la de que te ha tragado la curva implacable de una ola gigantesca que te arrastra contra tu voluntad y no te deja otra alternativa que esperar a ver adónde te lleva.

El funeral de Estado de Kennedy es mañana.

La ira de Nick es visible y, aunque no hablamos mucho del presidente, su dolor también se puede palpar.

—No quiero dejarte, pero el funeral... —Traga saliva—. Tengo que estar en Washington.

—Lo sé. Lo comprendo.

—Me gustaría que pudieras acompañarme.

Me duele el corazón.

—No puedo.

—¿Por qué?

Desde la muerte de Kennedy no he encontrado la ocasión apropiada para contarle lo de mi misión en La Habana, que solo agravaría aún más su dolor. Pero me estoy quedando sin tiempo. Ayer por la mañana recibí otra nota de Eduardo.

El plan sigue según lo previsto y partimos hacia La Habana el día veintiséis de madrugada.

—Porque no puedo.

Me recuesto entre los cojines y observo a Nick preparar la maleta. ¿Será la última vez que nos veamos?

Hace mucho tiempo pensaba que había asumido la idea de sacrificar mi vida por Cuba, pero ahora la muerte no resulta tan fácil de aceptar como me imaginaba. Cuando empecé a trabajar para la CIA, estaba tan enfurecida por la muerte de Alejandro que me daba igual salir o no con vida con tal de llevarme a Fidel por delante. Pero ahora no quiero morir. En algún momento de esta espera para volver a casa he creado una vida propia.

—¿Estarás aquí cuando vuelva de Washington? —pregunta Nick.

No puedo mentirle.

Nick coloca la última camisa en la maleta y me mira desde el otro lado de la cama.

—¿Vamos a hablar de ello de una vez? Eduardo te ha estado enviando mensajes, ¿verdad? Vino a verte el día que asesinaron a Kennedy. ¿Qué está pasando?

—No sabía cómo contártelo. Kennedy era tu amigo y lo que ha pasado ha sido terrible. Sé lo apenado que estás, y yo no quería añadir más dolor.

—Pero tenemos que hablar de ello, ¿no? La prensa ya está atando cabos con Oswald y su implicación con grupos procastristas —dice Nick—. Estaba metido en un grupo de Nueva Orleans conocido como Fair Play for Cuba. El FBI ya está trabajando en los vínculos que tenía para ver si sus conexiones con Cuba eran malintencionadas. Y no son los únicos. Todo el mundo apunta a Cuba, a

Fidel. Dicen que ha sido una conspiración comunista. Oswald no estaba de acuerdo con la política de Kennedy hacia la isla. Era comunista. Quizá actuase siguiendo órdenes de Fidel; quizá solo se había leído la entrevista que dio Fidel en septiembre y pensó que estaba cumpliendo con la voluntad de Castro al hacer realidad su amenaza de atentar contra Kennedy después de todos los intentos de asesinato que había sufrido él. O quizá solo haya sido el acto de un desequilibrado. Nadie lo sabe. Pero la sospecha basta para agravar toda esta situación. Las negociaciones estaban mejorando, pero ahora... No habrá paz entre nosotros.

—Pero ¿habrá guerra?

—No lo sé. —Guarda silencio por un instante—. También circulan otras teorías.

—¿Como cuáles?

—Algunos en el Gobierno creen que Kennedy podría haber estado en el punto de mira de un grupo de cubanos anticastristas que buscaban provocar un conflicto entre los dos países, y que contaban con la ayuda de la CIA. O que lo hicieron porque creían que Kennedy era un traidor al no haber hecho lo suficiente con respecto a Cuba cuando tuvo la oportunidad. Porque están furiosos con lo que sucedió en Bahía de Cochinos.

—No he oído nada...

—¿De quién? ¿De gente como Eduardo Díaz? ¿De tu amigo Dwyer? ¿Sabes lo que cuentan de él, los rumores de que la CIA ha estado actuando contra la voluntad de Kennedy todo el tiempo? ¿Que Dwyer y los de su ralea controlan el sur de Florida con su propia guerra indirecta?

—Eduardo no mató al presidente Kennedy. Ni Dwyer. Ni de forma indirecta ni de ningún otro modo.

—Eso no lo sabes. Ahora mismo, no conocemos los detalles. Lo único que tenemos es que el presidente ha muerto y que su asesino tenía vínculos con Cuba. Y que el mismo día que murió Kennedy, Eduardo se puso en contacto contigo. Déjame adivinar, ¿quieren que vayas a La Habana? Por eso no puedes acompañarme a Washington. Estuviste a punto de morir en Londres, y eso fue contra un hombre solo. ¿Crees que los guardas de seguridad de Fidel van a permitir que te acerques a él? ¿Y que si lo consigues no te matarán en venganza?, ¿que no te matarán de igual modo si fracasas?

Sus palabras son tan parecidas a las de mi padre hace unos meses que me quedo helada.

—No lo sé —reconozco—. Pero es la mejor oportunidad que voy a tener.

—De modo que has aceptado.

—Sí, les di mi palabra.

Nick agarra el borde de su maleta.

—¿Y cuándo te marchas?

—El martes por la mañana.

—¿No pensabas despedirte?

—No sabía qué decirte. Un adiós parece demasiado definitivo.

—¿Qué tal un «te quiero»?

—Te quiero, pero ¿por qué eso significa que debo renunciar? ¿Por qué el amor que siento por ti debe eclipsar todo lo demás?

—Tenía la esperanza de que las cosas mejorasen.

—De que yo cambiase.

—No… No lo sé.

Se derrumba sobre el borde de la cama con la cabeza entre las manos. Me mira.

—Dime, si vas a Cuba y consigues echar a Castro del poder. Si acabas con él, ¿qué harás?

—¿A qué te refieres?

—¿Qué sucede una vez muerto Fidel? ¿Cómo termina la historia cuando él ya no esté? ¿Vuelves aquí, conmigo? ¿Terminamos juntos, envejecemos juntos, nos casamos?

Se me hace un nudo en el estómago.

—Vuelvo a mi casa —respondo, con la voz débil.

¿Cómo voy a explicarle que una parte de mí quiere pasar el resto de mis días junto a él, pero al mismo tiempo existe otra parte que sabe que queda más trabajo por hacer?, ¿que si Fidel muere, habrá una pugna aún mayor por el futuro de Cuba, una lucha en la que quiero participar?

Los hombres parten a la guerra y son aplaudidos como héroes por sacrificar la vida por su país, por su entrega y patriotismo. Pero, en el caso de las mujeres…, ¿por qué nuestras aspiraciones deben limitarse al matrimonio y la maternidad? Si queremos algo distinto, si nuestro talento puede aplicarse a otros asuntos, ¿por qué no se aplaude y respeta por igual nuestro sacrificio?

Si tuviera dos vidas, viviría una con él y otra en Cuba. Pero solo tengo esta y ya me he comprometido con una causa.

—¿Y si no lo consigues? —pregunta.

—Seguiré luchando.

En silencio, se lleva la mano al bolsillo y saca una cajita roja. Reconozco al instante el logotipo dorado; mi madre es muy aficionada a ese joyero francés. Los elegantes collares, anillos, pulseras y pendientes que mi padre le regaló están enterrados en el patio trasero de nuestra mansión de La Habana, a la espera de nuestro regreso.

—Ábrela. —Nick señala la caja como si mi corazón no estuviera desangrándose sobre la elegante colcha, como si esto no fuera el golpe de gracia a un romance que jamás debió de haber empezado.

Me tiemblan los dedos mientras abro la tapa.

Ante mis ojos, un anillo.

Es un diamante amarillo, tan grande que casi resulta vulgar, flanqueado por diamantes de brillo intenso. Perfecto para mí.

—Supuse que no querrías algo discreto, que te gustaría algo hermoso y único.

—Es precioso.

—Pero no es adecuado para ti.

—Es perfecto para mí. —Respiro hondo—. Me has preguntado qué futuro veo por delante. ¿Qué aspecto tiene tu futuro?

—Mi futuro eres tú.

—Pero no estoy solo yo, ¿verdad? La muerte de Kennedy ha cambiado las cosas en el partido. Johnson no es un hombre que apasione a la gente.

—No, tienes razón.

—¿Quién va a recoger el testigo de Kennedy? ¿Quién va a cumplir los sueños que tenía? Está su hermano, claro, pero también habrá otros, ¿no?

Nick asiente y añado:

—No puedes tener una esposa que ande metida en líos con la CIA, que haya sido agente doble contra los cubanos, que haya asistido a reuniones comunistas. Tú mismo lo dijiste: después de lo que ha pasado con Kennedy, todas las miradas apuntan a Cuba. No puedes tener una esposa que ha matado a un hombre. Si no fueras senador y no aspirases a más, puede que no importase. Pero sí importa.

—Y tú no quieres tener nada que ver con ese aspecto de mi vida.

—Te amo. Nunca voy a amar a alguien tanto como a ti. Pero no quiero despertarme un día y no ser capaz de reconocerme en el espejo. No quiero acabar siendo un adorno bonito y silencioso como mi madre, a quien nadie respeta.

—Yo te respeto.

— Pero yo no me respetaría a mí misma si renunciara a todo. ¿Quieres saber la verdad? Me gusta lo que hago. Me gusta en lo que esta caótica situación me ha convertido, el poder que me ha dado, la libertad que me concede. ¿Si tengo miedo? Pues claro. Pero durante demasiado tiempo me he sentido incapaz. Ahora por lo menos tengo la oportunidad de dar forma a mi destino.

—¿Y adónde nos lleva eso?

—Seguimos discutiendo sobre lo mismo.

—Pues sí.

—No voy a cambiar.

—Lo sé. Ese fue mi error y ahora me doy cuenta. Pensaba que era algo que dejarías atrás, que terminarías olvidando, pero ahora veo que esta será siempre tu misión.

—Y la tuya será la política.

—Estamos haciendo un buen trabajo, cosas de las que puedo sentirme orgulloso. Es lento y muy frustrante, pero creo en lo que hago desde el Senado, y estoy convencido de que puedo hacer más cosas. Lo que le sucedió a Kennedy… Tienes razón, quiero continuar con su legado y luchar por aquellos que llevan tanto tiempo sufriendo. Era mi amigo. Se lo debo, creo.

Nick es un buen hombre y, a pesar del tiempo que llevamos juntos y de los incontables momentos que hemos compartido, todavía siento ese chispazo de emoción, el zumbido en mis venas que experimenté cuando nos conocimos. Sigue encandilándome, pero Elisa tenía razón. «En algún momento tienes que hacer lo correcto, aunque duela.»

—Siempre seré una carga para ti.

—Estoy dispuesto a casarme contigo.

Una lágrima me resbala por la mejilla.

—Lo sé. —Me seco la piel—. Una parte de mí desea eso más que nada en el mundo, la parte que cree que podría ser feliz siendo tu esposa. Si hubiera alguien con quien podría ser una esposa feliz, sería contigo.

Sus ojos se inundan de lágrimas.

Respiro hondo, con el corazón roto ante el dolor que desprende su mirada.

—Pero sé que sería solo cuestión de tiempo que volviera a sentirme incómoda. La situación mundial llegará a un punto en el que no podré continuar haciendo la vista gorda ante las tropelías de Estados Unidos, y acabaré metiéndome en algo que podría perjudicarte.

Descanso la palma de la mano en su mejilla y se me mojan las yemas de los dedos.

—Sabes que tengo razón, y tú no serías feliz. No quiero que eso suceda. No quiero despertarme un día y sentir que nos hemos distanciado, que somos extraños. No quiero arruinar tu carrera, tu oportunidad de luchar por las cosas en las que crees. No quiero arruinar el amor que sentimos el uno por el otro. Tu mujer —me duele pronunciar esta palabra—, tu mujer debe ser alguien que comparta tus esperanzas por un futuro mejor, que te haga feliz, que te apoye y quiera lo mismo que tú.

—Beatriz...

—Recogeré mis cosas antes de irme a Cuba.

Carraspea y dice con voz ronca:

—No. Esta casa es tuya. Siempre lo ha sido.

—No puedo aceptar una casa.

—Sí que puedes. Puedes hacer lo que quieras. Esta casa fue mi sueño para nosotros dos. Quizá ese sueño no se haga realidad tal y como me lo había imaginado, quizá solo haya podido disfrutarlo por un momento antes de que se me escurriera entre los dedos, pero he sido feliz aquí contigo.

Otra lágrima corre por mi mejilla.

—Yo también he sido feliz aquí contigo.

—Entonces quédatela, por nosotros. Sé feliz aquí. No quiero deshacerme de ella, no me puedo imaginar a otra mujer en estas habitaciones.

La verdad es que quiero la casa. Quiero conservar el recuerdo de lo nuestro si consigo salir viva de esto.

—Lo haré.

—Tengo que irme. Mi avión despega dentro de poco.

Un temblor me sacude el cuerpo cuando Nick me estrecha entre sus brazos y me aprieta contra su pecho una última vez. Mis lágrimas mojan la pechera de su camisa.

—Cuídate —susurra mientras me acaricia el pelo. Se aparta y nuestros labios se encuentran en un último beso que resulta familiar, pero al mismo tiempo está cargado de la sensación de que es el final.

Nick me suelta y se agacha para cerrar la maleta. Poso la mirada en la cajita roja sobre la colcha. El diamante brilla al sol de la tarde.

Le entrego la caja.

Sacude la cabeza.

—Quédatelo, por favor.

Cierro el puño sobre la caja y se me escapa un sollozo.

—Esto se parece demasiado a un adiós. A que hemos terminado.

Traga saliva y su nuez sube y baja lentamente, como si él también estuviera luchando por no derrumbarse.

—Nunca terminaremos. No es un adiós. ¿Qué tal un «hasta la próxima»?

—Creo que eso me gusta más —digo entre lágrimas—. Hasta la próxima.

Y, después de eso, cierra la puerta sin volver la vista atrás.

33

En los casi cinco años que han transcurrido desde la última vez que vi La Habana desde el cielo en el avión que nos conducía a Miami, parece que la isla haya cambiado. A primera vista no soy capaz de señalar las diferencias, pero tengo la sensación de estar mirando a un desconocido, a un ser querido que ahora me resulta prácticamente irreconocible.

La sensación se manifiesta en capas superpuestas, el pasado y el presente convergen en una imagen que se ve desenfocada, movida, tomada a destiempo.

El Malecón sigue ahí, y El Morro, y La Cabaña a lo lejos. Los edificios continúan en el mismo lugar, visibles a la luz de la luna, pero la ciudad parece distinta. Eduardo guarda silencio a mi lado, como si él también percibiera los cambios y se estuviera preparando para ellos.

—¿Siempre es así?

En el viaje en barco me contó que, desde que lo soltaron, ha hecho el mismo trayecto una docena de veces para introducir a gente en el país.

—Sí.

Lo dice como si la imagen de La Habana le doliera tanto como a mí.

Me había imaginado que al ver mi tierra tendría una sensación de alivio, de estar cerrando una página de mi vida, pero debo confesar que solo siento una tremenda sensación de pérdida. Pensaba que sería como volver a casa.

El barquito que nos lleva se bambolea con el movimiento del mar.

El trayecto ha sido bastante tranquilo, sin encuentros con la Guardia Costera. El mar no está demasiado picado, las estrellas y la claridad de la luna se abren paso entre la negrura de la noche. Hace unos minutos que el sol se ha desvanecido en el horizonte tras bañar La Habana con su luz por un hermoso instante antes de dar paso a la noche.

En algo menos de una hora estaré de camino a mi encuentro con Fidel.

EDUARDO Y UN cubano que lo saluda con una sonrisa rápida me conducen a toda velocidad por la ciudad en un Buick azul. No intercambian sus nombres, la urgencia domina la velada. Desearía callejear un poco y debo recordarme que este no es el momento de explorar; que, si tengo éxito en mi misión, dispondré de muchos días y noches en La Habana.

Nuestro destino es el Habana Hilton, rebautizado por Fidel como el Habana Libre, un nombre ridículo.

La cápsula de veneno que Eduardo me entregó cuando salimos de Palm Beach está a buen recaudo en mi sujetador. Mi corazón palpita irregular junto a ella.

Creía que el tiempo que pasé como espía en Londres me había preparado mejor para esto, me imaginaba que, tras mi experiencia con Ramón, pocas cosas podrían ponerme nerviosa.

Me equivocaba.

—¿Has entendido el plan? —me susurra Eduardo.

Asiento con la mirada fija en la ciudad que vamos atravesando poco a poco. «Puede que dentro de unas horas esté muerta, déjame disfrutar de estos últimos momentos en La Habana.»

Llegamos rápido al hotel y me cuelan por una entrada de servicio en la parte trasera, donde nos recibe otro hombre con uniforme del hotel. Tampoco nos dice su nombre, solo me indica que lo siga a la habitación del líder.

No sabría decir qué piensan estos hombres, si creen que solo soy una mujer más para Fidel y que están organizando un encuentro amoroso, o si también están compinchados con la CIA. Ante la falta de información, opto por el silencio.

—A partir de aquí, continúas tú sola —dice Eduardo. Sus palabras me recuerdan a las que pronunció cuando me llevó a conocer al señor Dwyer en el restaurante Jupiter hace tantos años.

¡Qué lejos hemos llegado!

—Todo va a salir bien —susurra, aunque tengo la sensación de que lo dice más por él que por mí y, por el momento, no necesito sus ánimos.

Llevo mucho tiempo esperando esta cita y plantar cara a este horror me ha hecho fuerte, como cuando era pequeña y me daban miedo los monstruos que imaginaba escondidos debajo de mi cama.

Con un beso rápido en la mejilla, dejo a Eduardo atrás y sigo al hombre del hotel hasta un ascensor donde la seguridad de Fidel nos detiene.

Permanezco inmóvil mientras sus manos recorren mis curvas en busca de armas. El cacheo es más superficial que otra cosa.

Me preguntan cómo me llamo y unas cuantas cosas más con tono jocoso. Hago un esfuerzo por responder con voz firme, ayudada por la experiencia que obtuve durante mi estancia en Londres.

A continuación, montamos en el ascensor, que sube hasta que llegamos a la planta de Fidel, luego las puertas se abren para encontrarnos con más guardias de seguridad.

Me cachean una vez más y se abre una puerta al final del recibidor. La franqueo y entro en el santuario privado de Fidel.

LLEVO MUCHO TIEMPO imaginándome este momento. He analizado cientos de veces los posibles escenarios, y ahora que ya estoy aquí, quiero saborearlo, pero todo sucede demasiado rápido, instantáneas que se graban y desaparecen.

Fidel está apoltronado en un sillón, con su típico puro en la mano, flanqueado por guardias de seguridad.

Me pongo tensa al verlos.

Eduardo comentó que estaría solo, que le gusta divertirse con mujeres en la intimidad de su *suite*, que esta velada había sido organizada por un espía infiltrado en el Gobierno de Castro.

¿Por qué no está solo?

—¡Beatriz Pérez! Volvemos a encontrarnos.

Camino hacia Fidel con piernas temblorosas, intentando mantener el paso firme sobre mis tacones y con una sonrisa pegada al rostro. Tiene una copa delante, en la mesita de café. Al posar mi mirada sobre ella, estudio en mi mente las posibilidades de deslizar el veneno en la bebida.

¿Por qué no está solo?

—Siéntese. —Fidel indica una silla que hay enfrente de su sillón—. Podéis dejarnos —ordena a sus guardaespaldas—. No tardaremos mucho.

Me tiemblan las piernas cuando me dejo caer en la silla. ¿La información de Eduardo estaba equivocada? ¿Fidel realmente está interesado en mí como mujer? Y, en cualquier caso, ¿tendré la oportunidad de echarle la droga en la bebida?

—Por lo visto, tenemos amigos en común, señorita Pérez —comenta cuando estamos solos.

Puedo oír el sonido de la conversación de los guardias de seguridad al otro lado de la puerta. Según Eduardo, el veneno debería hacer efecto en unos pocos minutos, lo cual me proporciona un breve espacio de tiempo para escapar sin que me capturen.

Había imaginado que podría llevarme la mano al sujetador y coger la cápsula al desnudarme, pero ¿cómo voy a conseguir que Fidel me dé la espalda?

—¿En serio? —pregunto, con el pulso acelerado.

—Pues sí. Dos amigos de la infancia que consiguieron huir a Miami para escapar de la crueldad de Batista.

Y entonces lo comprendo. Como una fila de fichas de dominó al caer, todo tiene sentido.

Dwyer no se equivocaba al sospechar del grupo de comunistas de Hialeah. En efecto, los hermanos cubanos eran a quienes había que vigilar.

—Javier y Sergio.

Fidel asiente.

La lencería que había elegido con detenimiento, el vestido seductor, el tiempo que había pasado perfeccionando el peinado y el maquillaje... Ya nada de eso importa. El plan había fracasado antes de comenzar. Desde el principio Dwyer dijo que la red de espionaje de Fidel era magnífica. Por lo visto, mucho mejor de lo que podíamos imaginar.

Parece que voy a morir en Cuba a manos del mismo hombre que asesinó a mi hermano.

Fidel le da otra calada al puro.

—Los americanos la han enviado para matarme, ¿verdad?

No respondo.

Todos me dijeron que no me metiera en esto. Me advirtieron que era peligroso, que era demasiado para mí.

Estaban en lo cierto.

—No es usted la primera que envían y supongo que no será la última.

¿Debería tragarme yo la cápsula? ¿Qué hará Fidel conmigo? ¿Meterme en la cárcel? ¿Venderme a los americanos? ¿Estará Nick dispuesto a pagar mi rescate?

¿Fidel va a hacerme daño para dar una lección?

—Me preguntaba por qué la enviaban a usted —continúa—, aparte de por sus evidentes encantos, claro está. Y entonces me acordé de que hubo otro Pérez, y recordé que cuando nos conocimos en Nueva York mencionó a un hermano.

—Se llamaba Alejandro —digo, con la voz más fuerte—. Pertenecía a la Federación Estudiantil Universitaria.

Asiente.

—Algunos de los míos estaban también en la FEU. Se acordaban de él. Decían que era un buen hombre.

Era un gran hombre.

—No llegué a conocerlo —añade Fidel—. Pero quiero que sepa que yo no maté a su hermano, ni ordené su ejecución.

Un zumbido recorre mis oídos mientras intento conjugar sus palabras con todo lo que he tenido por cierto, con la imagen del cadáver de mi hermano, el sonido de un coche al derrapar en nuestra calle.

—No le creo.

Se encoge de hombros.

—Crea usted lo que quiera. La verdad es que eso nunca pasó. Puede que hubiera terminado pasando, pero no tuvo nada que ver conmigo.

Aunque todo en mi corazón me dice que no le crea, que no es un hombre de fiar, hay algo en su actitud, en su voz, en sus ojos, que me hace pensar.

—No voy a creer lo que diga un asesino y un traidor.

—Es su elección. Pero hágase esta pregunta: ¿por qué iba a mentirle? ¿Qué tengo que perder? No me da miedo su familia ni la reputación de su padre. Su poder ya no es lo que era, ¿cierto?

—Da otra calada a su puro—. En la guerra pasan estas cosas. Muere gente.

—A manos de criminales como usted.

—¿Se ha olvidado de cómo eran las cosas con Batista? ¿A cuántos cubanos asesinó? Yo hice lo que había que hacer, pero no asesiné a su hermano. Ni maté a su presidente Kennedy. Y porque no fui yo, porque su Gobierno debe saber que no fui yo, voy a permitirle regresar para que se lo diga. Le perdono la vida.

Lo contemplo boquiabierta.

—Les dirá que Cuba no ha tenido nada que ver en esto.

—Dudo que mi palabra valga mucho. Sospechan que Cuba está implicada. Siguen buscando respuestas para comprender quién asesinó a Kennedy.

—Entonces deberían mirar mejor dentro de casa.

Entrecierro los ojos.

—¿Qué está diciendo?

—Solo sugiero que su CIA podría estar detrás de la muerte de Kennedy. Que hay grupos dentro de su país que consideraban al presidente un traidor y podrían haber deseado atentar contra él por ese motivo. Estoy seguro de que no conoce a nadie así, ¿verdad, señorita Pérez? No sé quién asesinó al presidente, y lamento mucho su pérdida. Pero no fue por orden mía. —Fidel señala hacia la puerta—. Márchese y dígales a los hombres que la enviaron lo que le acabo de contar. Y no vuelva por aquí. Si lo hace, no seré tan generoso.

Salgo del Habana Hilton sola con un nudo en el estómago, bilis en la garganta y la cápsula de veneno en el sujetador. Recorro la calle con la mirada en busca de Eduardo y del Buick azul.

No está por ninguna parte.

No puedo parar de temblar, el estallido de adrenalina me recorre el cuerpo a toda velocidad.

Llevo años preparándome para esto, he sacrificado demasiadas cosas, ¿y para qué? He pasado cinco minutos en presencia de Fidel y todo ha acabado.

Tanto sacrificio por salvar Cuba y por vengar a mi hermano.

Se me forma un nudo en la garganta mientras observo la calle en busca de Eduardo y del Buick azul.

¿Dónde está?

Eduardo es quien tiene el contacto en el varadero que nos sacará de aquí.

¿Le habrá sucedido algo?

Un coche pasa zumbando a mi lado y me pego a la pared. Recorro de nuevo la calle con la mirada.

La Habana ya no parece tan amistosa ahora que Fidel está en el poder.

Entonces recuerdo las palabras de mi padre, el secreto familiar que me transmitió.

Hay unos tres kilómetros desde el Habana Hilton hasta Miramar, pero me pasé años escapándome de casa por la noche, conozco las calles de La Habana mejor que nadie.

Podría quedarme aquí a esperar que llegue ayuda, o podría…

Pongo rumbo a mi hogar.

La casa de mi infancia sigue como la recordaba, aunque las ventanas de la mansión están a oscuras.

Cruzo la calle con prisas, volviéndome para mirar atrás un par de veces.

Ni siquiera sé quién vive aquí ahora. El servicio hace tiempo que se marchó y es probable que la casa haya sido tomada por amigotes de Fidel.

Tengo la sensación de haber retrocedido en el tiempo a los días en que me escapaba para acudir con Eduardo y Alejandro a reuniones políticas. Me resulta familiar y totalmente extraño a partes iguales.

Camino hacia la casa. Cuando llego a la verja exterior, me detengo. Aquí fue donde encontré a Alejandro. Aquí es donde arrojaron su cadáver. Aquí es donde empezó todo.

La sangre de mi hermano que manchó el asfalto ya se ha filtrado en la tierra, y aunque ya no hay más miembros de la familia Pérez en la casa que habitamos durante generaciones, una parte de él sigue aquí, vigilándola por nosotros.

Abro el portón y me estremezco ante el chirrido del metal.

De nuevo miro en derredor. Casi espero ver a los hombres de Fidel salir de la oscuridad para llevarme.

La calle está en silencio. Tengo la casa delante.

En la oscuridad, me guío por los recuerdos.

¿El cuadro del pirata seguirá colgado en la pared? Fue el primer ancestro Pérez de renombre y nos inventábamos historias sobre él cuando éramos niñas; creo que a Elisa le gustaba imaginarse que estaba un poco enamorada de él. ¿Seguirá a su lado el cuadro de su esposa, la mujer que llegó en barco desde España para casarse con un hombre de temible reputación y cuya sangre ahora corre por mis venas?

¿Estará la casa como la dejamos la mañana que salimos de La Habana, hace casi cinco años, o los nuevos ocupantes la habrán cambiado?

Hay un cobertizo al fondo de la propiedad donde los jardineros guardaban sus herramientas. Me acerco a él, tropezándome en el suelo irregular y observando los cambios que se han producido en el terreno desde que me marché.

Me detengo de nuevo.

La brisa mece las palmeras, los arbustos y la hierba susurran a mi alrededor.

Tengo un par de horas como mucho antes de que salga el sol y pierda la protección de la oscuridad. El clima actual en Cuba es de miedo e incertidumbre, y supongo que, si alguien me encuentra aquí, me entregará a la policía. Si mi vida depende de la palabra de Fidel, será mejor no correr el riesgo.

Abro la puerta y revuelvo los artículos del cobertizo. Mi mano encuentra el mango de una pala.

Cierro la puerta.

Sigo las instrucciones de mi padre y me detengo delante de una vieja palmera en la que jugábamos de pequeñas, donde le robé el primer beso a Eduardo cuando éramos niños.

Hinco la pala en el suelo y saco un montón de tierra. Me quedo helada al escuchar un sonido a los lejos. Intento recordar los ruidos que hacía la casa.

¿Son las palmeras movidas por el viento?

¿Y si no puedo convencer a nadie para que me saque de La Habana?

¿Qué ha pasado con Eduardo?

El silencio inunda la noche.

Sigo cavando.

Dirijo la mirada a la casa de los Rodríguez mientras continúo sacando tierra. ¿Nuestros vecinos y viejos amigos de la familia seguirán viviendo aquí? Me muero de ganas de volver a ver a Ana, aunque sería demasiado arriesgado implicarla en nuestros asuntos.

Cuba quizá sea ahora más peligrosa que nunca.

La pala choca con algo sólido bajo tierra.

Me arrodillo. El vestido que me compré para seducir a Fidel se cubre de tierra. Rozo con los dedos la caja de madera que mi padre tenía en su despacho, la reconozco al instante. Solía esconder dinero ahí y cuando renegaron de Alejandro, yo le robaba billetes para dárselos a mi hermano. Mi padre siempre reponía el dinero y, aunque nunca hemos hablado de ello, estoy segura de que tenía que saberlo.

Saco la caja de la tierra, levanto la tapa y repaso su contenido.

Mi padre no es un hombre muy sentimental, y en estos momentos lo agradezco. La caja está llena de joyas, dinero y recuerdos que pertenecieron al legado familiar, artículos de valor que no pudimos llevarnos cuando nos vimos obligados a abandonar La Habana.

Es suficiente para convencer a alguien de que arriesgue su vida por llevarme de vuelta a Florida.

Por un breve instante, me entran dudas. Pensar en utilizar nuestros recuerdos familiares para salvar el pellejo me resulta doloroso.

Pero la verdad es que, ahora mismo, no se me ocurre mejor uso que darles, y estoy casi segura de que mi padre estaría de acuerdo. Aquello que alguna vez nos parecía muy valioso ya no parece importar lo más mínimo.

Tomo la caja entre las manos.

El crujido se oye de nuevo. Las palmeras, imagino.

La luz de la luna se abre paso.

Un hombre aparece delante de mí, con una pistola apuntándome al pecho.

34

La caja se me cae de las manos y choca con un sonido metálico contra la pala de metal, mientras contemplo el cañón de la pistola y me enfrento al hombre que la sostiene.

Llevamos más de dos años sin vernos, pero solo necesito un segundo para ubicarlo.

Los dos hemos recorrido un largo camino desde aquellas reuniones en Hialeah.

—Javier, ¿verdad?

Responde afirmativamente con un gruñido.

—¿Has venido hasta aquí por mí? —pregunto.

—Llevo ya un tiempo en Cuba, y me enteré de que estabas por aquí.

—¿Quién te lo dijo?

—¿Importa algo? Los de la CIA se creen que se les da bien guardar secretos. Su arrogancia les impide darse cuenta de que a los demás se nos da mejor descubrirlos.

—Fidel no te permitirá salirte con la tuya —digo con más confianza de la que siento—. Quiere que lleve un mensaje de vuelta a los americanos.

—No sabrá lo que te ha pasado —responde Javier tras encogerse de hombros—. No encontrarán tu cadáver.

—¿Qué vas a hacer conmigo?

—Pegarte un tiro y arrojar tu cuerpo al mar.

—¿Por qué?

—Ramón era mi primo.

De modo que esa era la conexión entre Claudia y el grupo de Hialeah. Habría resultado útil que Dwyer me lo hubiera advertido, pero a estas alturas los secretos ya no resultan inesperados.

—Ramón era un asesino.

—Claudia se lo tenía merecido por ser una traidora a su pueblo.

—Supongo que todo depende de cómo lo mires.

—Trabajaba para la CIA, como tú. Era una traidora, como tú.

Me río.

—Y tú, ¿qué eres? ¿Un héroe para el pueblo cubano? El grupo en el que participabas era un chiste. Un puñado de críos que no saben nada jugando a hacer la Revolución.

—¿Como Lee Harvey Oswald?

Un escalofrío me recorre la columna y Javier continúa:

—Resulta muy fácil alentar a esos americanos cuando están desesperados por pertenecer a algo grande. Resulta muy fácil reclutarlos para la causa llenándoles la cabeza con conceptos como la gloria en la batalla. Me imagino que no es muy diferente a la técnica que empleó la CIA para reclutarte a ti. ¿Qué fue? ¿Una «oportunidad para salvar Cuba»? La CIA no tiene reparos en inmiscuirse en los asuntos de Cuba, en enviar a agentes a interferir en nuestra soberanía nacional e intentar desestabilizar a nuestro Gobierno. ¿Por qué no deberíamos hacer nosotros lo mismo?

Frunzo el ceño.

—¿Fuiste tú el que me delató?

—Ramón contactó a su responsable para preguntar por ti la noche antes de desaparecer. Te había visto hablando con un coronel soviético en una fiesta. Mi tía me pidió que investigase qué le había sucedido. Reconocí tu nombre de nuestras reuniones en Hialeah. Ramón era el único hijo de mi tía —añade—. Le prometí que daría muerte a su asesino. Teniendo en cuenta lo que me han contado de ti, creo que lo entenderás.

—De modo que esto no es solo por Cuba. Para ti también es algo personal.

Carga la pistola como única respuesta.

Agarro la pala y la levanto en el aire, por encima de su cabeza.

Es poco probable que escape dos veces de la muerte, pero tengo que intentarlo.

Bajo la pala, pero antes de que pueda impactar en su cabeza…

Un disparo rasga el aire nocturno.

La pala cae al suelo y me preparo para sentir el dolor, pero no hay nada.

No hay sangre.

Javier se derrumba delante de mí.

Eduardo, pistola en mano, aparece detrás de él.

—¿Lo has matado? —pregunto con voz temblorosa.

—Eso espero.

Eduardo comprueba el cadáver.

Me tiemblan las piernas.

—Está muerto —afirma.

—¿Qué ha pasado? ¿Dónde estabas? Te busqué al salir del hotel.

—Unos policías nos importunaron. Para cuando nos dejaron ir, ya te habías marchado. Supuse que vendrías aquí.

—Iba a matarme.

—Lo tenías controlado.

—Esta vez no.

—¿Qué ha pasado con Fidel? —me pregunta Eduardo con voz sombría.

—Estaba al corriente de todo. Lo sabía antes de que llegáramos. Me delataron. Accedió a verme porque quería que transmitiese un mensaje a los de la CIA. Se acabó. Se acabó todo. Lo siento.

—No es culpa tuya. —Eduardo recorre el jardín con la mirada—. Alguien habrá oído el disparo. Tenemos que salir de aquí ahora mismo. Hemos perdido el barco que teníamos programado para sacarnos del país, aunque…

—Tengo nuestro pasaje aquí —digo tras recoger la caja de madera del suelo. Está a punto de escurrírseme entre las manos.

Está llena de salpicaduras de sangre de Javier.

Me estremezco.

—Volvamos a casa.

35

EDUARDO ENCUENTRA A un hombre en el muelle que está más que feliz de llevarnos al sur de Florida a cambio de lo que queda de la fortuna de mi familia. Es una cantidad exagerada de dinero, pero no tengo otra opción.

Quién sabe qué pasó con el resto de nuestros objetos de valor, si mi padre se los confió a amigos de la familia, o a familiares, o si simplemente desaparecieron, barridos por la Revolución que se llevó por delante todo lo demás. ¿Acaso importa? No se puede poner precio a todo lo que hemos perdido.

Espero mientras Eduardo y el capitán negocian los detalles de nuestra travesía. Hago lo que puedo por limpiarme con el trapo que me ha ofrecido el marinero, con la mirada en la ciudad, en el Malecón, los ocho kilómetros de rompeolas que separan la ciudad del mar.

Crecí paseando por este dique, sentada en su borde, con las piernas colgando mientras las gotas del mar me salpicaban la piel.

¿Volveré a verlo algún día?

Me giro cuando Eduardo se acerca a mi lado con la mirada perdida en el mar.

—Dice que solo nos quedan unos minutos antes de que resulte demasiado peligroso zarpar.

—Estoy lista. Vámonos.

Eduardo me coge de la muñeca.

—Beatriz… —Traga saliva—. Yo no voy.

—¿Qué quieres decir? ¿Cómo que no vienes?

No dice nada más.

No hace falta que lo haga.

Puedo leerlo en su rostro y en sus ojos, y aunque siempre pensé que mirar a Eduardo era como mirarme en un espejo, ahora solo veo a un extraño.

—¿Cuándo?

—Después de lo de Playa Girón —responde.

—¿Por qué?

—Porque estaba harto de perder. Harto de ser utilizado por la CIA y de las promesas incumplidas de los americanos. Porque quería volver a casa.

—Fidel te lo quitó todo a ti y a tu familia.

Tiene la decencia de parecer avergonzado.

—Resulta que quiere hacer algunas compensaciones en ese frente.

—A cambio de que le vendas secretos y traiciones a la CIA.

Todo el mundo tiene un precio. El de Eduardo siempre fue su orgullo.

—¿Y yo? —pregunto—. ¿Fuiste tú el que me vendió a Fidel?

—Quería conocer cualquier intento de atentar contra su vida.

—Debe de haber sido una información muy valiosa para él. ¿Te he servido para recuperar tus propiedades?

Me entran ganas de abofetearlo. De chillar.

Estoy demasiado aturdida para ambas cosas.

—Dijo que no te haría daño. Jamás permitiría que alguien te hiciera daño. Desde el asesinato de Kennedy, Fidel está desesperado por dejarle claro a los americanos que él no fue el responsable. Me dijo que solo quería hablar contigo para que pudieras ir con el mensaje de vuelta a la CIA. Dwyer confía en ti.

—También confiaba en ti.

—Me utilizaba —corrige Eduardo.

—Todos nos utilizamos. ¿Y si lo hubiese conseguido? ¿Si hubiese matado a Fidel? ¿Qué habrías hecho entonces?

Me ofrece una sonrisa triste.

—Tampoco me parecía mal ese final. Siempre has de jugar sobre seguro.

—Entonces, ¿qué? ¿Ahora eres un comunista? ¿Piensas que Fidel es un gran hombre? No comprendo cómo puedes cambiar de opinión de un modo tan drástico. Y tan rápido…

—¿Rápido? —Se ríe con amargura—. Estoy cansado, Beatriz. Hace casi cinco años que nos marchamos. ¿Qué ha cambiado? Quizá estábamos equivocados desde el principio. Algunas de las ideas de Fidel no están tan alejadas de lo que soñábamos hace años.

—No te lo crees ni tú.

—Tal vez. O tal vez no. Tú ahora andas del brazo con la CIA. ¿Quién hubiera imaginado eso hace cinco años? Todos hacemos lo que consideramos necesario para sobrevivir.

—Mató a mi hermano, a tu mejor amigo.

—Dice que no fue él.

—A mí me dijo lo mismo. ¿Le crees? ¿Cómo puedes fiarte de él?

—Claro que no me fío de él. Me parece que ya no creo en nada.

Suelto una risa amarga.

—Pues ya somos dos. A fin de cuentas, siempre me vi reflejada en ti.

—Lo siento.

—No, no lo sientes.

—No, supongo que no. Por favor, no me odies. Nunca fue mi intención hacerte daño.

—¿Qué nos ha pasado? ¿Cómo hemos llegado hasta aquí? —Sacudo la cabeza—. Cuando salimos de Cuba, se suponía que era algo temporal. Unos pocos meses a lo sumo.

—El mundo ha cambiado y nos hemos quedado tirados. Tengo que aceptarlo y cambiar. Quiero estar en mi patria, tal vez las cosas mejoren. Quizá Fidel traiga libertad al país.

—¿Y si no mejoran?

No me responde.

Antes hubiera sentido rabia. Pero todos hemos llegado demasiado lejos, hemos visto y hecho demasiadas cosas como para que no haya una pizca de comprensión en mi interior.

No puedo estar de acuerdo con lo que ha hecho, no puedo justificarlo, pero sé mejor que nadie hasta dónde puede llegar uno para volver a su hogar.

Y con eso basta.

—Es una ciudad hermosa —comento en voz baja, tomando la mano de Eduardo y entrelazando nuestros dedos.

Despidiéndome.

—Te roba el corazón —responde.

—¿Crees que volveré a verla?

Eduardo me da un apretón en la mano y me besa en la mejilla antes de soltarme.

—Pues claro que la verás. Algún día bailaremos juntos en el Tropicana.

EL BARCO EMPIEZA a moverse, a surcar las limpias aguas, la noche oscura. Las olas golpean con fuerza los costados. La Habana se va quedando atrás, hasta que la ciudad no es más que un punto en la lejanía, con el mar abierto por delante.

Los sueños nunca mueren de golpe. Mueren por partes, alejándose un poco más cada día, de modo que ya no tienes una isla delante: ya no tienes La Habana, y el romper de las olas en el Malecón se va desvaneciendo hasta que el puntito desaparece por completo. Todo lo que una vez aferraste a tu pecho y guardaste en lo más hondo de tu corazón deja de existir, se te escurre entre los dedos como la arena que una vez tuviste bajo los pies.

Y te quedas sola. Y en ese momento, tienes que elegir…

O sucumbes a la profunda oscuridad y te lanzas al mar porque el peso de todo lo que has perdido resulta demasiado grande e imposible de recuperar, o puedes darte la vuelta, dejar atrás el pasado y mirar hacia delante.

A días más brillantes, al futuro, a la libertad.

A tu hogar.

36

Cuando vuelvo de La Habana, encuentro la casa de Palm Beach tal y como la dejé, salvo por el hecho de que las cosas de Nick ya no están. Sin embargo, agradezco inmensamente el confort y la seguridad que me proporciona después de todo lo que ha sucedido mientras he estado fuera.

Incluso ahora, sin Nick, la siento como mi hogar.

Envío mi informe a la CIA y no recibo respuesta de Dwyer. Transcurre una semana que paso a solas, con la excepción de algún paseo ocasional junto a mis hermanas. Tengo ganas de sentir la soledad, tal vez sea una especie de luto. No les cuento lo de mi viaje ni lo de Eduardo. Todas tenemos nuestros secretos.

Una mañana, cuando regreso de mi paseo, encuentro a un hombre esperándome cerca del porche.

—Bonita casa —comenta cuando me ve.

Sonrío.

—¿Verdad que sí?

—¿Es suya?

—Sí. ¿Le apetece tomar algo?

Dwyer asiente y me sigue por la enorme puerta de cristal hasta el salón, donde se sienta mientras le sirvo una copa.

Le ofrezco la bebida y me siento frente a él. Doy un trago al Mimosa que me he servido, necesito la confianza que da el alcohol.

—Me alegra ver que sigue con vida —dice Dwyer tras un momento—. He oído que las cosas se complicaron en Cuba. Le presento mis disculpas; no sabía lo de Eduardo. Hacemos lo que podemos para evitar que sucedan estas cosas, pero a veces se escapan de nuestro control.

—No le culpo. Conozco a Eduardo desde que éramos niños, y jamás había sospechado que trabajase para Fidel.

—Eran ustedes buenos amigos.

—Eso pensaba —reconozco.

—He leído su informe. Dice que Eduardo le salvó la vida.

—Así fue. Javier iba a matarme. Dudo que la suerte me hubiera vuelto a sonreír.

—Entonces quizá todavía quede en él algo del hombre que usted conocía.

—¿Cómo lo hace? —pregunto—. Los secretos, las mentiras... ¿Cómo puede fiarse de alguien? ¿Cómo lo soporta?

—Es un tópico, por supuesto, pero resulta más fácil con el tiempo. Y aprendes a no confiar en nadie más que en ti mismo.

—¿Está diciéndome que no debería confiar en usted?

—Por supuesto que no debería confiar en mí, señorita Pérez. Lo de Eduardo ha sido una lección para usted. Una lección dura. Todos pasamos por una en nuestra carrera, y no se olvida.

—Pero ¿cómo he podido estar tan equivocada con él? Pensaba que nos entendíamos, que éramos iguales.

—La verdad siempre es muy compleja. Se supone que la gente rara vez debería sorprenderme, que se me da tan bien descifrar a las personas, que debería ser capaz de predecir sus actos y todas esas tonterías, pero no es cierto. La gente me sorprende continuamente. El mundo no es tan blanco ni tan negro, señorita Pérez; hay una gran cantidad de grises. Y la verdad es que es posible que Eduardo Díaz y usted se parezcan, que se entiendan, y aun así estén en bandos opuestos.

—¿Y dónde nos deja eso? ¿Todo esto ha sido para nada? —Respiro hondo—. He fracasado. Fidel sigue vivo.

—No sea tan dura consigo misma. No es usted la única. Todos los que hemos enviado antes han fracasado. Algunos hombres son más difíciles de matar que otros.

—Resulta injusto que Castro siga vivo cuando tantos hombres buenos han muerto por su revolución. Quería vengar a mi hermano. ¿Dónde queda la justicia?

—En este trabajo hay poca justicia. Hay suerte, planificación, horas agotadoras y trabajo duro, pero a veces estas cosas pasan. Puede resultar descorazonador y provocar que uno mismo se cuestione por qué hace este trabajo.

—¿Por qué lo hace usted?

—Porque me gusta. Porque soy bueno. Porque creo que todo el mundo tiene un objetivo en la vida, y el mío es este. Porque a veces ganamos, aunque también perdemos en una buena cantidad de ocasiones. Siempre habrá otra batalla, otro problema que resolver, otro país que enderezar.

—También podrían dejar que los países solucionaran solos sus propios problemas.

—Podríamos, pero sus problemas suelen ser también los de Estados Unidos. Además, nadie protesta cuando intervenimos en situaciones en las que nuestra presencia es necesaria y somos bien recibidos. La línea que separa al villano y al héroe es muy fina y, con frecuencia, es una cuestión de perspectiva. Grises, señorita Pérez. Nos movemos entre los grises.

—¿Y Cuba? ¿Qué van a hacer con Fidel?

—Seguir intentándolo. Siempre hay otro plan en marcha.

—Me sorprendió que no me matase.

—Son tiempos peligrosos para Castro. Seguramente sabe que está en nuestro punto de mira por el asesinato de Kennedy, y que no debe provocarnos más. Hasta el momento nos hemos mostrado muy contenidos, pero si lanzamos el peso del Gobierno y el Ejército americano para expulsarlo del poder, no tendrá ninguna oportunidad.

—¿Cree que él mató al presidente?

—No.

—Pero, en todo caso, lo vio como una oportunidad para eliminarlo.

—Ese es mi trabajo, señorita Pérez. Ver las oportunidades. —Su mirada recorre la habitación—. Esta casa es muy bonita. —Vuelve a centrar su atención en mí—. ¿Qué va a hacer ahora? ¿Cuáles son sus planes de futuro?

—No lo sé. Seguir estudiando ahora que tengo los medios para hacerlo sin preocuparme por los deseos de mis padres. Cuando vivíamos en Cuba, quería ser abogada. Quizá me matricule en Derecho algún día.

Sonríe.

—Por si le sirve de algo, creo que sería usted una abogada excelente. Entonces, ¿debo asumir que se acabaron nuestros días de citas en restaurantes de carretera y bares de hoteles?

—Han descubierto mi tapadera. Fidel lo sabe todo.

—Esa identidad ya no nos sirve, es cierto. Pero eso es lo bueno que tienen las tapaderas. Siempre puede usted reinventarse.

—Pero Fidel…

—No, Cuba no. Tal vez pueda seguir echando una mano de forma indirecta, pero sería muy peligroso involucrarla de forma activa en misiones ahora que Fidel la ha descubierto. Aunque, como le dije antes, el mundo está lleno de conflictos, y una persona como usted está en una buena posición para ayudar a su país.

—No soy estadounidense.

—¿No? Formar un hogar aquí no la hace a usted menos cubana. Hasta los espías necesitan un hogar en el que descansar de vez en cuando. Podría seguir acudiendo a la universidad, visitar a su familia, llevar la vida que ha elegido. Estaríamos en contacto con regularidad, buscaríamos la manera de que nuestra relación fuera beneficiosa para ambos. No sería en Cuba; esta guerra con los soviéticos va a ser larga y tendrá lugar en diferentes escenarios y muchos países. El comunismo ha destruido Cuba, esta es su oportunidad de evitar que destruya el resto del mundo. Dijo que quería vengar a su hermano. Hay otras maneras de honrar su recuerdo, otras formas de ser útil. Nuestro trabajo suele ser poco reconocido. Los soldados regresan de la guerra y se alaba su heroísmo; nosotros vivimos en una guerra permanente y actuamos al amparo de la invisibilidad. Pero también salvamos vidas. Permítame decirle que, si está buscando algo que le dé un sentido a su futuro y que merezca la pena, creo que sería usted muy buena en este campo. Y que se lo pasaría bien.

—¿Adónde me enviarían?

—¿Qué le parece Europa? Creo que su madre tiene una prima en España, ¿verdad? Casada con un diplomático.

Sonríe como si supiera que ya soy suya, que ya he tomado la decisión. Puede que Cuba ya esté perdida, pero todavía hay una batalla que luchar.

—¿Cuándo me voy?

26 de noviembre de 2016

Palm Beach

INTRODUCE LA LLAVE en la cerradura de su mansión de Palm Beach a primera hora de la mañana después de pasar la noche de celebración con su familia y miles de compatriotas en la calle Ocho. En cuanto su mano empuja la pesada madera y se abre la puerta, lo sabe.

¿Cómo no?

Entra, cierra con cuidado y sigue el rastro de la luz por el largo recibidor, flanqueado por las obras de arte que ha ido acumulando a lo largo de los años, las antigüedades adquiridas en sus viajes al extranjero, las fotos enmarcadas de su familia —la siguiente generación—, los diplomas que he conseguido y colgado con orgullo...

Una vida bien aprovechada.

Cuando llega a las cristaleras que conducen al porche, titubea y el diamante amarillo de su dedo anular refleja la luz. Se lo ha puesto casi todos los días durante más de cincuenta años, excepto los días que estuvo en La Habana. De ese modo se mantenía unida a él, aunque su destino la condujera por otros caminos.

Gira el pomo y sale al aire fresco nocturno. Debería estar cansada teniendo en cuenta lo tarde que es y el hecho de que ya no es una jovencita de veintidós años acostumbrada a volver a casa con sigilo al salir el sol.

Les queda más o menos una hora hasta que nazca el día, hasta que el sol aparezca sobre las aguas en una brillante explosión de color.

Debería estar cansada, pero no lo está, alimentada por la adrenalina y la esperanza.

Cierra la puerta del patio y el hombre que hay en su porche cambia de postura como si se hubiera percatado de su presencia. De repente parece más alto, con las espaldas más anchas y, por un momento, la imagen del hombre al que amó y perdió, y la imagen del hombre que tiene ahora delante, dándole la espalda con la mirada perdida en el mar, se convierten en una. Se ve transportada a otro tiempo, a otro lugar, a otro balcón. A otra vida.

Y entonces él se da la vuelta.

Se han visto a lo largo de los años, por supuesto.

En un mundo como el suyo, el olvido total y absoluto es imposible. Pero siempre ha habido una distancia entre ellos, la conciencia de que iban por caminos diferentes.

¿Habrá leído el artículo que publicaron sobre ella? ¿Estará al corriente de su carrera en la abogacía, de los casos de derechos humanos en los que ha trabajado? ¿Se habrá preguntado por su otra carrera, la que llevó a cabo entre las sombras? ¿Los informes ocultos habrán llegado a su despacho del Senado?

Él ha estado apareciendo en la pantalla de su televisión a lo largo de los años, hasta que se retiró del Senado hace más o menos una década. En un álbum guardado en su armario conserva los artículos de periódico en los que aparecía él, las páginas desgastadas de tanto pasarlas y amarillentas debido al paso del tiempo. Y luego estaban las historias que leía en las páginas de sociedad sobre sus hijos, una familia a la que guardaba cariño desde la distancia porque era la suya.

—¿Llevas mucho tiempo esperando? —Su voz está cargada de emoción, las palabras le suenan torpes en sus oídos.

—No mucho —responde con una sonrisa en los labios y ojos traviesos, como si supiera que no solo están hablando de esa noche, por supuesto.

Es uno de esos hombres que ha envejecido bien, cuya belleza es como una botella de buen vino o un champán de una excelente cosecha. Es demasiado injusto, por supuesto, pero si algo ha aprendido de su paso por este mundo es que la vida rara vez es justa. Simplemente, es.

Se acerca a él con el corazón acelerado al ver la luz en sus ojos, el amor que brilla en ellos.

—Te he echado de menos —dice cuando solo un suspiro los separa.

—Y yo a ti —responde.

Acerca un brazo y le acaricia el pelo. Recorre con los dedos la curva de su mejilla y, aunque su piel ya no es la de una muchacha, todos los años que los separan desaparecen y vuelven a ser dos jóvenes en un balcón de Palm Beach bajo un cielo iluminado por la luna.

Ambos parecen saciarse del placer de estar juntos, algo imposible de ignorar después de tanto tiempo de separación.

—¿Estás en paz ahora que ha muerto Fidel? —le pregunta.

—Pensaba que lo estaría —reconoce—. Imaginaba que la victoria tendría este sabor dulce. Pero no creía que llegaría tan tarde.

—Pero has sido feliz.

—Sí —sonríe—. He sido feliz.

—Bien, esperaba que así fuera. Que los años te tratasen bien.

—Lo han hecho. —Respira hondo—. Lo sentí mucho cuando me enteré de lo de tu mujer.

La esquela apareció en los periódicos de Palm Beach hace seis meses.

—Gracias. Tu nota significó mucho. Tuvimos la bendición de un bonito matrimonio y unos hijos maravillosos. Disfrutamos de una buena vida.

—Me alegro.

Y es cierto. En su juventud, tal vez los celos la habrían atormentado. Pero el tiempo le ha enseñado muchas cosas, principalmente la capacidad de poner la felicidad de los demás por delante de la suya propia. A fin de cuentas, ¿la propia naturaleza del amor no exige sacrificio?

Él sonríe y le ofrece la mano. Su corazón salta alborotado en el pecho, y quizá lo más romántico de todo después de tanto tiempo sea la chispa que sigue ardiendo con fuerza entre ambos, que finalmente hayan encontrado el camino para estar juntos.

El destino, el momento adecuado y todo eso.

—¿Me concedes este baile, Beatriz Pérez, besadora de revolucionarios y ladrona de corazones? —pregunta y ella se ríe. Esas palabras tan familiares la catapultan muy atrás en el tiempo.

Sigue pasándose de zalamero y a ella le encanta que sea así. El tiempo que les quede en este mundo, los días, semanas, meses o años que sean, quiere pasarlos junto a él.

Beatriz mueve la cabeza con una sonrisa en los labios, lágrimas asomando a los ojos y alegría en el pecho.

—Yo no he dicho nada de robar corazones.

Él vuelve a sonreír y ella siente como una descarga; el amor en su rostro y en su voz la envuelve con su calor.

—No, lo digo yo.

¿En serio tiene alguna oportunidad?

—Por supuesto —responde Beatriz y le ofrece una mano. Deja que la atraiga entre sus brazos y comienzan a bailar mientras el sol asoma sobre las aguas y el tiempo retrocede con cada ola que rompe en la playa.

Epílogo

EL SECRETO PARA salir con un hombre del que has estado enamorada casi toda tu vida adulta consiste en ingeniárselas para seguir manteniendo un aura de misterio, asegurarse de que, aunque sepa que tu amor es algo permanente, todavía existen las citas, y las flores, y las cartas románticas que puedes leer en la intimidad de tu salón. Algunos dirán que a mi edad el romanticismo es una frivolidad absurda, que debemos aprovechar el tiempo que nos quede juntos, un regalo para nuestra salud en declive y nuestra avanzada edad.

Por fortuna, nunca he sido de las que escuchan lo que dice la gente.

La verdad es que el tiempo es un lujo, sí. Pero como muchos otros lujos en la vida, es mejor degustarlo lentamente que darse un atracón con él, de modo que, antes de nuestras citas, me paso siglos peinándome y maquillándome, salgo de compras con mis sobrinas nietas para adquirir conjuntos nuevos y mantengo el secreto de Nick a buen recaudo en mi corazón.

Es puntual cuando viene a recogerme, flores en mano, y sus ojos revelan que el tiempo no ha disminuido la impresión que tiene de mí, que no ha apagado el romance de nuestros años de juventud. Y supongo, en un período en el que en teoría nuestra vida debería estar tocando a su fin, que hay algo delicioso en reavivar una llama que jamás se ha apagado.

Tras casi dos meses saliendo juntos, me recoge con un chófer en su reluciente Rolls gris y nos dirigimos a Wellington para el cumpleaños de mi sobrina nieta Lucía.

Ha llegado el momento de presentarlo formalmente a la familia.

Es una celebración feliz para el clan de los Pérez; mi sobrina nieta Marisol acaba de regresar de su viaje a Cuba para esparcir las cenizas de mi hermana Elisa en su tierra. Todos estamos orgullosos de Marisol y felices de tenerla de vuelta.

Presento a Nick a la familia, más que divertida ante el leve gesto de incomodidad en el rostro de mi sobrino, pues se nota que debe asumir el hecho de que su tía tenga romances.

—¿Esta era tu cita tan importante? —me pregunta Marisol con los ojos muy abiertos en un aparte lejos del resto de la familia.

Siempre he considerado a mis sobrinas como mis propias hijas, y gracias a ellas nunca he echado de menos a los hijos y nietos que no he tenido.

Sonrío al recordar nuestra conversación cuando vino a visitarme la pasada semana.

—Sí.

—Estuvo a punto de ser presidente, ¿verdad? —Hay una buena dosis de admiración en su voz.

Sonrío.

—Casi, y hubiera sido un presidente excelente.

—¿Cuánto hace que os conocéis?

—Muchísimo. Desde que era una jovencita.

—¿Fuisteis…?

—¿Qué? ¿Amantes en el pasado?

Marisol asiente.

—Siempre.

—Me alegro de que haya venido. Y de verte feliz.

Lucía se nos acerca con una copa de champán en la mano y se sienta a mi lado.

—Abre tu regalo —le digo, indicando el paquete envuelto que hay sobre la mesa de los postres.

—Pensaba esperar a hacerlo después.

—Olvídate de la etiqueta. Si no puedes hacer lo que te dé la gana el día de tu cumpleaños, ¿de qué sirve? Además, una de las ventajas de ser vieja es que puedes cambiar las normas. Te doy permiso para abrir un regalo, el mío, antes de tiempo.

Marisol se ríe.

—Tengo la sensación de que las normas nunca te han importado mucho.

—La vida es demasiado corta. Ábrelo —digo tras darle un codazo a Lucía.

Rasga el envoltorio y bajo el papel aparecen un par de ojos marrones, la curva de una mejilla, un lustroso cabello del color de la noche, un vestido sugerente que la envuelve y diamantes como gotas en el cuello.

—Es un cuadro magnífico —exclama Lucía.

—¿Verdad? Lo gané en una subasta hace unas semanas. Bueno, lo recuperé, mejor dicho. En el pasado decoraba las paredes de nuestra mansión en Miramar, aunque ha recorrido un largo viaje. Había otro cuadro, que formaba pareja con este, de su marido.

—¿Quién era? —pregunta Marisol.

—Isabella Pérez. La primera mujer Pérez de la que tenemos noticia.

—La que se casó con el pirata —dice Lucía.

—Eso es, a mediados del siglo XVIII. Tomó un barco en España rumbo a Cuba, adonde la enviaron para casarse con un hombre al que no conocía, al que nunca había visto.

—¿Te lo puedes imaginar? —musita Marisol—. Tuvo que ser muy valiente. Y pasar mucho miedo.

—Estoy de acuerdo. Este cuadro siempre fue mi favorito —añado—. Tu abuela prefería al pirata, pero yo siempre me pregunté por la mujer que abandonó su hogar, su familia y todo lo que conocía para cruzar el océano.

—Me encanta. Gracias —dice Lucía, y me planta un beso en la mejilla.

—Bien, me alegro.

—¿Quién lo sacó de nuestra casa en Cuba? —pregunta Marisol.

—No lo sé. De algún modo acabó en la propiedad de un hombre de Virginia. Cuando murió, lo sacaron a subasta. La familia puede que supiera algo más, y he realizado algunas pesquisas discretas, pero hasta el momento no he descubierto nada. Al menos ahora está en casa, entre los suyos.

Como yo.

Nick y yo nos cogemos del brazo y nos unimos al resto de la familia para entonar el *Cumpleaños feliz* a Lucía. Alzamos las copas y brindamos para dar la bienvenida a su trigésimo cuarto año. Mi mirada se cruza con la de mi hermana María al otro lado de la estancia e intercambiamos una sonrisa, un brillo de orgullo en sus ojos a juego con los míos.

Siempre pensé que Cuba sería mi legado. Que estaba destinada a desempeñar un papel importante en su futuro, que estaba destinada a hacer grandes cosas. Y tal vez, si las cosas hubieran ocurrido de manera distinta, habría sido así. Pero aquí también hay fuerza. Un legado permanente que ha sido transmitido a la siguiente generación de mujeres Pérez.

Los hombres vienen y van, las revoluciones estallan y fracasan, y aquí seguimos nosotras.

Quizá llegue al final de la noche, en esas horas mágicas y con encanto. O quizá al romper el día, sacudiendo a los somnolientos en sus camas con un grito. Puede que se presente como una onda que se expande en silencio por el campo, oculta en fieros susurros y esperanza contenida. O quizá como un chispazo en la ciudad, transmitido por una emisora de radio con interferencias, una canción en el aliento de aquellos que más la necesitan.

Pero vendrá.

Nuestro tiempo llegará.

Nota de la autora

DESDE EL MOMENTO en que introduje al personaje de Beatriz en *El próximo año en La Habana,* supe que acabaría teniendo un libro propio. En aquel momento no había planes de una nueva entrega en la vida de la familia Pérez, pero Beatriz lo cambió todo con su maravillosa actitud, apasionada y testaruda a partes iguales. A mitad de la redacción de *El próximo año en La Habana,* tuve que detenerme para escribir el primer capítulo de la novela de Beatriz, porque su historia se estaba abriendo paso a empujones, pidiéndome a gritos que la contara. *El próximo año en La Habana* se centraba en los acontecimientos de la Revolución, pero quise que *Cuando salí de Cuba* se ocupase de lo que sucedió después: la lucha por recuperar Cuba y el papel que desempeñó en la escena internacional.

Aunque la familia Pérez y sus amigos son personajes de ficción, los acontecimientos reflejados en la novela están inspirados en las turbulentas relaciones cubano-estadounidenses de la década de 1960. Del mismo modo, el señor Dwyer es un personaje inventado, pero inspirado en los muchos esfuerzos que la CIA dedicó a América Latina en aquel tiempo. Multitud de documentos desclasificados han revelado los numerosos complots instigados por la CIA para asesinar a Fidel Castro, entre los que se incluían aprovechar una de sus debilidades —las mujeres bonitas—, para llegar hasta él. Todos esos intentos fracasaron, pero sirvieron de inspiración para las andanzas de Beatriz.

El período en el que tuvieron lugar los hechos de Bahía de Cochinos, la crisis de los misiles y el asesinato de Kennedy, estuvo repleto de tensión entre Cuba y Estados Unidos, y fue el momento de apogeo para el espionaje. Los servicios de inteligencia cubanos fueron y siguen siendo una fuerza temible, y Castro tenía fama de infiltrar agentes dobles entre la comunidad cubana en el exilio y de estar bien informado gracias a su intrincada red de espías.

Estados Unidos era igual de firme en sus esfuerzos y, por supuesto, el espectro de la Unión Soviética se sumaba a la importancia de las labores de espionaje. Muchos de los acontecimientos de la novela, incluido el del coronel soviético en Londres, están inspirados en hechos reales que llevaron a cabo ambos gobiernos. Con frecuencia los hechos se interpretan como algo sacado de una novela de espías, lo cual demuestra que la realidad suele superar a la ficción.

La preocupación de Castro por que su régimen fuese atacado como represalia al asesinato de Kennedy también es real, igual que las muchas teorías que surgieron en torno a los motivos ocultos tras el atentado, incluida la participación de grupos de ambos bandos en la cuestión cubana.

En principio mi intención era que el espionaje quedara en un segundo plano en *Cuando salí de Cuba*, pero, claro está, Beatriz no iba a permitirlo. Cuando vio las cosas que sucedían a su alrededor, exigió que le dejaran sentarse a la mesa y ya no pude sacarla de la partida.

Agradecimientos

Una de las partes más maravillosas de este proyecto editorial han sido las excelentes personas que he conocido en el camino y que han hecho que mis libros sean posibles. Estoy muy agradecida a mi agente, Kevan Lyon, y a mi editora, Kate Seaver, por su apoyo, su conocimiento y su entusiasmo por mi obra. Es un placer trabajar con vosotras dos, no podría haber pedido un equipo mejor para guiar mi carrera.

Siempre estaré agradecida de que mis libros hayan encontrado un hueco en Berkley. Gracias a Madeline McIntosh, Ivan Held, Christine Ball, Claire Zion, Jeanne-Marie Hudson, Craig Burke, Tawanna Sullivan, Fareeda Bullert, Roxanne Jones, Ryanne Probst y Sarah Blumenstock, así como a los departamentos de Cesión de Derechos y de Diseño de Berkley por el extraordinario esfuerzo que me han dedicado.

Gracias a los maravillosos autores que se leyeron *El próximo año en La Habana* y ofrecieron sus amables palabras de apoyo al libro: David Ebershoff, Kate Quinn, Stephanie Dray, Shelley Noble, Jennifer Robson, Renée Rosen, Heather Webb, Stephanie Thornton, Weina Dai Randel, Alix Rickloff, Alyssa Palombo, Meghan Masterson y Jenni L. Walsh. Gracias a mis queridos amigos A. J. Pine, Lia Riley y Jennifer Blackwood.

Estoy muy agradecida a los distribuidores, blogueros, libreros, lectores y críticos que se han embarcado en esta nueva aventura junto a mí. Me ha encantado recibir noticias vuestras y estoy muy contenta de que la familia Pérez se haya hecho un hueco en vuestros corazones.

La familia Pérez cobró vida gracias a las historias que me contó mi familia, inspirada por el amor a su patria. Gracias por compartir conmigo esos pedacitos de Cuba, y por vuestra fuerza y coraje.

A mi familia, gracias por vuestro amor y apoyo, por la inspiración que me proporcionáis a diario. Sois el corazón de cada libro que escribo.

Si has disfrutado esta lectura,
no dejes de leer nuestros libros recomendados

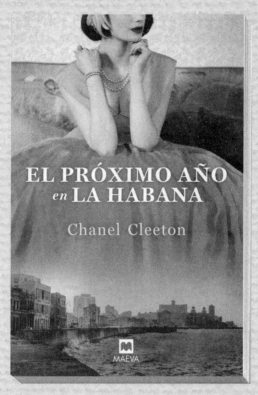

El próximo año en la Habana

**Una revolucionaria historia conecta el destino
de una familia con la verdad de sus recuerdos**

La Habana, 1958. Elisa Pérez, hija de un barón del azúcar, vive
ajena a la creciente inestabilidad política hasta que se embarca
en un romance clandestino con un revolucionario y, después
del triunfo de la Revolución, debe instalarse en Miami.
Miami, 2017. La joven escritora Marisol Ferrera creció
escuchando las historias sobre Cuba que le contaba su
abuela Elisa. Tras la muerte de esta, viaja a La Habana
para esparcir sus cenizas y se da cuenta de que
la ciudad que recordaba su abuela ya no existe.

Una novel *Regency* para fans de *Los Bridgerton*

Somerset

No hay nada más excitante que un buen escándalo

Condado de Somerset, Inglaterra, finales del siglo XVIII.
La joven aristócrata Isabella Woodford está en apuros.
Después de una noche de pasión junto a un oficial del ejército,
su reputación está en peligro y solo ve una solución: encontrar
esposo lo antes posible para evitar un escándalo.
Con ese objetivo recurre a su tía, *lady* Alice, que disfruta
de una lujosa vida en Bath, una ciudad con una vida social
muy activa donde la alta sociedad inglesa celebra
bailes memorables a los que acuden jóvenes casaderas.
Justo lo que Isabella necesita.

La enfermera del puerto
Una joven lucha por su futuro y su historia de amor en plena epidemia de cólera

En 1892, Hamburgo vive uno de los episodios más duros de su historia y el cólera se cobra miles de vidas, entre ellas la de la madre de la joven Martha. Con tan solo catorce años, hará todo lo que esté en su mano para acceder a un puesto de responsabilidad en el Hospital de Eppendorf, donde trabajará duro para alcanzar sus sueños.

La enfermera del puerto
Una prueba del destino
La lucha por los sueños continúa

En 1913 Martha tiene tres hijos, está felizmente casada con Paul y ambos tienen por delante un futuro prometedor. Pero el estallido de la Primera Guerra Mundial arrasa con todos los planes familiares; Paul es reclutado, y Martha deberá hacer frente en soledad a multitud de sucesos que provocarán que la paz familiar se tambalee.